二月河 大河歷史小說

帝王三部曲

개혁군주 옹정황제

【일러두기】
· 번역 원본은 1999년 4월 중국 하남문예출판사가 펴낸 제2판 1쇄본을 사용하였습니다.
· 본문에 나오는 인명과 지명 중 만주어를 제외한 모든 한자는 한글발음대로 표기하였으며, 독특한 관직
  명은 이해하기 쉽도록 의역한 부분도 있습니다. 그리고 소설 진행상 불필요한 부분은 축역하였습니다.

(개혁군주)옹정황제. 3 / 이월하 저 ; 한미화 옮김. -- 서
울 : 산수야, 2005
320p. ;22.4cm.

판권기관칭: 二月河 大河歷史小說
원서명: 雍正皇帝
ISBN 89-8097-116-8 04820 ￦ 8,000
ISBN 89-8097-113-3 (세트)

823.7-KDC4
895.1352-DDC21   CIP2005001226

二月河 大河歷史小說

帝王三部曲

改革君主

옹정황제

雍正皇帝

3

산수야

二月河 大河歷史小說

개혁군주 옹정황제 ③

초판 1쇄 발행   2005년 9월 30일
초판 3쇄 발행   2012년 6월 30일

지은이   이월하
옮긴이   한미화
발행인   권윤삼
발행처   도서출판 산수야

등록번호   제1-1515호
등록일자   1993년 4월 30일
주소   서울시 마포구 망원동 472-19호
우편번호   121-826
전화   02-332-9655
팩스   02-335-0674

값   8,000원

ISBN 89-8097-116-8   04820
ISBN 89-8097-113-3(세트)

산수야의 책은 독자가 만듭니다.
독자 여러분들의 소중한 의견을 기다립니다.

3 雍正皇帝

제1부 구왕탈위(九王奪位) | 3권

38. 사랑과 미움

한 차례 큰일을 마무리짓고 난 윤진은 심신이 많이 지쳐 있었다. 그는 마음의 안식처 같은 윤상과 오사도를 찾아 편히 이야기를 주고받으며 쉬고 싶었다. 그러나 어느새 고복이 들어와 아뢰었다.

"넷째마마, 십삼마마! 육경궁 태자마마께서 두 분을 부르신다는 전갈이 왔습니다!"

"못말려!"

윤상이 기지개를 켜며 웃음을 지으며 말했다.

"벌써 귀에 들어갔단 얘기네?"

윤진은 쓸쓸한 웃음을 지으며 고개를 저어 보일 뿐 말이 없었다. 두 형제가 옷을 챙겨 입고 떠날 준비를 하자 오사도가 갑자기 뭔가 생각난 듯 중얼거리듯 말했다.

"성음 어디 있지? 두 분 뫼시고 가야 할 텐데!"

그러자 윤상이 웃으며 말했다.

"지금쯤 점간처(粘竿處)에서 신기(神技)가 발동해 있을 텐데 우리 가는 길에 무승(武僧)을 굳이 데리고 갈 이유가 있겠소? 아무래도 대내(大內)엔 못 들어갈 걸?"

오사도가 집게로 화롯불을 뒤적이며 말했다.

"문사(文事)가 끝났으니까 무비(武備)가 따르는 건 당연지사입니다. 두 분 마마께서는 이미 권세가 가장 큰 사람과 생사가 걸린 원수지간이 돼버리고 말았습니다. 그걸 느끼지 못하셨습니까?"

허리띠를 매던 윤진이 손을 멈추고 깊은 생각에 잠겨 있더니 입을 열어 말했다.

"성음은 당분간은 대외적으로 얼굴을 안 드러내는 게 좋아. 강아지와 송아지더러 무사(武士) 몇명을 변장시켜 먼발치에서 따라오게 하면 되겠소."

오사도가 웃기만 할 뿐 말이 없었다. 두 사람은 곧 수레에 동승하여 출발했다.

"생각하는 깊이를 보면 역시 오사도라는 느낌이 들어요."

윤상이 뒤로 멀어져 가는 거리를 바라보며 말했다.

"아쉬운 게 있다면 너무 무리들과 어울리길 싫어해서 괴짜 같다는 거예요. 때론 흐트러지고 망가질 때도 있어야 하는 게 사람 사는 재미가 있는 게 아니겠어요? 가정이라도 이루게 형이 나서서 도와 주셔야겠어요!"

그러자 윤진이 한숨을 지으며 말했다.

"넌 오사도를 몰라서 하는 소리야. 내가 데리고 있지 않고 결혼 같은 걸 하라고 강요하면 그는 삭발하고 산속으로 들어가 버릴 사람이야!"

방금 전까지 표정이 밝아 보이던 윤상은 한동안 말이 없었고 얼굴엔 웃음기가 사라졌다. 그 모습에 의아쩍어 하며 윤진이 웃으며 말했다.

　"막가파 십삼랑(윤상)이 갑자기 왜 그리 심각해? 전에 아바마마께서 나더러 종잡을 수 없다 하시더니 너야말로 오늘은 삼복 날씨 같구나!"

　그러자 윤상이 한숨을 내쉬며 말했다.

　"넷째형은 복도 많은 사람이에요. 셋째형이나, 여덟째형처럼 집에 밥만 축내는 청객(淸客)들을 몇십 명씩 키우는 것도 아니고 오사도 하나만 데리고도 걱정 없으시잖아요. 내게도 오사도 반만 닮은 사람이 있다면 훨씬 좋을 텐데!"

　윤진이 웃으며 머리를 끄덕여 말했다.

　"다른 사람들은 양으로 승부를 걸지만 난 질로 승부한다는 거 아니야!"

　"옳은 말씀이지만 방심은 금물이에요."

　윤상이 수레의 흔들림에 몸을 맡기며 말했다.

　"고복과 연갱요는 제가 보기에 그리 질 좋은 사람들이 아닌 것 같아서요."

　이에 윤진이 웃으며 말했다.

　"사람을 기용했으면 의심하지 않고, 의심이 가면 기용하지 않는 게 내 방식이야. 그 두 사람은 내게 큰 은혜를 입은 사람들이야. 고복은 배운 것도 없고 노련미가 아쉬워 관직을 줘서 지방으로 보내지 않았지만 연갱요는 내가 잘해 주었잖아. 다소 거만하고 방종이 지나친 면은 있지만 내가 맡기는 일엔 죽음도 불사할 정도로 최선을 다하고 있어."

그러자 윤상이 차가운 어투로 말했다.

"다들 넷째형이 인정머리 없다고 하지만 제가 보기엔 꽤나 너그러우시고 자상하신 걸요."

이같이 말하며 윤상이 소매 속에서 해바라기 모양의 금 몇 조각을 꺼내더니 윤진의 손바닥에 올려놓아 주었다.

윤진이 의아쩍어 하며 물었다.

"이게 뭔데?"

"강하읍에 있을 때 넷째형이 류팔녀의 하인인 왕 영감에게 줬던 거예요."

윤상이 시선을 멀리 던지며 말했다.

"왕 영감이 연갱요에게 비참히 살해되고 시신들 틈에서 겨우 살아남은 둘째아들이 '북경에 들어가 넷째, 열셋째마마를 찾아 꼭 살육의 현장을 고발하라'던 그 아버지의 유언에 따라 내게 준 거예요."

한참 말이 없던 윤진이 천천히 입을 열어 말했다.

"그런 임무를 수행하다 보면 본의 아니게 사람을 죽이는 일이 허다 해. 세상일이란 원래 그렇게 모순되는 거야. 어느 절엔들 억울하게 죽은 귀신이 없겠나!"

윤상이 서글픈 웃음을 보이며 말했다.

"그 아들이 직접 목격하고 전달한 생생한 증언이 아니었다면 전 죽어도 믿지 않았을 거예요. 우리 앞에서 그렇게 고분고분하던 그 연갱요가 잔인한 살인마로 돌변하여 남녀노소를 막론하고 죄 없는 사람들을 600명도 넘게 불태워 죽였다는 사실을 말이에요…… 처절한 몸부림을 치며 뛰쳐나오면 장작 던져넣듯 다시 불속에 집어 넣었다니 말 다했죠!"

순간 윤진이 화들짝 놀라며 눈을 크게 떴다. 그리고는 연신 머리를 저으며 말했다.

"설마? 그건 말도 안 되는 요언이야! 연갱요가 그러는데 스무 명 정도밖에 안 죽였다던데! 무슨 애비 때려 죽인 원수가 있다고 멀쩡한 사람들을 그렇게 많이 죽였겠어?"

여전히 연갱요를 굳게 믿는 윤진을 향해 윤상이 차갑게 웃으며 말했다.

"넷째형도 앞뒤가 꽉 막혀보일 때가 있네요! 그 아들이 지금 저희집에 있어요. 제가 악종기한테 물어 사실을 확인했고요. 바투들이대니까 우물대며 삼사백 명 정도라고 하는데, 백 번 양보해서 그게 사실이라고 쳐요. 그래도 스물몇 명의 몇 배냐구요? 원수가 아닌 이상 그럴 리가 없다구요? 제가 보기엔 넘치는 재물에 눈이 뒤집혀버린 거예요! 임무를 완수하다 보니 재물은 탐이 나고 사람들 이목은 무섭고 하니 아예 죽여버림으로써 완벽한 증거인멸을 꾀한 거죠!"

윤진이 눈을 지그시 감았다. 깊은 생각에 빠져드는 것 같았다. 그러던 그가 갑자기 눈을 번쩍 뜨며 손가락 두 개를 펴보이며 말했다.

"첫째, 연갱요는 여태 내겐 과보다 공이 훨씬 많은 사람이야. 요즘 같은 시국에 절대 책임을 추궁해선 안 된다고 생각해. 둘째, 그 아들을 내 별장에 데려다 키워. 누가 뭐라고 꼬셔도 절대 입도 뻥긋해선 안 된다고 철저히 세뇌교육을 시켜서 말이야. 어때?"

"서화문에 도착했습니다. 가마를 내립니다!"

교부(轎夫)들의 고함소리와 함께 수레가 땅에 닿았다. 윤상은 그저 "알았어요"라는 말만 남긴 채 윤진을 따라 수레 밖으로 나왔다.

"내 아우들답게 일을 잘했더군."

육경궁 뒤편에 있는 서재에서 윤진과 윤상을 맞은 윤잉이 껄껄 웃으며 말했다.

"전적이 뛰어나다는 보고를 받고 한번 같이 즐겨보자고 불렀네."

윤진은 인사를 마치고 윤잉이 내주는 방석에 자리하고 앉아 고개를 들어 윤잉을 바라보았다. 노란 바탕에 장밋빛이 은은한 시라소니가죽 장포를 입고 산호단추가 달린 검은 비단 마고자를 받쳐 입고 허리엔 호수빛 허리띠를 매고 용이 수놓여져 있는 노란 하포(荷包, 장식용의 전대, 주머니의 일종)가 옷섶에서 달랑대는 윤잉의 옷차림은 정신이 번쩍 들 정도로 멋있어 보였다. 보석이 박힌 모자 밑으로 머릿결 고운 변발(辮髮)이 허리께까지 드리워져 있었다. 때마침 햇볕을 잔뜩 머금은 바깥의 눈빛이 반사되어 윤잉은 오늘 따라 한없이 잘생겨 보였다. 그런 윤잉을 유심히 쳐다보던 윤진이 어색한 웃음을 지어내며 말했다.

"오늘은 제가 귀빠진 날인 데다 눈까지 마침 내려줘 기분 좋은 김에 모처럼 아우들을 불러 술이라도 한잔하려고 했더니 그만 이런 일이 발생하여 태자마마까지도 놀래켜 드리고 말았습니다……."

윤진이 만영전당포에서 있었던 자초지종을 들려주었다.

"병법에 이르길 '수여처녀, 출여탈토(守如處女, 出如脫兔・가만히 있을 땐 처녀 같고, 움직였다 하면 도망가는 산토끼 같다)'라고 했네. 잘했어!"

윤잉이 통쾌하다는 듯 크게 웃으며 말했다.

"괜히 덮어감추려 할 것 없어. 난 이미 다 알고 있는 걸. 안휘성
순무가 상주문을 보내와 연갱요가 강하읍에서 도둑떼를 일망타진
한 사실도 알았고, 임백안이 살아있다는 것도 알고 있었어. 옹친왕
이 북경에서 곧 크게 손볼 일이 있어 대외로 말을 흘리지 않는
것 뿐일 거라며 주천보와 진가유를 안심시켰지. 그리고 임백안이
살아있다는 말은 절대 발설해선 안 된다고 주의도 주었고…… 이
제 보니 내 추측이 적중했네! 가만 있자…… 이렇게 큰 공훈을
세웠는데, 뭔가 상을 내려야 할 텐데…… 여봐라!"

"예, 태자마마!"

"벽옥백도(碧玉百桃)가 새겨져 있는 팔보(八寶) 유리병풍을
옹친왕부에 갖다드리도록 하라!"

"예, 태자마마!"

윤상이 오리무중에 빠진 듯 눈을 깜빡이며 의아쩍어 했다. 이
사람이 왜 이렇게 친절을 베풀지? 전례없이 통크게 나오는 게 뭔
가 이상한데? 윤상이 속으로 생각했다. 이때 윤진이 황송해하며
말했다.

"이렇게 챙겨주시니 실로 뭐라고 감사의 말씀을 드려야 할지
모르겠습니다! 실은 이번 일을 처리하면서 먼저 태자마마께 아뢰
는 게 순서인 줄은 알고 있었습니다만 혹여 전달되는 과정에 문제
가 생겨 기밀이 유출되는 것이 두려웠고 족제비는 못 잡고 구린내
만 몸에 배는 격이 되지는 않을까 하는 우려도 있었습니다. 태자마
마께서 진작에 예측을 하시고 모름지기 보호해 주셨다는 사실에
그저 감사할 따름입니다. 태자마마께서 용기를 불어넣어 주시니
저로서도 마음이 한결 편합니다. 무슨 지시가 계시면 말씀하십시

오. 전적으로 명에 따르겠습니다!"

"아주 잘했어."

윤잉도 처음보다는 많이 차분해진 말투로 입을 열었다.

"난 원래 임백안을 심문하는 걸 여덟째에게 맡기려고 했어. 그런데 자네가 이미 아홉째로 결정했으니 두 사람중 누굴 시키든 똑같지 않나 싶네. 내 생각엔 조심성 있고 착실한 그러나 담력이 좀 부족한 다섯째를 조수로 붙여줬으면 어떨까 싶네!"

당쟁이나 파벌간의 싸움에서 항상 저만치 물러나 있는 다섯째라면 괜찮을 거라는 생각에 윤진이 대답하여 말했다.

"좋은 생각이신 것 같습니다. 그러시다면 제가 따로 상주문을 준비할 거 없이 태자마마께서 육백리 긴급편으로 폐하께 사실보고를 올리시면 될 것 같습니다."

윤잉이 대단히 만족스러운 듯 고개를 끄덕이며 말했다.

"그렇지, 그게 좋겠어. 조금 있다 바로 착수할게. 자네는 유공자들의 명단을 작성하여 올려보내라고, 함께 상주 올리도록."

윤진 역시 이글거리는 불덩어리를 다른 사람이 선뜻 품겠다고 나섰고 태자가 허락을 했다는 사실에 마음이 홀가분해졌다. 그러나 윤상은 내내 표정이 밝지가 않았다. 그러는 윤상을 일별하며 윤진이 물었다.

"폐하께선 언제쯤 귀경길에 오르실 겁니까?"

"이번이 여섯 번째 남순이지."

윤잉이 한숨을 지으며 말했다.

"떠나실 때 혹시 마지막 남순일지도 모른다는 상감어린 말씀을 하시면서 며칠 더 묵어오시겠다고 하셨어. 어제 장정옥의 서찰을 받았는데 원단(元旦) 전에는 돌아오실 거라고 했어."

다소 우울한 표정을 지으며 윤잉이 말을 이었다.

"노인네가 이번에 북경을 떠나 계시는 동안 난 맡은 바 일에 최선을 다했고 다행히 큰 실수는 없었던 것 같아. 돌이켜 보면 복위하고부터 난 때때로 지나친 성급함에 시달리는 것 같애. 그렇다고 일을 두 배로 해내는 것도 아니면서 말이야. 자네들이 이 점을 이해해 줬으면 해."

윤진은 말이 없었다. 그러자 이번엔 오랜만에 윤상이 침묵을 깼다.

"태자마마, 제 성격이 지나치게 거친 점 감안하시고 들어주시면 감사하겠습니다. 태자마마께서 이렇게 말씀하시니 저도 감히 한 말씀 드릴까 합니다. 지난번 수정(水亭)에서는 넷째형에게 너무 하셨다고 생각합니다!"

윤상의 말에 윤진이 흠칫하며 급히 손을 저어 말렸다.

"열셋째, 직접 목격한 일도 아니면서 아무렇게나 말하지 마. 그 날은 내가 되레 태자마마께 무례를 범했어!"

자리에서 일어선 윤잉이 뒷짐을 지고 창밖을 내다보며 말했다.

"눈발이 약해졌군. 내가 넷째를 난감하게 만든 게 어찌 수정(水亭)에서 뿐이겠어? 산동성의 이재민들에게 구제양곡을 풀자는 의견도, 토지량에 따라 세금을 징수하자는 의견도 전부 말을 꺼내기 무섭게 면박을 줬지. 그러나 결국엔 다 넷째의 건의를 수렴했지. 만만한 자네들에게 화풀이나 할 수밖에 없었던 심정이 난들 오죽했겠나? 그렇다고 내가 여덟째를 불러 화풀이를 할 수 있었겠어?"

윤잉의 얼굴엔 어찌할 수 없었다는 뜻이 담긴 웃음이 스쳤다.

"자네들이 나를 조금이라도 이해한다면 원망하진 않을 거야."

그사이 쌓이고 쌓였던 자기설움이 북받친 듯 벌겋게 달아오른 얼굴을 숙인 윤잉의 눈에는 눈물이 그렁그렁했다. 그 모습을 보며 윤진과 윤상 또한 고개를 숙였다. 무거운 침묵이 흐르기를 한참, 윤상이 한숨을 지으며 말했다.

"태자마마께서 저희들을 심복으로 생각하시는데 저희들이 어찌 감히 다른 마음을 품을 수 있겠습니까? 이 나라, 이 천하는 언젠가는…… 태자마마의 것인데…… 이쯤에서 정말 진심으로 여쭙고 싶은 궁금한 게 있습니다. 전 태자마마께서 탐관오리들의 명단을 바꿔치기하여 백관들의 마음을 다치게 한 걸 이해할 수가 없습니다!"

"그렇게 할 수밖에 없는 이 태자는 얼마나 비참했겠어!"

윤잉이 길게 한숨을 내쉬며 말했다.

"초사(楚辭) 중에 〈초은사(招隱士)〉라는 글을 읽어봤어? '나뭇가지에 기어오르니 물이 거의 차오르고, 호랑이와 사슴 결투하는데 사자마저 으르렁, 겁에 질린 짐승들 도망가다 무리째 망하고, 왕손(王孫)이여, 돌아왔어도 산중에 오래 머무를 순 없네!' 이런 약육강식의 참혹함이 어찌 깊은 산중에만 있겠어? 내가 보기엔 자금성도 별반 다를 게 없는 것 같애! 왕손은 돌아왔건만 안락한 거처는 어디에? 그래서 난 자네들이 다른 일할 땐 왈가왈부하며 사사건건 따지고 싶지 않지만 유독 조정의 쓰레기를 파버리고 팔황자당의 세력을 무기력하게 타도하는 일에서라면 팍팍 밀어주고 앞장 설거야!"

두 사람은 그제야 윤잉의 속셈을 알 수가 있었다. 윤상의 얼굴에 순간 짜증스런 표정이 스쳤다. 자신이 아무리 태자를 보필하여 열심히 일한다고 해도 그것은 결국 태자의 팔황자당 죽이기에 동조한 것밖에 되지 않을 것이라는 생각에서였다. 이때 윤진이 정색하여 말했다.

"태자마마, 군자에겐 농담이 없다고 했을진대 신하 또한 마찬가지입니다. 제가 팔황자당을 상대로 해온 투쟁은 태자마마의 취지와는 차원이 다릅니다. 내가 행하는 것이 과연 종묘사직에 이롭고 국계민생에 유익하다면 전 물불을 가리지 않습니다. 하지만 사적인 감정과 보복을 정치에 악용하는 행위는 있을 수 없다고 생각합니다. 저의 우견으론 태자와 조정은 일체(一體)로써 덕을 쌓고 마음을 일치하게 하여 동상이몽이 아닌 일심동체를 유지해야 한다고 봅니다. 그래야만 사악한 소인배들에게 침투할 틈을 주지 않을 수 있습니다."

"그래, 그래! 자네 의견을 수렴할게."

윤잉이 말했다.

"왕 사부도 같은 말을 했었어. 자네들의 마음을 내가 왜 모르겠나? 이렇게 하지. 탐관들의 명단은 내가 다시 한 번 보고 신중하게 처리하지. 그건 그렇고 어제 강소성(江蘇省)에서 잡곡을 또 100만 석 보냈더라구. 이렇게 되면 전부 400만 석인데 올겨울 경기(京畿), 직예(直隷) 일대의 백성들이 나무껍질 벗겨먹는 일은 없을 것 같아. 어렵게 생각할 거 없이 이게 바로 국계민생을 챙기는 일 아니겠어? 넷째 자네는 호부를 독촉하여 식량창고를 빠른 시일 내에 수리하라고 하게. 차질이 생기면 책임을 물을 거니까!"

육경궁에서 물러나온 윤진과 윤상은 경주라도 하듯 뒤도 돌아보지 않고 걸었다. 서화문 밖에 나와서야 두 사람은 걸음을 멈추고 호흡을 가다듬었다. 찬공기를 힘껏 들이마시고 기분이 한결 나아진 것 같은 윤상이 툴툴대며 말했다.

"웃겨! 재주는 곰이 부리고 돈은 왕서방이 챙긴다더니 우리가 돌팔매 맞을 각오로 저질러 놓으니 이제 와서 그깟 병풍 하나 주고 낚아채려고 하잖아요!"

그러자 윤진이 아랑곳없이 발걸음을 옮겨놓으며 말했다.

"그런 걱정을 왜 해? 전에는 태자가 언덕에 올라앉아 호랑이 싸움을 지켜보고 있었지만 이젠 우리야! 조만간에 소문이 쫙 날 텐데 열셋째 자네가 소굴을 덮쳤다는 걸 모르는 사람도 있을까?"

윤상이 고개를 끄덕였다. 그리고는 탄복어린 눈빛으로 윤진을 바라보며 말했다.

"무슨 말인지 알 것 같아요! 수레타고 먼저 떠나세요. 다음날 찾아뵐게요. 전 집이 가까우니 내무부에서 말 빌려타고 갈게요!"

"음."

윤진이 머리를 끄덕일 뿐 말이 없었다. 그가 수레에 올라 저만치 사라지는 걸 오래도록 지켜보던 윤상이 그제야 천천히 내무부로 향했다.

집앞에 다다른 윤상이 시계를 꺼내보니 신시(申時)가 끝나가는 시각이었다. 가평이 남자 하인들을 데리고 눈을 쓸고 있는 걸 본 윤상이 말에서 미끄러지며 가평을 불러 괜히 호통치듯 말했다.

"시키지도 않은 짓을 하고 그래? 누가 눈을 치우라고 했어? 들어가!"

눈이 내렸으니 눈을 치우는 건 당연한 일인데, 그것도 누가 시켜서 하나? 하인들은 못내 의아쩍어 했다. 가평이 보기에 윤상은 심기가 그리 불편해 보이진 않았다. 그는 손바닥을 비비며 조심스레 웃으며 말했다.

"쇤네가 눈을 치우라고 했습니다. 방금 하녀 하나가 쟁반을 들고 가다 미끄러져 넘어지는 걸 보고……."

"들어가 들어가! 이런 날씨엔 밖에서 이렇게 청승을 떨게 아니라 따뜻한 화롯불 옆에서 술 한잔 마시는 게 최고야!"

윤상이 대문을 들어서며 웃는 얼굴로 이같이 말했다.

"설경(雪景)이 얼마나 좋은데 다 쓸어버리면 난 뭘 봐?"

그제야 문득 하인들 틈에 끼어 있는 문보생의 아비 문칠십사(文七十四)를 발견한 윤상이 나무라듯 말했다.

"자넨 이런 일은 안 해도 된다고 했잖아? 왜 고생을 사서 하려고 그래?"

문칠십사가 줄기침을 하더니 겨우 진정시킨 후에 말했다.

"그나마 움직일 수 있을 때 뭘 좀 하고 싶었습니다……"

가평이 웃으며 말했다.

"설탕이라면 찍어먹는 재미라도 있을까, 온통 흰천을 덮어놓은 것 같은데 구경할 게 뭐가 있습니까?"

윤상이 웃으며 말했다.

"오냐오냐 했더니 버릇없이 토까지 달아? 가서 강하에서 온 왕영감 둘째아들이나 데려와. 그리고 자네들은 스무 냥 정도 달라고 해서 어디 가 술이나 마셔!"

이같이 말하며 어느덧 세 번째 문에 들어선 윤상은 대기중인 아란과 애교에게 말했다.

"자고(紫姑) 어딨어? 아침에 먹었던 자라탕 한 그릇 따끈하게 데워오라고 해!"

"잊으셨습니까? 십삼마마께서 자라탕을 난초에 물주듯 주라고 해서 다 뿌리고 말았는 걸요!"

애교가 웃으며 말했다.

"자고는 어머니가 편찮으시다는 전갈을 받고 오전에 집에 다니러 갔사옵니다. 상황이 심각하면 늦을 수도 있다고 했사옵니다. 몸을 훈훈하게 해주시려면 꼭 자라탕이 아니라 황주(黃酒)를 따끈따끈하게 데워드시는 것도 괜찮을 듯하옵니다."

탁자 위에 두 여자가 술 마신 흔적이 그대로 남아있는 걸 본 윤상이 웃으며 말했다.

"그래, 그럼. 이 여자들이 여기 앉아 설경에 취해 또 황주에 취해 알딸딸해 있었다 이거지? 그래 좋아, 이번엔 내 차례야. 다른 시녀들 불러 시중들게 하고 자네들은 여기서 장기나 두라구!"

이때 왕 영감 둘째아들 왕돌쇠가 들어섰다. 후덕하고 두루뭉실하게 생긴 어딘가 물렁해 보이는 전형적인 농사꾼이었다. 윤상이 상으로 내린 가죽 마고자를 입고 땀범벅이 된 채 헐떡이며 더듬거리며 말했다.

"십삼마마…… 쇤네를 부르셨사옵니까?"

윤상이 황주를 입안에 털어넣고 한잔 더 따르라는 식으로 술잔을 내밀며 웃었다.

"다름 아니고 자네의 처지에 대해 넷째마마와 난 다 알고 있어. 사실 도둑을 토벌하다 보면 억울한 사람을 다치게 하는 가슴 아픈 경우가 종종 있게 마련이거든. 넷째마마께서 상세한 내막에 대해 알고 싶어 하시니까 가평에게 일러 두 명의 하인을 붙여줄 테니 지금 곧 같이 가보게. 사람의 목숨은 하늘에 달려있는지라 웬만한 이유가 아니고선 무고한 생명을 희생시킨 것이 정당화될 순 없을 거라 믿네. 넷째마마께서 자네의 한을 풀어주실 거라 믿고 가보게."

말을 마친 윤진은 곧 명령을 내렸다.

"여봐라! 은 10냥을 상으로 내려라. 믿을 만한 사람을 보내 옹화궁에 데려다 주도록 하고!"

"무슨 일이시옵니까? 다망하신 넷째마마께서 저런 사람을 다 만나시다니?"

애교가 장기 알을 옮겨놓고 손수건으로 입을 막고 가볍게 기침하며 물었다.

"십삼마마께서 곁에 두고 부리시기로 하지 않았사옵니까?"

윤상이 대답은 않고 장기판을 가리키며 아란에게 말했다.

"여기 조심해. 치고 들어오잖아. 그게 그렇게 궁금해, 애교? 실은 오늘 넷째마마 댁이 잔칫날처럼 재밌었거든. 태자마마만 빼고 황자들이 다 모여서 술 마시고 노래하고 여간 법석댔던 게 아녔어. 나도 한 곡조 뽑았는 걸!"

그러자 아란이 손으로 입을 가리고 웃으며 말했다.

"퍽 재밌었을 것 같사옵니다! 언제 저희들도 십삼마마의 노래를 들어볼 기회를 만들어 주시옵소서!"

옹화궁에서 술을 마신 데다 찬 기운을 맞고 육경궁에 다녀와 다시 따끈한 황주를 연신 들이킨 윤상은 어느덧 취기가 올라오고 있었다. 아란의 말에 그는 무릎을 껴안고 고개를 저으며 말했다.

"어렸을 적에 한류씨 어멈이 가르쳐준 노래말이 있긴 한데 아쉽게도 곡을 붙이지 못했어. 그래도 내가 대충 불러볼게 들어와 봐!"

윤상이 목청을 가다듬으며 부르기 시작했다.

폭설 내리는 날에 늙은 자라가 얼어죽었네!

첫마디에 애교와 아란의 눈이 휘둥그레졌다.

"무슨 노래가 이러하옵니까?"

두 여자가 흐느적거리며 웃었다.

"이건 자장가인 것 같사옵니다!"

"자장가는 노래가 아니야?"

윤상이 이같이 말하며 계속했다.

늙은 자라가 스님에게 일러 바치니

스님이 선생에게 경을 읽어주었네.

선생이 청개구리에게 점을 봐 주니

청개구리는 물장난하여 귀신을 불렀네.

귀신이 콩을 가니 두부는 무슨 빌어먹을 두부!

애교와 아란이 그게 무슨 노래냐며 한바탕 윤상을 흘겨보았다. 그러자 윤상이 이들을 째려보며 말했다.

"웃긴 왜 웃어? 말도 안 되는 소리 같지만 세상 일이라는 게 이런 거 아니야? 거북이는 아무리 하소연해 봤자 들어주는 사람 없이 죽어가는 수밖엔 없다는 거 아니야?"

이들이 한바탕 떠들썩하며 시간가는 줄 모르고 있을 때 갑자기 문 어귀에 걸려있던 앵무새가 종알거리기 시작했다.

"두부는 무슨 빌어먹을 두부! 두부는 무슨 빌어먹을 두부!"

윤상과 애교, 아란은 무릎을 치며 크게 웃고 말았다. 그러던 중 가벼운 인기척에 윤상이 고개를 돌려보니 손난로를 받쳐든 자고가 조용히 들어서고 있었다. 언제 보든 양순하고 얌전한 자고를 보며 윤상이 반색하며 말했다.

"늦었네? 좀 더 일찍 왔더라면 기똥찬 내 노래도 들었을 텐데!"

자고가 살며시 미소를 띄울 뿐 말이 없었다. 마음이 복잡하고 기분이 밝아보이진 않았다. 윤상이 자리에서 일어나 자고에게로 다가가 고개 숙인 얼굴을 들여다보며 다정스런 음성으로 물었다.

"왜 어머니께서 많이 안 좋으셔? 기관지가 안 좋다고 했지? 이런 날씨엔 각별히 조심해야 하는데…… 어차피 우리 살림은 자네가 맡아서 하니 필요한 약이 있으면 돈 아끼지 말고 팍팍 써! 태의(太醫) 불러줄까?"

"제가 어찌 감히 태의를 오라가라 하겠사옵니까?"

안색이 창백하게 질린 자고가 애써 웃음을 지으며 말했다.

"나이도 그렇고 이젠 노환이시옵니다. 어차피 같이 살다가 각자 떠나는 게 인생이라면…… 최악의 경우를 대비하고 있사옵니다."

윤상이 눈 내리는 창밖에 시선을 두며 한숨을 지으며 말했다.

"그래 그렇게 생각하면 속 편하지. 오늘 저녁은 너무 늦었고 내일 내가 직접 하 태의를 부를게, 가래를 삭히게 하는 데는 일가견이 있는 사람이거든."

어느덧 취기가 몽롱해진 윤상이 어지러운 이마를 붙잡고 애교와 아란을 향해 말했다.

"오늘 저녁은 자네들이 시중들도록 하고 자고를 좀 쉬게 하게."

그러자 자고가 급히 말했다.

"아니옵니다, 괜찮사옵니다. 누워도 잠을 못 이룰 건 매 한가지인데 옆방에서 수나 놓으며 시중들겠사옵니다."

윤상이 더 이상 말이 없었다. 애교와 아란은 윤상을 시중들어 자리에 뉘이고 불필요한 불들을 껐다. 윤상은 눕자마자 코를 골았고 애교와 아란은 까치발을 하고 물러갔다.

자고는 신나게 그네 타는 촛불 앞에 앉아 창 밖의 소름끼치는 바람소리에 두 팔을 감싸안았다. 실내는 훈기가 감돌았지만 가슴은 마치 얼음구멍에 빠진 양 춥고 오그라드는 것 같았다. 그녀는 사실 여덟째와 임백안이 공들여 심어놓은 밀탐(密探) 중에서 가장 천의무봉을 자부하는 밀탐이었다. 오늘 저녁 주인과 어머니의 이중명령을 받고 윤상을 죽여야만 하는 절체절명의 순간에서 그녀는 극도의 모순과 고통에 빠져들었다.

만인(滿人)들에 대해 그녀는 태자당이니 팔황자당이니를 막론하고 뼈에 사무치는 원한을 품고 있었다. 청병(淸兵)이 산해관(山海關)을 넘어 쳐들어 온 후 가정(嘉定)에서 3일 동안 이어진 대학살이 있었다. 그 당시 전명(前明)의 부장(副將)으로 있던 그녀의 조부 양백군(楊伯君)이 거느린 300여 명의 군사들은 단 한 명도 살아남은 사람이 없이 참변을 당했다. 어멈이 그 당시 일곱 살밖에 안 되는 자고의 어머니를 안고 필사의 탈출을 시도한 끝에 겨우 남경에서 장사하는 숙부를 찾아갈 수 있었다. 자고 어머니의 그 숙부와 임백안은 결의형제를 맺은 절친한 사이였고, 강희 26년 황제가 첫 번째 남순차 금릉(金陵)에 도착했을 때 이들은 주삼태자(朱三太子)와 함께 막수호반(莫愁湖畔)의 비로사(毘盧寺) 선산(禪山) 위에 홍의대포(紅衣大砲)를 걸어놓고 강희의 행궁을 폭파시키려고 했었다. 하지만 음모가 실패로 돌아간 후 숙부 일가는 난도질을 당해 참변을 당하고 말았다……

물론 이런 일은 자고로선 직접 겪진 못했지만 어릴 적부터 세뇌교육을 받듯 어머니를 비롯한 식구들에게서 처참한 가족사를 들으며 자랐다. 키가 크고 몸이 자라듯 원한도 함께 자랐다. 윤사가 자신을 이용하려 드는 건 얼마든지 배짱으로 밀어붙이고 싶지만 오갈 데 없던 자신의 가족을 그렇게도 위해주었던 임백안이 만인(滿人)들의 수중에 잡혀들었고 그 주동자가 바로 윤상이라는 것에 자고는 큰 갈등을 느꼈던 것이다!

자꾸만 작아지는 촛불 속에서 자고는 어느덧 한줌이 되어 있는 병든 어머니를 보는 것 같았다. 앙상한 나뭇가지 같은 손으로 자고의 팔을 잡으며 미약한 목소리로 간신히 끌어올렸던 어머니의 말이 다시금 떠올랐다.

"애야…… 나라의 원수는 못 갚는다지만 가문의 한은 풀지 않을 수 없구나! 임백안 삼촌이 원수갚는다며 가정도 안 이루더니 결국엔……. 너의 아버지가 감옥에 들어가던 날엔 비가 엄청내렸지. 천둥소리에 창문이 금이 갈 정도였으니. 그때 너의 아버지가 하늘을 쳐다보며 악에 받쳐 고함을 질렀지. '퉤! 눈깔 먼 하늘 같으니라구! 목숨은 일대일이라며…… 왜 우리 양씨 가문의 몇백 명 목숨은 만인 하나만도 못한 거야?' ……그날 너의 아버지 마지막 모습을 보고 난 관세음보살 앞에서 맹세했지. 자녀들을 잘 키워 반드시 복수하겠노라고! 그런데 너의 오빠가 먼저 가버렸으니…… 이젠…… 이젠 너밖에 안 남았어! ……이 에미 자신있게 너의 아버질 만나러 가게 해 주라!"

……촛불이 갑자기 크게 널뛰기를 했다. 이번에 자고는 말끔한 윤사의 얼굴을 보았다. 윤사의 주문은 간단했다.

"윤상이 살아있는 한 나라의 안녕이란 불가능하다. 책을 많이 읽은 자네가 가죽이 존재하지 않나니 털이 어디에 붙으랴, 라는 도리를 알 거라 믿어. 내가 잘못되면 자네 엄마와 남동생은 어떻게 할거야? 윤상이 자네 친인척이나 마찬가지인 임백안을 죽인다는데 자네가 윤상을 죽여선 안 된다는 게 어딨어? 자넨 이러는 내가 너무 잔인하다고 생각할지도 몰라. 하지만 윤상이 하는 꼴 좀 봐. 어디 혈육의 정 같은 건 염두에 두나. 그는 이미 백운관(白雲觀)을 노려보고 있어. 그곳을 쑥대밭으로 만들면 다음 목표는 나야! 그러니 자네는 천의(天意)에 따라 움직일 뿐이야! 일 끝나면 즉각 십삼패륵부를 탈출해야 해. 밖에 자네를 보호해 줄 사람을 밤낮으로 대기시켜 놓고 있을 테니……."

"자고…… 자고……."

갑자기 윤상이 몸을 뒤척이며 중얼거렸다.

"물 좀 줘…… 목이 말라……."

깊은 생각에 잠겨있던 자고가 불에 덴 듯 화들짝 놀라며 떨리는 목소리로 말했다.

"잠깐만요……."

그녀는 은병(銀瓶)에서 물을 반쯤 따르고 다시 주전자의 더운 물을 섞어 윤상의 머리를 받쳐들고 두어 모금 마시게 했다. 윤상은 입을 쩝쩝 다시더니 금세 다시 곯아 떨어졌다. 더 이상 지체할 수 없다고 생각한 자고가 마침내 소매 속에서 서슬 푸른 비수를 뽑아들고는 꿈나락에 빠져 들어간 평온한 얼굴의 윤상을 내려다 보았다. 지금 내리 꽂으면 천하에 날고 기는 십삼마마라도 끽소리 못하고 뻗겠지! 그녀의 눈앞엔 일족이 몰살당했다는 살육의 현장과 다소 우울해 보이는 윤사의 얼굴, 그리고 피가 낭자한 채 죽어있는 임백안, 평생을 한을 품고 살아온 무기력한 어머니의 눈빛…… 모든 것이 어지럽게 교차했다……

마지막으로 윤상을 아래위로 훑어보던 자고는 그러나 자신이 한 땀 한 땀 공들여 만들어준 윤상의 허리춤에 달려있는 하포(荷包)에 시선이 닿는 순간 입술이 바르르 떨렸다. 그 당시 자고는 하포에 금룡(金龍)을 수놓아 주려고 했다. 그러자 윤상은 건방지게 노란색을 달고 다닌다는 핑계로 큰황자 같은 사람에게 혼나는 수가 있으니 그건 싫다고 했었다. 그 말에 자신이 뭐라고 대답했는지는 기억이 나지 않았다. 그러나 윤상이 갑자기 훌쩍거리며 자신은 황자들 중에서 공처럼 이리 차이고 저리 차이는 비참한 신세인지라 남들이 다하는 노란색도 감히 착용할 수 없다던 말은 생생하게 떠올랐다.

여자의 마음은 갈대라고 했던가! 자고는 어쩔 수 없이 약해지고 있었다. 성격이 괴팍해 아주 가끔씩은 발길질하며 걷어찰 때도 있었지만 부드럽고 자상할 때가 훨씬 더 많은 윤상이라고 자고는 생각했다. 윤상의 나이 15살 때부터 지지고 볶고 같이 살아왔다. 언제 한번 시녀라고 천대해 본 적 없는 윤상이었고, 정이 많아 부둥켜 안고 운 적도 더러 있었다…….

최후를 준비하는 기분으로 자고는 조용히 침착하게 자신의 내면을 들여다보고 있었다. 그녀는 자신의 안에 잠들어 있는 모든 것을 흔들어 깨워 묻고 또 물었다. 자신에게 있어서 윤상은 누구였냐고? 대답은 한결 같았다. '자고, 너는 언제부턴가 이 괴팍한 황자를 사랑했고 다만 보이지 않는 장벽에 의해 자신의 감정을 억압시키고 구속했을 뿐'이라고 했다. 자고는 비수를 꺼내든 채로 유령처럼 실내를 서성거렸다. 이때 갑자기 공진대(拱辰臺)에서 묵직한 오포(午砲) 소리가 세 번 들려왔다. 순간 자고는 흠칫 떨었다.

'이건 하늘의 뜻인가……?'

자고의 눈에서 귀신불 같은 것이 번뜩였다. 천천히 책상 앞으로 다가간 자고는 붓을 들었다. 윤상이 그리다 만 매화 그림 밑 빈 공간에 손을 부르르 떨며 뭔가를 적어 내려갔다. 그리고는 비수를 들어 태연자약하게 자신의 가슴팍을 향해 찔렀다. 작고 앙상한 나무가 넘어가듯 자고는 빨갛게 물든 가슴을 부여잡고 스르르 땅에 쓰러졌다. 죽음의 몸부림조차 없이 그녀는 그렇게 세상 저편으로 한 줄기 연기처럼 사라졌다……

한편 윤상이 깊고 맛있는 잠에서 깨어났을 때는 창 밖이 훤히 밝아있었다. 시간이 많이 흐른 줄 알고 벌떡 일어나 앉은 윤상은 창 밖의 흰눈이 반사되어 더 밝게 보인다는 것을 알고는 실소하듯 피식 웃었다. 그리고는 습관처럼 불렀다.

"자고, 나 입가심하게 차 좀 갖다줘!"

그런데, 이상하게 대답이 없었다. 동쪽 방에서 잠자던 아란이 윤상의 부름을 듣고 급히 옷을 여미고 나와 웃으며 말했다.

"자고 언니도 늦잠 잘 때가 있나 봅니다?"

그러나 주렴을 제치고 들어서던 아란은 피에 절은 채 손엔 비수를 꼭 움켜쥐고 꿋꿋하게 굳어있는 자고를 발견하는 순간 악! 하고 비명을 질렀다.

"아침부터 왜 소리지르고 난리야!"

윤상이 아란을 꾸짖으며 다가왔다. 그러나 그는 싸늘한 주검이 되어 있는 자고를 보는 순간 그 자리에 얼어붙어 버리고 말았다. 행여나 다가가 코끝에 손을 대보던 윤상이 갑자기 고개를 번쩍 쳐들더니 아란을 매섭게 노려보았다. 그리고는 대뜸 인상을 험악하게 구기며 허리춤으로 손을 가져갔다. 아란이 엉겁결에 뒤로 물러나며 바르르 떨었다. 허리춤엔 아무 것도 없었다. 그제야 자신이 잠옷차림으로 나왔다는 걸 느낀 윤상이 고개를 돌려 장검을 찾았다. 고개를 돌리는 찰나 그는 책상 위에 놓여있는 자신의 매화 그림에 시선이 닿았다. 허겁지겁 달려가 자고가 죽기 전에 적어놓은 글을 읽어본 윤상은 무너지듯 그 자리에 웅크리고 앉아 두 손으로 얼굴을 가렸다.

"이건 아니야…… 사실이 아니야…… 이럴 순 없어……."

윤상은 실성한 사람처럼 중얼거렸다. 아란이 다가가 땅에 떨어진 그림을 들어보니 자고 특유의 작고 깜찍한 필체가 한눈에 안겨왔다.

매화를 노래하며 :
추위와 쓸쓸함에 아랑곳 없이 들판에 홀로 선 아름다움이여,
적막을 즐기며 차가운 강변에 우뚝 선 자존심이여.
영롱한 가지 몇 개냐고 손 흔들어 묻지 마라,
당신은 한릉(漢陵)의 몇째 가는 매화나무냐고도 묻지 마라.

　　　　　　　　　　-갑신(甲申) 후 66년 자고 절필

"이 일은 절대 발설해선 안 돼."

윤상이 눈물을 닦고 멀리 창 밖을 바라보며 깊은 한숨과 함께 토해냈다.

"……마지막 가는 길에 춥지 않게 잘 보내 줘."

39. 성심(聖心)

강하읍을 토벌하여 임백안을 생포하고 임백안이 몰래 숨겨 놓았던 백관문서기록을 색출해냈다는 내용을 골자로 하는 태자의 육백리 긴급상주문을 받은 강희는 크게 놀라고 노한 나머지 즉각 조서(詔書)를 내렸다.

10월 25일 상주문을 받고 놀라움을 금할 길 없다. 나라를 좀먹고 백성을 해치는 간큰 도둑들은 엄정히 처벌해야 한다. 황오자(皇五子) 윤기와 황구자(皇九子) 윤당이 대리사, 형부, 순천부 등 관련 아문과 합동하여 주범 임백안을 심문하여 진정한 주모자가 누군지를 밝혀내어 대청률에 의해 대역죄를 물어야 한다. 추호라도 늑장 대응한다면 용납하지 않겠다.

이런 내용의 조서를 보낸 강희는 곧 귀경을 서둘렀다.

11월20일, 강희는 천진(天津)을 거쳐 육로를 통해 북경으로 돌아왔다. 물방울이 그대로 얼어붙는 차가운 날씨였다. 동직문 밖에는 잔설이 여전했다. 떠날 때 그랬듯이 돌아올 때도 영접의식은 조촐하게 이루어졌다. 강희는 접궁청(接官廳) 앞에 설치된 임시 천막으로 윤잉, 윤지, 윤진, 윤기, 윤당 등 다섯 황자를 불렀다.

　천막이라곤 하지만 담요로 바람 한 점 들지 않게 잘 막아 놓은 데다 네 개의 커다란 화롯불이 이글이글 타오르고 있어 천막 안은 봄날처럼 훈훈했다. 천마가죽 장포만 입고 검은 여우털 관을 쓴 강희는 다소 피곤해 보이긴 했지만 눈빛은 형형했고 얼굴엔 홍광이 만면했다. 아귀다툼의 현장을 멀리 떠나 있으면서 그동안 마음이 편했다는 걸 엿볼 수 있었다. 몇 개월 사이에 강희는 떠날 때보다 훨씬 젊어 보였다. 아들들이 대례를 올리는 모습을 흐뭇한 표정으로 바라보던 강희가 태자에게 앉으라는 명령을 내리며 말했다.

　"이번 남순길에 짐이 가장 큰 수확이라고 할 수 있는 사람 한 명을 데리고 왔네. 자네들은 모를 거야!"

　그러자 옆에 있던 장정옥이 웃으며 말했다.

　"얼굴은 모르지만 모르긴 해도 방 선생의 문장은 거의 모두 읽었을 것입니다. 여기 이분이 바로 동성파(桐城派)의 문단영수(文壇領袖)이신 방포(方苞) 선생입니다."

　소개를 받은 방포가 크게 한 발 앞으로 나서며 태자에게 머리를 조아렸다. 그가 다른 황자들에게도 머리 조아려 대례를 올리려고 하자 강희가 웃으며 말렸다.

　"됐네, 장정옥은 짐의 신하이고 부리는 아랫것이지만 자넨 짐의 친구야. 여기는 다 짐의 아들들이니까, 나중에라도 만나면 간단한 평례(平禮) 정도만 하면 되겠어. 여러 황자들도 모두 들었지?"

황제의 파격적인 대우를 받는 방포를 그제야 눈여겨본 윤잉은 속으로 웃음을 금할 길 없었다. 누렇게 뜬 얼굴하며 빗자루를 거꾸로 놓은 것 같은 눈썹하며, 작고 뾰족한 입술에 원숭이처럼 생긴 볼턱이 그렇게 못 생기고 우스꽝스러울 수가 없었다. 아무리 글재주가 뛰어나다곤 하지만 하필 이런 사람을 상서방 포의재상(布衣宰相)으로 들인다는 것에 의아쩍어 하며 윤잉이 말했다.

"방 선생의 도덕문장 실력엔 늘 탄복해 왔지만 만나뵐 기회가 없었습니다. 이젠 가까운 데서 자주 얼굴 보게 됐으니 앞으로 많은 지도편달을 부탁드립니다."

방포가 말을 함부로 놓지도 어쩌지도 못하는 윤잉에게 황송한 나머지 급히 허리를 굽신거리며 말했다.

"성명(盛名)엔 못 미칩니다. 과찬에 황송할 따름입니다"

이같이 말하며 방포는 황자들을 둘러보았다. 순간 사람들은 사막에서 오아시스를 발견한 신선한 충격에 사로잡히고 말았다. 작은 눈에서 흘러나오는 밝고 날카로운 눈빛이 예사롭지가 않았던 것이다. 윤진은 동성(桐城)에서 방포의 집을 수색할 때 본 적이 있었다. 그후에 여덟째네와 더불어 황제 앞에서 방포의 구명운동을 벌인 적도 있었다. 하지만 윤진은 이런 자리에서 특별히 알은 체를 하고 싶진 않았다. 그러나 셋째는 얼굴 가득 웃음을 지어내며 말했다.

"난 어려서부터 방 선생의 문장을 읽고 자랐다고 해도 과언이 아닙니다. 특히 인상에 남는 것은 〈옥중잡기(獄中雜記)〉에서 시국에 대한 심장을 관통하는 통렬한 비판인데 정말 십년 묵은 체증이 뻥 뚫리는 느낌이 들었습니다. 지난번 지의(旨意)를 받고 바로 방 선생의 필체라는 걸 점칠 수 있었습니다."

그러자 방포는 여전히 몸둘 바를 몰라하며 상체를 숙여 화답했다. 셋째의 발언에 대한 황자들의 표정을 예리하게 관찰한 강희가 말했다.

"자네들은 독서를 운운할라치면 아직 멀었어! 나중에 천천히 읽도록 하고 임백안의 사건은 어떻게 돼 가나?"

"아바마마께 아룁니다."

윤진을 힐끗 쳐다보며 윤잉이 의자에 앉은 채로 상체를 숙여 말했다.

"임백안과 류팔녀는 대청률에 의하여 대역죄를 물었습니다. 임백안은 주범인 만큼 능지처참형에 처하고, 류팔녀를 비롯한 43명은 공범인 형부의 두 사관(司官)과 함께 요참(腰斬), 대벽(大辟) 등에 처하기로 했습니다. 그리고 일부러 사건을 축소, 은폐한 의혹을 사고 있는 오품관 한 명에겐 자살형을 내렸습니다. 이렇게 사건은 마침내 결안(結案)되었습니다."

"결안했다고?"

강희가 의외라는 반응을 보이며 등을 돌려 찻잔을 집으려 했다. 그러나 뜨거운 물 속에 손가락이 들어간 듯 화들짝 놀라 꺼내며 눈에 띄게 굳어진 표정으로 차갑게 말했다.

"너무 서두른 건 아닌가?"

목소리는 높지 않았지만 말투는 차갑고 무거웠다. 다른 황자들은 서로 눈치만 볼 뿐 누구도 감히 입을 열지 못했다. 강희가 마침내 자리에서 벌떡 일어서더니 이리저리 거닐며 말했다.

"임백안 그 자, 이부의 미관말직인 사무관 출신에 겨자알 만한 관직, 반딧불이 같은 앞날이 가련한 인간에 불과하지. 흥, 누군가 진정으로 힘센 주모자가 뒤에서 받쳐주지 않았다면 그 자가 수십 명을 고용해 문서를 관리하고 사사로이 백관들을 위협할 수 있었다고 생각하나? 독초를 제거해 버리려면 뿌리를 파버려야 하지 않겠어?"

"……"

"왜 대답이 없지?"

"아들의 주장이었습니다."

태자가 먼산만 쳐다보고 있자 속으로 냉소하며 자리에서 일어난 윤진이 침착하게 입을 열었다.

"아바마마께서 책임을 물으신다면 달게 받겠습니다. 임백안의 사건을 서둘러 마무리지었을 뿐더러 죄악의 산물인 기록문서도 아들의 주장 하에 전부 모인 자리에서 소각해 버렸습니다."

강희의 걸음이 뚝 멈췄고 홱 돌아보는 눈빛이 무서웠다.

"뭣이? 자네가? 이렇게 큰일을 짐의 지의도 구하지 않고 태자에게도 알리지 않고 자네 스스로가 결정지었단 말이지? 분명히 말해두는데, 그건 자네 일생일대의 실수였어!"

윤진이 쿵! 소리가 메아리치도록 무릎을 꿇었다. 그리고는 고개를 떨군 채 말이 없었다. 대로한 강희의 일갈이 이어졌다.

"뭐라고 말 좀 해 봐!"

천막 안팎의 황자와 대신, 시위와 태감들 모두 강희의 일갈에 주눅이 들고 말았다.

"아신(兒臣)은 드릴 말씀이 없습니다."

강희를 오래도록 똑바로 쳐다보던 윤진이 갑자기 눈을 내리 깔더니 머리를 조아려 대답했다. 목소리는 울먹이기 시작했다.

"마음만은 하늘에 우러러 한 점 부끄러움도 없습니다."

"그게 무슨 말인가?"

윤진이 잠시 생각하더니 한결 평온해진 말투로 말했다.

"폐하께선 천하를 꿰뚫어보시는 용안(龍眼)과 세상을 두루 비추시는 성명(聖明)이 계시는 분입니다. 폐하께서 분명히 지적하셨듯이 임백안 같은 새우가 고래 무서운 줄 모르고 설쳐대는 것은 누군가 어마어마한 거물이 뒷심이 되고 있음은 불 보듯 뻔한 일입니다. 십수 년 동안을 미꾸라지 한 마리가 육부를 휘젓고 다니는 걸 그 전의 명신(名臣)이었던 우성룡, 곽수를 비롯해 요즘의 현상(賢相)인 장정옥, 마제 그리고 강희 사십이 년 이후로 정무에 참여해온 황자들은 그래 아무도 몰랐단 말입니까? 지금 이 자리에 있는 패륵 및 재상들 중에 이 사건에서 자유롭지 못한 사람이 없다고 누가 감히 보장할 수가 있겠습니까? 그 옛날 오삼계의 무리가 삼번의 난을 일으켰을 때도 아바마마께선 사람들을 모아놓고 오문(午門)에서 백관들 관련 기록을 소각하신 적이 있습니다. 부유하는 군신들의 마음을 다독이기 위해서인 걸로 알고 있습니다. 아들은 너무 많은 사람들이 주련되어 정국이 고동치는 게 두려웠습니다. 그리하여 아바마마께 중죄를 짓는 줄 알면서도 사악한 주범 하나를 없애버리는 것으로 사건을 마무리짓고 기록을 소각해버리는 것으로 인심을 안정시키려 했던 것입니다. 아바마마께서 아신의 판단이 잘못됐다고 생각하신다면 아신은 모든 책임을 떠 안을 각오가 되어 있습니다."

"음……."

강희가 말없이 윤잉과 윤진을 번갈아 쳐다보았다. 그제야 강희는 태자가 자신의 공치사를 해댄 사건에 실은 태자가 전혀 정면에 나타나지 않았다는 걸 알 수가 있었다. 앞뒤를 재고 생각하는 사이에 어느덧 말투가 많이 부드러워진 강희가 입을 열었다.

"이건 삼번의 난과는 경우가 다르지. 형세도 다르고, 세부적인 것도 많이 달라."

이에 윤진이 급히 머리를 조아리며 대답하여 말했다.

"형세는 다르지만 이치는 똑같습니다. 감정이야 다를지 모르지만 마음은 언제나 같다고 생각합니다. 아신은 이 사건을 계기로 흐트러진 조정의 기강을 바로잡고 사악한 무리들의 온상을 철저히 파버리려고 하시는 아바마마의 의중을 알고 있습니다. 하지만 하루이틀 사이에 이루어진 것이 아니고 이미 고질이 되어버린 부정부패가 한 가지 사건을 크게 다룬다 하여 뿌리 뽑히겠습니까? 아신이 수많은 밤을 지새우며 고민한 결과 황가의 체통을 다치지 않게 하면서 정국의 혼란을 막으며 부정부패와의 소리 없는 전쟁에 돌입하는 방법은 단 하나라고 생각했습니다. 은근한 불에 고기 익듯 평온한 압박감을 주어 천천히 정리정돈에 들어가야겠습니다."

남순에서 돌아온 강희가 반드시 이 부분의 책임을 추궁해 올 것이라는 판단 하에 윤진과 오사도는 밀실에서 답변거리를 충분히 검토했었다. 일리 있고 절도 있고 적당히 치고 빠지는 화술에서 윤진은 대성공을 거두었다. 한편 자신이 실컷 공치사를 한 사건이 윤진에 의해 까밝혀진 윤잉은 화가 나기도 하고 두렵기도 한 김에 당장 윤진을 장화발로 짓이겨 죽이고만 싶었다. 윤지와 윤당은 속이 후련한 면도 있지만 질투의 감정도 생겨났다. 잠시 침묵이 흐르는 동안 윤진이 다시 연신 고개를 조아리며 입을 열었다.

"아신은 아바마마의 명에 따라 호부와 형부를 관리하면서 처음 착수할 때는 사건이 이 정도로 중대한 줄은 정녕 몰랐습니다. 그리하여 아바마마께도 지의를 구하지 않았을 뿐더러 태자마마에게도 아뢰지 않았습니다. 후에야 안 일이지만 그럼에도 태자마마께선 모름지기 뒤에서 아신을 많이 도와주고 계셨습니다. 이 점 아신은 태자마마께 크게 감사드립니다."

천의무봉(天衣無縫)과도 같은 윤진의 연설은 끝났다. 윤지는 미간을 찌푸렸고 윤당은 사황자에게 이렇게 간사한 면이 있는 줄 몰랐다는 듯이 눈이 휘둥그레졌다!

"정옥!"

강희가 한숨조로 말했다.

"마제가 몸이 안 좋은가 본데, 가보게. 가능한 한 내일 사시(巳時)까지 대내로 나오라고 전하게. 짐이 백관들을 불러 훈화할 생각이야."

"예, 폐하!"

장정옥이 급히 대답했다. 그리고는 곧바로 물었다.

"장소는 양심전이옵니까?"

"건청궁으로 하지."

강희가 아랫입술을 살짝 깨물며 말했다.

"양심전은 너무 비좁아."

말을 마친 강희는 곧 대내로 움직일 것을 명했고 천막 밖에서 고악소리가 울려퍼졌다.

대가(大駕)를 호송하여 동화문까지 온 윤당은 사람들과 더불어 물러났다. 그리고는 홀로 말을 타고 곧 염친왕부로 향했다. 마침 윤사도 대문 앞에서 수레에서 내리고 있었다. 윤당을 발견한 윤사가 미소를 지으며 말했다.

"저녁에야 오는 줄 알았더니 무슨 큰일이라도 난 것처럼 그새 달려왔어?"

말없이 윤사를 따라 서화청으로 들어와 털썩 자리하며 윤당이
말했다.

"별 일은 없고 그냥 마음이 싱숭생숭해서 찾아왔을 뿐이에요."

"간식 좀 내오거라."

윤사가 명령했다. 그리고는 윤당 쪽으로 고개를 돌리더니 웃으
며 말했다.

"마음이 싱숭생숭하다는 건 별일 아닌 것이 아니지. 아바마마께
서 무슨 말씀이 계셨길래 시간이 그렇게 오래 걸렸어? 우린 밖에
서 동태되는 줄 알았지 뭐야. 대체 무슨 일이었어?"

안색이 굳어진 윤당이 하녀가 건네준 생강차를 한 모금 마시고
천천히 방금 있었던 일을 들려주었다. 그리고는 말했다.

"전처럼 넷째를 태자의 집을 지켜주는 강아지에 불과하다고 생
각했다간 큰코 다치겠어요. 말재주 비상한 걸 좀 보세요. 간사하기
를 조조(曹操) 뺨치게 생겼다니깐요? 태자의 표정도 심상치 않았
어요. 넷째는 득의양양할지 몰라도 이참에 자신을 완전히 팔아먹
은 것 같아요!"

눈을 지그시 감고 윤당의 사설을 듣고 난 윤사가 눈을 번쩍 뜨고
웃으며 말했다.

"아무튼 영악한 친구야. 태자가 다시금 황제에게서 멀어지고
있다는 것을 감지한 거지. 나한테 붙자니 체면이 말이 아니겠고,
태자에겐 붙어있어 봤자 더 이상 별볼일 없을 것 같으니 이런 식으
로 폐하의 환심을 사려고 발버둥을 치는 거지. 들어보니 자신은
'태자당'이 아니라는 걸 온몸으로 보여줬네 뭐. 걱정할 정도는 아
니야."

그러자 윤당이 그렇지만은 않다는 듯 머리를 저으며 말했다.

"저도 그런 줄 알았는데 오늘 보니 술책과 지모가 예사롭지 않고 뜻하는 바를 점칠 수 없는 요주의 인물이에요!"

"그래?"

사실 윤사는 오래 전부터 윤진을 경계해왔다. 그저 윤당에게 드러내보이고 싶지 않았을 뿐이었다. 윤사가 웃으며 말했다.

"황자가 크게 설치는 것은 탈적(奪嫡)을 의식한 행동으로 보면 돼. 넷째가 평범한 인물이 아니라는 건 난 진작에 느낌이 왔어. 그러나 그는 그릇이 작고 박덕한 치명적인 약점이 있어. 해봤자 꽤 잘 나가는 신하로 만족할 수밖에 없을 걸? 성명하신 폐하께서 그런 사람을 후계자로 점찍을 리가 없지 않겠어? 친왕이 되고부터 어느 하루도 일을 저지르지 않은 날이 없었어. 부하들의 마음이 불안에 떨고 인심이 급속히 자신에게서 떠난다는 것도 모르나 봐. 넷째가 둘째를 대신해 등극할 경우 삼개월 안에 천하대란이 일어나지 않으면 아홉째 자네 내 눈을 후벼내! 폐하께서 일은 많이 맡기시면서도 병권은 끝까지 내주시지 않은 걸 보면 모르겠어? 큰 기후를 형성하기엔 역부족인 인물이니 걱정 붙들어매고 두 다리 쭉 뻗고 자라구."

윤사의 말이 끝나갈 무렵 하인이 스무 살 안팎의 젊은 여자 하나를 데리고 들어서는 게 보였다. 윤사가 하인을 향해 "왔어?" 하며 거두절미하고 묻자 하인이 급히 아뢰었다.

"왔사옵니다. 바로 류청낭(柳靑娘)이옵니다."

윤당이 무슨 영문인지 몰라 의아쩍어 하고 있을 때 류청낭은 벌써 들어서고 있었다. 그리 뛰어난 외모는 아니어도 웃는 모습이 귀엽고 눈빛에 생기가 넘치는 풋풋한 여자였다……. 사뿐사뿐 걸어와 인사하며 옥구슬 굴러가는 듯한 목소리로 류청낭이 말했다.

"여덟째마마, 노비를 부르셨사옵니까?"

"우리가 매일 입버릇처럼 넷째네 집이 바늘 하나 밀어넣을 수 없고 물 한 방울 떨어뜨릴 수 없는 외딴섬이라 하잖아."

어리둥절해 있는 윤당을 향해 윤사가 웃으며 말했다.

"보다시피 우리집 극단에서 노래부르는 류청낭이라고, 하필이면 그집 마름 고복이랑 눈이 맞아 돌아간대요, 글쎄!"

그제야 윤사의 뜻을 헤아린 윤당이 류청낭을 아래위로 쓸어보며 물었다.

"그게 사실이야?"

윤당을 본 적은 없지만 황자들 중 한 사람일 거라는 생각에 류청낭이 수줍음을 타며 고개를 끄덕이더니 말했다.

"그이가 위가(魏家) 골목에 방 한 칸을 얻어주어 소녀는 그곳에 살고 있사옵니다."

윤당이 머리를 끄덕이더니 웃으며 말했다.

"대장(大將)도 미인궐(美人關)만은 넘기 어렵다 하는데, 하물며 고복임에야? 자네 생김새 만큼이나 여덟째마마께서 맡기는 임무를 잘 수행할 수 있을 거라 믿네!"

두 손으로 손수건을 배배 꼬며 갈수록 수줍어하던 류청낭이 발갛게 달아오른 얼굴을 숙이며 말했다.

"여덟째마마 덕분에 아버지와 오빠가 잘 지내고 있사온데, 소녀가 죽는 한이 있더라도 그 은혜를 갚는 것은 당연지사이옵니다."

"죽긴 왜 죽어?"

윤사가 피식 웃으며 말했다.

"앞으로 복을 누릴 날만 남았는데 죽다니! 자네 오빠는 이미 광동성(廣東省) 고요현(高要縣) 현령으로 발령 내놨어. 이건 시작이니 앞으로 더욱 잘 될거야. 내가 고복더러 넷째황자에게 마수를 뻗치라는 소리는 아니야, 명심해. 다만 넷째황자가 우리들에게 무슨 악의가 있나 없나만 고복더러 알아내라고 하면 되겠어."

그러자 류청낭이 수줍게 웃으며 말했다.

"사패륵부는 가법이 지엄하여 우리 그이 같은 '모자라는' 사람은 외원(外院)에서 서성일 수밖에 없다고 들었사옵니다. 그이는 여태 넷째마마 서재에도 한 번 못 들어가 봤는데, 패륵부에 훨씬 늦게 들어온 연갱요는 여동생이 넷째마마의 시첩인 덕분에 지방에서 크게 한자리 해먹는다며 고복이 며칠 전에도 툴툴댔사옵니다. 그래서 제가 실력으로 안 되면 8천 냥 정도 먹여서 사품 도대(道臺) 자리를 사면 되지 않겠느냐고 했사옵니다."

옹왕부에서 나온 자질구레한 소식을 처음 접하는 윤당이 대단히 재밌어 하며 다그쳐 물었다.

"그랬더니 고복이 뭐랬어?"

그러자 류청낭이 얼굴을 붉히고 몸을 배배 꼬며 말했다.

"그이가 그러는데, '다 필요없고 너만 있으면 돼. 너를 빼내올 몸값도 아직 다 못 구했는데, 8천 냥이 누구네 개 이름이냐, 넷째마마도 툭툭 던져주는 성격이 아닌데……'라고 했사옵니다."

"8천 냥이라고……."

턱을 매만지며 생각하던 윤사가 통쾌하게 말했다.

"내가 해 줄게. 가지고 있다가 고복이 잘하는 것 같으면 주면 되잖아. 그런데 관직을 사서 나가면 안 돼. 아직은 넷째네집에 있어줘야 하니까…… 그리고 또 뭐 재밌는 거 없어?"

류청낭이 턱을 살짝 들고 생각하더니 말했다.

"별다른 건 없사옵니다. 넷째마마께서도 풍수지리에 일가견이

있는 사람을 시켜 북경 순의현(順義縣) 일대에서 묘 자리를 보고
밀운현(密云縣)에는 장원(莊園)을 구입해 두었다는 소문도 들렸
사옵니다……."

"땅 욕심 내는 걸 보니 별 수 없는 인간이구나."

윤사가 비꼬아 말했다.

"안 그래, 아홉째?"

두 사람은 윤진을 둘러싸고 오래도록 입방아를 찧었다. 윤당은
오랜 시간이 흘러서야 집으로 돌아갔다.

이튿날, 건청궁으로 움직이기 전에 강희는 양심전에서 태자 윤
잉과 윤지, 윤사, 윤진과 장정옥, 마제, 방포 등을 불러들였다. 향이
흐물흐물 피어오르는 백합(百合) 구리솥 뚜껑 옆에서 서성이는
강희는 다소 우울해 보였다. 황자들과 대신들이 자리하기를 기다
렸다가 강희가 입을 열었다.

"건청궁으로 가기 전에 상의할 일이 있어서 불렀네. 짐은 천하
를 세 등분으로 나누어 해마다 번갈아 가며 그해의 모든 세금을
면제해주는 명조(明詔)를 내리고자 하는데, 자네들 생각을 듣고
싶네."

"아바마마!"

윤잉이 어색한 웃음을 지으며 먼저 입을 열었다.

"두 말할 것 없는 선정(善政)의 일환인 것은 분명합니다. 하오
나 성명하신 아바마마께서도 아시다시피 호부의 국고는 전혀 여
유가 없이 빠듯하게 돌아가는 실정입니다. 말씀대로라면 당장 세
수(稅收)가 삼분의 일로 줄어들 텐데 아무런 사고도 없이 무사태
평하다면야 좋겠지만 만에 하나 변경 지역에 분쟁이 생겨 군사를

동원해야 할 때는 군량 문제가 큰일이 아닐 수 없습니다. 아신 생각엔 몇 년 뒤로 미루는 게 어떨까 합니다."

그러자 윤진도 거들고 나섰다.

"태자마마의 말씀이 지당하다고 생각됩니다. 아들이 호부에서 몇 년 동안 일해본 경험에 의하면 호부 사정이 그리 넉넉하지 못한 건 사실입니다."

고개를 숙이고 잠시 생각하던 강희가 마제를 향해 물었다.

"자네 생각은 어떠한가?"

마제는 보기에 정말 큰병을 앓고 난 사람처럼 안색이 창백해 보였고, 눈이 더 마르고 커 보였다. 강희의 물음에 그는 가벼운 기침을 하여 목청을 가다듬으며 말했다.

"신 역시 전대미문의 좋은 발상이 아닌가 하옵니다. 하오나 세금을 면제해주긴 쉬워도 올려받긴 어렵듯이 백성들에게 버릇을 잘못 굳히는 격이 되지는 않을까 염려스럽사옵니다."

내내 미간을 찌푸리고 있던 장정옥은 태자와 마제의 의견 모두 마음에 안 드는 눈치였다. 그가 한참 후에 입을 열었다.

"신의 우견으론 지금 폐하께서 제시한 것보다는 조금 높여 받는 게 좋을 듯하옵니다. 강희 29년 이래, 조정에서 감면해준 세금액은 무려 1천3백43조 냥에 달하옵니다. 세금을 깎아주는 건 당연하고 높여받는 건 민분(民憤)의 근원이 되는 게 현실이옵니다. 면제시 켜주더라도 듣기 싫은 소리를 먼저 해두는 게 좋을 듯하옵니다. 나라에서 민생을 위하는 만큼 백성들 또한 나라가 어려울 때 조정이 백성을 사랑하는 마음을 헤아려 쾌척할 수 있어야 한다고 말입니다. 이렇게 못박아두면 유사시 징량(懲糧) 위기에 처하진 않을 것이옵니다."

상서방에서 잔뼈가 굵은 대신다운 노련한 답변이었다. 강희는 저도 모르게 머리를 끄덕였다. 한 켠에 잠자코 서 있던 방포는 강희의 눈길이 자신을 향하자 곧 입을 열어 자신의 주장을 말했다.

"장 어른의 고견에 충분히 공감하옵니다. 지방단체마다 의창(義倉)을 설치하여 그 지역의 덕망있는 유지들의 힘을 빌려 식량을 모아두는 게 어떨까 하옵니다. 나라가 무사하면 그 의량(義糧)을 풀어 가난한 사람들을 도와도 좋을 것입니다. 관원들은 맘대로 착취를 못하게 만들고 유민(流民)들이 배고픔을 못 이겨 도적으로 전락하는 것도 미연에 방지할 수 있어 지방치안을 바로잡는 데도 한몫 톡톡히 할 것 같사옵니다."

"좋아, 그렇게 하지. 장정옥, 자네가 조서를 작성하여 끝나는 대로 발표하게."

강희가 고개를 들어 자명종을 바라보며 말했다.

"이제 그만 돌아가 보게들."

건청궁은 자금성 내에서 삼대전(三大殿)을 빼고 가장 웅장하고 화려한 궁전이었다. 역대로 황후들의 거처이자 황제가 정침(正寢)하는 곳으로 유명했다. 가끔씩 한두 명의 관원들을 불러 접견하기도 하고 상서방 대신들을 불러 의사하기도 하지만 워낙 크다 보니 무서운 느낌마저 들기도 했다. 이 때문에 허서리 황후가 죽은 뒤로부터 이곳은 명목상은 여전히 황제의 침궁이었지만 차츰 외국사절을 접견하고 원단(元旦, 설), 원소(元宵, 정월 대보름), 단오, 중추절, 중양절, 동지, 추석, 만수절 등 명절 때면 내각의 조례(朝禮)나 연회를 베푸는 곳으로 탈바꿈하기 시작했다.

강희황제는 상서방대신들을 데리고 월화문을 들어섰다. 몇몇 황자들이 따라다니며 시중들었다. 궁전 앞의 붉은 돌계단 밑에 육부의 백관들과 북경에 술직차 온 외관들이 까맣게 엎드려 있었다. 이덕전이 채찍을 세 번 울리자 몇백 명의 관원들이 모자를 벗고 머리를 조아리며 크게 외쳤다.

"만세, 만세, 만만세!"

강희가 손사래를 치며 계단을 올라 '정대광명(正大光明)' 편액 밑에 있는 금빛과 자주색이 어울린 용봉(龍鳳) 무늬의 용좌(龍座)에 자리했다. 마제와 방포가 허리를 굽혀 한 발 뒤로 물러나 무릎을 꿇었다. 강희는 느릿느릿한 동작으로 찻잔을 들어 차 한 모금을 마셨다. 그리고는 천천히 백관들을 훑어보았다. 커다란 건청궁은 기침소리마저 들리지 않을 정도로 정적이 감돌았다.

"장정옥이 현재 양심전에서 명조를 작성하고 있는 중이네. 조회가 끝나는 대로 발표할거네."

강희의 목소리는 그리 크지 않았다. 그러나 유난히 힘있고 무게 있게 궁전에 울려 퍼졌다.

"짐은 올해부터 시작하여 삼 년에 한 번씩 돌아가며 세금을 징수하기로 했네."

"만세!"

강희가 그만 하라는 듯 손을 내저으며 말했다.

"소위 '만세'란 신하들로서 마땅히 할 수밖에 없는 단어인 줄은 아네만 자고로 백살을 넘긴 천자도 없었거늘 만세란 웬말인고? '인생칠십 고래희(人生七十 古來稀)'라고, 짐은 칠십까지 사는 것만으로도 대단히 만족하네."

강희가 천천히 자리에서 일어나 금으로 도배한 바닥에서 거닐었다. 때로는 군신들 사이를 때로는 자신의 용좌 주위를 배회하며 말을 이었다.

"이 명조를 발표하는 것은 나라가 부유해서 돈과 식량을 어디에 저장할 데가 없어서가 아니네. 짐이 이번에 남순 길에 올라 미복 (微服) 차림으로 나가 다닌 적이 많았지. 우리 백성들은 상상을 초월할 정도로 비참하게 살고 있었어……. 소주(蘇州), 항주(杭州)가 '천당'이라고? 딸자식 팔고 나무껍질 벗겨 먹는 건 다반사였어. 백성들은 서서히 죽어가고 있고 악에 받쳐있는 것 같았어. 백성들은 나라의 근본이거늘 민변을 막는 것은 강물을 막는 것보다 더 중요하다는 생각을 짐은 하게 됐어."

"그래서 오자마자 세금감면을 추진한 거야!"

갑자기 온몸의 피가 욱하고 올라오듯 강희의 얼굴이 벌겋게 변했다.

"짐이 세금을 한 냥 받으면 밑에서 가렴주구를 일삼는 쓰레기 같은 관리라는 자들은 두 냥을 챙겨. 백성들은 사지에 내몰리고 조정은 조정대로 국고가 텅텅 비어! 짐이 세금을 아예 면제해 버리면 세금을 빙자해 백성들을 등쳐먹던 인간들은 이제 어찌지?"

궁전은 여전히 쥐 죽은 듯 고요했다. 강희의 장화소리만 유난히 크게 들렸다. 한참 후에 강희가 탄식하듯 말했다.

"물론, 다행히 나라가 평화로워서 총칼 들고 뛰쳐나가지 않아도 되기 때문에 이런 여유라도 생기는 거지 아니면 마음 뿐이지 않겠나? 이번에 짐이 자리를 비운 동안 북경에 남아 있었던 태자가 일을 잘해줘서 짐이 그나마 기분이 좋네."

강희가 임백안 사건을 처리한 과정을 요약하여 말했다. 그리고는 덧붙였다.

"사황자와 십삼황자가 태자를 보필하여 이 나라를 말아 먹을 도둑을 제거한 공로도 인정해줘야 함은 당연하다. 즉각 광록사(光祿寺)에 짐의 명령을 전하라. 윤진은 이제부터 친왕 봉록의 두 배를, 윤상은 패륵 봉록의 두 배를 하사한다!"

문무관원들이 전부 모인 자리에서 지명당해 칭찬을 받은 윤진은 순간 얼굴이 빨갛게 달아올라 연신 머리를 조아려 말했다.

"성은이 망극하옵니다! 아신은 마땅히 해야 할 일을 했을 뿐인데 이런 큰 상을 주시니 실로 황송하기 그지 없습니다……."

"지금은 해야 할 일을 하는 사람도 드물거든. 그러니 황송할 것도 없네."

강희가 얼굴을 들어 수심에 잠긴 눈빛으로 창밖을 바라보며 말했다.

"사황자는 어릴 때는 정서가 불안정하여 짐의 지적을 많이 받았었는데, 그 동안 책을 가까이하고 정서함양에 노력하고 덕을 많이 쌓은 결과 이젠 누구보다 훌륭하게 변해 있어. 그러게 모든 것은 자기하기 나름이라고 하는 거야."

연신 자신을 치하하는 강희의 말에 황송해진 윤진이 머리를 조아리며 말했다.

"이 모든 것을 아바마마의 지성어린 가르침과 지도편달의 공로로 돌리겠습니다! 하오나 아들이 친왕 봉록의 두 배를 받는 것에 대해선 없던 일로 해주셨으면 합니다. 아들은 이미 깊고 크신 성은에 겨워 있습니다!"

윤진의 말뜻을 헤아린 강희가 미소를 지으며 고개를 끄덕였다.

"원하는 대로 해 주지."

윤사, 윤당, 윤아는 팔꿈치로 서로를 치기도 하고 몰래 눈길을 주고 받기도 하며 쉬쉬했다. 열넷째는 자신도 병부에서 '해야 할 일'은 열심히 했건만 오늘은 유독 넷째에게만 찬사가 쏟아지는 것이 불만스러웠다. 네 사람이 각자 툴툴대며 생각에 잠겨 있을 때 강희가 갑자기 한껏 목청을 높여 고함치듯 말했다.

"임백안 같은 새우가 관직을 사고 파는 일에 앞장서고 급기야는 인명까지 맘대로 사고 팔아 농락하여 천리(天理)를 상실하고 인륜을 저버린 작당을 저지르고 다녔어. 육부를 바둑알 옮겨놓듯 갖고 놀았고 관원들을 의붓아들 부려먹듯 했어. 그래도 누구 하나 끽소리 못하고 끌려다닌 건 왜일까? 누가 속시원히 대답할 수 있겠어?"

"……."

"여러분!"

갑자기 벙어리가 되어 죽어라 고개만 떨구고 있는 관원들을 노려보는 강희의 눈빛이 섬뜩했다.

"여러분들이 진심으로 조정을 위하고 이 나라를 위한 공복이었다면, 그래서 흠잡을 데 없는 충심으로 주인을 섬기고 맡은 바에 최선을 다했더라면 어찌 임백안 같은 자가 몇 자루씩이나 되는 검은 자료를 작성할 건덕지가 나오겠어?"

강희가 악에 받쳐 소리질렀다.

한동안 침묵이 흘렀다. 아무리 강심장이라고 하더라도 등골이 오싹해질 정도로 강희는 실로 오랜만에 포효에 가까운 호령을 내렸다. 사람들은 길게 엎드린 채 감히 고개 들 엄두를 못냈다. 그러길 반나절, 더 이상 참을 수 없는 육체적인 고통에 이들이 하나둘씩 고개를 빠끔히 쳐들었을 때 강희의 모습은 어디에도 찾아볼 수 없었다.

40. 옹화궁(雍和宮)

건청궁에서 물러나 집으로 돌아오는 길에 윤진은 가슴이 터질 것 같은 흥분을 주체할 수 없었다. 대문 앞에 당도하기에 앞서 그는 애써 널뛰는 가슴을 진정하여 수레에서 내렸다. 옹화궁(雍和宮) 도하문(倒厦門)에 들어갈 때 그는 앞만 보고 걷다가 하마터면 걸려 넘어질 뻔했다. 도하문 안의 먼발치에 있는 큰 백양나무에 사람 하나가 묶여있는 걸 본 윤진이 물었다.

"저건 누군데 여기에 묶어놓으면 어떡해?"

"넷째마마께 아뢰옵니다."

하인이 조심스레 대답하여 말했다.

"넷째마마 서재에서 시중드는 강아지이옵니다. 무슨 일 때문에 복진께서 화가 나셨는지는 모르겠사옵니다. 고복이 혼자 어찌할 수 없어 이곳에 묶어두고 넷째마마를 기다렸나 보옵니다……."

"시끄러워!"

윤진이 짜증을 내며 말했다.

"고복이 불러와!"

총알같이 달려온 고복은 화가 잔뜩 나 있는 윤진을 보며 건청궁에서 심기를 다치고 온 줄 알고 다급히 인사하며 말했다.

"강아지 이 빌어먹을 놈이 복진 곁에서 시중드는 취아라는 하녀를 후려 데리고 놀았나 봅니다. 애까지 뱄는데 이젠 숨길래야 숨길 수가 없게 되었습니다. 복진께서 화가 많이 나셨습니다……."

"정말 그런 일이 있었단 말이지?"

윤진이 고복을 째려보며 말했다.

"내원(內院), 외원(外院)이 칼같이 나뉘어 있고 경계가 엄연한데 자넨 복진이 눈치챌 때까지 그것도 모르고 뭐했어? 우리 집에서 이런 해괴망측한 일이 생기다니 말이나 돼?"

고복이 연신 허리를 굽신거리며 아무 말도 못했다. 윤진이 발을 무겁게 굴러보이고 풍만정으로 향하려 하자 고복이 다급히 말했다.

"넷째마마 그럼 강아지는 어떻게……?"

"두 말하면 잔소리 아니야?"

윤진이 발걸음을 떼며 차갑게 말했다.

"가법대로 대나무 회초리 쉰 대 안기고 두 사람 모두 밀운현에 있는 황장(皇莊)에 고역보내!"

"예!"

윤진이 풍만정에 들어서 보니 장기판을 벌여놓고 장기수를 연구하는 오사도 옆에 송아지가 울상을 짓고 서 있었다. 분명히 강아지의 일로 오사도에게 사정하러 왔을 거라는 생각을 한 윤진이 표정이 굳어진 채로 자리에 앉으며 길게 숨을 내쉬며 말했다.

"기가 막혀 말이 안 나와. 내가 집안단속 잘 한다는 걸 모르는 사람이 어딨어?"

"송아지, 그만 나가봐."

오사도가 명령하여 송아지를 내보냈다. 멀어져가는 송아지를 보며 오사도가 웃으며 말했다.

"일부러 화난 척하는 것도 고역이 따로 없죠? 넷째마마께선 오늘 즐거운 비명을 지르실 줄로 아는데, 화가 나실 리가 있겠습니까?"

그제야 윤진이 웃으며 대내에서 있었던 일을 그대로 들려주었다. 그리고는 말했다.

"방포가 생긴 건 억울하게 생겼어도 벌써 폐하의 고문을 맡은 것 같았소. 이번에 말씀하신 세금 감면도 방포가 폐하께 제안한 게 아닌가 하오."

윤진의 말에 귀기울이던 오사도가 말했다.

"방포 그 사람 대단한 인물임엔 틀림없습니다. 그가 쓴 책을 읽어보면 그 사람이 보입니다. 세상사를 예리하게 해부하여 도마 위에 전시해 놓은 걸 보면 기가 막힙니다! 폐하께서 이렇다 할 직함도 없이 곁에 두고 계시는 걸 보면 그에게 집안살림을 전부 맡기시려는 것 같습니다."

윤진이 보기에 방포는 황자들을 대함에 있어 비굴하지도 오만하지도 차지도 따뜻하지도 않았다. 번번이 그런 표정을 대할 때마다 윤진은 뭐라 형언할 수 없는 감정에 휩싸이곤 했다. 오사도의 말을 듣고 한참 생각하던 윤진이 실소하듯 웃으며 말했다.

"사는 게 점점 힘들어지는군! 태자와 여덟째에게 응수하는 것만 해도 버거운데 이제 황제 곁에 또 감시자 하나가 생겼으니!"

"전혀 문제될 거 없습니다!"

오사도가 몸을 뒤로 젖혀 바둑알을 잡아 손에 넣고 매만지며 말했다.

"오늘 이 일만 보더라도 방포는 충분히 공정한 사람입니다. 방포가 편협하고 사적인 것에 약한 사람이 아니라면 넷째마마에겐 걸림돌이 될 수 없습니다! 폐하께서도 이젠 매사에 자신이 없어 방포를 택하신 것이 아닙니다. 일단 나이가 들면 누구나 친구가 제일이라는데, 청객(淸客) 하나쯤을 곁에 두고 심심할 때 이야기 주고받을 상대가 그리웠던 것이고, 두 번째는 어느날 아침 갑작스런 신분상승을 하여 용문(龍門)에 든 청객이 보은을 하는 차원에서라도 외부의 자극으로부터 황제를 진심으로 보필할 거 아니냐라는 계산도 있었던 것 같습니다. 넷째마마, 지금 폐하께선 평생을 고생하시고 선종(善終)을 못하실까봐 가장 전전긍긍하고 계십니다. 이것은 폐하께서 태자마마에 대한 불신이 극에 달했다는 걸 단적으로 보여줍니다!"

찻잔을 들고 있던 윤진의 손이 흠칫 떨렸다. 찻물이 사방에 튀자 아예 찻잔을 탁자에 내려놓은 윤진이 이를 악문 채 미소를 지으며 말했다.

"그렇지 않아도 태자가 무슨 불길한 예감이 드는지 오늘 내내 안색이 흐려 있었소. 폐하께서 이런 식으로 통 큰 세금감면책을 내놓으시면 나중에 태자가 천하백성들에게 점수딸 기회를 박탈당하는 것과 같지 않겠소? 이 부분에 있어선 난 태자를 동정하오. 그래서 폐하의 주장에 앞장서서 찬성표를 내진 않았던 거요. 부자(父子), 군신(君臣) 사이의 불신은 곧 세상 모든이들의 불행이니까!"

두 사람이 이야기를 주고 받고 있을 때 성음이 웃으며 들어섰다.

"영악하고 똑똑한 강아지가 웬일로 저렇게 심하게 얻어맞는 겁니까? 넷째마마께 혼날 일을 저질렀더라도 웬만하면 봐주십시오."

"안 그래도 그것 때문에 방금 우리 둘이 쭉 얘기하고 있었는데……."

윤진이 웃으며 말했다.

"자기 집안단속도 제대로 못하는 사람이라면 어찌 천하를 다스릴 수 있겠어? 내가 자네 체면을 무시하는 게 아니라 이런 일은 절대 쉽게 용서할 수 없어!"

그자리에서 면박을 당한 성음이 얼굴을 붉히며 한 켠으로 물러섰다. 오사도가 의자에 몸을 맡긴 채 말이 없자 일어서서 나가려던 윤진이 다시 돌아와 웃으며 말했다.

"오 선생, 내 말이 맞는 것 같소?"

"철저히 공감합니다. 자기관리도 제대로 못하는 사람에게 천하를 맡겼다간 쑥대밭 만들기 십상입니다."

오사도는 눈길을 먼곳에 둔 채 이같이 말했다. 그러나 목소리는 얼음장같이 차가운 것이 야유인지 찬사인지 당장 구별이 가지 않았다. 고개를 갸우뚱하던 윤진이 다시 발걸음을 멈추며 말했다.

"내가 집안관리를 하는 원칙은 '엄(嚴)'자 하나에 있소. 난 검소한 삶을 지향하여 아랫것들에게도 그리 넉넉한 편은 못 되지만 야박한 경우도 없었소. 내삼원(內三院)의 아랫것들은 누구 하나 내가 고해(苦海)에서 구출해내지 않은 사람이 없소. 물론 강아지나 송아지도 마찬가지고. 나의 가법에 따르는 자는 상을 크게 내리고, 나의 가르침에 위배되는 짓을 하는 자는 벌을 결코 가볍게

내리지 않는 것이 내 원칙이고 방식이오. 오 선생, 난 내가 잘못한
게 없다고 생각하오."

"맞는 말씀입니다. 그런데 넷째마마께선 누군가에게 사람을 선
물로 내려보신 적이 있습니까?"

"그게 무슨 소리요?"

"예를 들면 취아를 강아지에게 상으로 내리신다든지."

"……그런 건 없었소."

오사도가 웃으며 자리에서 일어나 지팡이 소리를 내며 방안을
한 바퀴 돌았다. 그리고는 말했다.

"만물의 영장인 사람이야말로 최고의 선물이 아닌가 합니다.
둘다 결혼할 나이도 됐고, 제 생각엔 둘을 성혼시키는 게 어떨까
합니다. 남녀 사이에 정분이 나는건 '엄(嚴)'자로 일관되게 훈계를
해서 이기는 걸 못 봤습니다. 듣자니 두 아이는 어렸을 적부터
죽마고우 사이로 서로를 의지하며 지냈고, 여기 들어와서는 비록
자주 만나지는 못했지만 서로에 대한 그리움이 더욱 싹텄었나 봅
니다. 넷째마마, 진심으로 좋아하는 짝들을 맺어주는 것만큼 덕을
쌓는 좋은 일이 없습니다. 집안을 단속하는 것도 좋지만 도(道)를
따르지 않으면 착오는 면할 수 없을 겁니다!"

오사도의 말이 끝나기 전에 이미 크게 깨달은 윤진이 문 어귀에
다가가 먼발치에서 이곳만을 뚫어지게 바라보고 있는 송아지를
향해 손짓했다. 송아지가 다가오기를 기다려 윤진이 지시했다.

"가서 강아지 불러와, 취아도 함께!"

"예, 알겠습니다!"

송아지가 좋아라 엎드려 머리를 조아리고는 저만치 달려갔다.
어느새 들어왔는지 고복이 물었다.

"넷째마마, 혹시 그자식을 용서하실 겁니까?"

윤진이 말없이 고개 끄덕여 대답하고는 말했다.

"풀어줄거야."

고복이 억울한 표정으로 오사도를 힐끗 쳐다보더니 말했다.

"넷째마마, 지금 이 사태를 지켜보는 눈들이 한둘이 아닙니다. 애네들을 풀어주시면 앞으로 수습곤란한 지경에 이를 것입니다. 둘째세자를 시중드는 하녀 다관(多官)이와 찻방의 똘마니 곽량추(郭良秋)도 오가는 눈길이 이상야릇한 것이 뭔가 심상찮았고요, 넷째마마 시중을 드는 소홍(小紅)이년도 아무한테나 살짝살짝 추파보내며 꼬리치는 것이 예사롭지 않습니다…… 소인이 모르는 일이 이밖에도 얼마나 많겠습니까? 일일이 뒷조사를 할 수도 없고 말입니다. 안팎으로 400여 명에 달하는 것들의 마음은 소인이 눈이 천 개라도 제대로 관리할 수 없을 것입니다!"

고복의 하소연에 윤진이 허허 웃으며 말했다.

"남녀 사이는 담벽으로 막을 수 없는 거야! 복진한테 가서 집안을 다스리는 건 복진의 몫이라며 내가 말했다고 전해. 오래 전부터 복진은 나이 들어 눈이 맞아 돌아가는 아랫것들끼리는 성혼시켜 동원(東院)의 몇십 개도 더 되는 빈방에 살림을 장만해 주자고 했어. 내가 바빠서 듣는 둥 마는 둥 해서 그렇지. 이젠 알아서 하라고 해. 성혼을 했어도 하녀들은 여전히 원래 위치에서 일하고 저녁엔 당번을 짜서 윤번으로 집에 가면 되잖아, 뭐가 문제야? 애 낳으면 역시 우리집 가노(家奴)로 키우면 되는 거고."

고복이 놀랍다는 듯이 눈과 입을 크게 벌린 채 연신 "예, 예"하고 대답하며 물러갔다. 윤진이 웃으며 방안에 들어가더니 성음을 향해 말했다.

"자넨 자기 주장을 오사도 선생처럼 끝까지 밀어붙이지 못하는 걸 보니 아직은 오사도 선생에 비하면 한참 멀었어."

그러자 성음이 웃으며 말했다.

"전 넷째마마께서 이건 아니야 하시면 금방 기가 죽어버리는 건 사실입니다."

이윽고 강아지와 취아가 고개를 가슴께까지 드리운 채 앞서거니 뒷서거니 들어섰다. 취아는 안색이 파랗게 질린 채 얼굴이 한 줌이 되어 한 켠에 엎드렸다. 강아지도 평소의 장난기 다분한 모습은 온 데 간 데 없었다. 조심조심 무릎을 꿇어 머리를 조아리고 난 강아지가 입을 열었다.

"넷째마마의 가법이 지엄하다는 건 저도 잘 압니다. 알면서도 범했다는 것이 대단히 죄스럽습니다. 넷째마마께 진심으로 죄송하게 생각합니다. 어떠한 벌을 내리시더라도 흔쾌히 받아들이겠습니다. 다만 저를 믿고 따른 죄밖에 없는 취아는 임신한 상태라 넷째마마께서 부디……. 제가 죽일 놈입니다. 제가 취아를 해코지한 거나 다름없습니다……."

강아지는 말을 잇지 못했다. 소용돌이치던 눈물이 어느덧 줄 끊어진 구슬처럼 흘러내렸다.

"둘이 잘 어울리네 뭐!"

윤진이 미소를 지으며 말했다.

"버릇없이 멋대로 놀아 내 명성을 더럽혀서 그렇지. 그 대가로 몇 대 얻어 맞았으니 이제 됐어."

사패륵부로 들어온 이래 윤진의 무서운 면을 익히 보아온 취아가 이같은 윤진의 말에도 불구하고 몸을 사시나무 떨 듯 하며 연신 머리를 조아려 말했다.

"천…… 천세마마…… 소녀가 복에 겨워 그만…… 이런 배은망덕한 짓을 저지르고 말았사옵니다…… 부디 죽음을 주시옵소서……."

그러자 윤진이 크게 웃으며 자리에서 일어섰다.

"아무튼 대단한 사람들이야! 이 감정 변치 말고 검은 머리 파뿌리 되도록 잘 살아. 티격태격했단 봐라. 혼날 줄 알아."

머리를 힘껏 끄덕이며 눈물범벅이 된 강아지와 취아가 약간은 의외라는 듯 윤진을 바라보았다.

"강아지!"

윤진이 희색이 만면하여 물었다.

"자네 본명이 강아지일리는 없을 테고?"

강아지가 잠시 어리둥절해 하더니 곧 대답하여 말했다.

"전 원래 이씨(李氏)이고 취아는 육씨(陸氏), 송아지는 엄씨(嚴氏)입니다. 걔가 태어나는 거의 비슷한 시각에 그집 소가 먼저 새끼낳는다고 해서 걔는 송아지, 전 낳자마자 강아지가 풍덩풍덩 뛰며 너무 좋아하길래 강아지라고 별명을 지었다 합니다……."

강아지의 말이 끝나기도 전에 세 사람은 그만 크게 웃어버리고 말았다. 너무 웃어 눈물이 난 눈가를 손가락으로 닦으며 윤진이 말했다.

"아무튼 재밌는 친구야! 그런데 이 별명이 큰일 하기엔 도움이 안 되는 이름이니까 앞으로 자네는 이위(李衛)라고 부르자구. 송아지는…… 아예 성까지 바꿔…… 주용성(周用誠)이라고 부르는 게 좋겠어. 취아는 원래 이쁜 이름이니 갈 필요 없겠고. 다시 한번 말하는데 잘만 따라주면 푸대접하는 일은 없을 거야!"

"넷째마마!"

강아지가 눈빛을 반짝이며 재차 물었다.

"그럼 저를 쫓아내지 않으신단 말씀이십니까?"

윤진이 웃으며 오사도에게 말했다.

"요 영악한 놈이 말하는 거 좀 봐! 우리 집에 들어온 이상 살아도 여기서 살고 죽어도 우리집 귀신이 돼야 한다고 내가 얘기 안했던가? 난 사람을 볼 때 마음을 중요시하는 것이지 겉으로 보이는 것엔 현혹당하지 않아. 자넨 아직 어리고 뭘 몰라서 저지른 실수인데, 그것 때문에 내쫓다니 말이나 돼? 얼마 전에 이부에서 사천성(四川省) 성도부(成都府)에 현령 자리가 하나 비었다며 마땅히 천거할 사람 없느냐고 하던데, 내가 보기엔 자네가 잘 해낼 것 같아. 송아지도 조만간에 내보낼 텐데 젊어서 혈기왕성할 때 심신을 많이 단련시키고 열심히 배워. 혹시 알아? 나중에 봉강대리(封疆大吏)까지 할지!"

전혀 믿기지 않는다는 듯 눈을 크게 뜨고 어정쩡하게 있던 강아지가 결국엔 울음을 터뜨렸다. 죽어라 머리를 조아릴 뿐 한 마디도 못하고 강아지는 물러갔다.

그로부터 보름 후, 이부에서 이위(李衛)를 사천성 성도 현령으로 발령낸다는 표(票)가 내려왔다. 이위는 이부에 가서 위임패찰, 물새 모양의 보자(補子)가 달린 관복과 금박 정자(頂子)를 받았다. 그는 관복을 정갈하게 갈아입고 본주인 윤진을 찾았다. 사패륵부는 어느새 대대적인 공사를 거쳐 새로운 면모를 자랑하고 있었다. 윤진이 말했던 대로 눈이 맞은 아랫것들끼리 성혼을 시켜 저마다 자그마한 신접살림을 차려주어 분위기가 한결 가족적이고 밝아보였다. 이들은 몰라보게 멋있어진 이위를 붙잡고 갖은 수다를 떨었다. 윤진은 "맡은 바 일에 부지런하고 최선을 다하는 것이 주인에게 보은하는 것"이라며 누누이 강조했다. 자기가 먼저 출세하여 외관으로 나가는 것이 송아지에겐 상처가 될지도 모른다는 생각에 강아지는 송아지를 찾아가 위로의 말을 건네려고 했다. 그러자 송아지가 의외로 웃으며 말했다.

"기왕 나가는 거 잘해. 내 얼굴에 똥칠하지 말고! 난 여기서 너 못지 않게 바쁠 거 같아! 이제부터 이위, 주용성으로 넷째마마에게 충성할 우리는 강아지, 송아지로 영원할 거야. 집에 남는 나는 집을 지키기 위한 것이고, 밖에 나가는 너는 큰 의미에서의 안전한 뜨락을 만들어 주기 위한 거야. 그러니 우린 똑같지 않아? 근데 네가 왜 하필이면 사천성으로 발령났는지 알아? 바로 연갱요를 견제하라는 거야. 그가 엉뚱한 마음을 먹지 않나 제때에 파악해 내는 것이 너의 임무야! 취아랑 같이 떠나지? 좋겠다!"

이위가 쑥스러운 듯 뒤통수를 긁적이며 말했다.

"형이 콕 집어주지 않았으면 난 내가 왜 가는 줄도 모를 뻔했어. 넷째마마께서 신신당부하여 말씀하시길 밖에선 상대편 내편 할 것 없이 경각성 높여 잘 살펴야 한다며 대소사 구별없이 무조건 서찰을 자주 보내라고 하셨거든. 무슨 말인지 이제야 알겠어. 성도에 '내편'이라곤 연갱요밖에 더 있어?"

이위는 옹화궁에서 보름 정도 더 머문 후에 남행길에 올랐다. 홀로 남은 주용성은 윤진의 서방총관(書房總管)으로 승진되었다. 옹친왕부의 자질구레한 외무(外務)와 집안 대소사 그리고 황자들 간의 연락은 모두 고복이 주관하였지만 문서를 정리하고 상주문 쓸 때 시중들고 기밀문서를 작성하는 일, 그리고 문각, 성음, 오사도를 시중드는 일은 주용성이 도맡기로 했다. 이렇게 해서 고복과 주용성 두 사람은 일의 경계가 분명해졌다.

설을 쇠고 나자 정월 대보름이 다가왔다. 거국적인 세금감면을
실행한 첫해였기에 나라 전체는 여느 때보다 명절 분위기가 고조
되어 있었다. 사해(四海)가 같이 경축하고 신주(神州, 중국 대륙을
칭함)는 열광의 도가니에 빠졌다. 이와 더불어 조정에서는 60살
이상의 노인들에게 술과 고기를 하사함으로써 조정과 백성이 하
나된 분위기는 고조에 달했다. 정월 초하루부터 14일까지 북경성
은 밤낮이 따로없이 불꽃놀이가 이어졌다. 친히 예부를 찾은 여덟
째 윤사는 순천부에 명령하여 동직문(東直門) 입구부터 서편문
(西便門)에 이르는 20여 리에 등불과 꽃종이가 어우러진 채색 천
막을 두르게 하여 그곳에 오색영롱한 물건들을 전시했다. 북경성
의 사람들은 전부 거리로 몰려나온 듯 밤이 새도록 열기가 식을
줄 몰랐다. 청나라가 개국한 이래 이토록 번잡하고 흥성하게 명절
을 보내기는 처음이었다.

정월 16일, 건청궁 연회에 참석했다가 집으로 돌아온 윤진은
만복당에서 복진과 연씨, 그리고 세 명의 아들과 잠시 덕담을 나누
었다. 그리고는 곧 풍만정으로 향했다.

풍만정에서는 오사도와 성음, 문각 그리고 주용성이 화롯불 옆
에 모여 앉아 웃고 떠들며 즐거워하고 있었다. 그 모습을 본 윤진
이 반갑게 웃으며 말했다.

"아무튼 세상에서 제일 행복한 사람들이야! 누군 힘들게 일하
고 뼈가 물러날 지경인데! 이런 명절 일 년에 두 번만 쉰다면 아예
죽는 게 낳겠어! 여덟째는 꾸미는 재주 하나는 알아줘야겠더라구.
얼마나 공들여 만들어 놨는지 철거할 때 아주 골치 아프겠던걸."

"여덟째마마께서 출혈하셨으니 넷째마마께선 힘으로라도 떼워

야 하지 않겠습니까?"

오사도가 모처럼 농을 하며 웃으며 말했다.

"어제 저녁 잠시 나가 보니 사방에서 불기둥이 치솟는데, 정말 가관이 따로 없었습니다. 이쪽으로 오십시오, 넷째마마. 좀 따뜻할 것입니다."

윤진이 오사도의 옆에 앉아 화롯불에 손을 쬐며 말했다.

"전에는 꽉 움켜쥐고 있었더니 명절이라도 별로 명절 분위기가 안 나는 것 같더니 올해는 제멋대로 풀어주니 좋아라 야단법석이군. 오면서 보니까 하인들 방에서 노랫소리가 진동하던 걸. 고복이는 어디에도 안 보이고, 요즘 들어 통 집에 붙어 있길 싫어하는 것 같아. 무슨 사무가 그리 바쁜지 말이야!"

주용성이 윤진에게 찻잔을 받쳐올리며 특유의 얼떨떨한 표정으로 말했다.

"말로는 명절 인사하러 아버지한테 갔다곤 하는데 제가 보기엔 그런 것 같지도 않습니다. 밖에 여자가 하나 있다고 소문났던데, 모르긴 해도 아마 거기 가지 않았나 싶습니다."

주용성이 외관들이 보내온 청안첩자(請安帖子)를 한 뭉치 들어 윤진에게 건네주며 말했다.

"연갱요, 대탁 두 어른, 그리고 강아지가 보낸 것도 있습니다. 넷째마마께서 꼭 이곳에 들르실 줄 알고 가져왔습니다."

"고복이 밖에 여자가 있다구? 난 왜 여태 몰랐지?"

윤진이 첩자를 하나씩 뜯으며 고개를 갸우뚱했다.

"주용성, 자네는 이 일의 내막을 잘 조사하여 보고하도록 하게."

미간을 약간 찌푸리고 한 통씩 꺼내보던 윤진이 갑자기 푸우! 하고 웃음을 터뜨리며 첩자 하나를 오사도에게 넘겨주며 말했다.

"이것 좀 보오. 이위 선생의 대작이라네."

오사도가 받아보니 "넷째마마의 대복대귀대수(大福大貴大壽)를 비나이다"라는 제목부터가 우스꽝스러웠다. 내용은 첩자라기보다는 편지였다.

넷째마마께 아룁니다. 이곳의 사무관들은 하나같이 병신새끼들입니다. 밥만 축내고 제대로 하는 일이 없어 짐싸서 쫓아냈습니다. 별명이 '얼간이'라는 자만 남겨 뒀습니다. 이곳의 지역유지라는 것들도 마찬가지입니다. 아무리 말을 해도 씨알도 안 먹힙니다. 제가 토지소유량에 따라 세금을 내야 한다고 하니 저더러 "얼간이!"라고 욕합니다. 뭐 "물이 이기나 바위가 이기나 어디 보자"라고 지껄이기도 합니다. 이곳의 수재(秀才)들 역시 길들이기 쉽진 않을 것 같습니다. 제가 실력별로 관리하려고 시험을 치르자 했더니 단체로 위에 고발하겠다며 길길이 뛰는 걸 연갱요 어른이 겨우 말렸습니다. 아무튼 전 이곳에서 아직은 넷째마마한테 있을 때보다 뜻대로 되는 것도 잘 없고 서글플 때가 더러 있습니다. 넷째마마랑 송아지도 그립고요. 그리고 저의 집사람이 넷째마마와 복진께 드릴 꽃신을 수놓았길래 이 편지와 함께 보냅니다. 곧 아이를 낳을 것 같은데 넷째마마께서 이름을 지어주셨으면 합니다. 마지막으로 넷째마마께 아뢰고 싶은 것은 연갱요 어른에 대한 얘긴데, 너무 부자이십니다. 가진 게 너무 많아 입이 딱 벌어집니다.

강아지의 문장 실력이 그대로 드러나는 우스꽝스러운 내용이었다. 오사도는 웃고 싶었지만 어쩐지 웃음이 나오지 않았다. 성음과 문각은 연신 박수까지 쳐가며 배를 부여안고 웃어댔다. 윤진이 고개를 숙이고 한숨을 내쉬며 말했다.

"이위가 아무리 먹물을 못 먹었다곤 하지만 이 정도로 문장실력이 딸릴 줄은 몰랐어. 진작 알았더라면 주용성을 보냈어야 했는데. 혹 이런 내용이 여덟째 수중에도 들어갔을 수 있으니 각별히 조심하게. 지금은 내가 그런 대로 잘 나가니 괜찮겠지만 만에 하나 운이 나쁠 때는 별 문제 될 것 같지도 않은 부하들의 이런 실수도 다 책잡힐 건덕지가 된다니까."

그제야 문각과 성음은 웃음을 거두었다. 그러자 오사도가 잠시 생각하더니 웃으며 말했다.

"심각하게 생각하실 거 없습니다. 내일 이 내용을 우스개삼아 폐하께 말씀드려 다같이 한바탕 웃어버리면 끝나는 겁니다."

윤진이 고개를 저으며 뭐라 입을 열어 말하려 할 때 큰세자인 홍시가 백발이 성성한 노인을 데리고 들어섰다. 자세히 뜯어보니 노인은 다름 아닌 직예총독인 무단이었다. 윤진이 깜짝 놀라 자리에서 벌떡 일어나며 소리치듯 말했다.

"무단 장군! 언제 오셨습니까?"

홍시더러 미리 알렸더라면 마중이라도 나갔을 텐데 하며 한바탕 꾸짖고 난 윤진이 부랴부랴 무단을 자리로 안내했다. 그러자 무단이 웃으며 말했다.

"무아무개가 감히 사전연락도 없이 사패륵부를 쳐들어올 리는 없잖겠습니까! 넷째마마께선 상상도 못하실 겁니다. 제가 어떤 분을 뫼시고 왔는지!"

사람들이 크게 의아쩍어 하며 문어귀를 바라보고 있으려니 누군가가 웃으며 느릿느릿 걸어오는 소리가 들려왔다.

"짐이 일부러 알리지 못하게 했네. 날 웃겨준다고 하는 것 같던데, 무슨 얘긴가?"

"폐하!"

윤진이 눈을 크게 뜨고 그 자리에 굳어졌다. 류철성, 장오가, 더렁태 등 몇몇 시위들이 차례로 들어서고 방포가 주렴을 걷자 희색이 만면한 강희가 마침내 풍만정에 모습을 드러냈다. 너무나 뜻밖인지라 경황이 없는 이들은 한참 후에야 급히 엎드려 머리를 조아렸다. 오사도 역시 지팡이를 던지고 쓰러지듯 엎드려 머리 조아려 외쳤다.

"만세!"

"너무 당황해 할 건 없네."

강희는 머리에 꼭맞는 과피모(瓜皮帽)를 쓰고 푸른비단 두루마기를 입고 있었다. 허리에 달려있는 두 마리 용이 구슬을 마주 물고 있는 노란 장식 주머니만 아니라면 어디에도 제왕이란 느낌을 받을 수 없는 평범한 노인이었다. 당황하여 어쩔 줄 모르는 사람들을 향해 강희가 자상한 미소를 지으며 말했다.

"그만 일어들 나게. 원래 앉았던 대로 편하게 자리하고."

윤진이 급히 자기가 앉았던 의자를 중앙에 옮겨놓고 노루가죽 방석을 깔아 강희를 앉게 했다. 그리고는 성음, 문각, 주용성과 함께 한 켠에 물러서서 시립했다. 거동이 불편한 오사도는 화롯불 옆에 앉아있는 수밖에 없었다. 강희가 웃으며 말했다.

"오늘밤 월색도 좋고 집집마다 가족끼리 모여 등구경도 하고 맛있는 밥도 먹고 명절을 즐겁게 보낼 걸 생각하니 짐도 마음이 즐겁네. 이런 날에도 어떤 사람들은 엄청난 일을 준비하느라 여념 없겠지만 말이야. 들어가 보지는 않았지만 황자들 집앞을 쭉 돌아보니 한바탕 시끌벅쩍하던데 자네들만 조용해 보이길래 들어와 봤지. 만복당에 먼저 가서 짐의 며느리도 보고, 서재에서 세 손자 녀석들 책 읽는 것도 보고…… 너무 좋았어! 그 막내 녀석이 홍 뭐랬더라……."

강희가 기억이 가물가물하여 방포를 바라보자 방포가 웃으며 말했다.

"홍력이옵니다."

"그래 맞아, 홍력이!"

강희가 자상하게 웃으며 말했다.

"언제보나 한결같이 괜찮은 아이야. 짐은 홀딱 반해버리고 말았어. 열하에서 사냥할 때 보니까 홍력 그놈 활솜씨도 만만찮은 것 같았어. 짐도 이젠 늙어서 그런지 애들이 그리워. 홍력이를 짐의 곁에 두고 공부시키면 안 될까?"

홍력에 대한 강희의 찬사에 흥분한 나머지 가슴이 쿵쿵 뛰는 윤진이 겨우 진정하며 말했다.

"여부가 있겠습니까? 이건 아신 문중의 일대광영이고 홍력의 조화가 아닐 수 없습니다! 성학(聖學)이 박학다식하신 폐하 곁에서 공부하면 홍력은 불과 몇 년 사이에 학식은 두 말 할 것 없고 수양과 덕을 쌓는 면에서도 수확이 대단할 걸로 믿어마지 않습니다!"

강희가 미소를 지으며 수염을 쓸어내렸다. 그리고는 머리를 끄덕이며 가벼운 한숨을 지으며 말했다.

"영재를 얻어 크게 키워보는 것은 일대 경사가 아닐 수 없지. 짐은 백여 명 황손들에게 똑같은 기회를 주지 못하는 게 아쉽지만 참새처럼 쫑알대는 것들 다 불러놓고 정신없이 돌아가는 것보단 나을 것 같아."

강희가 이같이 말하며 책상 위에 놓여 있는 첩자들을 뒤적였다. 묘하게도 이위(강아지)가 쓴 편지를 뽑아 잠시 읽어보던 강희가 껄껄 웃으며 말했다.

"방금 짐을 웃겨줄 거라던 내용이 이거 맞지?"

윤진이 급히 대답하여 말했다.

"예, 그렇습니다."

강희가 수염을 바르르 떨며 웃더니 방포에게 건네주며 말했다.

"한번 읽어보게. 자네 같은 대문장가도 이렇게는 못 쓸 걸!"

잠시 훑어보고 난 방포가 웃으며 말했다.

"나름대로 세상보는 눈은 있는 친구인 것 같은데, 아쉽게도 책을 너무 적게 읽은 것 같사옵니다."

그러자 잠자코 있던 오사도가 불쑥 입을 열어 말했다.

"이위의 문장이 다 그런 건 아닙니다. 가끔씩 '무관이 죽음을 두려워하지 않고, 문관이 돈을 좋아하지 말아야 나라가 태평하다'라는 식의 멋진 글도 선보일 때가 있습니다. 방금 읽어보신 우스꽝스러운 편지도 문언(文言)으로 잘 다듬으면 썩 괜찮은 문장이 될 수도 있습니다!"

내내 오사도를 지켜보던 강희가 마침내 입을 열어 물었다.

"자네 이름이 뭐지?"

"폐하께 아뢰옵니다."

오사도가 공수하여 대답했다.

"신은 오사도라고 하옵니다."

강희가 잠시 생각을 더듬는 듯하더니 곧 웃으며 말했다.

"짐의 기억이 틀림없다면 예전에 과거시험 고사장을 뒤엎어 버렸던 그 친구로군. 자네 글도 아주 명필이야! 짐이 알아."

그러자 오사도가 급히 머리를 조아려 말했다.

"과찬이십니다. 남위(南闈) 사건 이후로 도피생활을 해오다 성은에 힘입어 사면받고 지금은 온전하지 못한 지체를 이끌고 옹친 왕부에서 기거하고 있사옵니다."

강희가 흐뭇한 미소를 지으며 고개를 끄덕였다. 그리고는 회중시계를 꺼내보더니 자리에서 일어날 준비를 하며 말했다.

"오늘저녁은 발길 닿는 대로 나왔다가 큰 재미보고 가는데? 즐거웠어. 짐은 또 종수궁에 가서 향을 사르고 움직여야겠네."

이같이 말하며 자리에서 일어난 강희가 돌아서서 오사도의 어깨를 두드려 주며 말했다.

"자네 주인 잘 섬기게. 자네의 뛰어난 재주로 주인을 현명한 황자로 명성을 남기도록 섬긴다면 그 어떤 벼슬자리에 오르는 것보다 삶의 의미가 있을 거네."

윤진 일가와 오사도네는 대문 밖에 나와 강희의 수레가 멀어져 더 이상 안 보일 때까지 배웅했다. 발길을 되돌리며 윤진이 성음을 나무라듯 말했다.

"그래도 뭐 귀신불 같은 눈에 천리 밖을 엿들을 수 있는 기똥찬 귀를 가졌다고? 폐하께서 풍만정으로 들어오시는 것도 모르는 주제에!"

성음이 계면쩍은 듯 뒤통수를 긁적였다. 한편 오사도는 깊은 생각에 빠져 혼자말처럼 중얼거렸다.

"오늘 같은 날에도 누군가는 '엄청난 일'을 준비한다고 폐하께서 하신 말씀이 대체 뭘까?"

41. 귀물법기(鬼物法器)

　전국을 세 부분으로 나뉘어 3년에 한 번씩 윤번으로 돌아가며
세금을 징수한다는 내용의 조서가 내려진 강희 51년 민심은 비등
했다. 복받은 농민들을 축하라도 하듯 그해 농사는 전례없는 대풍
작을 거두었다. 그 바람에 강남의 쌀값은 한 되에 3전(三錢)으로
떨어졌다. 모처럼 기지개를 켠 농민들의 사기를 꺾지 않기 위해
강희는 해관총독에게 명령하여 그해 수입으로 평년의 가격을 쳐
식량을 사들이게끔 했다. 그리하여 국고에 들어오는 돈은 다른
때에 못 미쳤지만 하남(河南), 산동(山東), 산서(山西), 섬서(陝
西), 안휘(安徽), 소북(蘇北) 등 자연재해가 빈발하는 지역에도
모처럼 창고에 쌀이 그득했다.

　호부를 맡은 윤진은 각 지역의 번사(藩司)에 창고관리를 제대
로 못하여 식량이 썩어나가거나 도둑맞는 일이 있어선 절대 간과
하지 않겠다는 강경한 입장을 천명한 서찰을 보내느라 바빴다.

그는 또 열넷째와의 상의하에 묵은 쌀은 각 주둔군에 팔아넘기기로 했다. 보리, 수수, 옥수수 등 잡곡은 몽고 지역에 사료용으로 보내기로 했다. 비록 윤상네가 도와주지만 윤진은 여전히 바빴다.

4월 하순 열하를 순시중이던 강희가 지금부터 태어나는 인구에 대해선 영원히 인두세를 받지 않는다는 내용의 조서를 발표했다. 윤잉의 심기는 갈수록 불편해져만 갔다. 열하에 있는 강희와 북경에 있는 윤진과 장정옥이 손발이 착착 들어맞아 돌아가는 걸 아니꼽게만 쳐다보던 윤잉은 아예 일에서 손을 떼려는 듯 강희의 지의(旨意)만 있으면 읽어보지도 않고 각 부서로 내려보냈다.

윤잉에 대해 노골적으로 불편한 심기를 드러내는 마제와는 달리 장정옥은 아무리 꼴사나워도 매일 육경궁에 인사가는 건 빼놓지 않았다. 태자가 손을 놓아버리자 장정옥은 직접 각 부서에 찾아다니며 업무를 챙겼고 지의를 실행한 상황을 상세히 기록하여 같은 내용으로 육경궁과 열하에 보냈다. 장정옥의 천의무봉한 노력은 정무가 엉망이 되어 돌아가길 바라는 태자를 비참하게 만들기에 족했다.

음력 9월 4일, 윤진은 강희가 승덕에서 중양절을 보내고 귀경할 거라는 내용의 유지(諭旨)를 전해 받았다. 날씨가 말썽을 부리지 않으면 16일 사시(巳時)경에 도착할 거라고 했다. 윤상과 함께 호부에서 의사(議事)하고 있던 윤진이 유지를 보며 미간을 찌푸리며 말했다.

"내 생각엔 태자가 육경궁에 보내진 이 조서를 읽어보지도 않고 그냥 내려보낸 것 같아. 대가(大駕)를 맞는 일은 예부의 일인데 새로 들어온 상서가 아직은 뭐가 뭔지를 잘 모르더라구. 우명당도 소식 없고. 북경에 도착할 동안 치안이며 도착하셔서도 대내에 머무르실 건지 창춘원으로 가실 건지…… 뭐 확실한 게 하나도 없네?"

"매일 자리나 지키고 앉아 뭘하는지 몰라!"

윤상이 하품을 하며 불만을 토로했다.

"지난 번 육경궁 가보니까 왕섬이 태자에게 〈사서(四書)〉를 입이 부르트도록 가르치고 있었어요. '군주의 미덕은 친민(親民)에 있고, 지선(至善)에 있다'고 여러 번 강조하는 품이 안쓰럽게까지 보이던데도 태자는 실없이 웃기만 하고 앉아 있더라니깐요?"

메마른 입술을 핥아가며 처절한 몸짓으로 가르치는 왕섬과 마음은 콩밭에 가 있는 흐리멍텅한 태자의 모습을 상상한 윤진이 크게 웃으며 자리에서 일어났다.

"우리 상서방에 가서 장정옥한테 자문 좀 구해보자구."

두 형제는 나란히 서화문으로 들어가 융종문에서 상서방으로 직행했다. 4품 문관 하나가 의자에 허리를 붙이고 앉아 대기하고 있을 뿐 장정옥은 보이지 않았다. 윤진이 자세히 뜯어보니 바로 도찰원(都察院)의 감찰어사(監察御使)인 어얼싼이었다. 윤진이 웃으며 알은체를 하는 사이 어얼싼이 어느새 자리에서 일어나 격식을 갖춰 정중하게 인사했다. 그리고는 평온한 목소리로 대답하여 말했다.

"장 중당께서는 일 때문에 잠깐 다녀오신다며 나가셨는데 아직 돌아오시지 않았습니다."

어얼싼은 어사들 중에서도 직선적이기로 소문난 왕고집쟁이였다. 태자가 탐관오리들의 명단을 자기 입맛에 맞게 변경시켰을 때도 어사들 중에서 어얼싼만이 연신 세 번씩이나 시정해줄 것을 간언했었다. 언관(言官)의 신분이 아니었더라면 진작에 파면당했을 법도 했다. 그런 어얼싼을 잘 아는 윤상이 농담조로 웃으며 말했다.

"그래 오늘은 누굴 잡으려고 작정을 하고 앉아 있소?"

"십삼마마께 아룁니다."

어얼싼이 가볍게 허리를 굽혀 말했다.

"봉양(鳳陽) 경내에 도둑떼들이 출몰했다는 정보를 입수한 병부에서 안휘성 순무에게 자문(咨文)을 보내 병사들을 풀어 탄압하라고 했는데, 3개월이 지나도록 그곳 지부(知府)인 이불은 이에 관한 아무런 응답도 보내지 않고 있습니다. 사실을 은폐하고 책임을 회피하려는 행위임에 분명합니다. 신은 결코 간과할 수 없어 상소문을 작성하여 장 어른께서 조정에 전달해 주셨으면 하여 뵙기를 청했습니다."

그러자 윤상이 웃으며 말했다.

"제대로 찾아왔네? 자네 이불이 누구의 문하인 줄 알고 있소?"

어얼싼이 윤진과 윤상을 바라보더니 퉁명스레 말했다.

"예, 알고 있습니다. 장 중당의 고족(高足)인 걸로 알고 있습니다. 그렇기 때문에 장 중당께서는 더욱이 책임을 통감하여 공정하게 처리해야 할 줄로 알고 있습니다."

어얼싼에게 부쩍 매력을 느낀 윤진이 어얼싼을 아래위로 훑어보았다. 나이는 서른 살 안팎으로 보이고, 다소 길고 마른 체격이었다. 깔끔하게 차려입은 조복은 주름 하나 없었고, 하얗고 반들반들한 턱엔 세 올의 긴 수염이 드리워져 있었다. 세모눈 치고는 퍽 큰 눈엔 새까만 동공이 가득했다. 흰자위는 거의 보이지 않았다. 전도유망한 젊은 어사가 벼슬에 대한 욕심이 가장 많을 때임에도 서슴없이 장정옥을 찾아 껄끄러운 간언도 불사한다는 사실에 윤진은 속으로 찬사를 보냈다. 그리고는 천천히 입을 열어 말했다.

"내가 보기엔 웬만하면 관두면 좋겠군. 큰일도 아닌데, 안 그래도 불철주야 바쁜 사람을 괜히 짜증나게 하지 말고."

"넷째마마, 그 말씀은 결코 수긍할 수 없습니다."

어얼쌴이 고개를 숙인 채 몸을 앞으로 하며 침착하게 입을 열어 말했다.

"폐하의 입장에서 볼 때는 별로 큰일이 아니지만 이불의 인품을 엿볼 수 있는 기회가 될 것이고, 백성들로선 도둑들이 출몰하여 생계를 위협하는 일이 결코 작은 일이라 할 순 없습니다. 장 중당의 입장에선 자신의 문하일수록 엄격하게 처리하여 백관들이 문하를 없애는 운동에 사표가 되어야 할 것입니다."

말을 마친 어얼쌴은 태연하게 윤진의 시선을 받았다. 당황하거나 긴장한 기색이라곤 전혀 없었다. 과연 대신(大臣)의 기품이 있다고 속으로 찬탄을 아끼지 않으며 윤진이 고개 끄덕여 말했다.

"난 그냥 해본 소리네. 자네 생각이 그러하다면 자네 방식대로 해야겠지."

말을 마친 윤진이 곧 윤상과 함께 밖으로 나왔다.

장정옥은 공문결제처에 있었다. 시세륜과 대화를 나누고 있던 장정옥이 윤진과 윤상을 보자마자 급히 자리에서 일어나 웃으며 말했다.

"두 분 마마께서 못 오시는 줄 알고 여기 일 끝내고 찾아뵈려고 하던 중입니다. 도찰원 우독어사(右督御使)가 상(喪)을 당해 집에 가는 바람에 시세륜더러 그 대신 일 좀 봐달라고 부탁하는데 이렇게 빼고 난리라는 거 아닙니까!"

오랜만에 윤진, 윤상을 보는 시세륜이 격식차려 인사하려는 듯 장포를 걷어올리자 윤상이 급히 말리며 말했다.

"그만하게. 그동안 우린 하나같이 볼썽사납게 변했는데 혼자서만 속편하게 지냈나 살이 먹음직하게 쪘는데! 근데 왜? 어사 자리를 왜 거절해? 북경 호랑이에게 1순위로 잡혀 먹힐까봐서? 장 중당, 앞 뒤 잴 것 없이 눌러 앉혀요! 청관(淸官)이 어사 안 하면 누가 하겠어?"

윤상의 말에 시세륜이 웃었다. 공문결재처의 몇몇 사관들은 이들이 무슨 상의할 일이 있어 모인 줄 알고 보던 서류를 껴안고 다른 방으로 피해갔다.

"여기서 이야기하지."

윤진이 장정옥을 마주하고 앉았다.

"강남 안찰사 아문에서 뇌물을 받고 범인을 도망가게 방조했다는데, 그 범인이 회북(淮北)에서 돈을 훔치다 잡혔다고 하오. 또 사형장에서 운좋게 살아남은 자가 도망갔는데 형네집에서 치료받다가 사촌형이 고발해서 붙잡힌 사건도 있고. 지엽적인 것 같지만 보아하니 강남도 원옥(冤獄)이 북경을 능가하면 했지 못하진 않은 거 같소. 그리고 남리(藍理)라고 있죠. 도둑을 토벌한다는 것이 양민을 백여 명씩이나 잘못 죽였다지 뭐요. 대만정벌 때 워낙 큰 공을 세운 장군이라 폐하께서 죽을 죄는 면해 주었다고 하는 자 말이오. 그건 그렇고 강남순무인 희복납(希福納)을 처벌하는데 왜 그리 쩔쩔매는지 모르겠소?"

장정옥이 생각에 잠긴 채 머리를 끄덕여 보이며 말했다.

"그자는 여덟째마마의 문인이어서 폐하의 지의나 태자의 헌유(憲諭) 외엔 먹혀 들게 없다 합니다. 형장에서 요행히 살아남아 도망간 그자를 붙잡은 사람이 저의 문하인데 괜히 잘난 척했다며 후회막급이었습니다. 압력이 만만찮은가 봅니다."

이치(吏治)가 이 지경에 이르렀다는 현실에 윤진과 윤상은 잠시 할말을 잃었다. 한참 후에 윤상이 웃으며 말했다.

"나라가 이렇게 힘이 없어서야! 형장에서 범인 하나 못 죽여주니 원! 감참관(監斬官)은 뭘했고 험시(驗屍)하는 자는 뭘하고 자빠졌을까!"

"금지옥엽 황자마마들께서 세상 복잡하게 돌아가는 걸 어찌 다 알겠습니까?"

시세륜이 감개에 젖어 말했다.

"지난번 형부의 왕(王) 상서(尙書)가 형법 중에서도 대벽(大辟)만은 수작을 부릴 수가 없다 하던데, 그건 회자수(劊子手, 사형집행인)들의 실력을 몰라서 하는 소리입니다. 조상대대로 대물림 받은 것이 사람죽이는 재주뿐인 회자수들은 칼질 연습할 때 선지(宣紙)를 펴놓고 고기를 다진다 합니다. 칼을 수십 번 내리쳐 고기는 만두소처럼 되어도 그 밑의 선지는 절대 도흔(刀痕) 하나 없어야 할 정도로 이들은 칼부리는 재주가 불가사의 그 자체라 합니다! 사형수들 가족들이 돈 좀 찔러 넣어주면 단칼에 고통없이 보내주되 거의 완벽한 시신을 보장하고, 그렇지 않으면 삐꺼덕대는 마차가 동네 열 바퀴를 돌 때까지 처절한 고통 속에서 수없는 죽음을 당하게 한다 합니다! 이번에 형장에서 다행히 살아남은 자만 보더라도 회자수들의 작당일 가능성이 큽니다. 나라가 맥을 못 춘다던 열셋째마마의 말씀에 공감합니다!"

몇 사람이 무거운 주제를 놓고 이야기를 하고 있던 중 장정옥이 수시로 시계를 꺼내보자 시세륜이 그만 물러가야겠다며 밖으로 나갔다. 그러자 윤상이 장정옥에게 물었다.

"형신, 폐하께서 곧 귀경하실 모양인데 영접할 준비를 서둘러야겠습니다. 태자 어른께서 저렇게 나 몰라라 하고 있으니 어쩌겠습니까?"

장정옥이 얼굴을 들어 낮게 드리운 하늘을 쳐다보며 한참 후에야 입을 열어 말했다.

"폐하께서 마제를 시켜 저에게 서찰을 보내오셨습니다. 영가(迎駕) 의식은 되도록 간단히 하되 관방(關防)만은 중요시 하라고 지시하셨습니다. 영가 의식에 대해선 예부상서를 불러 지시했습니다. 관방에 있어서는 폐하께서 친히 무단에게 특지(特旨)를 보내셔서 선박영과 함께 치밀하게 준비하라고 하신 걸로 알고 있습니다. 우리는 맡은 바 임무에만 충실하면 될 것 같습니다. 이런 내용을 골자로 하는 상주문을 태자마마께 이미 올린 상태입니다."

윤진과 윤상은 그제야 강희가 이미 돌아올 준비를 사전에 하고 있었다는 걸 알 수 있었다. 강희가 돌아와 머물 거처를 장정옥에게 물으려던 윤진이 굳이 물을 필요를 못 느낀 듯 그냥 떠나갔다.

"넷째마마, 열셋째마마!"

두 사람을 배웅하러 나왔다 다시 상서방으로 돌아가려던 장정옥이 갑자기 물었다.

"신이 한 가지 궁금한 것이 있습니다. 탐관오리들의 명단은 현재 두 분 마마의 수중에 있습니까? 아니면 벌써 육경궁 태자마마께 건네졌습니까?"

윤진이 고개를 들어 하늘을 쳐다보았다. 어느새 차가운 빗방울이 하나둘씩 떨어지기 시작했다. 한참 생각하던 윤진이 대답했다.

"명단은 열셋째가 작성하고 태자마마께서 손을 봐서 내게 보여줬었는데, 난 그대로 넘겨주고 말았소. 열셋째, 자네가 태자마마한테 갖다줬었지?"

"예, 그래요."

윤상이 의아쩍어 하며 물었다.

"근데 장 중당, 갑자기 그건 왜?"

"아닙니다."

장정옥이 웃으며 말했다.

"어제 진가유가 상서방에 와서 명단을 갖고 있느냐고 묻길래, 이미 태자마마께 보냈다고 하니 믿지 않는 것 같았습니다. 그래서 제가 배달증명을 보여주었더니 아무 말 없이 돌아갔습니다."

말을 마친 장정옥은 곧 발길을 옮겼다. 그 자리에서 한참 생각에 잠겨 있던 윤진이 윤상에게 물었다.

"자넨 배달증명 같은 거 받았어?"

윤상이 잠시 어리둥절해 하더니 곧 웃으며 말했다.

"전 그런 거 받아본 적 없어요. 주천보한테 줬는 걸요. 그게 뭐가 어때서요? 제가 하루에 나르는 서류만 몇십 가지인데 그때마다 그런 걸 챙기면 똥구멍 닦는 데도 못 쓰고 어느 짝에다 쓰겠어요?"

윤진이 생각하기에도 크게 문제될 건 없는 일이었다. 털털한 윤상에게서 그런 걸 기대한다는 것 자체가 우습다고 생각한 윤진이 웃으며 말했다.

"비가 크게 올 모양인데 내무부에 가서 우비 빌려입고 집에 돌아가자구."

늦은 가을비는 추적추적 스산하게 내렸다. 중양절 이후로 맑은 하늘을 본 날이 거의 없을 정도였다. 때로는 호우가, 때로는 실비가 늦가을에 접어든 북경성을 우울하게 만들었다. 하늘에 작은 구멍이라도 난 듯 부슬부슬 내리는 가을비 속에서 강희황제의 건강상태가 최악의 고비를 앞두고 있다는 소문이 한 입 건너 두 입 조용히 북경성을 뒤덮고 있었다.

비록 대왕(大王)과 서인(庶人)은 근본이 다르고, 관(官)과 민(民)은 얼음과 화롯불처럼 상극이라 했지만 집정하는 51년 동안 백성들은 영주(英主) 강희를 한마음 한뜻으로 위하고 받들어왔다. 검증되지 않은 소문에 불과하지만 백성들은 강희의 건강이 하루빨리 완쾌되기를 간절히 기도했다. 윤잉이 복위한 후 여덟째 네에 대한 무차별적인 보복이 이어지고 있는 마당에 강희가 잘못되기라도 하면 이 나라의 명운은 상상하기도 무서운 비운을 겪을 것이라는 공포에 백성들은 가슴을 졸였다. 대각사(大覺寺), 백운관(白雲觀), 성안사(聖安寺), 법원사(法源寺), 천녕사(天寧寺), 대종사(大鐘寺), 지화사(智化寺), 동악묘(東岳廟), 우가 청진사(牛街淸眞寺), 담자사(潭柘寺) 등에는 겉으론 날씨가 개길 빌었지만 속으론 강희황제의 무사평안을 기원하는 향객들로 장사진을 이루었다.

북경성의 초조하고 불안한 나날은 9월 16일이 지나고 9월 26일이 되어도 끝날 줄 몰랐다. 승덕 쪽에서는 여전히 아무런 소식도 전해오지 않고 있었다. 장정옥이 몇 번씩이나 승덕으로 띄운 청안 상주문은 고스란히 되돌아오고 있었다. 성가(聖駕)는 이미 출발했다는 것이었다. 그러나 왜 여태 북경에 도착하지 않는지 어느 길을 택했는지는 장정옥의 문하인 승덕 지부조차도 알지 못했다. 하늘이 무너지면 그대로 덮고 잘 것만 같은 듬직하고 침착한 장정옥이었지만 하루 밤에도 몇 번씩이나 악몽에 시달리곤 했다. 26일 저녁 아무래도 잠이 들 자신이 없는 장정옥은 잠자리를 박차고 일어나 상서방으로 나갈 채비를 했다. 이때 가인(家人)이 들어와 아뢰었다.

"재상어른, 내정(內廷)에서 지의가 있습니다!"

"누가 왔어?"

장정옥이 옷을 입던 손을 멈추고 떨리는 목소리로 말했다.

"어서…… 어서 모셔!"

장정옥의 말이 떨어지기도 전에 육궁도태감(六宮都太監) 이덕전(李德全)이 성큼 들어섰다. 순간 비보라도 전해올 것 같은 불행한 예감에 사로잡힌 장정옥의 안색은 하얗게 질려버렸다. 석고상처럼 그 자리에 굳어지며 장정옥이 말했다.

"잠깐만, 관복을 갈아입고."

"그럴 필요 없습니다."

이덕전이 조용히 웃으며 남쪽을 향해 똑바로 돌아섰다. 장정옥은 옷매무새를 여미며 무릎을 꿇어 여전히 떨리는 목소리로 말했다.

"신 장정옥이 성안(聖安)을 비나이다!"

"성궁안(聖躬安)!"

이덕전이 잠시 멈추었다 다시 입을 열었다.

"그만 일어나게, 장정옥!"

강희가 무사하다는 말에 장정옥은 눈을 스르르 감으며 안도의 숨을 내쉬었다. 두 다리는 위태롭게 떨렸다. 두 하인이 급히 달려와 부축했다. 정신을 가다듬은 장정옥이 다그쳐 물었다.

"대체 무슨 일이오? 마제조차 편지 한 통도 없으니 말이오! 북경엔 용체(龍體)가 불안하다는 요언까지 나돌고 있는데, 명색이 영시위내대신이란 나는 폐하께서 어디 계신 줄도 모르고 있으니 말이오!"

"폐하께선 오늘 오전에 이미 미복 차림으로 북경에 도착하셨습니다."

이덕전이 말을 이었다.

"오후엔 비내리는 날씨에도 아랑곳없이 무단을 대동하시고 경서(京西)의 주둔군을 위로하고 담자사로 옮기셔서 비를 멎게 해달라는 제를 지내시고 지금 막 창춘원 담녕거로 돌아오시는 길로 장 어른을 부르셨습니다."

이덕전의 말을 듣는 내내 장정옥은 크게 벌어진 입과 눈이 다물어질 줄 몰랐다. 그는 부랴부랴 관복을 갈아입고 조주(朝珠)를 목에 걸며 물었다.

"폐하께서 다른 사람은 안 부르시고?"

그러자 이덕전이 목소리를 낮춰 말했다.

"장 어른이 처음이세요. 태자마마께서 또다시 위태로우신 것 같습니다!"

순간 장정옥은 귓전이 윙하고 머리가 어지러웠다. 커다란 충격에 쓰러질 것만 같았다. 겨우 정신을 가다듬은 장정옥은 수레 대신 말에 올라탔다. 가인(家人)들에게 "야참을 준비하라!"는 명령을 내린 다음 장정옥은 말을 달려 빗속으로 사라졌다.

창춘원 동문(東門)에 다다른 장정옥은 회중시계를 꺼냈다. 비바람에 흔들리는 궁등의 빛을 빌어보니 술시(戌時)가 채 되지 않은 시각이었다. 불과 몇 분 만에 도착했던 것이다. 이덕전을 기다려 같이 들어갈 것인가를 잠시 고민하던 중 시위방에서 대기중이던 장오가(張五哥)가 달려나와 장정옥이 말에서 내리는 걸 시중들며 말했다.

"폐하께서 지금 막 만선(晚膳)을 끝마치셨습니다. 마제 어른과 방포 어른께서도 계십니다."

장정옥은 말없이 고개를 끄덕이며 장오가를 따라 움직였다. 빗발은 더욱 굵어졌고 근처의 대나무숲은 사정없이 후려치는 비바람에 귀신의 그것같이 소름끼치는 비명을 지르고 있었다. 담녕거 앞의 동학상(銅鶴像) 옆에 도착했을 때 장정옥의 하반신은 물속에 빠진 것처럼 흠뻑 젖어있었다. 붉은 돌계단 위에 올라서서 잠시 숨을 고른 장정옥은 두루마기 자락을 대충 비틀어 짰다. 조용히 목청을 가다듬고 장정옥이 말했다.

"신 장정옥이 폐하를 고견하나이다!"

"정옥, 자네 왔어?"

온돌에 누워 베개에 비스듬히 기대어 있던 강희가 벌떡 일어나 앉으며 말했다.

"어서 들게!"

장정옥이 짤막한 대답과 함께 들어가 강희 앞에서 머리를 조아려 인사를 올렸다. 오랜만에 본 강희는 좀 수척해 보일 뿐 걱정했던 것보다는 훨씬 밝아보였다. 순간 장정옥은 콧마루가 찡해지며 눈물이 앞을 가렸다. 급히 소맷자락으로 눈물을 훔치는 장정옥을 바라보며 강희가 웃으며 말했다.

"자네도 이렇게 여린 구석이 있었는가? 짐이 건강하게 돌아왔잖아? 그만하고 일어나게!"

땅바닥에서 몸을 일으킨 장정옥이 애써 웃음을 지으며 말했다.

"열흘이 넘게 성가(聖駕)와 연락이 두절됐사옵니다. 태평시기에 결코 있을 법한 일이 아니옵니다. 다신 이런 일이 없었으면 하고 간언 올리는 바입니다!"

용안 위의 용봉촉(龍鳳燭)을 바라보던 강희가 한참 후에야 머리를 끄덕이며 말했다.

"맞는 말이네. 이런 일은 한 번으로 족하지, 두 번 다시 있어서는 안 되겠고 있을 수도 없을 것 같네. 지금 이 시각, 조봉춘(趙逢春)이 명령을 받고 이미 입성했을 거고, 선박영(善撲營) 군사들이 자금성의 방무(防務)를 책임지기 위해 부지런히 움직일거네. 윤잉은 잠시 함안궁(咸安宮)에 감금시켰고, 열셋째 윤상도 체포했네!"

이덕전에게서 들어 어느 정도 마음의 준비는 하고 있었지만 강희의 입에서 증명되는 순간 장정옥은 여전히 경악을 금치 못했다. 무서울 정도로 창백해진 얼굴을 들어 장정옥이 실성한 사람처럼 중얼거려 물었다.

"태…… 둘째마마께서 또 무슨 사고를 저지르기라도 하신 겁니까?"

"그게……."

강희의 시선을 받은 마제가 대신 입을 열어 말했다.

"8월 12일, 폐하께서 잠시 방심하여 풍한(風寒)에 걸리셨소. 그리하여 산고수장루(山高水長樓)에 제단을 쌓아 건강을 기원하는 의식을 치르게 되었지. 그런데 그곳에서 폐하의 '속망(速亡)'을 빈다는 내용의 부적이 발견됐던 거요. 즉각 각 궁에 명령해 샅샅이 조사해 보도록 했소. 아니길 간절히 빌었지만 결국 연우루(煙雨樓), 연파치상재(煙波致爽齋) 등 열몇 곳에서 똑같은 내용의 귀물법기(鬼物法器)들이 무더기로 나왔소. 혐의가 짙은 태감을 밀심(密審)한 결과 능보(凌普)의 지시였다는 자백을 받아냈고, 다음 날 능보를 붙잡아 나랑 방포 어른이 심문했었소. 혹독한 매질에 참다 못한 능보가 탁합제, 주천보, 경쉬투 등 14명의 악당들과 더불어 만든 혈서를 꺼내보였소. 목숨 걸고 태자를 보위하고 이당(異黨)을 결사적으로 배척한다는 내용이었소. 폐하께서 회귀(回歸)하실 때 밀운(密雲) 경내에서 어가를 막아 행동을 개시할 예정이었다는 자백도 받아냈소. 만일에 대비하여 나랑 방포가 몇날 며칠을 고민 끝에 폐하의 윤허를 받아 성가(聖駕)가 9월 16일에 도착한다는 내용의 명조를 내렸던 거요. 그리고는 사태를 주시했었소. 하지만 사실 성가는 그날 출발했었소. 행로를 희봉구(喜峰口)로 변경하고 가능한 한 빙빙 돌아서 왔소."

마제가 다소 장황하게 설명했지만 장정옥은 곧바로 그 핵심을 짚어냈다. 빗물에 흠뻑 젖은 그의 몸은 식은땀으로 다시 흥건했다. 사태가 이 정도로 심각한 줄은 미처 몰랐던 그였다. 한참 경황없이 생각에 잠겨 있던 장정옥이 다시 물었다.

"성가가 밀운현을 택하지 않았는데, 그럼 그곳엔 어떤 움직임이 있었소?"

그러자 마제가 말했다.

"가짜로 성가를 만들어 내보냈지. 밀운 도통이 병사들을 동원시킬 움직임을 보이는 것 같더니 뭔가 낌새를 챘는지 금세 조용해지더라구."

미간을 무섭게 찌푸리고 사색에 잠겨 있던 장정옥이 한참 후에 강희를 향해 상체를 숙이며 말했다.

"신이 이제야 알 것 같습니다. 이번 일은 태자가 직접 간여하지 않았을 가능성도 배제할 순 없습니다. 태자를 옹립한 공로를 노린 일부 소인배들이 저지른 작당으로써 실패했을 경우엔 그 책임을 고스란히 태자에게로 밀어버리는 겁니다."

장정옥의 말이 끝나자 방포가 껄껄 웃으며 말했다.

"이보게 형신, 폐하께서 그 변수를 염두에 두지 않으셨을 리가 있겠나? 윤잉은 덕을 멀리하고 매사에 소극적인 바 소인배들에게 둘러싸여 정신을 못 차리고 있다가 지난번에도 폐위당했지. 복위한 이후에도 그 악습은 고쳐지지 않았을 뿐더러 더 창궐했소. 자신의 그릇된 행동에 대한 반성이 없는 사람이 얼마나 무서운지 아오? 군주는 천하의 공기(公器)이고 하늘을 대신하여 임무를 수행하는 일꾼일 뿐이오. 폐하께서 수십년 동안 솔선수범하시어 몸소 가르쳐 주셨지. 군주로서의 덕행을 두루 갖추신 폐하께서도 젊음과 정열을 남김없이 불태우신 격변의 시대를 거쳐 오늘을 이루었거늘 윤잉 같은 사람에게 어찌 이 강산의 지휘봉을 맡길 수 있겠소?"

방포의 말은 곧 강희의 의사를 대변한다고 생각한 장정옥이 길게 엎드리며 떨리는 목소리로 울먹이며 말했다.

"신은 태자마마가 폐위당하는 걸 개인적으로 두려워 해서가 아니옵니다. 둘째마마의 처지를 동정하는 것도 아니옵니다. 다만 이일이 가져올 사회적인 파장과 잇따를 천가(天家) 혈육간의 참변이 두려울 따름이옵니다……. 신은 가능한 한 연루되는 사람이 적어 되도록 조용히 사태가 일단락되어 황가의 체통에 상처를 입지 않았으면 하는 간절한 바람뿐이옵니다. 그리고 십삼마마는 결코 태자당이 아니고 진심으로 이 나라를 위해 헌신하는 훌륭한 황자라는 걸 온몸으로 증명하고 싶사옵니다!"

"십삼황자에 대해선 나중에 짐이 알려줄 거네."

강희가 한숨을 지으며 신발을 신고 내려섰다. 그리고는 창가로 걸어가더니 말했다.

"자네, 일어나서 짐이 말하는 대로 조서를 작성하게!"

장정옥이 벌떡 일어나 책상으로 다가가 붓을 들었다. 그리고는 강희의 입을 똑바로 쳐다보며 기다렸다. 한 글자 한 글자씩 힘주어 강희가 입을 열었다.

"일전에 행실이 부정하여 얼마간 감금당한 적이 있지만 짐은 부자간의 정을 어찌할 수 없어 관대하게 용서했어. 적어도 진실된 인간이라면 그 기간을 충분한 자아반성과 재도약의 기회로 삼을 줄 알았고 그렇게 기대했었지. 하지만 개과천선은커녕 윤잉은 석방되는 그날부터 본질이 드러나기 시작했어. 수년 동안 지켜본 바로는 시비에 상식 이하로 어둡고 아집과 독선으로 일관된 행동에서 인심은 갈수록 윤잉에게서 멀어져갔어. 천성이 흉악하길 이를 데 없고 저질스런 악당들과 무리지어 사직을 좀먹고 신기(神器)를 욕되게 하였으니 부득이 다시 폐위시킨다!"

강희가 말하는 동안 장정옥의 붓은 멈출 줄 몰랐다. 강희가 잠시 생각하는 틈을 타 장정옥이 끼어들어 말했다.

"'사직을 좀먹고, 신기를 욕되게 했다'라는 부분은 대역죄에 해당되는 말이라 물의를 불러일으킬 소지가 있사옵니다, 폐하."

"그래? 그럼 빼버리게."

강희가 머리를 끄덕이고는 말을 이었다.

"이렇게 쓰게. 윤잉이 설령 부황에게 다른 마음이 없었을지라도 소인배들이 짐궁(朕躬)을 불측지경에 빠뜨리려 했다면 윤잉도 결코 완전히 자유로울 순 없다…… 처음 감금에서 해제됐을 때 짐은 분명히 말했다. '잘하면 황태자이지만 아니면 다시금 감금할 것이다'라고. 이 부분은 상세히 기록되어 있을 것이다."

강희는 말을 마쳤고 장정옥은 붓을 내렸다.

강희와 장정옥, 방포는 먹물이 그대로 있는 선지(宣紙)를 묵묵히 바라보며 오래도록 말이 없었다. 한참 후에 마제가 먼저 입을 열어 말했다.

"지난번 태자를 폐위시켰을 때 새로운 저군(儲君) 인선을 놓고 한바탕 홍역을 겪었습니다. 이번에는 폐하께서 부디 새로운 태자를 염두에 두시고 태자 폐위조서를 발표하셨으면 합니다."

사실 같은 생각을 하고 있었던 장정옥이 강희를 바라보았다.

"태자는 없어."

강희가 말했다.

"짐은 이제 더 이상 태자를 세우지 않기로 마음의 결정을 내린 상태네."

그러자 장정옥이 화들짝 놀라며 급히 무릎을 꿇으며 말했다.

"폐하……."

"자네가 무슨 말을 할지 짐도 알고 있네. 일어나게!"

그럼에도 여전히 무릎을 꿇고 있는 장정옥을 향해 방포가 한숨을 지으며 말했다.

"여보게, 정옥! 우리 대청은 전명과 달라 황자들 모두 개부건아(開府建牙) 자격으로 정무에 임하고 있기 때문에 태자를 너무 일찍 세워 득될 게 없소!"

장정옥이 의혹 가득한 눈빛으로 방포를 바라보며 일어서서 말했다.

"그게 과연 방포 어른의 생각이오?"

이에 방포가 웃으며 말했다.

"그건 그리 중요한 건 아니라고 보오. 송(宋)의 인종(仁宗)이 30년 동안 태자를 세우지 않았고, 태조와 태종께서도 태자를 세우지 않았어도 여전히 무사태평을 누렸지 않소? 사실 태자를 세우지 않는다는 것은 저군을 공개하지 않는다는 뜻으로 풀이할 수도 있겠소."

쥐의 그것을 연상케 하는 턱수염을 흔들며 말하는 방포의 눈빛은 날카로웠다.

"폐하께선 계승자를 정하셔서 금책(金冊)에 친필로 위임장을 작성하실거요. 건청궁의 '정대광명(正大光明)' 편액 뒤에 숨겨 놓으셨다가 용귀대해(龍歸大海)하시어 나라에 새로운 군주가 필요할 때에야 비로소 황자마마들은 들춰보게 될거요."

전례가 없는 방식이었다. 마제와 장정옥은 크게 놀라고 말았다! 이때 강희의 섬뜩한 눈빛이 세 사람을 쓸어내렸다.

"이 일은 자네들 셋 외엔 아는 사람이 없네. 비밀을 발설한 자에 대해 짐은 반드시 그 목을 베어버릴 것이라는 걸 명심하게!"

42. 소용돌이치는 정국

북경성은 하늘땅이 뒤집히는 충격에 휩싸였다. 하룻밤 사이에 태자가 폐위당하고 윤상이 구속되는 초유의 사태에 관가는 발칵 뒤집혔고 백성들은 무슨 이변이 있지는 않을는지 불안에 떨었다. 그러나 오사도만은 아무 것도 모르고 있었다. 4월에 강희가 북경을 떠나자마자 오사도는 윤진의 허락을 받고 외유를 떠나있었던 것이다. 조선(漕船)을 타고 과주도(瓜州渡)를 거쳐 강을 따라 거슬러 올라갔다. 거기서 그는 구산(龜山), 사산(蛇山)을 유람하고 호북성에 있는 황학루(黃鶴樓)에도 올랐다. 수레를 빌려타고 영남(嶺南)으로 가 힘겨운 무이산(武夷山)에도 올랐다 내려왔다.

그렇게 한바퀴 돌고 사천성 성도로 왔을 때는 이미 9월 말이었다. 비록 연갱요와 이위가 이곳에서 일한다는 걸 알고는 있었지만 심신이 피곤하여 충전차 외유를 택한 터라 그는 웬만해선 사람을 만나고 싶지가 않았다. 그런데 공교롭게도 두보초당(杜甫草堂)을 둘러보던 중 달랑 30냥 밖에 남지 않은 전대를 도둑맞고 말았다. 낯선 타향에서 달리 방도가 나지 않은 오사도는 어쩔 수 없이 이위를 찾아 고난의 여정에 오를 수밖에 없었다.

성도는 사천성 성부(省府)로서 덩치도 크고 유명한 도시였다. 이곳에는 자그마한 현 아문은 수없이 많고 어마어마한 아문 숲에서 찾아보기도 힘들 만큼 중시받지 못하는 존재였다. 박신묘(雹神廟) 서쪽에 뜨락이 넓은 단층건물이 문앞의 아름드리 고목에 의해 살짝 가려져 있었다. 아문 문앞에 '회피숙정(廻避肅靜)'이라는 팻말과 대문 안에 걸려 있는 당고(堂鼓)와 관화(官靴) 상자만 아니라면 이곳은 여느 중산층 가정집이나 다를 바 없어 보였다.

오사도가 아문에 도착했을 때는 미시(未時)가 안 된 시각이었다. 커다란 나무그늘 밑에는 족히 4, 50명은 될 것 같은 수재(秀才)들이 소리내어 책을 읽는가 하면 삼삼오오 모여앉아 귀엣말을 하고 있었다. 일년에 한 번씩 있는 수재들이 세고(歲考) 기간인가보다 하고 추측한 오사도는 그 옛날의 자신을 보는 것만 같아 저도 모르게 피식 웃음이 나왔다. 아역(衙役)에게 물어 '이 현령'이 지금 공문결재처에서 손님을 만나고 있다는 사실을 알게 된 오사도는 한사코 아뢰러 가겠다는 아역을 말리고 홀로 측문을 통해 곧추 안채로 들어갔다. 과연 귀에 익은 이위의 목소리가 들렸다. 가까이 다가간 오사도는 이위가 마주하고 앉은 '손님'이 다름아닌 대탁이라는 것을 발견하고는 반갑게 웃으며 성큼 방안에 들어섰다.

"대탁, 자네도 여기 있었구만. 참 기막힌 인연이네!"

"아니! 오 선생이 여긴 어떻게!"

대탁과 이위가 깜짝 놀라 튕기듯 일어섰다. 급히 다가와 어느새 땀범벅이 되어 있는 오사도를 의자에 눌러 앉히며 대탁이 나무라듯 말했다.

"이 날씨에 또 강행군을 하셨군요? 그러다 길에 쓰러지기라도 하면 어쩌시려고 그러세요! 이 땀 좀 봐! 이젠 그깟 돈 몇 푼 없어서도 아닐 테고 자신을 혹사해도 너무 하는 거 아니에요?"

그러자 오사도가 웃으며 말했다.

"남자가 호들갑은? 붉고 거무튀튀한 내 얼굴 좀 보게. 얼마나 건강미가 넘치나! 내가 절름발이만 아니라면 자네들이 나보다 나은 게 뭐야? 농담이고, 솔직히 우리 이 현령이 이 지역의 치안은 확실히 잡았다는 소문에 지나치게 방심하고 돌아다니다가 그만 노자를 통째로 도둑맞고 말았네. 마땅히 어디 가서 빈대 붙을 곳도 없고 해서 찾아왔네!"

이위가 오사도에게 차를 따라주며 자조섞인 웃음을 지으며 말했다.

"뜻대로 되는 건 하나도 없네요. 사천성 순무아문에나 있다면 모를까! 도둑을 열 명 붙잡으면 반 이상은 상급기관에 선을 달고 있어 그냥 풀어주는 수밖에 없다니깐요! 노골적이고 강압적으로 명령을 내리는데 무슨 뾰족한 수가 있어야지요! 도둑이 관직을 움직이니 망할 놈의 세상이지! 참다 못해 몇 번은 어깃장을 놓았더니 윗놈들은 날 아주 눈에 든 가시처럼 생각하고 있어요!"

대탁이 웃으며 한숨지어 말했다.

"당신 전생에 죄를 많이 지은 모양이야, 현령을 하는 걸 보니!"

세 사람이 이야기를 주고 받고 있을 때 스무 살 가량 되는 사무관 모양의 젊은이가 성큼성큼 들어서더니 두 사람을 향해 가볍게 고개를 끄덕여 보이고는 이위에게 말했다.

"어르신, 수재들이 다 모였습니다."

"전 하루하루 이렇게 산답니다. 두 분 잠깐 앉아 계십시오. 금방 오겠습니다."

이위가 벽에 걸려있던 모자를 눌러쓰고 기지개를 켜며 가슴께를 만졌다. 순간 깜짝 놀라는 기색을 보이며 부지런히 안주머니를 열어 보던 이위가 사무관에게 물었다.

"고기탁(高其倬), 학정(學政)이 보내온 시험문제 자네한테 있나?"

그러자 고기탁도 깜짝 놀라며 급히 대답하였다.

"그건 밀봉하여 내려왔기 때문에 받자마자 어르신께 드렸잖습니까? 왜요, 없어졌어요?"

당황한 이위가 소매 속이며 안주머니, 심지어 장화 속까지 털어보는 등 한바탕 난리를 피웠다. 그러나 시험문제지는 어디에도 없었다. 그러는 이위를 한참 바라보던 고기탁이 웃으며 말했다.

"어르신께서 시험문제를 뜯어보셨잖아요? 시험문제라고 해봤자 제목 한 줄이 고작일 텐데, 기억하셨을 거 아닙니까? 잃어버렸다고 해도 문제될 건 없잖아요."

"보긴 봤는데 머리 속이 하야니까 그러지."

이위가 의자에 털썩 주저앉아 두 손으로 머리를 감싸쥐고 갸웃거리며 쥐어박으며 생각을 떠올리느라 안간힘을 쓰고 있었다. 한참만에야 겨우 뭔가 단서를 잡은 듯 이위가 말했다.

"암튼 첫글자가 '마(馬)'자였던 것 같아. 근데 그게 대체 어디 간 거야?"

이는 성(省)의 학정(學政)이 주관하여 전 성의 수재들을 대상으로 보는 고과시험의 일종이라는 걸 오사도는 알고 있었다. 또한 밖에서 기다리는 수십 명의 수재들이 들고 일어나면 사태는 수습

할 길 없이 커진다는 것도 누구보다 잘 알고 있었기에 이위 못지 않게 당황한 오사도였다. 이때 고기탁이 다시금 웃으며 말했다.

"침착하게 생각해 보세요. 사서(四書)에서 출제하는 건 다 아는 사실이니 사서에 '마(馬)'에 관한 내용이 한정되어 있잖아요. 혹시 '백성문왕거마지음(百姓聞王車馬之音)' 아니었어요?"

그러자 이위가 신경질적으로 고개를 떨어져 나가라 흔들어대며 말했다.

"아니야, 아니야."

"그럼 혹시…… '견마(犬馬)에 관해서'라는 제목 아닐까요?"

이위가 여전히 고개를 가로저으며 실망하여 말했다.

"아니야. 아무튼 마(馬)자가 첫 글자야!"

고개를 갸우뚱하고 있던 고기탁이 뭔가 떠오른 듯 자신있게 무릎을 탁치며 말했다.

"알겠습니다."

책상 앞으로 달려간 고기탁이 붓을 들어 '마불진야(馬不進也)'라고 적었다. 그리고는 자신만만하여 물었다.

"바로 이거죠?"

오사도와 대탁은 고기탁의 민첩함에 속으로 찬사를 보냈다. 그러나 이위는 여전히 머리를 저으며 말했다.

"마(馬) 뒤에 글씨가 이보다 더 많았어."

고기탁도 점점 지쳐갔다. 넷째마마께서 책 안 읽는다고 혼내켰어도 요리조리 피해다니며 책읽기를 게을리한 것이 후회된다며 울상이 되어 있던 이위가 갑자기 이마를 치며 일어섰다. 그리고는 두루마기를 마구 걷어붙이고 허리춤을 뒤적였다. 아니나다를까, 몇 겹으로 접은 종이 하나가 비상금조로 숨겨 놓았을 법한 은표

한 장과 함께 들어있는 게 보였다. 이위의 입이 어느새 귀에 가 걸렸다. 이위가 펼쳐든 종잇장을 본 사람들은 그만 허탈한 웃음을 지어보이고 말았다. 그것은 마(馬)자가 아닌 '언지래자지불여금야(焉知來者之不如今也)' 제목 중의 '언(焉)'자였던 것이다.

고기탁과 함께 급급히 달려가는 이위의 뒷모습을 보며 오사도가 개탄에 젖어 말했다.

"사람은 인품이나 여러 모로 봤을 때 흠잡을 데 없는 좋은 사람이지. 넷째마마께서도 좋게 보셨더라구. 책을 많이 읽어 지적인 수양만 쌓으면 크게 될 인물이라며 칭찬을 아끼지 않으셨소!"

내내 말이 없는 대탁을 향해 오사도가 관심조로 물었다.

"보기에 무슨 걱정이 있는 것 같은데? 이곳 사천에는 무슨 일로 왔어?"

그러자 대탁이 숨을 길게 내쉬며 말했다.

"이틀 전에 도착하여 벌써 연갱요도 만났습니다. 우리 창주(彰州)에 소금운반에 필요한 말이 부족합니다. 그래서 사천성의 차(茶)를 가져다 청해성(靑海省)에 가서 말로 바꿔오려고 했더니, 연갱요가 그럴 게 뭐 있느냐며 자기 군중(軍中)에서 400필을 선뜻 내주는 거 있죠? 저로선 눈물나게 고마웠죠! 그런데 우연히 연갱요가 여덟째마마와 넷째마마한테 보내려고 준비해둔 선물 꾸러미를 발견했는데, 영 기분이 찜찜하네요? 완전히 똑같은 걸로 마련했더라구요. 어쩜 넷째마마께 효도할 연례(年禮)를 준비하면서 여덟째마마 것도 똑같은 걸로 할 수가 있냐구요. 저녁에 슬쩍 물어봤더니 그제야 십삼마마께서 연금당했다고 말하는 게 아닙니까!"

오사도의 얼굴이 순간적으로 굳어지고 말았다. 그는 소스라치게 놀라며 다그쳐 물었다.

"무슨 일로?"

대탁이 머리를 저으며 말했다.

"잘은 모르겠지만 더 충격적인 것은 태자마마가 또다시 폐위당했다고 합니다. 조정에선 여덟째마마를 육경궁의 새 주인으로 앉히려는 움직임이 거센가 봐요!"

"그 사람한테 관보(官報)가 있었나?"

극도의 경악에서 재빨리 진정한 오사도가 천장을 물끄러미 바라보며 생각하더니 물었다.

"새로운 태자를 천거하라는 내정의 밀지(密旨)가 이미 내려졌단 소린 없고?"

대탁이 시름에 잠겨 말했다.

"그런 말은 없었을 뿐더러 저도 묻지 않았습니다. 연갱요만큼 넷째마마의 총애를 받는 사람도 없는데, 그마저 여덟째마마한테 빌붙으려 드는 걸 보니 사태는 훨씬 심각한가 봅니다! 대체 이 일을 넷째마마께 아뢰어야 하는지 감이 안 잡힙니다"

오사도의 눈빛이 예리하게 빛났다. 침착하게 생각하여 오사도가 입을 열었다.

"자네가 나한테 이 모든 걸 털어놓은 건 날 친구로 대해주기 때문이오. 붕우(朋友) 사이엔 의(義) 하나로 통하게 돼 있소. 넷째마마께선 자네한테도 박대한 적이 없는 걸로 알고 있소. 은혜를 알고 필히 보답하는 사람이 넷째마마요. 무슨 일이 있어도 절대 넷째마마에게서 등을 돌려선 안 되겠소. 연갱요 일은 우리가 놀라서 방방 뛸 일은 아닌 것 같소. 현 시점에서 급선무는 넷째마마의 마음을 편하게 해주는 거요!"

대탁은 말없이 오사도를 똑바로 쳐다보았다. 약관의 나이에 만나 20년 동안을 같이 해온 오사도의 지혜가 자신보다 훨씬 우위한다는 데 대해 진심으로 탄복하는 대탁이 한숨을 지으며 말했다.

"그 말씀 그대로 따르겠습니다. 그런데 이렇게 멀리 떨어져서 상황파악도 제대로 못하는데 어찌 넷째마마를 도울 수 있겠어요?"

"연 어른을 만나지 않으려고 했었는데……반드시 만나봐야겠구만."

오사도가 미간을 찌푸려 구름 한 점 없는 가을하늘을 바라보며 말했다.

"자넨 지금 넷째마마께 편지 써서 두 가지 뜻을 전달하게. 첫째, 자네가 무이산(武夷山)을 갔었는데 대단한 신통력을 자랑하는 도사를 우연히 만나 몰래 넷째마마의 팔자(八字)를 대며 물었더니 그건 '만자호(萬字號)'가 틀림없다 하더라는 것이고, 둘째는 자네가 성도에서 날 만났는데 곧 북경으로 돌아갈 거라 하면서 내가 저녁에 천상(天象)을 봤는데 넷째마마께 당분간 작은 액이 꼈다고 하니 부디 침착하게 지키고 있으라고 전하게. 낙관은 지금으로부터 열흘 이전으로 당겨 적게. 넷째마마로 하여금 자네가 북경에서 일어난 사건에 대해선 전혀 모르고 있는 상태에서 이 편지를 썼다는 걸 믿게 하기 위해서네."

대탁이 편지지와 먹물을 준비하며 말했다.

"편지 쓰는 건 쉬운데 어떻게 보내죠?"

그러자 오사도가 고개도 돌리지 않고 말했다.

"강아지한테 맡기게."

대탁이 다시 물었다.

"연갱요를 만나야겠다고 하셨는데, 꼭 그렇게 해야 할 이유라도 있으신 겁니까?"

오사도가 갑자기 몸을 휙 돌리더니 차갑게 말했다.

"난 그에게 분명히 못박아 둘 게 있소. 배신은 곧 죽음이라는 걸 말이오. 그는 넷째마마에게 치명적인 약점이 잡혀 있다는 사실도 상기시켜줄 필요가 있겠고! 난 연갱요 그 사람더러 호위병을 붙여달라고 하여 밤낮 따로 없이 강행군하여 북경 넷째마마 곁으로 빨리 돌아갈거요!"

다시 뭐라 입을 열려던 대탁은 덜떨어진 사람처럼 웃으며 걸어오는 이위를 발견하고는 짐짓 편지쓰는 척하고 입을 다물었다. 이위가 들어서기도 전에 오사도가 말했다.

"강아지, 닷새 이내에 북경으로 전달해야 하는 중요한 편지 한 통이 있는데 무슨 뾰족한 수가 없나?"

"당연히 있죠."

이위가 생각할 것도 없다는 듯이 통쾌하게 대답하여 말했다.

"넷째마마께서 하사하신 회중시계를 팔아 천마(川馬, 사천성의 명마) 한 필을 산 지 얼마 안 됐거든요? 그놈이 하루에 자그마치 팔백리를 달려도 끄떡 없다는 거 아닙니까! 그바람에 요즘은 취아가 돈 없다고 맨날 바가지……."

"알았어!"

오사도가 이위의 말허리를 자르며 웃으며 말했다.

"그럼 그 사무관이라는 친구를 보내면 되겠군! 한번 불러와 봐, 내가 따로 할 말이 있으니!"

그날밤 사경(四更)무렵 오사도는 연갱요의 행원(行轅)을 나와 중경(重慶)으로 향했다. 양양(襄陽), 완락(宛洛)을 거쳐 감단(邯

鄲) 옛길로 북상하기로 했다. 그를 바래다 주러 나온 연갱요의 열몇 명 부하들은 힘깨나 쓰는 장사들인 데다 오사도가 아침에 수레를 멜 때 100냥, 저녁에 수레를 내려놓을 때 100냥 등 하루에 200냥씩이나 상을 주었기 때문에 풍찬노숙을 하며 아무리 먼길을 걸어도 누구 하나 불평불만하는 사람이 없었다. 그리하여 출발한 지 20여 일만에 이들은 순조롭게 북경 교외의 풍대(豊臺)라는 곳에 도착할 수 있었다.

"드디어 해냈군!"

사람들의 어깨를 짚고 간신히 수레에서 내린 오사도가 안도의 숨을 내쉬며 말했다. 하늘빛을 보니 신시(申時)가 다 된 시각이었다. 사전 약속대로 주용성이 정양문에서 기다리고 있을 거라는 생각에 오사도가 동행한 호위대장을 불러 웃으며 말했다.

"자네들 덕분에 무사히 도착하게 되어 대단히 고맙네. 생각 같아선 여기까지 온 김에 북경성을 안내하여 구경시켜 주고 싶지만 자네들도 군에 매인 몸이라 얼른 돌아가봐야 될 것 같군! 난 집앞에 당도했으니 걱정 말고 돌아가게."

그러자 대장이 웃으며 말했다.

"연 군문께서 어르신의 명령에 전적으로 복종하라 하셨습니다. 어르신 말씀이 그러하시다면 저희들은 곧 남하하겠습니다. 그럼 무사히 도착했다는 글 몇 글자라도 적어 주십시오."

그러자 오사도가 웃으며 말했다.

"안 그래도 미리 생각하고 어제저녁 편지를 써 놓았네. 이걸 가져가면 연 군문이 상을 두둑히 내릴 거네."

이같이 말하며 오사도가 주머니에서 편지를 꺼내 대장의 손에 쥐어 주었다.

오사도는 풍대에서 수레 하나를 빌려서 북경성으로 향했다. 경사(京師)의 교부(轎夫)들은 타의 추종을 불허할 만큼 실력이 뛰어나다는 걸 오사도는 실감했다. 손님을 대하는 태도가 깍듯했을 뿐더러 발걸음을 떼어놓는 보폭이 한결같았다. 느리지도 않고 지나치게 빠르지도 않고 편안한 느낌에 잠이 저절로 왔다. 탁자 위에 찻잔을 올려 놓았지만 한 방울도 흘리지 않았다. 굵직한 팔뚝힘을 자랑하며 무식하게 들었다 났다 하는 사천성 교부들과는 확실히 수준차가 보였다.

가을이 임박한 계절이었다. 창밖의 가을풍경은 언제 보나 새로웠다. 높고 푸른 하늘이며 시리도록 푸른 호수 위에 가녀린 몸짓을 하는 갈대의 운치가 좋아보였지만 어쩐지 오사도는 바깥 경치에 매료당할 수 있는 여유를 잊은 것 같았다. 그는 멍하니 생각에 잠겨 있었다. 오리무중 같은 정국을 어떻게 헤쳐나갈까? 고기탁과 주용성은 접선을 했을까? 주용성을 만나지 못한다면 바로 옹친왕부로 향할 것인지 아니면 하루쯤 다른 데 묵었다 들어가는 게 나을는지?

……오사도가 깊은 시름에 잠겨 있는 동안 수레는 어느덧 북경성에 들어섰다. 언제 보나 우중충하여 무거워 보이는 서편문의 전루(箭樓)를 발견한 오사도는 가슴이 쿵쿵 뛰었다. 그는 수레 밖으로 고개를 내밀어 말했다.

"정양문 관제묘로 가 주시오."

오사도가 정양문 앞에서 내렸을 때는 주위에 어둠이 깔리기 시작한 때였다. 이곳 관제묘는 대낭묘(大廊廟)와 연결되었고, 북쪽은 꽃시장과 인접하여 날마다 문전성시를 이루는 곳이었다. 주위를 둘러보니 석양이 물든 거리로 술집 가녀(歌女)들 모양의 여인네들이 향긋한 연지냄새를 풍기며 삼삼오오 떼지어 어디론가 향하고 있었고, 길가엔 호롱불이 하나둘씩 밝혀지고 있었다. 수없이 어깨를 스치고 지나 다니는 사람들 사이에서 오사도가 망연히 서 있을 때 등 뒤에서 누군가의 목소리가 들려왔다.

"오 어른, 여기 계셨군요. 오래 기다렸습니까?"

"오, 묵우(墨雨) 자네구만!"

오사도가 윤진의 서재에서 시중드는 묵우를 발견하고는 안도의 한숨을 내쉬며 반색했다.

"누가 할 소리! 내가 얼마나 눈빠지게 기다렸는데! 왜 주용성은 못 나온대?"

송아지보다도 나이는 어리지만 영악하고 약삭빠른 묵우가 웃으며 말했다.

"저랑 주 대장이 번갈아가며 나흘째 지키고 있는 중이었습니다! 실은 아까 수레에서 내리시는 걸 봤습니다. 고복이가 그 계집년이랑 저쪽 술집에 있길래 혹시 볼까봐 감히 나오지 못했던 거예요."

그러자 오사도가 말했다.

"그래, 잘했어. 어서 가자구."

묵우가 앞에서 안내하며 말했다.

"다 준비해 놨습니다. 송가네 여인숙에서 깨끗하고 안전한 곳에 방을 얻었거든요. 근데 왜 사패륵부를 코 앞에 두고 이러시는지 주 대장도 의아쩍어 하더라구요. 기왕이면 집에 들어가시죠!"

그러자 오사도가 묵우를 따라 부지런히 발걸음을 옮겨놓으며 말했다.

"이 말 명심해. 진정한 인간이 되려면 자유롭지 못함을 감내할 줄 알아야 하고, 제멋대로만 사는 사람은 절대 진정한 인간이 될 수 없다는 걸. 속편한 것만 추구했다면 난 아마 장사를 해도 먹고 사는 데는 지장 없었을 거야."

말하는 사이에 둘은 어느덧 여인숙으로 들어섰다. 묵우가 주인이 보는 앞에서 오사도를 깍듯이 예우했다. 주인이 더운 물수건을 가져왔고 오사도는 손과 얼굴을 대충 문질렀다. 묵우가 주인에게 황주와 저녁을 부탁했다. 그리고는 오사도더러 잠시 누워 있으라며 이부자리를 펴주었다. 이때 주인이 어느새 저녁상을 들고 올라왔다. 따근하게 데운 황주에 양고기칼국수, 네 가지 간단한 볶음요리가 깔끔해 보였다. 깨가 들어있는 빵도 있었다.

"볶음요리를 안주삼아 황주는 자네가 마시게."

오사도가 말했다.

"난 칼국수 하나면 돼. 술을 마시면 잠을 못 자거든. 그래 물건은 가져 왔고?"

배가 무척 고파 있던 터라 어느새 입안 가득 빵을 뜯어넣은 묵우가 손가락으로 보자기를 가리키며 말했다.

"이번 달의 관보와 넷째마마께서 결재하신 문서, 그리고 폐하께서 결재하여 내려보내신 주장(奏章)들이 전부 들어있습니다. 주용성이 그러는데 얼른 보시고 날 밝기 전에 얼른 서재에 도로 갖다놔야 한댔어요. 넷째마마께선 서류 한 장 없어진 것도 귀신같이 눈치채신다구요!"

오사도가 고개를 끄덕이며 웃었다.

"그럼 당연하지. 그러나 내가 있는 한 자네들 욕되게 하는 일은 없을 거야."

저녁상을 물리고 난 오사도는 곧 보자기를 풀었다. 하나씩 훑어보며 중요하다고 생각되는 것만 골라내며 오사도가 천천히 입을 열어 물었다.

"그래 요즘들어 넷째마마의 기분은 어떤 것 같애? 건강도 괜찮고?"

"어디 편찮으신 것 같지는 않은데 성질 부릴 때가 많아진 것 같습니다."

묵우가 말했다.

"노상 얼굴을 길게 늘어뜨리고 무서운 표정을 짓고 있어 보는 사람마다 멀찌감치 도망 다니는 게 일쑤입니다. 성음과 문각 두 사부한테도 마찬가지였습니다. 지난번 청우재(淸雨齋)에서 두 사람이 넷째마마께 오 선생한테서 소식 없냐고 물으니 넷째마마께서 냉소하여 말씀하시길, '자네들이 내게 물으면 난 누구한테 물으란 말이야?' 하며 버럭버럭 화를 내시는 걸 봤습니다."

"그리고 또?"

오사도가 독촉하여 말했다.

"그런데, 고기탁인가 뭔가 하는 사람이 다녀간 후로는 많이 차분해 보이는 것 같았어요. 글쎄, 넷째마마께서 고아무개인가 하는 사람한테 상다리가 부러지게 저녁까지 대접했다니깐요. 제가 여기 이렇게 오래 있었어도 누구 하나 넷째마마한테서 그런 최상급 대우받는 걸 못 봤습니다! 그날 이후로 오사도 어른이 북경으로 곧 돌아온다는 임박설이 나돌았어요. 넷째마마께선 하루에도 몇 번씩이나 '오 선생 편지 없느냐'며 물어오셨고요. 그때 저희들은 오 어른이 옹왕부의 기둥 역할을 하신다는 걸 다시 한 번 깨닫게 되었어요! 부탁이에요, 어서 집으로 들어가요, 예?"

묵우가 간청하듯 말했다.

조용히 듣고 난 오사도가 들고 있던 문서를 내려놓으며 길게 한숨지어 말했다.

"잘 들었네. 자네도 여기 오래 있어 좋을 거 없으니 가서 주용성 보고도 올 필요없다고 말하게. 성음이 그날의 관보를 가지고 한 번씩 다녀가면 족하겠네. 자네와 주용성, 문각은 넷째마마와 같이 하는 시간을 많이 만들어 즐겁게 해드려. 길어야 이틀 후면 나도 왕부로 들어갈 거네. 상황이 어느 정도 파악되면 곧 넷째마마를 만나뵐 거니까 걱정 말게."

그러자 묵우가 웃으며 말했다.

"주 대장이 이미 고복에게 대신 말미를 얻어 주었으니 전 여기서 오 어른을 시중들 거예요. 몸도 성치 않으신데 곁에 아무도 없어선 안 되죠. 제가 밖에서 눈 좀 붙이고 있을 테니 일 있으면 불러주세요."

묵우가 밖으로 나가고 오사도는 날이 거의 밝아서야 겨우 눈을 붙일 수 있었다.

그로부터 연 나흘 동안 오사도는 송가네 여인숙을 한 발짝도 떠나지 않았다. 문각과 성음은 황자들의 움직임에 관한 소식을 제때제때 알려주었다.

6일째 되던 날, 이미 마음의 결정을 내린 오사도가 아침 일찍 일어나 소금물로 양치질을 하며 묵우를 향해 웃으며 말했다.

"수레 하나 빌려오게. 우리 이제 집에 돌아가도 되겠어."

묵우가 좋아라 달려 나가더니 금세 수레 하나를 불러왔다. 그러나 수레에 올라탄 오사도는 교부에게 조양문으로 갈 것을 명했다.

"옹화궁으로 가셔야죠?"

묵우가 흠칫하며 말했다.

"조양문에는 팔패륵부밖에 없는데요!"

그러자 오사도가 시무룩하게 웃으며 수레를 재촉하여 말했다.

"오랜만에 팔패륵부가 보고 싶어서 그러네."

묵우는 의혹이 꼬리에 꼬리를 무는 걸 어찌 할 수가 없었다. 이들이 조양문에 위치한 운하 부둣가에 도착했을 때는 진시(辰時)가 다 된 시각이었다. 운하의 수면에는 엷은 얼음이 한층 내려앉았고 부두엔 사람이 거의 없었다. 부두 맞은 켠의 웅장하고 거대한 팔패륵부 앞은 그러나 때아닌 문전성시를 이루고 있었다. 알록달록한 각양각색의 옷차림을 한 사람들과 관개(冠蓋)가 구름같았다. 명교(明轎), 난교(暖轎), 타교(駄轎)에서 일반 수레에 이르기까지 기나긴 수레행렬이 끝간 데 없이 이어졌다. 잔치가 베풀어지고 있는 양 밖에까지 천막을 쳐놓고 사람들이 음식을 즐기고 있었다. 먼발치에서 이미 문을 닫은 만영전당포와 팔패륵부를 번갈아 보던 오사도의 입가에 차가운 미소가 번졌다. 그러자 오사도의 표정을 지켜보던 묵우가 웃으며 말했다.

"우리 여긴 왜 왔죠? 봐 봤자 별다른 게 없어 보이는데 그만 가시죠."

"아니야, 뭔가 이상해."

오사도가 말했다.

"문각이 그저께 와서 여덟째가 손님을 일절 만나지 않고 두문불출하고 있다고 했거든. 근데 이건 뭐야? 자네가 가서 슬쩍 알아보고 오게."

묵우가 쏜살같이 달려가 기웃거리고 오더니 말했다.

"오늘이 여덟째마마 복진의 생일이랍니다. 관원들은 하나도 없고 각 왕부의 복진과 시첩들이 왁자지껄 떠들고 있어요."

오사도가 알겠다는 듯이 웃으며 그만 가자며 묵우를 수레 쪽으로 끌었다. 바로 이때, 서쪽에서 하녀 하나가 보자기 하나를 안고 곧추 오사도를 향해 걸어오더니 인사하여 말했다.

"혹시 오 어르신이 아니옵니까?"

오사도가 어리둥절해 하며 고개를 끄덕여 말했다.

"그런데 무슨 일이오?"

"소녀의 마님께서 멀리서 보기에 꼭 마님의 친척분 같다며 가보라고 하셨사옵니다."

하녀가 말했다.

"성씨까지 맞는 걸 보니 틀림없어 보입니다. 잠깐 소녀를 따라와 주실 수 있겠습니까?"

오사도가 오리무중에 빠진 채 하녀를 따라갔다. 몇 발짝 떨어지지 않은 곳에 붉은 담요를 덮은 난교가 세워져 있었고, 양옆에 어멈인 듯한 여인이 두 명 서 있을 뿐이었다. 오사도가 고개를 저으며 돌아서려고 할 때 난교의 주렴이 흔들리더니 아리따운 젊은 여인이 장밋빛 적삼과 땅에 닿이는 긴 치마를 받쳐입고 수레에서 사뿐 내렸다. 그리고는 오사도를 향해 허리굽혀 인사하며 기어들어가는 듯한 목소리로 "동생, 나야." 하고 말하는 것이었다.

한때는 오사도가 바라보는 것만으로 배불러 하던 그 살구 모양의 두 눈, 실버들 같은 눈썹, 입가에 찰랑이는 복점 하나…… 그녀는 오사도의 첫사랑 김채봉이 틀림없었다. 오사도는 흠칫 놀랐으나 이내 어색하게 얼버무리며 간신히 입을 열었다.

"오…… 난 또 누구라고?"

애절한 눈빛으로 자꾸만 외면하는 오사도의 얼굴을 요리조리 뜯어보던 김채봉이 한참 후에야 고개를 떨구고 한숨을 지으며 말했다.

"지금 사패륵부에 있다고 들었어."

"그래."

"얼굴이 괜찮아 보이네."

"그래."

간신히 몇 마디를 주고 받은 두 사람은 다시금 긴긴 침묵에 빠지고 말았다. 약속이라도 하듯 눈빛은 얼음 낀 운하의 수면을 바라보고 있었다. 그러길 한참, 김채봉이 다시 더듬거리며 입을 열었다.

"쭉 궁금한 게 하나 있었어. 왜…… 그날 저녁 그렇게 큰비를 맞으면서라도…… 꼭 가야만 하는 이유라도 있었어?"

"왜 그게 궁금해?"

오사도가 갑자기 냉소하여 말했다.

"왜냐고? 살아야 했으니까! 도마 위에 올려진 생선도 살겠다고 팔딱거리는데……. 왜? 내가 아직 목숨 붙어 있는 게 신기해? 그러나 이젠 날 어떻게 해보려 해도 그리 쉽진 않을 걸? 그리고 자네도 주인이 있고 나도 섬기는 주인이 있는 사람인데, 무슨 일로 날 보자는 거지?"

고개를 떨군 김채봉의 두 눈에서 구슬 같은 눈물이 뚝뚝 떨어졌다.

"……난 평생 그대를 향한 죄스러움에 가슴 졸이며 살거야. 용서 안 해도 좋아. 남정네들 일은 난 잘 모르겠지만 듣기에 넷째마마는 성격이 보통 넘는다고 했어. 고향에 돌아가도 먹고 살만한 집안인데…… 몸도 성치 않고…… 여기서 이렇게 고생하지 말고 집에 돌아갔으면 좋겠어……."

김채봉의 말이 끝나기도 전에 오사도가 고개를 들어 하늘을 쳐다보며 크게 웃었다. 섬뜩했다. 그리고는 말했다.

"걱정해 줘서 눈물나게 고맙군! 넷째마마건 여덟째마마건 날 데려가는 사람은 그저 심심풀이 상대로 대하기 때문에 설령 재화(災禍)가 가득한 집이라도 나같은 절름발이에겐 불똥이 튀지 않을 테니 걱정 붙들어 매십시오."

말을 마친 오사도는 고개 숙인 채봉을 뒤로 하고 지팡이 소리를 크게 내며 멀어져갔다. 묵우가 뒤따라오며 물었다.

"괜찮게 사나 본데 누구 부인이에요?"

"개한테 시집갔으면 개부인일 테고 닭한테 갔으면 닭부인 아니겠어?"

오사도의 웃음이 얼어붙은 운하보다 더 차가웠다.

한편 윤진은 오후가 되자 곧 상서방을 떠나 집으로 돌아왔다. 호부와 형부에 들러 당관들의 보고를 받고 내일 업무를 내리고서야 집으로 가는 게 습관처럼 된 윤진이지만 이날은 가슴이 폭발할 것만 같이 복잡하고 짜증스러웠다. 상서방에서 셋째 윤지가 자신이 만든 〈고금도서집성(古今圖書集成)〉에 대해 한바탕 일장 연설을 늘어놓는 바람에 더더욱 짜증스러워진 윤진이었다.

문지기들 방에서는 윤진이 이 시간에 집에 올 것이라곤 생각지도 못한 문지기들이 지패(紙牌)놀이를 하느라 한데 엉겨붙어 있었다. 얼굴을 한껏 일그러뜨린 윤진이 주용성에게 고삐를 던져주고는 반쯤 열린 문 틈으로 문지기들을 노려보았다. 곧 날벼락이 떨어질 걸 뻔히 아는 주용성이 먼저 고함을 질렀다.

"이것들이 백주에 모여 앉아 뭐하는 거야! 눈깔은 가죽이 모자라 찢어 놨나? 넷째마마께서 귀가하셨잖아?"

깜짝 놀라 고개를 쳐든 이들은 기절 일보직전에 이른 듯 어찌할 바를 몰랐다. 그 중 하나가 황급히 지패를 화롯불에 집어넣고 무릎을 꿇자 그제야 하나둘씩 무릎을 꿇어 불호령이 떨어지기만을 기다리는 듯 윤진의 작은 기침에도 이들은 어깨를 들썩거렸다. 나이가 좀 든 황씨가 덜덜 떨며 고개 조아려 말했다.

"넷째마마, 하도 심심해서 잠깐 놀았을 뿐입니다. 다신 감히 일하는 시간에 이런 짓 안 할 것을 맹세합니다!"

"다신 안 한다고? 고복 어디 갔어? 불러와!"

윤진이 이 악물고 말했다. 그러자 문지기 하나가 조심스레 입을 열었다.

"아침 먹고 나갔는데 아직 안 들어왔습니다. 세자마마의 책을 사러 간다고 했습니다!"

그사이 홍시, 홍주, 홍력 세 아들이 월동문에서 나오다가 윤진을 발견하고는 재빨리 까치발을 들고 몰래 동쪽 서재로 들어가는 걸 본 윤진이 화가 나기도 하고 우습기도 하여 크게 고함을 질렀다.

"거기 못 서? 이리로 와!"

물건 훔치다 발각된 것처럼 셋은 뚝하고 멈춰서더니 서서히 몸을 돌려 조금씩 발걸음을 옮겨 다가왔다. 그리고는 윤진의 옆에 시립하였다. 그러자 윤진이 냉소하여 말했다.

"잘한다 잘해! 주인은 밖에서 나랏일 때문에 머리 아파 죽을 지경인데 집구석에선 지패질이나 하고 읽으라는 책은 안 읽고 도망다니며 놀기나 하고 말이야. 어떤 정신 빠진 놈은 책사러 갔다는 게 만들어 오는지 아직 안 들어오고!"

윤진이 호통치는 내내 잔뜩 겁에 질려 눈을 깜빡깜빡거리는 두 형을 보며 셋째 홍력이 무릎을 꿇어 앉으며 사정하는 듯한 웃음을 지으며 말했다.

"실은 저희들 내내 서재에서 공부하다가 오 세백(世伯, 오사도) 께서 오셨다는 소식을 듣고 반가운 김에 뛰쳐 나왔던 겁니다. 부친 께서도 안 계신데, 오 세백께서 심심해 하실까 봐서……."

"오 선생이 돌아왔단 말이야?"

윤진의 안색이 갑자기 환해지더니 뒷짐을 진 채로 성큼성큼 월 동문으로 향했다. 한바가지씩 욕을 얻어먹은 채로 엎드려 있는 문지기들을 향해 짓궂게 어릿광대 같은 짓을 해보이며 주용성이 부랴부랴 윤진의 뒤를 쫓아갔다.

윤진이 급한 마음에 죽림(竹林)을 에돌아 오니 아니나다를까 오사도가 벌써 정자 계단 앞에서 기다리고 있었다. 오사도에게로 단숨에 달려가다시피 한 윤진은 잠시 오사도를 훑어보더니 덥썩 두 손을 부여잡고는 고개만 끄덕일 뿐 말을 꺼내지 못했다. 한참 후에야 윤진은 비로소 깊이깊이 안도의 숨을 내쉬며 말했다.

"실로 오랜만이오! 떠날 때보다 더 건강해 보이는 것 같아 일단 은 안심이오."

오사도가 윤진을 향해 공수하여 인사했다. 윤진은 예전과 다름 없이 한 치의 흐트러짐도 없이 말끔한 인상이었지만 많이 수척해 져 있었다. 얼굴에 핏기가 없고 눈 언저리가 어두웠다. 그동안의 마음 고생을 짐작하며 오사도가 웃으며 말했다.

"지금 막 난로를 피웠더니 연기가 너무 매운 것 같습니다. 제가 넷째마마를 뫼시고 밖에 나가 산책이나 했으면 하옵니다."

윤진이 흔쾌히 고개를 끄덕이며 주용성더러 오사도를 부축하게 했다. 두 사람 모두 서로를 필요로 하고 가슴 깊이 서로를 원했다. 같이 있으면 그 자체로도 힘이 되고 용기가 되는 그런 존재였다.

어느새 낙엽이 지고 앙상해진 버드나무 사이를 거닐며 둘은 한동안 말이 없었다. 한참 후에 오사도가 먼저 입을 열어 물었다.

"넷째마마, 근심이 많으신 것 같습니다."

윤진이 연못 안에서 천천히 노니는 어린 물고기를 보며 무거운 목소리로 말했다.

"누군가 이런 글귀를 남겼지. '바람소리, 빗소리, 책읽는 소리, 소리소리마다 귀에 들리고 나라일 집안일 천하의 모든 일마다 생각이 미치네(風聲雨聲讀書聲, 聲聲入耳. 國事家事 天下事, 事事關心)!' 정세가 이렇게 어지러울진대 나라고 어찌 초조하고 불안하지 않을 수 있겠소? 후유…… 솔직히 난 요즘들어 하루가 일 년 같소. 마치 혼자서 길고 어두운 골목길을 더듬거리며 가지만 누구 하나 끝이 어디냐고 물어볼 사람도 없고…… 설상가상으로 폭우까지 퍼붓는…… 꼭 이런 느낌이오."

윤진이 그동안 억눌렸던 모든 걸 토해내려는 듯 길고 깊은 한숨을 내쉬며 말했다.

"난 정말 자네가 영영 안 오면 어떡하나 두려웠소."

"겁이 나서 뺑소니치는 줄 아셨습니까?"

오사도가 소리없이 웃으며 탄식하여 말했다.

"넷째마마께서 절 진정한 벗으로 대해 주시는데 전 분골쇄신하는 한이 있더라도 그 은혜에 보답할 것입니다. 사실 전 이미 닷새 전 북경에 도착해 있었습니다!"

윤진이 흠칫 놀라며 멈춰섰다. 그리고는 생소한 사람 쳐다보듯 오사도를 바라보았다. 그러자 오사도가 천천히 입을 열어 말했다.

"사천에서 북경에 지각변동이 일어날 거라는 섬뜩한 소식을 접했습니다. 추호의 지체도 없이 북경으로 돌아와 주용성, 묵우, 문각, 성음을 동원하여 관보와 조정의 문서 및 넷째마마 서재에 있던 서류들을 가져다 나름대로 분석해 보며 많은 것을 깨달았습니다! 오늘, 여덟째마마의 문하인 흑석철(黑碩哲)을 예부상서로, 여덟째마마를 시종일관 천거해왔던 장정옥을 공부상서로, 규서를 좌도어사로, 셋째마마의 문하인 혁수(赫壽)를 강남총독으로 임명한다는 조정의 지의(旨意)가 내려졌죠? 그래서 넷째마마께선 오늘따라 유난히 일찍 귀가하신 거 아닙니까?"

윤진이 흠칫 놀라는 표정을 짓더니 머리를 흔들며 말했다.

"환해(宦海)의 부침이란 원래 그런 거 아니겠소? 꼭 그것 때문만은 아니고 상서방에서 사전에도 아무런 연락이 없었고 지금까지도 내 의견은 무시하고 있다는데 화가 났던 거요!"

오사도가 껄껄 웃으며 말했다.

"전 넷째마마께서 하도 '한인(閒人)'이길 원하시길래 이런 데는 담담하신 줄 알았더니 그렇지도 않은가 봅니다?"

오사도의 악의없는 야유에도 아랑곳않고 윤진이 웃으며 말했다.

"야심은 없지만 누구한테 얕잡아 보이는 건 싫은 거지."

"날씨가 완전히 어두워졌네요."

오사도가 갑자기 날씨타령을 했다. 윤진이 자신을 뚫어져라 바라보자 오사도가 말했다.

"방금 넷째마마께서 골목길에 비유하여 말씀하셨는데, 사실 넷째마마께선 이미 골목길을 벗어나셨습니다. 주위가 너무 어두워 아직 골목길에 있는 줄 착각하시는 것 뿐입니다! 폐하께선 소리소문없이 어느새 제권(帝權)을 거둬들이셨습니다. 모든 건 성궁(聖躬)께서 독단하실 것을 결심하시고 황자들의 참찬권(參贊權)은 박탈하고 일할 권리만 남겨두셨습니다. 상서방도 폐하의 지의에 따라 움직이는 기관에 불과하니깐 말입니다. 이렇게 하지 않으면 조정은 안정을 되찾기 어려울 겁니다!"

윤진이 고개를 끄덕이며 말했다.

"나도 거기까지는 생각했었지만 이상할 것도 없소. 강희 42년 전에는 원래 그러했으니까."

"그것과는 다소 다릅니다."

오사도가 웃으며 말했다.

"첫 번째 권력을 내놓으실 때는 태자를 단련시키기 위해서라면 이번에 권력을 거둬들이는 것은 모든 황자들의 진실한 재주를 지켜보기 위해서입니다. 폐하께선 더 이상 태자를 세우지 않으실 겁니다!"

윤진이 다시금 흠칫 놀랐다. 한 줄기 밝은 빛이 뇌리를 스치는 것 같았으나 다시금 깊은 사색에 빠져들었다.

"태자를 세우지 않으면 적어도 세 가지 좋은 점이 있습니다."

오사도가 천천히 거닐며 말했다.

"첫째, 황권을 독점할 수 있기 때문에 정무에 걸림돌이 없습니다. 태자란 무능해도 걱정, 너무 똑똑해도 걱정이니깐요."

"그렇지!"

"둘째, 황자들과 조신(朝臣)들의 결당을 해체시키거나 미연에 방지할 수 있습니다. 누가 어떻게 될지 모르는 현실 앞에서 경거망동하기엔 너무나 부담스럽기 때문입니다."

"음!"

"셋째……."

오사도의 눈빛이 갈수록 형형하게 빛났다.

"폐하의 곁엔 방포, 장정옥, 마제만 있으면 정무를 보는 덴 걱정이 없습니다. 폐하께선 황자들로 하여금 거침없이 실력발휘를 하도록 풀어주실 겁니다. 그리고 높은 곳에 올라 자신의 뒤를 이을 진정한 구오지존(九五之尊)감을 택하실 겁니다!"

오사도의 말에는 자신도 생각했었지만 감히 장담할 수 없었던 부분도 있었고, 청량제처럼 신선한 오사도만의 분석이 있었다. 드디어 마음이 후련해진 윤진이 웃으며 말했다.

"번번이 말하지만 역시 오 선생이오! 여덟째는 그런 것도 모르고 육경궁에 들어갈 짐을 꾸리느라 야단법석일 테지! 그러고 보니 다투는 게 안 다투는 거고, 안 다투는 게 다투는 거라는 불가(佛家)의 정의(精義)가 딱 들어맞네!"

"바로 그겁니다! 걱정하지 마십시오. 천명(天命)은 넷째마마를 향해 추파를 보내고 있습니다. 어느 누구도 이 국면을 역전시킬 순 없을 겁니다!"

자조섞인 웃음을 웃고 있던 윤진이 갑자기 윤상을 떠올리고는 우울한 표정을 지었다. 그러자 오사도가 윤진의 속내를 들춰보기라도 한 듯 말했다.

"죄 없는 십삼마마께서 왜 연금당하셨겠습니까? 그것은 괜히 넷째마마를 위한답시고 되레 큰일을 저질러 대업을 그르칠까봐 염려하신 폐하의 깊은 의미에서의 배려라고 보면 틀림없을 겁니다!"

윤진의 가슴 속에 가장 무거운 그림자가 사라지는 순간이었다. 그는 감복어린 눈빛으로 오사도를 바라보며 실로 오랜만에 햇살같이 밝은 웃음을 지어보였다.

43. 동복형제(同腹兄弟)

오사도 덕분에 윤진은 실로 오랜만에 맛있는 잠을 잤다. 눈을 떠 보니 해가 서 발이나 하늘 높이 떠 있었다. 이렇게 늦잠을 자본 적이 별로 없는 윤진이 급히 옷을 입으며 옆에서 시중드는 연씨(年氏)를 나무랐다.

"좀 일찍 깨우지 그랬어? 오늘 주전사(鑄錢司)에 들러야 한다고 말했는데도 그래? 이곳 생활이 몇 넌쨀데 아직 내 생활방식도 몰라서야 곤란하지!"

그러자 연씨가 애교가 철철 넘치는 눈빛으로 윤진을 바라보며 억울하다는 듯이 말했다.

"절 그렇게 윽박지르지 마시옵소서. 잠자리에 드시면서 여태 모자랐던 잠을 한꺼번에 자야겠다고 하시기에 감히 깨우지 못했을 뿐이옵니다. 복진께서도 왕께서 요즘 들어 통 잠을 못 이루시는 것 같았는데 잘 됐다며 편하게 해주라고 하셨사옵니다. 호부에서 방금 왕씨 성을 가진 당관이 다녀갔는데, 급한 일 아니면 주용성에게 보고하라고 말해 보냈사옵니다."

연씨의 말을 들으며 양치를 하고 있던 윤진이 물었다.

"내가 뭣 때문에 바쁘다고 했는데?"

"오늘은 덕비마마의 성탄이시라 아침 일찍 입궁하셔서 오후쯤에야 귀가하실 거라고 했사옵니다."

연씨가 어느새 생글생글 웃으며 말했다.

그제야 오늘이 벌써 11월 23일, 자신의 생모인 덕귀비 오아씨의 생신이라는 걸 알게 된 윤진은 속으로 크게 자책하고 말았다. 가끔씩 생각은 하고 있었지만 요즘들어 머리 속이 복잡하다 보니 깜빡했던 것이다! 대충 양치를 마친 윤진이 급히 말했다.

"그래 수례(壽禮)는 올려보냈어? 귀비마마께선 혜수(惠繡, 자수 작품)를 제일 좋아하셔. 자네 오빠더러 장만해 보내라고 귀띔한 지 언젠데 여태 안 보냈잖아? 아래것들이 주인 명령 무서운 줄 모르고 갈수록 엉망이야!"

연씨가 얼굴이 빨개진 채 고개를 숙였다. 이때 복진이 주렴을 걷고 들어서자 윤진이 말했다.

"빨리 궁에 들어가 봐야 하니까 아침은 간단히 준비하라고 하게!"

이에 복진이 웃으며 말했다.

"너무 서두르실 건 없사옵니다. 수례는 이틀 전 올렸사옵니다. 어제 제가 연씨와 아들들을 데리고 다녀왔고요. 귀비마마께서 즐거워 하시면서 효도하는데 선물이 무슨 필요 있느냐고 하셨사옵니다. 넷째, 열넷째마마께서 본분에 충실하시면 그걸로 족하다고 하셨사옵니다."

"예, 어머니! 명심하겠습니다!"

윤진이 마치 오아씨를 마주한 듯 이같이 대답하고는 말했다.

"자네들이 아들인 나보다 더 꼼꼼하게 챙겨드려 고맙네. 그렇다고 난 빈 손으로 갈 순 없잖겠소? 연갱요가 보내온 감귤을 여섯 짝 준비하고 귀비마마께서 즐겨 드시는 술에 절인 대추도 열두 항아리 준비해 두게!"

그러자 연씨가 서둘러 말했다.

"귀비마마께서 혜수를 좋아하신다고 하셨는데, 그러고 보니 저에게 〈선기도(璇璣圖)〉라는 작품이 하나 있사옵니다. 왕의 생신 때 선물로 드리려고 네 모퉁이에 특별히 만(萬)자를 새겨 넣었사옵니다. 먼저 필요할 때 사용하고 나중에 연갱요더러 하나 보내달라고 하면 되지 않겠사옵니까?"

두 여인의 정성에 기분이 좋아진 윤진이 웃으며 말했다.

"내 생일 같은 게 뭐가 중요하겠나? 그래, 그럼 그걸 귀비마마께 드리자구!"

말을 마친 윤진이 아침을 먹으려고 탁자에 마주앉았다. 윤진이 콧노래라도 부를듯이 기분 좋아하는 틈을 타 복진이 조심스레 다가와 앉으며 말했다.

"어제 문지기들이 지패놀이를 하다가 혼쭐이 났다면서요? 덕분에 고복이도 오늘부터 일 나올 필요없다고 하셨다는데, 어떤 처벌을 내리실 건지요? 제가 보기엔 평소에 열심이었는데 어쩌다가 한 번 실수한 걸 가지고 너무 심한 처벌은 내리지 않는 게 어떨까 하옵니다. 몇 끼째 밥도 안 먹고 골방에 갇혀 있는 것이 너무 안 돼 보이옵니다."

윤진이 잠시 생각하더니 말했다.

"내가 너무 했나? 누렁이 루루보다도 못한 것들 그냥 확 농장으로 쫓아내려 했더니 자네 체면 봐서라도 한 번은 용서해 줘야겠지? 앞으로 난 서재와 점간처(粘竿處)만 빼고 이쪽 일은 되도록 신경 안 쓸 테니까 그럼 자네가 알아서 집안단속 잘하도록 하게. 집안의 말은 밖에 들리지 않게, 바깥 소리는 집안에 새어 들어오지 않게, 소인배한테는 강하게 하는 것이 집안의 평화를 지킬 수 있는 유일한 방법이라는 것만 명심하고. 당분간은 자네가 신경 많이 쓰게."

이때, 낭하에 매달려 있던 앵무새가 갑자기 종알대기 시작했다.

"손님 오셨다, 손님 오셨다!"

이와 때를 같이 하여 밖에서 호탕한 웃음소리가 들려왔다.

"새 한마리 기똥찬 거 기르네요. 내가 손님인 걸 제가 어찌 알어?"

말소리의 임자는 열넷째였다. 금룡포(金龍袍)를 입고 동주관(東珠冠)을 쓴 사람의 모습을 얼핏 본 연씨가 황급히 안방으로 숨어들었다. 손에 상비죽선(湘妃竹扇)을 든 열넷째가 윤진과 복진을 향해 공수하여 인사하며 말했다.

"넷째형, 형수! 그간 안녕하셨습니까! 넷째형은 아침이 늦으십니까?"

"잘 왔어. 어서 앉아!"

윤진이 반색을 하며 젓가락으로 의자를 가리키며 말했다.

"금방 먹으니까 같이 들어가자구. 연씨도 그만 나와. 열넷째가 남도 아닌데 숨긴 왜 숨어? 그러지 말고 차 내와, 어서!"

어느새 수저를 내려놓은 윤진이 밥그릇에 물을 부어 그릇을 깨끗이 하여 함께 들이마셨다.

윤진의 아침식사가 이처럼 간단하고 식사 끝내는 방식 또한 이처럼 깔끔하다는 것에 열넷째는 은근히 놀라워 했다. 연씨가 건네주는 찻잔을 받아들고 잠시 생각에 잠겨 있는 열넷째를 향해 복진이 웃으며 말했다.

"삼촌, 왜 그리 얼굴 보기가 힘들어요? 형제간에도 자주 드나들어야 정이 드는 법이에요. 안 그래도 방금 형이 아침 먹고 삼촌한테 가서 함께 귀비마마 생신 축하드리러 갈거라며 얘기하고 있던 중이었어요."

오늘이 귀비마마의 생신이라는 말에 열넷째는 속으로 초풍할 듯 놀랐다. 그는 윤진보다 더욱 까맣게 잊고 있었던 것이다! 애써 담담한 척하며 찻잔을 들어 입술을 담그고 있던 열넷째가 묘안이 떠오른 듯 웃으며 말했다.

"솔직히 저도 그일 때문에 형수님한테 조언 구하려고 왔습니다. 귀비마마의 생신을 염두에 두고 가을에 벌써 〈영주구로대혁도(贏州九老對奕圖)〉랑 옥관음상(玉冠音像)을 부탁해 두었는데, 어제 운남성(雲南省)에서 옥관음상을 운반해 오다 그만 사람 크기만한 옥관음상의 팔 부분에 살짝 옥칠이 떨어지고 말았지 뭡니까? 그래서 다시 보내오라고 했는데, 아무래도 시일이 걸릴 거니까 먼저 형수님네 집에 있는 걸 갖다 드리고 옥관음상이 도착하는 대로 형수님한테 보내드리면 안 되겠습니까? 꼭 옥관음상을 선물하려고 했었는데……."

그러자 윤진이 그게 뭐 대수냐는 듯 웃으며 말했다.

"형제가 좋다는 게 뭐냐? 그런 걸 가지고 쭈뼛거릴 게 뭐 있어? 수면(壽麵, 생일날 먹는 국수)도 자넨 따로 준비할 거 없어. 내가 자네몫까지 200근 챙겨놨어, 어때?"

너무 뜻밖의 횡재에 열넷째가 좋아라 하며 말했다.

"정말 이렇게까지 챙겨주실 줄은 몰랐습니다. 감사합니다, 넷째 형, 그리고 형수님."

윤진과 어깨를 나란히 하고 옹화궁을 나선 열넷째가 수행원에게 명령하여 말했다.

"집에 돌아가서 구로대혁도 병풍을 각별히 조심하여 장춘궁(長春宮)에 들고 가 귀비마마의 성탄을 축하드려. 복진께는 내가 넷째마마랑 이미 장춘궁으로 출발했다고 전하게!"

"열넷째!"

말 위에 올라탄 윤진이 뒤에서 따라오는 열넷째를 돌아보며 입을 열었다.

"우리 집을 찾은 건 귀비마마의 생신 때문만은 아닐 테지?"

말 위에서 엉덩이를 들썩들썩 하며 심드렁한 표정을 지어보이던 열넷째가 대답했다.

"요즘 들어 기분이 좀 그렇길래 넷째형한테 오면 풀릴까 하고 겸사겸사해서 와 봤어요. 전엔 넷째형이 일하시는 걸 보면 나도 닥치면 저만큼이야 못하겠냐는 식으로 대단히 건방진 생각을 했었어요. 그런데 직접 병부를 맡아 해 보니 남의 잔치에 감놔라 배놔라 할 게 못 되더라구요! 마마께서 서정(西征)길에 오르셨을 때 유림(楡林) 지역에 식량창고를 임시로 만들어 군량미 조달에 일조를 했잖아요. 지금도 그 속엔 40만 석의 식량이 남아 있어요. 그런데 그 유림이 지금은 끊임없이 불어닥친 풍사(風沙)로 인해 사구(沙丘) 높이가 성벽의 높이를 능가할 위험에 처해 있어요. 모래바람은 여전히 기승을 부리고 대책은 없고 이대로 방치하면 어찌 되겠어요? 병부에선 호부에서 책임져야 한다며 호부로 밀어버리고, 호부에선 공부로 떠밀더니 공부에선 또 뭐라고 하는지 아세요? 유림 지역은 이제 백성들은 전부 피난가고 없고 주둔병들만 있으니 목마른 놈이 우물파기 아니냐는 식으로 병부에서 알아서 할 일이라며 핏대를 세우는 거예요! 아무리 고민해 봐도 뾰족한 수가 떠오르지 않아 형을 찾아왔어요."

그러자 윤진이 말했다.

"그 일은 나도 마제한테서 들어서 알고 있어. 모래 피해가 그 정도이고 주민들도 없고 우물조차 매몰돼 버린다는 데서 어떻게 살아? 아예 식량창고도 옮기고 다 빠져나와버리면 되잖아!"

열넷째가 웃으며 고개를 가로저으며 말했다.

"유림의 식량창고는 헐 수가 없어요. 대군(大軍)이 앞으로 다시 서정길에 오르지 않는다는 보장이 없잖아요. 열셋째가 사고나기 전, 둘이서 목도(木圖, 나무에 새긴 지도)를 들여다보며 식량창고를 어디다 옮길 수 있을까 수없이 고민해 봤어도 위치나 거리로 봐서 그곳보다 더 적합한 곳은 없겠더라구요! 그곳에 식량창고를 세우자는 제안도 주배공(周培公) 장군이 했다는데, 희조(熙朝)의 명장들은 하나씩 떠나가고 싸움 잘하는 사람들은 가뭄에 콩나듯 하니 큰일이 아닐 수 없어요."

열넷째가 연신 한숨을 내쉬며 감개에 젖어 말했다.

"황자들 중에서 군사에 대해 좀 안다는 사람은 열셋째형 밖에 없는데 이젠 어떡할지 모르겠어요. 담력과 용기라면 넷째형을 따를 사람이 어딨겠어요. 평소 열셋째형과의 친분을 생각해서라도 구명운동 한 번 벌여보지 그래요?"

윤진이 놀랍다는 듯이 재빨리 열넷째를 힐끗 쳐다보았다. 그러자 열넷째가 웃으며 말했다.

"왜 그런 눈빛으로 바라보세요? '팔황자당'이 내분이 생겼나? 왜 갑자기 열셋째 타령을 하고 그러지? 고양이 쥐 생각하는 이유가 뭘까? 뭐 그런 생각하셨어요? 정말 그렇다면 전 억울해요! 전 솔직히 아무 당도 아니에요! 그냥 내 맘이 닿는 대로, 내 안의 목소리에 귀를 기울이며 처세할 뿐이에요!"

"오……."

윤진이 가슴팍을 갈라 심장을 꺼내보이기라도 할세라 진지하다 못해 처절한 표정을 짓는 열넷째를 보며 피식 웃어버리고 말았다. 황제가 더 이상 태자를 세우지 않을 거라는 냄새를 맡고 독립선언을 하고자 자신의 도움을 구하러 온 건 아닐까 하고 생각한 윤진이 시탐하여 말했다.

"나 혼자 힘으로 무슨 날고 기는 재주가 있다고 구명운동을 벌이겠어. 열넷째 자네랑 여덟째도 적극적으로 나서준다면 모를까?"

그러자 열넷째가 웃으며 말했다.

"형도 참, 바랄 걸 바라야지 여덟째형한테 그걸 바래요? 그건 호랑이와 한 집에서 사이좋게 살겠다는 것과 마찬가지로 어리석은 짓이에요! 제가 먼저 나설 테니 마마께서 관심을 보이시면 그때 넷째형도 합세하세요. 만에 하나 저도 열셋째랑 같이 들어가는 날엔 부디 선처를 호소해 주시면 고맙겠어요!"

그러자 윤진이 웃으며 말했다.

"걱정 붙들어 매게. 그대는 벌써 반 박자 늦었네. 내가 벌써 열셋째의 선처를 호소하는 밀주(密奏)를 올렸어. 나 혼자서 말이야!"

열넷째의 얼굴에 실망하는 기색이 빛처럼 스쳤다.

"이 일은 이제 우리 손을 떠났으니 마마의 결정에 맡기는 수밖엔 없네요. 그렇다면 유림 식량창고에 관해서도 상주문을 올려야 겠어요. 아라부탄과는 언제 붙어도 한번은 붙을 거니까 각별히 조심해야 돼요. 솔직히 서정(西征)은 곧 군량미 대결이라고 봐도 과언이 아니에요! 먹을 게 많아 끝까지 버틸 수 있는 사람이 이긴 다구요!"

윤진이 말없이 웃으며 턱짓을 하여 말했다.

"벌써 서화문에 다 왔네."

덕비 오아씨의 침궁은 체원전(體元殿) 뒤에 위치한 장춘궁에 있었다. 이곳은 원래 원나라 말기에서 명나라 초에 활약했던 유명 한 단술사(丹術士) 구처기(邱處幾)가 황제를 위해 연단(煉丹)하 는 도관(道觀)이었다. 구처기의 호를 따서 '장춘자(長春子)'라고 했다가 나중에 장춘궁이라 개명하였다. 그후 구처기가 백운관으 로 거처를 옮기면서 이곳은 몇백년 동안 방치되어 잡초가 무성하 고 야생동물이 출몰하는 위험지역으로 치부되었다. 사람들은 근 처에도 얼씬거리기를 꺼려했지만 유독 오아씨만은 이곳을 눈독들 여 했다. 그러던 중 강희 27년 오아씨가 귀비로 승격되면서 그녀는 이곳에 대대적인 보수작업을 하여 자신의 침궁으로 해줄 것을 요 구했고, 강희는 이를 쾌히 수렴하였던 것이다.

윤진과 열넷째가 양심전 서쪽길을 통해 들어와 보니 축하행렬 이 꼬리에 꼬리를 물고 있었다. 궁중의 빈비들이 아직 돌아가지 않고 있어 더욱 시끌벅적한 것 같았다. 이럴 때 들어가면 일일이 인사받느라 괜히 피곤해지는 게 싫은 두 사람은 먼발치에 숨어있 다가 손님이 뜸해진 뒤에야 수차문(垂茶門) 앞에 와서 뵙기를 청 했다. 얼마 후, 안에서 두사람을 부르는 소리가 들려왔다.

"귀비마마께서 두 분 황자마마를 난각에 들라 하셨사옵니다."

두 사람이 난각(暖閣)으로 향하는 통로에 들어서니 그곳은 갖가지 하례들로 발디딜 틈이 없었다. 수면(壽麵, 생일국수), 수고(壽糕, 생일떡)는 물론이고 밀가루로 빚어 만든 수도(壽桃, 장수를 기원하는 복숭아), 여의주, 병풍, 금미륵불상, 옥관음상, 자명종, 선덕화로(宣德火爐), 온갖 금은보화며 대가들의 서화작품, 심지어는 주전자, 부채 장식고리, 단향, 사향, 차……이루 헤아릴 수 없이 많은 물건들에 저마다 선물한 사람의 이름이 적혀 있었다.

두 사람은 잠시 고개를 갸웃했다. 54번째 생일이라면 5년에 한 번씩 크게 경축하는 생일도 아닌데 하례는 50번째 때보다 훨씬 값나가고 종류도 다양했던 것이다! 이유가 궁금하던 두 사람이 곧 장춘궁 정전으로 들어갔다. 이들은 동난각 주렴 밖에 있는 화로 옆에 무릎을 꿇고 고두(叩斗)하고는 말하였다.

"아신(兒臣), 귀비마마의 천추성수(千秋聖壽)를 삼가 축하드립니다!"

"그래, 어서 일어나 앉게."

날이 밝기 시작하면서부터 손님 맞느라 이쯤하여 다소 지친 듯 주렴 뒤의 큰 온돌마루에 비스듬히 기대어 있던 오아씨가 패기 넘치는 두 아들이 들어서는 모습을 보고 일어나 앉더니 인사가 끝나길 기다렸다가 주위에 명령했다.

"이젠 이걸 거둬 버려. 또 외부손님인 줄 알고 주렴을 치라 했더니 내 뱃속에서 빠져나온 것들이네."

몇몇 태감들이 재빨리 주렴을 거뒀다. 그제야 윤진은 비로소 어머니의 모습을 똑똑히 바라볼 수가 있었다. 새카맣고 반질반질한 뒤로 쪽진 머리, 쌍꺼풀 없는 매력적인 두 눈은 여전히 아름다웠다. 침상머리에 삼층으로 된 동주봉관(東珠鳳冠)이 놓여 있었고 검푸른 비단 장포를 받쳐 입은 오아씨는 예나 지금이나 단정하고 깔끔하기 이를 데 없었다. 평소에 아랫입술을 물고 생각에 잠겨 있는 모습을 자주 보아온 두 아들은 왠지 변함없이 젊어보이는 어머니의 아랫입술은 조금 두터워진 것 같기도 했다. 잠시 어머니를 정겹게 바라보던 윤진이 웃으며 말했다.

"어머니, 오늘 너무 예쁘십니다. 길복(吉服)까지 입고 계시니 전혀 오십대로 보이지 않습니다. 뭐가 그리 바쁜지 어머니를 자주 찾아뵙지 못해 죄송합니다. 그래, 이젠 고질이 된 기관지염은 좀 어떠십니까?"

오아씨가 푸근한 미소를 지으며 말했다.

"괜찮아 참을만 해. 지난 번 자네가 보내준 오계백봉환(烏鷄白鳳丸)과 얘가 보낸…… 뭐라더라? 그 약이 참 좋았던 것 같네. 매일 달고 있는 걸!"

열넷째가 허리를 굽혀 웃으며 말했다.

"어머니께서 잘 받는다면야 그까짓것 내일 더 조제해 보내겠습니다."

오아씨는 시무룩히 웃으며 말이 없었다. 황가(皇家)의 가법상 아무리 모자간이라도 단독으로 마주 앉아 머리라도 쓰다듬어 줄 수 있는 날은 일 년에 단 한 번, 바로 이날 뿐이었다. 같은 뱃속에서 나왔다는 게 믿어지지 않을 정도로 닮지 않은 두 아들이었다. 하나는 차가운 인상을 풍기는 강인하고 지혜로운 아이인 반면 하나는 영악하고 약삭빠르고 정이 많았다. 둘 다 일엔 목숨 거는 성격이라 모르긴 해도 육경궁의 허무맹랑한 태자 자리를 노리고 있는 모양이었다. 하지만 두 아들이 한데 뭉치기는커녕 칼 끝을 겨누는 반대 세력이 되어 있다는 사실에 그녀는 불안하기도 했지만 한편으론 은근히 기대에 부풀었다. 어미는 자식으로 산다는 말을 믿는 그녀는 어느 아들이 대권에 유망하든 상관없이 서로 다른 길을 선택한 두 아들이기에 그만큼 자신의 태후 자리가 승산이 있다는 계산을 진작부터 하고 있었던 것이다.

그녀는 자신의 두 아들이 각자의 무리에서 으뜸 간다고 자부해 마지 않았다. 그러나 변화무쌍한 정국에서 다른 황자에게 밀리지 말라는 법도 없었다. 잠시 생각에 잠겨 있던 오아씨가 슬며시 두 아들을 훔쳐보았다. 윤진은 흐트러짐 없는 자세로 태연하게 앉아 있었지만 입가에 웃음을 잔뜩 머금은 열넷째는 시선을 어디다 둘지 모르고 부산스레 사방을 둘러보고 있었다. 두 아들을 향하여 뭐라 말하려던 오아씨의 시선이 갑자기 궁전 입구에 세워진 철제 팻말에 꽂혔다. 거기엔 주먹만한 글씨로 이렇게 씌여 있었다.

태조황제 성훈 :
후궁빈어궁감인(後宮嬪御宮監人)들 중 망언(妄言)을 퍼뜨리고 정국에 간여하는 자는 가차없이 목을 벤다.

회초리같이 매서운 한 줄기 차가운 바람을 맞은 듯 오아씨가 눈에 띄게 흠칫 떨었다. 두 명의 태감이 음식상 하나를 들여보내자 잠시 충격에서 헤어난 오아씨가 물었다.

"벌써 진선(進膳)할 시간인가?"

"예, 귀비마마!"

태감이 아부어린 웃음을 지으며 말했다.

"폐하께서 특별히 상내리신 음식입니다. 방포, 장정옥 두 어른과 환담을 나누시던 폐하께서 넷째, 열넷째 황자마마들께서 여기 함께 계신다는 소식을 듣고 대단히 기뻐하시면서 오랜만에 모자 간이 만났는데, 오래오래 회포를 푸시라고 하시며 특별히 음식을 하사하셨습니다. 소합향주(蘇合香酒)는 귀비마마의 병세에도 무관하다 하셨습니다."

자리에서 일어선 채로 태감의 말을 듣고 난 오아씨가 말했다.

"자네 양심전으로 다시 가서 이덕전더러 나 대신 성은이 망극하다고 전하라고 하게."

말을 마친 오아씨가 두 아들을 향해 웃으며 말했다.

"오늘 엄마랑 셋이서 술 한잔 해볼까?"

두 아들이 서로를 마주보고는 재빨리 음식상 있는 데로 다가가 앉았다. 열넷째가 잔을 받쳐들자 윤진이 찰랑찰랑 넘칠 정도로 가득 술을 따랐다. 그리고는 오아씨 발밑에 무릎을 꿇고 앉았다. 열넷째가 조심스레 술잔을 윤진에게 건네주자 윤진이 머리 위까지 높이 술잔을 올려 말했다.

"아들들이라고 해봤자 나랏일 때문에 불철주야 바쁘다 보니 일년 가야 어머니께 효도할 수 있는 날이 거의 없는 것 같습니다. 오늘 마마께서 하사하신 술로 어머니의 성탄을 축원합니다. 아들의 술 한잔 받으십시오!"

마치 호박 액즙을 방불케 하는 빨간 액체가 찰랑거리는 술잔을 받아든 오아씨의 손이 가볍게 떨렸다. 감격에 겨운 듯 잠시 두 아들을 정겹게 바라보던 오아씨가 웃으며 말했다.

"솔직히 난 계훈(戒葷, 비린내나는 음식과 술, 담배 등을 멀리하다)한 지 오래 됐네. 오늘은 특별한 날이라 폐하의 성의를 무시할 수도 없고 우리 모자간도 모처럼 만나 천륜을 누리는데 한번 마셔 봐야지⋯⋯"

말을 마친 오아씨가 술잔을 들어 단번에 깡그리 비웠다. 넘기기 힘이 드는 듯 손수건으로 입을 막고 간신히 꿀꺽하더니 급히 야채 하나를 집어 입안에 넣었다. 그리고는 말했다.

"나 이제 그만 마실래. 자네들은 맘 놓고 먹어. 자식 입에 밥 들어가는 걸 지켜보는 것만큼 행복한 일도 없댔어."

두 아들은 이처럼 좋은 날에 주인공이 먼저 물러나는 건 안 될 일이라며 억지를 부려 오아씨에게 두 잔을 더 마시게 했다. 아들들의 성화에 못 이겨 주는 대로 받아마시고 난 오아씨의 얼굴은 어느새 발갛게 달아오르고 있었다. 한결 부드러운 눈빛으로 두 아들을 바라보며 오아씨가 가벼운 한숨을 지으며 말했다.

"황궁은 금존옥귀(金尊玉貴)라고 하여 어쩌구저쩌구 규제가 많지만 내가 입궁하기 전 후룬뻬이얼에 있을 때는 얼마나 정열적인 여자였는지 몰라. 너의 외할아버지 생신 때면 왕궁 밖에다 천막을 길게 쳐놓고 몽고 초원을 한바탕 후끈후끈하게 데우곤 했었지. 맘껏 마시고 놀고 무사들의 씨름 구경도 하며…… 그땐 얼마나 즐거웠던지!"

"환경이 바뀌면 사람도 바뀌어야지 어찌할 도리가 없잖아요."

윤진이 향수에 젖어 있는 어머니를 달래며 찻잔에 차를 따라 건넸다.

"어머니께서 외할아버지랑 외삼촌네를 그리워하시는 것 같은데, 아들이 시간 내서 이곳으로 모셔오도록 하겠습니다. 사정이 나은 쪽이 움직이는 게 좋지 않겠습니까."

이에 열넷째도 웃으며 말했다.

"예전 같으면 열셋째 그 재롱둥이가 있어 훨씬 재밌었을 텐데."

열셋째 말이 나오자 윤진의 눈시울이 금세 붉어졌다. 오아씨

역시 윤상의 불행에 마음 아파할 것이라 생각했지만 윤진이 보기에 오아씨는 의외로 담담했다. 한참 후에 오아씨가 입을 열어 말했다.

"열셋째황자 참 안 됐어. 사실 폐하께선 그 아이를 위하시는 마음이 각별하셔. 그 아이는 큰황자랑은 달라."

큰황자와는 다르다면서 똑같이 벌을 내리는 건 왜일까? 두 사람은 거의 동시에 이같은 생각을 했다. 어머니 오아씨가 이 주제를 끌고 계속 얘기해주길 바랐지만 오아씨는 말머리를 돌려 말했다.

"큰황자에게 사고가 나고 그 생모인 납란씨가 황제폐하한테 사정하러 갔다가 여인네들이 알 바가 아니라는 면박만 받고 나와서 얼마나 울었는지 몰라. 안 됐어. 아들 가진 빈비들이 모두 열여섯인데, 어느 누군들 자식이 무사하기를 바라지 않겠어? 오늘 술기운을 빌어 한 마디 할 것 같으면 자네들은 달리 나한테 효도하느라 할 것 없이 본분에 충실하고 헛된 욕심을 버려 무사하게 살아주는 게 바로 진정한 효도라는 걸 명심하게. 납란씨 좀 봐! 얼마나 건강하고 쾌활하던 사람이 요즘은 땅만 보고 길을 걷고 약간의 충격에도 깜짝깜짝 놀라는 것이 너무 가여워. 자식 낳은 게 무슨 죄냐?"

오아씨가 감정을 억제할 수 없는 듯 손수건을 꺼내 눈가의 눈물을 찍어냈다. 그 모습을 본 윤진이 요리를 이것저것 집어 오아씨의 접시에 놓아주며 웃으며 열넷째를 나무라듯 말했다.

"열넷째, 넌 좋은 날에 괜히 열셋째 얘기는 꺼내가지고 어머니를 울리고 그러냐?"

그러자 오아씨가 말했다.

"형제간에 관심을 가져주는 건 좋지. 그런데 명심할 것은 너희들도 대단히 똑똑한 아이들이니 잘 알겠지만 정국이 아무리 복잡하게 돌아가더라도 마마께서 아직 성명(聖明)하시니 절대로 잘난 척하고 앞장서지 말도록 해. 안 그래도 불편한 마마의 심기를 괜히 건드려 큰코 다치지 말고 왕으로서, 패륵으로서의 본연의 임무에만 충실하면 되겠어. 그래서 무사하고 화목하다면 그게 바로 행복이라는 거 아니겠어?"

"그런 걱정은 하지도 마십시오!"

열넷째가 윤진을 향해 웃으며 말했다.

"보시다시피 저희들 별탈없이 화목하게 잘 지내고 있잖습니까! 옛말에 형제가 마음을 합하면 그 예리함이 쇠도 쪼갤 수 있다 했듯이 저희 둘은 문제 없습니다!"

열넷째의 말재주에 윤진도 피식 웃고 말았다. 그러자 오아씨가 그제서야 안심이 된다는 듯 밝은 표정을 지으며 말했다.

"둘다 착해서 잘하리라고 믿으면서도 노파심에서 그냥 해본 소리야. 앞으로 형제간의 우애 변치 않고 화목하게 살겠다는 의미에서 그럼 너희들 에미가 보는 앞에서 동심주(同心酒) 한잔 하거라!"

열넷째가 흔쾌히 대답하며 술잔이 넘치도록 술을 부어 윤진에게 건네주었다. 윤진이 웃으며 한 모금 마시고 건네주자 열넷째가 잔을 비웠다. 그리고는 어머니를 향해 빈 잔을 거꾸로 들어 확인시켜주는 것도 잊지 않았다. 오아씨가 싱글벙글 하고 두 형제 또한 기분이 좋아 음식을 먹으며 시간가는 줄 모르고 있었다. 이때 열넷째가 웃으며 조심스레 입을 열어 말했다.

"오늘같이 좋은 날에 제가 일부러 기분 망가뜨리려고 그러는 건 아닙니다만 아무리 생각해 봐도 열셋째가 큰황자랑 '다르다'면서 폐하께선 왜 열셋째를 감금하신 건지 궁금한 걸 어쩔 수 없어서 말입니다."

"나도 몰라."

오아씨가 고개를 저으며 탄식조로 말했다.

"사고나고 이튿날 내가 폐하를 찾아뵙고 웬만하면 용서해 주십사 하고 말을 꺼냈었어. 그랬더니 폐하께서 말씀하시길, '내가 뭘 어쨌다고 그래! 여자들은 모르는 게 좋아! 따지고 보면 이것도 다 그 아일 위해서야!' 하시면서 화를 내셨어."

들을수록 오리무중인 두 형제가 잠시 서로를 마주보며 생각에 잠겼다. 감금이라는 것은 황실에선 죽음을 주는 것[賜死] 다음으로 무거운 처벌이었다. 그런데 열셋째를 감금시켜 놓고도 황제가 공공연히 "그를 위해서"라고 하거나 "뭘 어쨌다고 그래" 하면서 흥분하다니! 황제의 속마음을 도저히 점칠 수가 없었다.

그날 오후가 지나자 밖이 소란스러워졌다. 뒤늦게 온 각 궁의 빈어(嬪御)들이 화려하게 차려입고 하례(賀禮)를 챙겨들고 왔지만 윤진과 열넷째가 있는 통에 들어가지도 못하고 밖에 모여 우왕좌왕 하는 것이었다. 그제서야 시간이 많이 흘렀다는 걸 느낀 두 황자가 급히 인사를 올리고 오아씨의 허락하에 물러났다.

어느덧 복잡한 장춘궁을 벗어나 서화문을 빠져 나온 두 사람은 약속이라도 한 듯 길게 숨을 들이마시며 고개를 들어 하늘을 쳐다보았다. 밤잠을 설친 듯한 태양이 잿빛 구름 사이로 흐리멍텅한 얼굴을 반쯤 내밀고 있었다. 제법 차가운 가을바람이 그렇지 않아도 슬픈 낙엽들을 못살게 굴었다. 기러기떼가 처량한 울음소리를 내며 어디론가 바삐 가고 있는 모습이 어쩐지 슬퍼 보였다. 주용성이 열몇 명의 하인들을 데리고 석사자(石獅子) 북쪽에 마중나와 있는 걸 발견한 윤진이 열넷째를 향해 말했다.

"아우, 술이 좀 부족한 것 같은데 우리집에 가서 한잔 더 할까?"

"됐어요, 형. 술은 주거니받거니 하는 멋에 마시는데 형은 안마시고 저 혼자서 무슨 재미예요."

열넷째가 머리 속이 복잡한 듯 눈을 찌푸려 먼 곳을 바라보며 말했다.

"지금 가봤자 병부에도 별일 없을 텐데 넷째형 저랑 같이 밖에 나가 바람쐬고 오는 게 어때요?"

윤진이 말없이 주용성을 향해 손가락 두 개를 펴보였다. 그러자 주용성이 말 두 필을 끌고 부랴부랴 달려왔다.

두 사람은 말을 타고 목적지도 없이 성(城)의 북쪽을 빠져 나왔다. 옥황묘 근처를 한 바퀴 돌고 서쪽 호성하(護城河)를 따라 남으로 방향을 틀었다. 가는 길 내내 둘은 아무 말도 없었다. 한참을 더 가니 영정하(永定河)가 눈앞에 보이고 둑 밖에는 이따금씩 불어오는 가을바람에 강물이 끊임없이 주름지고 흰 갈대꽃이 눈을 시리게 했다. 둑섬 안에는 전명(前明) 장각로(張閣老)의 무덤이 있었다. 오래된 송백나무 밑에 마른 풀들이 키를 넘었고 여기저기 비스듬히 쓰러진 석인(石人), 석마(石馬), 석양(石羊)은 벌써 반 이상이 흙에 묻히고 말았다. 두 사람이 말을 붙들어 매놓고 둑섬에 올랐을 때 어느새 하늘에선 안개를 동반한 가는 비가 내리고 있었다. 윤진이 실소하듯 웃으며 말했다.

"어쩌다 우리 여기까지 다 왔지? 겁없이 우비도 안챙기고 말이야!"

"추풍(秋風)에 세우(細雨), 여윈 말을 타고 떠나온 사람, 멋지 않아요!"

열넷째가 감탄을 하며 말했다.

"이럴 때 우비가 왜 필요해요? 살아 생전에 세 개 조대(朝代)를 거쳐 원훈(元勳)으로서 실력행사를 하던 사람이 죽고 나니 무덤 지켜줄 사람 하나 없이 처량한 걸 좀 보세요."

"그래?"

윤진이 갑자기 웃으며 말했다.

"자네 오늘 돈오(頓悟)를 한 것 같은데, 나랑 참선(參禪) 붙어보겠다는 건가? 자넨 이 부분에선 아직 멀었지. 세상의 모든 사물은 이 비바람과 우리가 타고 온 말, 우리 자체까지도 따지고 보면 공허한 거야. 인간세상은 희노애락욕수(喜怒哀樂慾愁)······ 이런 감정이 있기 때문에 그 색깔에 눈이 멀어 지지고 볶고 울며 불며 살지만 죽고 나면 모든 것은 철저히 무로 돌아가는 거야. 높은 곳에 올라 멀리 내다보니 오른쪽은 제성(帝城)이요, 왼쪽은 유유히 영정하가 흐르는지라 감회가 남다른가 본데 진정으로 깨닫고 보면 세상은 한 줄기 연기요, 한 줌의 바람에 불과한 거야!"

윤진의 '설교'에 당황해진 열넷째가 급히 웃으며 그를 말렸다.

"제가 한숨 한 번 지어봤더니 형이 기다렸다는 듯이 홍론(鴻論)을 펴시네요. 불학(佛學)은 제가 까마득한 후배죠! 솔직히 저는 오늘 어머니한테서 좋은 말씀 듣고 느낌이 새롭네요. 형은 모를 거예요. 어제 여덟째형이 폐하께 청안간 김에 자신의 어려운 처지를 호소했나 봐요. 나와서 일하려니 야심을 못 버리고 깝죽댄다며 비난할 것 같고, 집에만 있자니 또 뒤에서 호박씨 깐다 할 것 같아 도저히 심란해서 못 살겠으니 한동안 병을 핑계로 집에서 휴양하게 해달라고 폐하께 상주했다가 본전도 못 건졌나 보더라구요. 이제 뭐가 더 궁금해서 그러냐며 폐하께서 크게 노하셨나 봐요. 사람답게 살기란 왜 이리 힘이 드는지······ 저만 보더라도 툭하면

팔황자당에다 갖다 붙이는데 그건 아주 웃기는 발상이에요! 난 누가 뭐래도 완벽한 혼자예요! 같은 뱃속에서 나온 넷째형이랑 한 솥 밥 먹는다면 몰라도 다른 황자들과는 절대 무리를 만들지 않을 거예요."

필요 이상으로 흥분하는 열넷째를 보며 윤진은 윤상의 진가가 더욱 절실히 느껴지는 것 같았다. 윤진은 시무룩한 표정을 지으며 다가가 열넷째의 어깨를 다독거리며 말했다.

"세상살이 힘든 거 이제 알았어? 다 같이 고해(苦海) 속에서 허우적거리는데 우린 물이 좀더 깊어서 그렇다 생각해. 너와 내가 아무리 동복형제라고 하지만 필경은 내 자신이 아닌 이상 잘은 모르겠어. 하지만 난 무능한 내 자신을 너무 잘 알아. 난 한번 고신(孤臣)이면 영원한 고신이야. 어떤 폐하를 섬기든 간에 이 원칙만은 불변할 거야. 날 인정머리 없다고 비난하는 사람은 있어도 야심가라는 사람은 없잖아. 큰황자는 바로 본분을 벗어난 허무맹랑한 야망에 불타 있었기 때문에 저렇게 된 거야! 하지만 자네나 나나 여덟째나 윤상의 처지에 비하면 행복한 비명을 저지르고 있는 거야. 우리보다 어려운 사람 생각하며 너그럽게 살자구."

열넷째는 윤진의 말을 되새김질하며 자신을 의식한 거짓말 같기도 하고 진심에서 우러나온 말 같기도 하고 도무지 갈피를 잡을 수가 없었다. 한숨을 내쉬며 안개 자욱한 빗속을 내다보는 눈빛엔 근심이 서려 있었다.

44. 변방의 먹구름

더 이상 황태자를 두지 않은 건 성공적인 발상임에 틀림없었다. 옹립한 공을 노리고 여덟째네 집으로 떼지어 몰려다니던 경사(京師)의 문무백관들은 서서히 거품이 걷히고 원상태를 회복해가고 있었다. 관가는 예전의 평온을 되찾았다. 불똥이 튈까 지레 겁먹고 병을 핑계로 집에 숨어있던 육부아문 관원들도 하나씩 돌아오기 시작했고, 공동명의로 여덟째를 천거하는 내용의 상주문을 준비했던 이들은 한데 모여 몰래 태워버리기도 했다.

윤진은 호부 뿐만 아니라 내무부까지 관리하게 되었다. 몇 개월 동안 심드렁해 있다가 강희에게 한바탕 혼줄이 난 윤사도 '병'이 완쾌되어 종인부(宗人府)로 나와 일에만 전념하는 모습을 보였다. 열넷째는 병부에 파묻힌 채 무기창고를 둘러보고 군비(軍備)를 점검하느라 눈코 뜰 새 없이 바쁘게 움직였다. 언제 어디서 못에 발바닥이 찔릴까 숨을 고르고 있던 각 성(省)의 독무(督撫,

총독과 순무)들도 점차 일상을 회복하고 있는 것 같았다.

그러나 모든 것이 상태(常態)를 찾아 궤도에 오르고 있지만 윤 잉과 윤상만은 예외였다. 하나는 함안궁에 감금되어 있고 하나는 패륵부에 연금된 채 바깥세상과는 격리된 생활을 하고 있었다. 그러나 창밖을 내다보며 하염없이 하늘만 바라보는 게 일과인 윤 잉과는 달리 윤상은 낚시와 독서를 즐겼고 아란, 애교와 함께 바둑 도 두고 문장을 짓기도 하며 시간가는 줄 몰랐다. 탈적(奪嫡)을 염두에 두고 피터지게 싸운 윤제(맏이), 윤잉, 윤지, 윤진, 윤사, 윤당, 윤아, 윤상, 열넷째 등 아홉 황자는 결국 승자는 없고 패자만 있는 전쟁을 치뤘던 것이다.

그 와중에도 세월은 흘러서 어느덧 강희 57년이 되었다. 중원은 무사했으나 서쪽 변경의 처왕 아라부탄과 서장(西藏) 달라이 라 마 사이의 정교(政敎) 분쟁은 악화일로를 치닫는가 싶더니 급기 야 피를 부르고 말았다. 강희 56년, 아라부탄이 준거얼부의 장군인 대처왕을 시켜 청해성을 대거 침공하게 했다. 그 결과 이들은 서장 칸을 죽이고 라싸 성을 점령하고 달라이 라마를 감금하기에 이르 렀다. 조정으로선 더 이상 방치할 수가 없는 긴급한 상황에 처하게 되었다.

흉흉한 소식을 접한 강희는 대로했다. 그는 즉각 푸르단을 진무 장군(振武將軍)으로, 치더리를 협리장군(協理將軍)으로 임명하 여 아얼타이 산(山)에서 출발하여 부령안(富寧安) 부대와 합세하 여 준거얼의 침입을 막게 했다. 서장에는 서안장군(西安將軍)인 어루터만 보내 반란을 평정하게 했다. 그리고 사천제독인 연갱요 는 중원의 문호인 서안을 수호하도록 명령을 내렸다.

강희의 65번째 대수(大壽)는 이번 출병으로 인해 조촐하게 보냈다. 저녁에 연극을 구경했지만 강희는 아무런 흥미도 못 느끼는 듯 끝나기도 전에 빠져나오고 말았다.

　단양절을 눈앞에 두고 전방에서 육백리 긴급첩보가 날아들었다. 두 갈래의 대군(大軍)이 선후로 우루무얼 하(河)를 건너 준거얼의 반군을 격퇴시킨 결과 이들은 밤을 타 서쪽으로 도망갔다는 것이었다. 그제야 다소 긴장이 풀어진 강희가 창춘원에서 조촐한 연회를 베풀어 방포와 장정옥, 마제 등을 불러 음식을 같이 하며 담소를 나누었다. 무호에서 군량미를 조달하던 열넷째는 식량이 썩어 있는데 화가 나 호부와 갈등을 빚었다. 일을 대충 마무리 지어놓고 직접 윤진을 찾아가 상의하려고 문을 나서려 할 때, 신임 병부시랑인 어얼타이가 문서를 한아름 안고 땀범벅이 된 채 들어서고 있는 걸 보고는 다그쳐 물었다.

　"무슨 일 있어?"

　"열넷째마마께 아룁니다."

　어얼타이의 안색이 조금 창백해 보였다.

　"서녕(西寧)에서 군보(軍報)가 날아왔습니다."

　어얼타이는 30대 중반에 접어들고 있었는데, 광풍이 불면 위태로울 것처럼 길고 깡말라 있었다. 길죽한 흰 얼굴에 검은콩 같은 작고 반짝이는 눈이 약삭빠를 것 같았다. 푹푹 찌는 날씨임에도 그는 관포를 흐트러짐없이 차려입고 있었다. 열넷째의 물음에 답하면서 그는 문서를 건네며 무거운 말투로 말했다.

　"서부전선의 6만 대군이 패망하였다고 합니다. 즉각 폐하를 만나뵙고 이 사실을 상주해야겠습니다!"

　"뭣이?"

　청천벽력 같은 소식에 깜짝 놀라 경황없이 문서를 펼쳐 대충 훑어본 열넷째는 기절할 것 같았다. 직주권(直奏權)이 없는 서녕수비(西寧守備)가 섬서총독 아문을 통해 보내온 문서였다. 지난번 준거얼이 꽁무니를 빼고 도망간 건 유인책이었다는 것이었다. 푸르단과 치더리가 공로에 집착한 나머지 냉정한 판단을 상실하여 적의 올가미에 걸려든 결과 카라우수 하(河)에서 포위당해 두 명의 장군과 6만 대군이 전멸당했고, 겨우 열몇 명만 생존하여 서녕으로 탈출하는 데 성공했다는 것이었다! 처음엔 어찌할 바를 몰라 하던 열넷째가 어느덧 안정을 찾은 듯 문서를 움켜쥐고 방안을 거닐며 느릿느릿 말했다.

"승패는 원래 군가(軍家)의 상사(常事)이거늘 뭘 그리 호들갑 떨어! 우리 중앙 기추(機樞)에 있는 사람들부터 진정하고 중심을 잡아야지."

어얼타이가 그러는 열넷째를 똑바로 쳐다보았다. 아직은 신임이라 열넷째의 성격을 잘 모르는 어얼타이가 잠시 생각하더니 대답하여 말했다.

"천만지당한 말씀입니다. 하지만 자그마치 6만 대군이 한꺼번에 전멸당한 사례는 우리 조대(朝代) 역사상 전무후무한 사건일지도 모릅니다. 그러니 명색이 병부시랑인 제가 어찌 조급하지 않겠습니까?"

"자네 말대로 전무후무한 사건이니까 침착하게 대책을 마련해야 한다구. 소 잃은 후에 외양간 고쳐도 늦진 않을 테니까."

열넷째가 자리에 앉아 반들거리는 앞머리를 매만지며 말했다.

"음…… 이렇게 하자구. 자네가 폐하에게 직접 보고하되 일단 방포 어른을 먼저 찾아가 되도록 충격을 최소화 하는 방안을 충분히 논의한 후에 움직이도록 해. 무슨 말인지 알겠어? 폐하께서 몇 개월 동안 내내 심기가 불편해 계시다가 이제 조금 좋아지기 시작해서 그래……."

열넷째의 이같은 말에 어얼타이가 대답했다.

"이런 중대사는 열넷째마마께서 직접 나서시는 것이 좋을 듯합니다."

그러자 열넷째가 웃으며 자리에서 일어서더니 어얼타이의 어깨를 두드리며 말했다.

"이미 엎질러진 물이야. 큰일이긴 하지만 조급해 한다고 죽은 사람이 되살아나는 법은 없잖아. 내 말은 자네가 가서 폐하께 사실을 전달하는 동안 내가 시간을 벌어 누가 들어도 그럴 듯한 대응책을 마련해야 한다는 거야. 아니면 폐하께서 홧김에 '열넷째, 이제 어떻게 할거야' 하고 물어오시면 난 답변이 궁하잖아, 안 그래?"

입장을 바꿔 생각했을 때 과연 일리가 있다고 생각한 어얼타이가 별다른 말없이 말을 달려 창춘원으로 향했다. 한편 어얼타이를 보내놓고 열넷째는 즉각 조양문에 있는 팔패륵부로 향했다. 막 왕부 입구에 도착했을 때 총관태감인 하주가 무관 한 사람을 배웅하는 모습이 보였다. 자세히 눈여겨 보니 그 무관은 다름 아닌 신임 섬서성 총독인 연갱요였다. 선학(仙鶴) 보복을 입고 산호정자 뒤에는 반짝이는 공작화령이 눈에 띄었다. 술을 마시고 나오는 듯 거무스레한 얼굴엔 붉은 빛이 감돌았다. 수레에서 나오는 열넷째를 발견한 연갱요가 급히 다가와 인사하더니 웃으며 말했다.

"그새 길상하셨습니까, 십사마마! 혹시 저의 주인을 만나보셨습니까?"

"이게 뉘신가! 점점 잘 나가는데? 대장군의 위풍이 사면팔방에 번뜩이는 것이 복 있는 사람은 역시 뭐가 달라도 다르구만!"

열넷째가 연갱요의 말은 아랑곳않고 이같이 너스레를 떨며 말했다.

"그래 북경엔 언제 왔어? 넷째형은 이틀 전 한 번 뵈었는데, 도화증수(桃花增水)로 제방이 몇 군데 무너져 내렸다며 대단히 바쁘신 것 같았어. 현장에 다녀오신댔는데 지금쯤 돌아오셨나 모르겠네. 그런데 그걸 왜 나한테 물어? 자네 여동생한테 물어보는 게 빠르잖아?"

그러자 연갱요가 헤헤 웃으며 말했다.

"넷째마마는 북경에 계시긴 한 것 같은데 찾을 길이 없습니다. 전 사흘 전에 도착하여 어젠 폐하를 뵙고 오늘 또 패찰을 건네어 뵙기를 청하라 하시길래 가는 중입니다. 마침 내일은 십일황자마마의 생신이시고 며칠 후면 이십사황자마마의 생신도 다가오고 하니 온 김에 찾아다니며 청안 올려야겠습니다. 안 그랬다간 나중에 황자마마들께서 저희 주인을 만났을 때 버릇없는 부하를 두었다고 한 소리 하시면 어떡합니까?"

열넷째가 머리를 끄덕이며 웃었다.

"안 그래도 바쁜 사람이 이제 더 바쁘게 생겼네. 폐하께 패찰을 건네 뵙기를 청하라 하셨다며? 안 가고 뭘해? 내 생각엔 자네 오늘 고급강의 좀 받을 것 같은데!"

말을 마친 열넷째는 곧 월동문을 들어섰다. 서화청을 지나 오른쪽 통로에 들어서니 서재에서 한바탕 왁자지껄하는 소리가 들려왔다. 가까이 가서 보니 윤사, 윤당, 윤아와 왕홍서, 아링아, 규서 등이 다 있었다. 그리고 허리춤에 왜도(倭刀)를 찬 어룬따이가 윤아와 술잔을 들고 주령(酒令)을 외치고 있었다.

윤아가 연신 벌주를 벌컥벌컥 들이키고 있었다. 이때 성큼 들어선 열넷째가 좌중을 향해 읍해 보이며 말했다.

"대군이 서부전선에서 패망하여 전멸되었는데, 이곳은 술과 가무(歌舞)가 질펀한 걸 보니 완전 딴나라인가 봐?"

"어서 와, 어서 와!"

윤사가 열넷째의 비아냥거림에는 아랑곳없이 연신 손을 저었다. 윤사가 이렇게 흥을 주체하지 못하는 모습은 흔한 것이 아니었다. 그는 벌겋게 술기운이 퍼진 얼굴에 웃음을 가득 지으며 말했다.

"규서, 뭘 해? 늦게 온 십사황자마마에게 벌주를 올려야지!"

그리고는 거나하게 취한 미소를 지으며 열넷째가 잔을 비우는 걸 지켜보고 나서 천천히 입을 열어 말했다.

"푸르단과 치더리가 사고난 건 난 벌써 알고 있었어."

순간 열넷째의 손에 들려있던 빈 술잔이 떨렸다. 육백리 긴급서찰로 보내온 급보가 여덟째의 소식통을 당하지 못하다니! 한참 후에 겨우 충격에서 헤어난 열넷째가 더듬거리며 말했다.

"여덟째형…… 벌써…… 알고 계셨다고요?"

열넷째의 속마음을 읽은 윤사가 웃으며 말했다.

"괜히 의심하고 그러지는 마. 팔황자당이 그런 신통력까지 갖췄으면 좋게? 서녕수비로 있는 요문각(寥文閣)이면 아홉째의 문하잖아. 병부로 보내는 자문(咨文)은 전부 순무 관방을 통하게 돼 있다구. 그러니 입소문이 더 빠를 법도 하지."

이미 취기가 몽롱한 윤아가 웃으며 끼어 들었다.

"열넷째, 몰랐지? 오늘 술자리는 대군의 완패를 축하하기 위한 자리라는 걸! 우린 너무 즐거워. 연아무개가 초치지 않았으면 흠잡을 데 없었을 텐데 말이야!"

열넷째가 망연자실한 표정으로 좌중을 바라보더니 천천히 술잔을 내려놓고 말했다.

"열째형이 술 취하셨나 봐요. 무슨 말씀을 하시는지 통 알아들을 수가 있어야죠!"

"푸르단이 그렇게 됐으면 조정에서 나서겠어, 안 나서겠어?"

"당연히 나서죠!"

"출병을 할 거란 말이지?"

"출병 안 할 수가 없으니깐요."

"그럼 장군은 누가 유력할 것 같아?"

"……"

사실 열넷째가 강희를 직접 만나지 않고 곧바로 윤사에게 찾아온 것은 바로 이 때문이었다. 미리 윤사와의 물밑 접촉을 통해 서부출정권을 따내려는 것이었다.

'내가 먼저 한 발 뒤로 빠지는 척하며 윤사를 밀 것이고, 군사라면 겁내는 여덟째가 다시 내게 공을 넘길 게 분명해. 그럼 내가 못 이기는 척하고……'

이것이 열넷째가 길에서 나름대로 생각해낸 방법이었다. 그러나 미처 숨을 고르기도 전에 열째한테 선제공격을 당한 열넷째가 잠시 생각하더니 정색하며 말했다.

"황자들이 병사를 거느리고 나간다고 해도 직접 총칼을 들고 적들과 맞붙지 않을 바에야 누가 가나 마찬가지 아니겠어요? 하지만 병권이란 다른 것과 달라 가능하면 다른 사람 수중에 넘어가지 않게 하는 것이 최선이 아닌가 해요. 제 생각엔 여덟째형이 선수를 치는 게 좋겠어요. 셋째와 넷째형이 달려들기 전에!"

"착한 아우, 자네 맘 내가 잘 알지."

윤사가 한숨을 지었다. 한참 말이 없던 그가 스스로 술을 따라마시며 말했다.

"하지만 이번에 출정할 장군감은 전과는 의미가 달라. 내 생각엔 이번에 병사들을 이끌고 출전하는 사람이 곧 폐하께서 속으로 점찍어 두고 계시는 대권 계승자야!"

벼락이 하늘을 가르고 지나가며 어둠 속을 비추듯 사람들의 얼굴이 일순 창백해졌다. 한참 주위의 반응을 살피던 윤사가 열넷째에게 공을 던졌다.

"솔직히 장군감으로야 열넷째 자네보다 더 적합한 사람이 있을까?"

"아니에요, 여덟째형!"

열넷째가 놀란 나머지 입술을 바르르 떨며 한 발 성큼 다가서며 윤사의 손을 덥썩 잡고 떨리는 목소리로 말했다.

"연륜이나 경륜, 그리고 덕망으로 볼 때 전 여덟째형의 뒤꿈치에도 못 미쳐요. 어찌 그런 말씀을 하세요? 가죽[皮]이 없이 털[毛]이 어디에 붙겠어요? 여덟째형은 우리들의 수뇌이고 기둥이며 안식처예요. 이 위계질서는 절대 무너뜨릴 수가 없어요!"

진지함이 묻어나는 열넷째의 호소어린 말에 사람들은 숙연해지고 말았다.

'여덟째의 열넷째에 대한 의심이 지나친 건 아닐까?'

윤사의 의중을 제일 잘 아는 아링아가 속으로 생각했다.

"열넷째, 그건 다 구름같이 흘러가버린 과거일 뿐이야. 과거는 더 이상 꺼내지 마."

윤사가 눈물이 번뜩이는 눈빛을 창밖에 두며 한숨을 지으며 말했다.

"길흉화복은 점치기 어렵다는 것이 〈역경〉의 요지야. 나 또한 역경에 대해선 위편삼절(韋編三絶) 했노라고 자신있게 말할 수 있어. 하지만 천명이 나를 향하는 것이 틀림없다면 자네들이 나를 밀어주는 것도 괜찮겠지만 요즘 들어 내가 내 자신이 걸어온 길을 되돌아 봤을 때 욕심을 과다하게 부리고 지혜롭지가 못해 조화의 기휘(忌諱)를 범하고 말았어. 아바마마에게서 멀어질 법도 하지. 하지만 난 아바마마를 결코 원망하지는 않아. 지나치면 모자라는 것보다 못하다더니, 그 점이 내겐 치명적이었어. 후유…… 그만 해! 천명(天命)은 한 번 놓치면 좇아갈 수도 없나니, 이제부터 난 열넷째의 '가죽'에 들러 붙은 '털'로 남을 거야!"

어느새 얼굴이 빨갛게 상기된 열넷째가 연신 고개를 저으며 말했다.

"여덟째형의 진심에서 우러난 말씀인 줄은 알지만 저로선 절대 받아들일 수가 없어요. 나라를 이끌어가는 만승지군(萬乘之君)이라면 기량과 인심으로 승부하는 거예요. 이런 말 해도 되는지는 모르겠지만 솔직히 이 두 가지만 보더라도 저를 포함한 아홉째, 열째형 모두가 여덟째형과는 비교가 안 되죠. 똑똑한 바보인 넷째형은 더 말할 나위도 없구요. 천명을 말씀하셨는데요, 그것은 보이지도 만져지지도 않는 거예요. 또한 폐하께서 멀어졌다 하셨는데 제가 보기엔 꼭 그런 건 아니에요. 성명하시고 예지로우신 폐하께서 여덟째형의 진가를 몰라주실 리가 없어요. 사랑하는 자식일수록 매를 든다고, 폐하께선 여덟째형으로 하여금 마음을 굳게 단련하고 강한 의지를 키울 수 있는 기회를 만들어주신 거예요. 아니면 왜 호되게 질책하시면서도 여러 황자를 뛰어넘어 여덟째형을 친왕으로 봉하셨겠어요? 제가 여덟째형과 '일당(一黨)'인 줄 뻔히 아실 텐데 저에게 병부를 맡기신 건 또 왜일까요? 게다가 병사(兵事)엔 일가견이 있는 열셋째까지 가둬버리고? 다른 건 감히 단언할 수 없지만 만에 하나 이번에 폐하께서 저에게 10만 대군을 주신다면 그것은 여덟째마마를 위해 앞으로 대가(大駕)를 보호할 수 있는 힘있는 신하를 만들어 주시려는 의도이심에 틀림없어요!"

두 사람은 전혀 다른 주장을 펴고 있었지만 둘다 흠을 찾아내기엔 너무나 천의무봉이었고 감동적이었다. 그러자 윤아가 웃으며 끼어 들었다.

"맛있는 걸 서로 밀어내면 어떻게 되는 줄 아세요? 제3자가 채간다구요. 다같은 황자이고 폐하의 혈육인데 둘 다 황제가 되기 싫다면 내가 할겁니다!"

잔뜩 엄숙하던 분위기가 윤아 때문에 다소 부드러워졌다. 윤당이 웃으며 말했다.

"열넷째가 솔직한 얘기를 하긴 한 것 같은데 내가 보기엔 우리를 성원해줄 사람보다 뒤통수 까려고 도끼 들고 살금살금 다가오는 자들이 더 많을 것 같아. 셋째, 넷째형도 그렇고 방금 연갱요 그 자식도 괜히 얼쩡거리겠어? 자신을 가지는 건 좋지만 방심은 금물이야!"

"저도 공감입니다."

왕홍서가 가볍게 기침하여 목소리를 다듬으며 말했다.

"일단 셋째와 넷째마마는 물건너 간 것 같고 차기 주자는 오늘 자리에 함께 한 네 분 황자마마 중에 계신 것 같네요. 평소에 별다른 알력없이 똘똘 뭉치는 모습을 대외적으로 많이 보여주셨기 때문에 앞으로 군주와 신하가 한 덩어리가 되어 난관을 잘 헤쳐나갈 거라는 장점을 지혜로우신 폐하께서 높이 사지 않을 이유가 없습니다. 그리고 중요한 것은 열넷째마마는 병부를 장악하고 있다지만 마음대로 주무를 수 있는 병권이 없는 게 탈입니다. 그 약점을 보완하시려면 이번 기회에 무슨 수를 써서라도 군사를 이끌고 나가셔야 합니다. 이렇게만 돼준다면 여덟째마마나 열넷째마마 가운데서 누가 홍일점이 되는 행운을 안게 되든지간에 힘센 두 분은 쌍벽을 이루어 천하를 호령하시게 될 겁니다!"

한림 출신답게 조리정연하게 말을 잘하는 왕홍서였다. 사람들은 저마다 고개를 끄덕였다.

한참 후에 열넷째가 연갱요가 찾아왔던 이유를 물어오자 윤당이 웃으며 말했다.

"서쪽이 불안해지니 덩달아 싱숭생숭해진 거겠지. 한 술 얻어먹겠다고 숟가락 들고 달려드는 것 같은데, 넷째형네 연못에선 더 이상 놀고 싶지 않다 이거 아니겠어?"

"걔가 장군 자리를 넘본다고?"

윤아가 말도 안 된다는 듯이 조롱하듯 웃으며 말했다.

"꿈도 아무져! 만에 하나 폐하께서 황자들은 장군 인선에서 제외된다 하시면 열넷째 자네가 어룬따이를 추천하라구. 그 다음에 우리가 확 밀어주면 되잖아. 장군은 반드시 우리사람이어야 해!"

그러자 규서가 맞장구를 치고 나섰다.

"넷째마마측에서 아직은 아무런 움직임도 없을 때 우리가 이부, 병부를 동원하여 황자들 중에서 장군이 선출되어야 한다는 당위성을 주장하는 상주문을 폐하께 올리는 게 좋겠습니다!"

"만에 하나 셋째가 낙점된다면……."

윤당이 고개를 쳐들고 천천히 입을 열어 말했다.

"우린 열넷째를 부장(副將)으로라도 보내 견제할 수 있는 데까지 해봐야겠어."

이에 왕홍서가 말했다.

"가장 두려운 건 넷째마마가 10만 대군을 거느리고 연갱요와 접선하는 것입니다. 어떻게든 그걸 막아야 합니다!"

이번에는 윤사가 냉소하며 말했다.

"그럴 리는 없지 않겠어? 우리에겐 정춘화라는 볼모가 잡혀있는데 무슨 걱정이야! 죽었다던 정춘화가 넷째네 집에 숨어있다는 사실을 폐하께서 아신다면?"

그런데, 그때까지 이 사실을 전혀 모르고 있던 열넷째가 깜짝 놀라며 물었다.

"그게 사실이예요?"

"그럼!"

윤사가 메마른 우물처럼 깊고 그윽한 두 눈으로 먼산을 쳐다보며 등골이 오싹해지는 미소를 입가에 걸고 말했다.

"그 똥갈보년이 아직 멀쩡하게 살아 있어. 그것도 열셋째와 넷째에 의해 깍듯이 예우받으면서 말이야. 이 사실만 보더라도 넷째는 진정한 태자 추종자야! 유사시 윤잉에게 치명타를 입혀가면서까지 동궁에 들어가고 싶어 안달나 했던 거지. 만에 하나 정춘화가 먹혀들지 않는다고 하더라도 우리에겐 그보다 더 약발이 센 고복이 있잖아. 넷째로 하여금 '환난지교(患難之交)'가 하루아침에 돌변하여 자신을 향해 총부리 겨누는 끔찍함을 맛보게 해 주어야지!"

윤사의 말이 끝나기 전에 갑자기 멀리서 무거운 수레 굴러가는 것 같이 여운이 긴 우렛소리가 들려왔다. 때를 같이하여 "곧 비가 쏟아지려고 해! 서재 창문을 잘 닫아걸어!" 하는 하인의 목소리가 들려왔다. 윤사가 창문을 열어 젖히자 비린내를 동반한 바람이 맹렬하게 불어닥쳤다. 먹장구름으로 뒤덮인 하늘에 이따금씩 소리없는 번개가 마른 나뭇가지처럼 나타났다 사라지곤 했다. 이때 하주가 헐레벌떡 들어서더니 아뢰었다.

"십사마마, 폐하께서 급히 담녕거로 올 것을 명하였습니다. 말과 우비는 준비됐으니 서둘러 주십시오!"

열넷째가 말없이 하주를 따라나가더니 갑자기 돌아서서 윤사를 향해 한쪽 무릎을 꿇어 인사했다. 윤사가 황급히 다가가 일으켜 세우려 하자 어느새 일어난 열넷째는 주먹을 잡아 읍해 보이며 떠나갔다.

어룬따이에게로 다가간 윤사가 입을 열어 말했다.

"자네……."

"예, 여덟째마마!"

"내가 왜 불렀는지 알아?"

"술동무 해달라고 부르신 거 아닙니까?"

"아니야!"

윤사가 무척이나 화가 나 있는 하늘을 바라보며 한 글자씩 힘을 주어 말했다.

"난 자네를 열넷째마마에게 딸려 보내 공훈 세울 기회를 주고자 하네!"

윤사의 이같은 말에 어룬따이가 고개를 저으며 말했다.

"전 북경이 좋습니다. 아무 데도 가고 싶지 않습니다."

"이건 선택이 아니라 필수야. 반드시 가야 할 뿐더러 즐거운 마음으로 가서 멋드러지게 싸워야 해!"

윤사가 긴긴 숨을 몰아쉬며 말을 이었다.

"자네의 오늘이 있기까지는 누구 덕인지 알아? 바로 우리 만주족이 산해관에 입성할 때 용맹하게 적과 맞서 싸우다 장렬하게 죽은 자네 조부와 폐하를 따라 서정길에 올랐다가 폐하를 보호하기 위해 무려 일흔 번이나 칼을 맞아 저세상 간 자네 아버지 덕분이야! 폐하께서 자네의 잘못에도 선뜻 칼을 뽑지 못하시는 이유가 거기에 있어! 내가 내형(奶兄) 야부치를 이미 서녕에 보냈어. 이번에 열넷째가 서정대장군이 되는 건 불보듯 뻔한 일이니 자넨 열넷째를 따라다녀야 장래가 보여. 북경에 있었다간 치사하게 명이 긴 무단 영감탱이와 류철성, 장오가 이런 것들 때문에 영영 빛을 보지 못할지도 몰라. 서녕에 가서 야부치와 대화를 나눠보면 뭔가 느낌이 올거야!"

드디어 하늘이 박살나는 소리가 들리더니 양동이로 퍼붓는 듯한 비가 거세게 창문을 내리쳤다.

45. 폐태자의 비밀서신

　열넷째의 명을 받고 어얼타이가 창춘원 입구에 도착했을 때는 사시(巳時)였다. 옷차림을 단정히 하고 숨을 고른 후 성큼성큼 원(園)으로 들어가려던 어얼타이는 그러나 원을 지키고 서 있던 태감에게 한마디로 거절당하고 말았다. 어얼타이가 자신있게 내민 패찰을 외면한 채 태감이 웃으며 말했다.
　"폐하께서 방 어른, 장 중당(中堂, 재상급-장정옥을 가리킴), 마 중당(마제)과 함께 용선(用膳)중이시니 잠시 기다리셔야겠는데요!"
　"안 되오!"
　어얼타이가 다급히 말했다.
　"난 급한 일이 있어 즉각 폐하를 뵈어야 한단 말이오!"
　어얼타이의 간절한 청에도 불구하고 태감은 여전히 고개를 저어 말했다.

"북경성이 발칵 뒤집히는 한이 있더라도 폐하께서 용선을 마칠 때까지 기다려야겠어요!"

수고비라도 좀 내놓으라 하는 뜻으로 받아들인 어얼타이가 급히 주머니를 만져보았으나 설상가상으로 전대마저 차고 오지 않았다. 어얼타이가 방방 뛰며 위협주듯 말했다.

"뭘 모르고 이러나 본데 난 신임 병부시랑이란 말이오. 일에 차질이 생기면 당신 같은 사람은 백번 죽었다 깨나도 책임질 수 없는 거야!"

어얼타이가 은전 한 푼도 찾아내지 못하자 더욱 심드렁해진 태감이 그러거나 말거나 자기와는 전혀 무관하다는 듯한 표정을 지어내며 말했다.

"시랑이 아니라 상서라고 해도 내가 병부 사관이 아닌 다음에야 당신이 날 어쩌겠소! 이곳은 친왕이 와도 지킬 건 칼 같이 지켜야 한다고!"

두 사람이 무의미한 입씨름으로 시간을 죽이고 있을 때 창춘원 안에서 넷째 윤진과 열일곱째 윤례가 차례로 걸어나오는 것이 보였다. 이곳에서 언성을 높여 싸우는 소리를 들은 윤진이 뒷짐을 진 채 다가와 물었다.

"왜 이리 시끄러워?"

마치 구세주라도 만난 양 어얼타이가 급히 말했다.

"넷째마마, 절 빨리 들여보내라고 말씀 좀 해주십시오!"

그리고는 가지고 온 군보를 보여주며 말했다.

"보시다시피 제가 여기서 이렇게 시간을 허비하고 있을 때가 아니잖습니까?"

"음."

군보를 한 장씩 넘기던 윤진이 깜짝 놀라며 급히 어얼타이에게 돌려주며 말했다.

"이 사람아, 왜 그리 멍청해? 어서 들어가지 못해?"

친왕이 와도 마찬가지라던 태감은 윤진이 어얼타이의 등을 떠밀자 급히 막아나서며 사정하는 듯한 웃음을 지어 말했다.

"넷째마마, 소인이 간 크게 넷째마마의 체면을 구기는 것이 아니라 올봄 상서방에서 새로운 규정이 내려졌사옵니다. 왕자든 대신이든 어느 누구든 막론하고 제아무리 큰일이 있어도 폐하께서 주무시거나 용선중일 시에는 절대 뵙기를 청할 수 없다고 말입니다……."

태감이 말하는 내내 미소를 짓고 있던 윤진이 이쯤하여 물었다.

"자네, 새로 왔나?"

"예!"

"이름이 뭐지?"

"진구(秦狗)라고 부릅니다."

"보정부(保定府)에서 왔나?"

"예!"

"원래 성이 진씨야 아니면 입궁해서 고친 성이야?"

"원래는 호씨(胡氏)였사옵니다, 넷째마마."

"그럼 자네는 왜 갑자기 진씨로 바뀌었는지 궁금하지 않아?"

진구가 어리둥절한 표정을 짓고 윤진을 바라보더니 고개를 저었다.

"잘 모르겠사옵니……."

그러나, 그 말이 끝나기도 전에 "찰싹!" 하고 윤진의 커다란 손바닥이 진구의 왼쪽 뺨을 강타했다! 너무나 순식간에 발생한 일인지라 진구는 비틀거리며 저만치 나가 중심을 잡느라 안간힘을 쓰고 있었다.

"바로 진회(秦檜)라는 인간 때문에 진씨로 바뀐 거야! 환관들이 권력의 무풍지대를 형성하는 걸 강보에서 죽여버리고 항상 경각성을 늦추지 않기 위해 폐하께서 강희 52년에 태감들을 전부 진(秦), 조(趙), 고(高) 세 가지 성으로 통일하셨지(趙高는 중국어 발음상 '야단났다'라는 뜻의 糟糕와 비슷함)! 바로 진씨가 다시 큰일 저지르는 걸 경계하라는 뜻이었지!"

윤진이 두 눈을 무섭게 부릅뜨고 욕설을 퍼부었다.

"어때 따귀 한 대 더 때려줘? 네까짓 게 뭔데 날 가르치려 들어? 난 엄연한 친왕이고 폐하의 시위이며 내무부 총관이 내가 부리는 아랫것이야! 똑바로 알아, 이 자식아!"

벌겋게 부어오른 뺨을 감싸쥐고 태감이 어느새 털썩 무릎을 꿇어 죽어라 머리를 조아리며 말했다.

"넷째마마, 이게 잠깐 똥물이 튀어 눈깔이 멀었었나 봅니다. 부디 한 번만 용서해 주시면 앞으로 열심히 하겠사옵니다!"

"알았으면 됐어."

윤진이 윤례를 향해 웃으며 이같이 말했다. 이때 몇몇 태감들이 다가오자 윤진이 명령했다.

"자네들이 어얼따이 어른을 모시고 가서 빨리 폐하를 뵙게끔 조치해줘!"

윤례와 함께 발걸음을 옮기던 윤진은 여전히 무릎을 꿇은 채 덜덜 떨고 있는 진구를 향해 50냥짜리 은표를 던져주었다. 진구의 두 눈이 휘둥그레지고 윤례 또한 어리둥절한 눈치였다. 말없이 창춘원을 나선 윤진이 주변에 다른 사람이 없는 걸 확인하고 물었다.

"윤례, 왕섬 사부와 둘이서 날 보자고 한 건 무슨 급한 일이 있어서야?"

"넷째형!"

윤례가 말했다.

"왕 사부가 이광지랑 얘기하던 중에 우연히 이광지가 방포가 과거시험볼 때 잠깐 지도해 준 적이 있는 스승이라는 걸 알게 되었대요! 그래서 왕 사부가 형을 만나 직접 전할 말이 있는 것 같았어요. 전⋯⋯."

윤례의 눈동자가 금세 붉어졌다. 뭔가 할 말이 있는 듯 입가를 실룩거리더니 다시 입을 다물고는 발끝만 내려다 보고 있었다.

그러나 윤진은 윤례가 하고자 했던 말이 무엇인지 알 것 같았다. 윤례의 생모 장가씨(章佳氏)가 지난달 초파일 행사를 지내고 금을 삼켜 자살했던 것이다. 윤진이 내무부에 은밀히 조사해보도록 의뢰한 결과 열째 윤아가 술김에 궁에 쳐들어 갔다가 목욕중인 장가씨를 발견하고는 궁녀들이 보는 앞에서 껴안고 강제로 성추행을 했다는 것이다.

윤진은 충격을 금치 못했다. 하지만 건강이 안 좋은 강희에게는 치명적이 될 수도 있다는 우려 때문에 또한 불쌍한 윤례의 체면을 생각하여 윤진은 이 사실을 알고 있는 사람들의 입을 철저히 단속시켜 영원한 비밀로 묻어두기로 했다. 그러나 윤례의 표정으로 미루어 보아 그는 이미 생모의 죽음 뒤에 숨겨진 비밀을 아는 것 같았다. 잠시 생각에 잠겨 있던 윤진이 한숨을 지으며 말했다.

"윤례야, 말 안 해도 대충 알겠어. 너랑 왕 사부가 내게 하려는 말이 뭔지. 세상일은 어떤 건 모르는 게 아는 것보다 낫고 흐리멍텅해 있는 게 말똥말똥한 것보다 낫거든. 이제부터 형이 너에게도 신경을 많이 써줄게. 열셋째를 대하듯 널 대해주고 아껴주도록 노력할게……."

윤례가 눈물 가득 머금은 두 눈으로 윤진을 바라보며 고개를 끄덕였다. 눈물을 보일세라 급히 눈을 슴벅이며 하늘을 쳐다보던 윤진이 말했다.

"잔뜩 흐렸구나! 집에 급히 처리해야 할 서류가 있어서 가봐야겠어. 저녁에 대내 순시도 돌아야겠고. 가서 왕 사부한테 전해. 요 이틀 새에 시간내서 찾아뵐 거라고. 하늘이 무너져도 솟아날 구멍은 있다는데 걱정 말고 기다리시라고 전해줘!"

윤진이 안쓰러운 눈빛으로 윤례에게 뭐라 부탁하려고 할 때 멀리서 연갱요가 말을 달려 오는 게 보였다. 윤례가 목소리를 낮춰 말했다.

"저 자식 넷째형 밑에 있는 애 아니에요?"

윤진이 말없이 머리를 끄덕이자 윤례가 툴툴대며 말했다.

"북경에 도착한 지 한참 됐어요. 이번에 보니 아주 팔방미인이 따로 없던데요? 여기저기 찾아다니며 얼굴도장 찍느라 정신없는 것 같던데, 넷째형이 꽉 틀어쥐어야겠어요."

윤진이 알았다는 듯이 머리를 끄덕이자 윤례는 곧 말에 올라탔다.

"잠깐만!"

어느새 말에서 내려 다가오는 연갱요를 힐끗 쳐다보며 윤진이 윤례를 불러세우고 물었다.

"왕 사부가 아직 청범사(淸梵寺) 동쪽에 있는 그 허름한 사합원(四合院, 북경 지역의 전통가옥)에 살고 계셔?"

새삼스런 윤진의 물음에 의아쩍은 표정을 지으며 연갱요를 힐 끗 쳐다보던 윤례가 대답하였다.

　"십 년 전 여덟째형이 동화문(東華門) 밖에 거처를 마련해 주었 는데, 한사코 뿌리쳤잖아요. 왕 사부가 궁에 들어가 강학하는 틈을 타 여덟째형이 책이며 물건들을 전부 옮겨버렸는데 왕 사부가 그 날로 나와버렸잖아요. 그 뒤 폐하께서 괴수사가(槐樹斜街)에 뜰 이 세 개나 딸려 있는 조용하고 아늑한 집을 한 채 하사하시니 마다 할 순 없고 어쩔 수 없이 종족사당(宗族祠堂)으로 개조해 놓곤 지금 사는 곳에서 쭉 살아온 거죠. 아무튼 세상에 둘도 없는 괴짜라니깐요. 건드리지 마세요."

　"왕씨네는 백 년 동안 명맥을 이어온 시서(詩書)의 세가(世家) 야."

　윤진이 가까이 온 지 한참되는 연갱요를 외면한 채 한숨을 지으 며 말했다.

　"전명 때부터 지금까지 무려 일곱 명의 과거 합격자, 세 명의 재상을 배출해 낸 대단한 명문임에도 여전히 청렴하고 곧게 살아 가는 걸 보면 아무튼 우리 모두가 본받아야 할 모범이야! 남의 물건 곁에 두고는 잠도 못 자는 사람이니 물질적으로는 도와줄 수가 없겠고 듣자니 부리는 하인이 둘 뿐이고 그나마 나이가 많아 시원찮다는 것 같던데, 내무부에서 한 번에 열 명씩 돌아가며 사람 을 보내 시중들게 하는 건 어떨까 하고 넷째마마가 간청하다시피 의사를 물어왔다고 전해줘. 왕 사부 건강이 안 좋아지면 폐하께서 우릴 가만두지 않으실 거야."

　윤진이 이같이 말하고는 웃었다.

　모처럼 틈새를 발견한 연갱요가 서둘러 한쪽 무릎을 꿇어 인사하며 말했다.

"신 연갱요가 넷째마마께 청안올립니다!"

그리고는 어느새 잔뜩 굳어있는 윤진의 표정을 힐끗 쳐다보고는 다시 무릎을 꿇어 머리를 조아렸다.

"뉘신가 했더니 대단하신 연 군문께서 어쩌다가!"

윤진이 먼산을 쳐다보며 담담하게 입을 열었다.

"그래 북경에는 언제 왔나? 폐하를 뵈러 온 것 같은데 어서 일어나시지. 내가 무슨 자격으로 그대의 이런 대례를 받을 수 있겠나? 어휴, 부담스러워라!"

두 사람 사이의 팽팽한 긴장을 감지한 윤례가 급히 말했다.

"그럼 주복(主僕) 두 분께서는 마저 얘기 나누세요. 전 먼저 가볼게요."

말을 마친 윤례는 곧 떠나갔다.

북경에 오자마자 먼저 옹왕부를 찾아가 청안을 하지 않았다 하여 주인이 질투한다고 생각한 연갱요가 급히 머리를 조아려 말했다.

"사흘 전에 북경에 도착하자마자 왕부를 찾아갔지만 주인께서 안 계셨습니다. 그후에도 여러 번 찾아갔는데 매번 뵐 수가 없었습니다. 전부 사실입니다. 전 감히 주인께 거짓말을 할 수가 없습니다……."

"내가 언제 자네더러 거짓말 한다고 했나?"

윤진이 차가운 음성으로 내뱉었다.

"이젠 개부건아(開府建牙)인데 술마시러 오라고 부르는 데도 많고 좀 바쁘겠어? 자네가 내 밥 축내지 않는 것도 내 조화야. 몇 날 며칠씩 말이 씹어대고 사람이 먹어대는 게 나같이 가난한 사람으로선 대단히 부담스럽거든! 어서 뵙기를 청하여 궁으로 들어가지 않고 이 사람이 왜 이러나!"

말을 마친 윤진이 멀리 손짓하며 말했다.

"고복, 말 대기시켜!"

그리고는 뭔가 할 말이 많은 듯한 연갱요를 뒤로 하고 휑하니 가버렸다. 창춘원의 문지기 태감들과 사패특부의 하인들이 지켜보는 가운데서 일어나지도 못하고 어찌할 바를 모르는 연갱요의 얼굴은 붉으락푸르락 말이 아니었다. 태감들이 킥킥거리는 속에서 한참을 움찔거려 겨우 일어난 연갱요는 고개를 떨구고 창춘원 안으로 들어가며 '왕재수!'라며 속으로 툴툴댔다.

한편 심란한 기분으로 윤진이 왕부로 돌아왔을 때 잔뜩 흐려오는 하늘을 보고 하녀와 어멈들이 빨래를 걷느라 분주했다. 세자들 공부할 때 같이 반독(伴讀)하는 서재의 하인들과 묵우를 데리고 밖에서 햇볕을 쬐던 책을 서재로 옮기고 있던 주용성이 윤진을 발견하고는 급히 다가와 아뢰었다.

"연갱요가 오전에 다녀갔습니다. 가져온 선물은 서재 복도에 있는데 보여드릴까요? 어떤 과일은 곧 상할 것 같아 복진의 허락을 받고 사람들에게 나눠 주었습니다."

"말을 좀 간단하게 하는 습관을 길러. 못된 것만 배우려고 들지 말고."

윤진이 짜증스레 주용성의 말허리를 자르며 물었다.

"오 선생 집에 있지?"

엉겁결에 한소리 들은 주용성이 어정쩡해 하며 대답했다.

"성음스님이 들어가신 지 한참 됐는데, 안 나오시는 걸보니 오 선생께서 안에 계시는 것 같습니다."

윤진이 알겠다는 듯 머리를 끄덕여 보이고는 곧추 화원으로 향
했다. 무겁게 드리운 구름이 숲속의 고요를 더했다. 비가 자주 내
려 푸른 이끼가 미끄러운지라 윤진이 조심스레 걸어갔다. 풍만정
서재에서 여운이 길고 감칠맛나는 거문고 소리가 들려왔다. 가까
이 가서 보니 오사도가 똑바로 앉아 열심히 거문고를 타고 있었다.
책상 위에서는 새파란 향연(香煙)이 가느다랗게 타오르고 있었
다. 문각과 성음이 나란히 앉아 귀기울이고 있었고 한참 후에 오사
도가 조용히 입을 열었다.

　　　그 옛날 제경(帝京)에 와 보니
　　　청등(靑藤)이 구부정하게 말라 죽었지.
　　　추풍에 휘둘리는 낙엽의 애절한 몸짓
　　　기댈 곳 잃은 하소연인 듯했네.
　　　이번에 다시 와 보니 꽃향기 그윽하고
　　　청등 가지가 길게도 뻗었네.
　　　흘러내리는 천지(天池)의 물줄기,
　　　용의 힘찬 기지개런가.
　　　지나간 흔적이 매몰되지 않는 건
　　　청등 같은 옛 지기가 있기 때문이리라.
　　　덤불 쓰고 앉아 문전에 광영을 들이려고,
　　　해마다 한식엔 석양을 향해 간절히 비네!
　　　우우우! 큰 바람이 일기 시작하는데
　　　나룻배는 언제 돌아오려나,
　　　물 위에 떨어진 도화(桃花)는
　　　왜 이리도 더디 흐른단 말인가!

창 밖에서 듣고 난 윤진이 한숨을 지으며 말했다.

"경사에 큰바람이 일기 시작하는데, 어떤 사람은 한가하게 청등이나 읊조리고…… 팔자 한 번 끝내주는구만!"

윤진이 웃으며 성큼 들어서자 주용성이 기다렸다는 듯이 다가왔다.

"무슨 일 있어?"

윤진이 물었다. 그러자 언제 봐도 어딘가 잠이 덜 깬 사람처럼 흐리멍텅해 보이는 주용성이 눈을 깜빡이며 말했다.

"왕부의 가무(家務) 중에 보고올리고 지시받을 사항이 있습니다. 언제 여유가 있으신지요?"

"내가 지금 오 선생을 찾아온 걸 보면서 그래?"

윤진이 말했다.

"저녁에 자금성 순회를 마치고 보자구."

주용성이 물러가고 오사도가 어느새 거문고를 내던지고 다가왔다. 서쪽 창문을 밀어 열어젖히자 비를 한껏 머금은 듯한 시원한 바람이 방안 가득 몰려들었다. 벽에 붙어있던 서화들이 바르르 떨었다.

"산속에 비가 내리려고 하니 누각에 바람이 그득하구나[山雨慾來風滿樓]!"

오사도가 창밖을 바라보며 감회에 젖어 말했다.

"바람이 무섭게 몰아닥치는 모양이 곧 큰비를 몰고 올 게 분명한데, 직접 씨뿌려 키운 풀과 꽃이 수난을 당할까 두렵지 않겠습니까?"

오사도의 말엔 아랑곳하지 않고 문각이 물었다.

"넷째마마, 조정에 무슨 일이 있으신 겁니까?"

아무리 괴로워도 이 사람들만 보면 금세 마음이 편해지는 윤진이었다. 어얼타이가 전해온 군사 급보에 대해 줄거리만 들려주고 난 윤진이 말했다.

"사정이 이러하니 여러분들의 의견이 듣고 싶어 달려왔네. 셋째를 장군으로 추천하여 병사를 이끌어 서정길에 오르게 하는 게 좋을는지 아니면 내가 직접 폐하를 찾아뵙고 출병을 자청하는 게 나을는지 해서 말이네. 여기 있어봤자 되는 일도 없고 이참에 나가 바람쐬고 오는 것도 나쁘진 않을 것 같네."

그러자 성음이 물었다.

"병부의 주인인 열넷째마마를 만나뵈신 겁니까?"

그 말에 윤진이 머리를 저었다.

"아직 못 만났어."

"밖에 무슨 일 있을 때 사람들은 본능적으로 집에 돌아오기 마련이지."

자리로 돌아가 앉은 오사도가 의미심장하게 말했다.

"넷째마마께서도 소식을 접하자 바로 들어오셨고, 열넷째마마도 집으로 가긴 갔지만 팔패록부로 달려갔을 테고, 길가의 사람들도 비가 쏟아지면 부랴부랴 집으로 향하게 돼 있습니다!"

사람들의 시선을 한데 모으며 오사도가 고개 들어 창밖을 바라보았다. 한 줄기 번개가 오사도의 얼굴을 비추었다. 젊었을 때는 대단히 준수한 청년이었을 법한 오사도를 바라보며 윤진이 입을 열어 말하려 할 때 오사도가 다시 말을 이었다.

"열넷째마마는 이미 자신이 대장군이 될 것을 십중팔구 자신하고 있습니다. 여덟째마마로선 병권이 없는 걸 옥에 티라고 못내

아쉬워하던 중 열넷째마마가 10만 웅병(雄兵)을 거느리고 풍운을 몰고 다닌다는 것이 대단한 힘이 아닐 수 없습니다. 이들의 계획대로 안팎에서 책응(策應)이 제대로 이루어지는 날엔 대권계승에 관한 폐하의 유조(諭詔)도 얼마든지 무기력하게 만들어 버릴 수 있는 겁니다! 넷째마마, 제 말에 일리가 있는 것 같지 않습니까?"

윤진은 어느새 모골이 송연해졌다. 오사도의 말을 듣는 순간 새삼 이번 출정을 이끌 대장군의 위치가 중요하게 느껴졌던 것이다. 잠시 후 윤진이 말했다.

"군권은 절대 다른 사람의 수중에 넘어가선 안 되겠소. 적어도 여덟째에게는 말이오! 정 위태로우면 내가 연갱요나 악종기를 적극 추천하고 나설거요!"

오사도가 갑자기 고개를 젖혀 크게 웃으며 말했다.

"대권을 비롯한 권력엔 야망이 없으신 넷째마마께서 웬일로 그리 조급해 하십니까?"

오사도의 악의없는 야유에 순간 자신의 실수를 느낀 윤진이 자리에 눌러앉더니 숨을 길게 내쉬며 말했다.

"대권에 욕심없는 건 사실이지. 하지만 그렇다고 쥐새끼들이 집 담벼락을 파헤치려 드는 데도 가만 있을 순 없잖소!"

"저의 생각은 이러합니다."

오사도가 천천히 입을 열었다.

"다른 사람은 몰라도 연갱요와 악종기는 절대 안 됩니다. 만약 폐하께서 넷째마마께 장군감을 물어오시면 추호의 망설임도 없이 십사황자가 적임자라고 고집하십시오!"

의외라는 듯 사람들은 오사도를 생판 모르는 사람을 바라보듯 했다. 오사도가 오랜 침묵 끝에 비로소 살얼음이 낀 듯한 차가운 말투로 입을 열었다.

"열넷째마마는 바로 폐하께서 속으로 점찍어 두고 계시는 장군 감 1호입니다. 병부를 맡은 지도 몇 년이 흘렀고 그동안 쌓은 경력으로도 다른 황자들 중에 대체할 사람이 없는 게 사실입니다. 권력 앞에서 시종여일 담담하게 반응해오신 넷째마마께서 갑자기 다른 사람을 추천하면 폐하께서 의혹을 품지 않겠습니까?"

잠시 숨을 돌리고 오사도가 말을 이었다.

"여덟째, 아홉째, 열째, 열넷째마마가 자주 머리를 맞대는 사이라는 건 세상천지에 모르는 사람이 없을 겁니다. 하지만 그속에도 이변은 존재합니다. 여덟째, 아홉째, 열째마마는 견고하게 뭉쳤지만 열넷째마마는 섬 안의 섬이고 당중지당(黨中之黨)입니다. 여덟째마마가 한사코 열넷째마마를 내보내려고 하는 건 바로 열넷째마마가 북경에서 딴살림을 차릴까 두려워서입니다. 때문에 넷째마마께서 열넷째마마의 출정을 막는다는 것은 당장 득될 게 없을 겁니다."

오사도가 손가락 세 개를 펴들고 말했다.

"열넷째마마로선 나름대로의 속셈이 있습니다. 진(晉)나라의 태자인 중이(重耳)를 본따 나라의 명맥인 군사를 틀어쥐고 있다가 폐하의 대행(大行)에 따른 혼란이 일어나는 대로 덮쳐 들어 속전속결로 자립(自立)을 선언할 생각을 하고 있을 게 분명합니다. 그런데 넷째마마께서 그 걸림돌이 되고자 한다면 열넷째마마께서 어찌 생각하겠습니까? 얼마 전부터 넷째마마를 가까이 하려는 노력을 보인 것도 실은 넷째마마가 적어도 걸림돌 역할은 하지 말았으면 하는 예쁜 짓 정도로 볼 수 있습니다!"

이번 서정길이 이렇게 많은 내용을 포함하고 있다는 데 문각과 성음은 은근히 놀랐다! 자신의 가슴 속 깊은 곳에 숨어있는 말을 더 이상 할 수가 없다는 데 아쉬워하며 윤진이 저도 모르게 한숨을 지었다.

"이미 백관들 중에서 여덟째마마의 위상을 검증받은 바 있는 폐하께서는 병권을 틀어쥔 열넷째마마까지 북경에 있으면 누가 될지는 모르지만 새로운 군주에게 엄청난 위압감을 형성할까 염려되어 기어이 열넷째마마를 밖으로 내돌리는 겁니다. 폐하의 영명함은 실로 따를 사람이 없습니다!"

그러자 성음이 웃으며 말했다.

"듣고 보니 정말 그렇군요. 그런데 제 생각엔 방포 어른이 폐하의 고문 역할을 충실하게 잘해낸 덕분이 아닌가 합니다."

이에 오사도가 웃으며 말했다.

"용인술이 뛰어난 것도 군주로서의 무시할 수 없는 재주지. 따지고 보면 별볼일 없는 유방(劉邦)도 세 명의 걸출한 인물을 영입함으로써 천하를 얻는데 성공했거늘 하물며 한 고조(漢高祖)에 비하면 백 배는 뛰어나신 폐하임에야!"

이번 서정에 관한 큰 의문은 풀렸지만 여전히 뭔가 걱정스러운 표정을 지으며 윤진이 말했다.

"방포가 입각하고 나서 조무(朝務)가 획기적으로 달라진 건 없어도 정리정돈은 되어가는 것 같소. 이럴 때 열셋째만 곁에 있다면 좋았을 걸. 갇혀 있는 사람을 추천할 수도 없고."

"십삼마마의 외할아버지가 바로 카얼카 몽고의 대칸(大汗)이라는 걸 잊지 마십시오, 넷째마마."

오사도가 다소 흥분하여 말했다.

"폐하께서 십삼마마를 이렇게 오래 연금시킨 이유 중 하나는 바로 병권을 영구히 박탈하기 위해서입니다. 몽고 쪽의 철기병들이 북경에 있는 넷째마마와 호응하는 날엔…… 그것이야 말로 폐하께서 진정으로 우려하는 부분이 아닐 수 없습니다! 열넷째마마를 맘 놓고 내보낼 수 있는 건 열넷째마마의 부대는 대부분이 북경에 가족과 재산을 둔 기인(旗人)들로 구성되었기 때문에 일이 끝나고 현지에 주둔하고 있다가 새로운 군주가 등극한 후에 손짓한다면 달려올 수밖에 없지 않겠느냐는 겁니다. 어느 장군이 가족과 재산이 있는 곳을 향해 달려 들어오는 병사들을 막을 수가 있겠느냐는 겁니다!"

오사도의 말이 끝났지만 사람들은 어느 누구도 입을 열지 않았다. 서재엔 적막감마저 감돌고 광풍과 우렛소리가 진동하는 가운데 바깥세상은 온통 흙탕물이 되어 돌아가는 것 같았다.

풍만정에서 오사도 등과 신시(申時)가 끝날 무렵까지 이야기를 나눈 윤진은 아무리 기다려 봤자 비가 그칠 기미가 안 보이자 저녁에 대내를 순시해야 한다는 생각에 우비를 입고 주용성을 앞세우고 만복당으로 건너왔다. 이문(二門) 입구에 대기중인 고복을 향해 윤진이 물었다.

"무슨 일 있어?"

고복이 급히 웃음을 지어내며 아뢰었다.

"연갱요 장군이 와 있습니다. 무슨 일 때문에 넷째마마를 화나게 했는지 모르겠다며 아무 데도 안 가고 내내 서재에서 기다리고 있습니다. 지금 만나주실 수 있겠습니까?"

그러자 윤진이 잠시 생각하여 말했다.

"난 지금 무척 바쁘니까 알아서 하라고 해. 정 갈 데 없으면 앉아서 내가 일 끝나고 올 때까지 기다리든지."

이에 고복이 다급히 물었다.

"이 날씨에 넷째마마께서는 또 어디 출타하시는 겁니까? 제가 따라갈까요?"

"그럴 거 없어. 점간처의 가정(家丁)이면 충분하니까."

윤진이 만복당 안으로 들어가며 말했다.

"성음스님 한 사람만 불러오게."

윤진이 저녁을 먹고 나니 유시(酉時)가 다 된 시각이었다. 빗줄기는 작아진 것 같으나 하늘은 여전히 흐려 있었다. 홍시, 홍주, 홍력 형제를 불러 저녁공부 내용을 정해 주고 난 윤진이 유리등잔을 든 열몇 명의 점간처 무사(武士)들을 앞세우고 순시를 떠났다. 성음이 말을 타고 수레 뒤를 따라 호위했다.

먼저 서화문으로 들어가 삼대전(三大殿)을 둘러보고 난 윤진은 오문으로 나와 동화문으로 갈 것을 교부(轎夫)에게 명했다. 그러자 성음이 웃으며 말했다.

"자금성은 야경 서는 태감들도 많고 건청문 시위들도 있는데, 설마 도둑이 있기야 하겠습니까?"

"도둑 때문이 아니네."

윤진이 말했다.

"평소엔 등불을 조심시키고 태감들이 모여 업무엔 뒷전인 채 도박이나 하지 않을까 둘러보는 거고 번개와 우레가 잦은 이런 날은 번갯불에 궁전 한 모퉁이라도 탄 데는 없나 살펴보는 거지. 게다가 대내에 9천 개도 넘는 방이 있는데, 저녁에 2천 명도 더 되는 것들이 모여 무슨 일을 저지르는지 어찌 알겠어? 다 군자일 수는 없으니까. 내무부, 내무부 하는데 '내무'를 관리한다고 해서 내무부지 괜히 그렇게 이름붙인 줄 알아?"

일행이 동화문에 도착했을 때는 비가 거의 멈춘 상태였다. 가끔 나뭇잎에 맺혀 있던 빗방울이 바람에 휘날려 후두둑 떨어질 뿐이었다. 대내의 먼지를 쓸어간 빗물이 금수하(金水河)로 흘러드는 소리가 수도꼭지를 틀어놓은 듯 좔좔 들려왔다. 윤진이 우비를 입고 첨벙첨벙 흙탕물을 밟으며 동화문으로 들어가 보니 더렁태가 당직을 서고 있었다. 윤진이 반색을 하며 말했다.

"오늘 문신(門神)이 자넨 줄 알았더라면 여기까진 안 왔을 텐데."

"넷째마마!"

윤진을 알아본 더렁태가 깜짝 놀라며 소리치듯 말했다.

"날씨가 하도 궂어 오늘은 안 나오실 줄 알았습니다! 저도 방금 왔는데, 어선방(御膳房) 태감들이 돈 따먹기에 정신없기에 홧김에 다 빼앗아버렸습니다. 지금쯤은 아마 안 기쁠 겁니다."

더렁태의 한어(漢語)실력은 많이 유창해졌지만 아직 가끔씩은 실수를 범하곤 했다. 윤진은 "안 기쁘다"라는 말을 "속 좀 탈거다"라는 식으로 나름대로 풀이했다. 그리고는 피식 웃으며 말했다.

"난 자네만은 믿네. 시위들이 모두 자네와 류철성, 장오가 같았으면야 내가 두 발 뻗고 자지 않겠어? 별 다른 일은 없지?"

그러자 더렁태가 머리를 저으며 말했다.

"둘째마마께서 열발(熱發)이 심하셔서 하 태의가 부름을 받고 갔다가 지금 나왔습니다. 제가 몸수색을 해보라고 애들을 시켜 데리고 갔습니다."

어제 내무부 신형사(愼刑司)에서 보내온 소식에 의하면 큰황자가 병이 났다고 했는데, 오늘은 둘째가 '열발'이 심하다니! 윤진이 잠시 뭔가 석연찮은 생각에 사로잡혔다. '열발이 아니라 발열(發

熱)이다' 라고 바로잡아 주려고 할 때 하 태의가 두 명의 태감과 함께 오는 게 보였다.

윤진을 발견한 태의(太醫) 하맹부(賀孟俯)가 흠칫 놀라며 황급히 격식을 차려 인사했다. 태감이 백지 한 장을 더렁태에게 건네며 말했다.

"처방전 쓸 때 필요하다는 이 종이 한 장 뿐 아무 것도 없었습니다."

그러자 더렁태가 말했다.

"그래? 하 태의, 너무 서운해 할 건 없소. 집이 서화문에 있는 사람이 동화문으로 나온 데다 안색이 하도 창백해서 업무상 이렇게 할 수밖에 없었소."

말을 마친 더렁태가 백지를 윤진에게 넘겼다.

"왜 다들 병이 나고 그래? 몸이 아픈 거야? 마음이 아픈 거야?"

윤진이 혼자말처럼 중얼거리며 종잇장을 앞뒤로 눈여겨 보았다. 그저 평범한 백지장이 틀림없는 걸 확인하고 난 윤진은 곧 한 손으로 움켜쥔 후 내다버렸다. 그리고는 웃으며 말했다.

"날씨가 하도 변덕을 부리니 돌쇠가 아닌 이상 여기저기 아픈 데도 있겠지!"

그러자 윤진의 조롱섞인 말을 들으면사도 하 태의는 속으로 불안하기 그지 없었다. 뭔가 대답을 기다리는 듯한 윤진의 눈빛을 애써 피하며 하 태의가 조마조마해 있을 때 갑자기 한 태감이 다급하게 외쳤다.

"글씨다, 글씨! 세상에! 백지장에 글씨가 보입니다!"

순간 눈치빠른 더렁태가 하 태의가 먼저 달려가 발로 짓이기기라도 할세라 독수리처럼 달려들어 하 태의의 두 팔을 꺾었다. 태감이 어느새 종잇장을 조심스레 물속에서 건져 받쳐들고 왔다. 윤진이 들여다보니 또렷한 글자가 시야에 들어왔다.

능보 형이 왕섬 사부와 주천보, 진가유에게 전해주길 바람 :
윤잉이 감금당한 지도 어언 7년이란 세월이 흘렀네요. 이젠 눈물도 피도 다 말라버린 것 같습니다! 대가를 호되게 치른 오늘날에야 지난 날의 잘못을 알 것 같습니다. 오늘 필을 든 것은 다름이 아니고 조정에서 서정을 앞두고 있다는 소식을 우연히 접하여 죄많은 이 몸이 전장에서 나라 위해 공훈 세울 기회라도 생기지 않을까 하여 여러분께 부탁드리는 바입니다. 부디 성궁(聖躬)의 슬하로 다시 돌아가 양신(良臣)으로, 효자로 여생을 마치게 도와주십시오. 간절한 이 마음 하늘이 알아주리라 믿으면서……

－애신각라 윤잉으로부터

글씨가 좀 조잡스럽긴 했지만 필체는 대단히 눈에 익었다. 틀림없는 '태자'의 친필을 확인한 윤진이 희고 가지런한 이를 드러내며 웃으며 말했다.

"역시 책 많이 읽은 사람이 재주도 좋구만. 대체 뭘로 쓴 거야! 하 태의, 설마 자네가 방법을 가르쳐 준 건 아니겠지?"

"넷째마마!"

사색이 된 하 태의가 한나절 굶은 닭이 모이 쪼아먹듯 처절하게 머리를 조아리며 말했다.

"둘째마마께서 직접 명반(明礬)으로 쓰신 겁니다……. 소인은 설령 간이 천 개라도 감히 이 짓을 못합니다……. 전에 소인이 황자들에게 춘약을 조제해준 사실을 약점 잡아 둘째마마께서 협박을 하시는 바람에…… 울며 겨자먹기로 명에 따를 수밖에 없었습니다. 제발 한 번만 살려주십시오……. 전 죽어도 괜찮지만 팔순 노모가……."

하 태의가 어깨를 심하게 들썩이며 말을 잇지 못했다. 귀신이 출몰할 것만 같은 울음소리에 등골이 오싹해졌다. 이를 지켜보던 윤진이 담담하게 입을 열었다.

"역시 어떤 사람은 구제불능이군. 그렇게 오랜 세월을 썩혀 먹고도 한스럽지도 않나. 아직 정신을 못 차리는 걸 보니! 자기 인생 종친 것만도 모자라 아랫사람까지! 나라의 중무(重務)에 관련된 일은 종잇장 하나라도 밖으로 빼내면 가차없이 목을 벤다고 폐하께서 누누이 엄지(嚴旨)를 내리셨지! 하늘이 도와 내 손에 걸려들었으니 망정이지 하마터면 나까지 잘못될 뻔 했잖아! 그러니 내가 어찌 자네를 구해줄 수 있겠나?"

하맹부는 기진맥진한 듯 반응이 없었다.

한편 윤진은 하 태의를 법대로 처리했을 때 태자당이 앙심을 품고 자신을 반역으로 내몰아 갖은 비난을 하고 다닐 것이 우려되었다. 원칙과 현실성을 저울질해 보았을 때 윤진은 고민스러웠지만 후자를 택하기로 했다. 한참동안 생각을 정리한 윤진이 한숨을 지으며 말했다.

"사실 둘째마마도 하도 오랜시간을 바깥구경 못하다 보니 잠깐 엉뚱한 생각이 들 법도 하지. 입장 바꿔 생각하면 어느 정도 이해는 가지만 이런 치졸한 방법을 썼다는 게 가슴 아프군. 그 비상한 머리를 충효에 써 먹었더라면 좀 좋았을까."

이같이 말하며 윤진이 고개 돌려 부하들을 바라보며 말했다.

"이번 일만 아니었다면 하 태의는 참 성실하고 정직한 사람이고 의술이 뛰어난 태의로 우리들에게 오래도록 기억됐을 거야. 원숭이도 나무에서 떨어질 때가 있다고 자비와 선을 주장하는 불가에 귀의한 내 생각엔 가능한 용서해주고 싶은데. 자네들도 내 생각에 공감한다면 좋겠지만 그렇지 않을 경우엔 난 쾌히 자네들 의사에 따르겠네."

말을 마친 윤진이 더렁태를 바라보았다. 방금 전과는 태도가 바뀐 윤진의 이같은 말에 더렁태가 주저없이 말했다.

"넷째마마의 의견에 따르겠습니다."

그러자 태감 하나가 끼어 들어 맞장구쳤다.

"사람 목숨 하나 구하는 것이 칠층금탑을 쌓는 것보다 낫다고 했습니다. 누군들 사람목숨 앗아간 죄를 지어 평생 악귀들에게 쫓겨다니길 원하겠습니까?"

"그럼 됐어."

윤진이 머리를 끄덕여 말했다.

"이 일은 하 태의가 자수만 하면 결자해지하는 쪽으로 그냥 끝나버리게 돼 있어. 폐하께선 하 태의에게 상을 내리실 게 분명해. 그럼 하 태의 자네는 그 돈으로 오늘저녁 현장에 있었던 사람들을 찾아보는 것으로 액땜을 하면 되겠어, 어때?"

원리원칙에 칼 같은 윤진에게서 이런 융통성을 찾아볼 수 있었다는데 사람들은 적이 놀랐고 흔쾌히 따르기로 했다.

46. 환난지교(患難之交)

윤진이 대내 순시를 마치고 정안문 북쪽에 있는 자신의 집으로 돌아왔을 때는 해시(亥時)가 막 지난 시각이었다. 고복에게 내일 아침 해야 할 일에 대해 지시를 마치고 난 윤진이 대문 안으로 들어가려고 할 때 문간방에서 열일곱째 윤례가 나와 읍하며 말했다.

"넷째형, 수고 많으십니다!"

"오, 자네구나!"

윤진이 웃으며 말했다.

"내일 왕섬 사부를 모시고 오라고 했잖아. 근데 왜 여태 여기서 청승떨고 있어?"

그러자 윤례가 웃으며 말했다.

"왕 사부께서 기어코 오늘 저녁에 오자시는 걸 어떡해요."

윤례의 말이 끝나기 바쁘게 왕섬이 특유의 기침소리를 내며 문간방에서 나왔다. 윤진이 깜짝 놀라며 급히 말했다.

"사부님, 이 날씨에 어쩐 일이세요. 문간방에 누구 있어? 철딱서니 없는 것들 같으니라구! 사부님을 이런 데서 기다리시게 하면 어떡해?"

백발이 성성한 왕섬은 보기에 얼마 전보다도 더 수척해 보일 뿐 기력은 괜찮아 보였다. 언제 보나 하얗게 퇴색한 천 두루마기를 입고 허리는 구부정한 채 뒷짐지고 있는 왕섬은 천상 시골서당 선생님이었다. 윤진이 아랫것을 혼내키는 걸 본 왕섬이 급히 말렸다.

"제가 고집해서 그랬던 겁니다. 그네들 잘못이 아니니 너무 뭐라 그러지 마십시오. 조용한 데서 넷째마마께 잠깐 드릴 말씀이 있어서 그랬습니다."

윤진이 고개를 끄덕이며 윤례와 왕섬을 데리고 서쪽 별채로 들어갔다. 왕섬과 마주하고 앉아 직접 차를 따라주고 담배불까지 붙여주며 윤진은 두 불청객의 의도가 궁금했다.

"넷째마마!"

왕섬이 곰방대를 후루룩거리며 입을 열었다.

"원래는 천천히 내일쯤 찾아뵈려고 했었는데, 오늘 오후 늦게 서부의 군사(軍事)가 불리하여 열넷째마마에게 대군을 주어 출병케 한다는 소식이 내정(內廷)에서 흘러나오는 순간 넷째마마께선 이를 어떻게 생각하실지 궁금해서 참을 수가 없어 이렇게 쫓아오고 말았지 뭡니까."

혹시 둘째의 밀신을 찾아낸 사실을 추궁 하러온 것은 아닐까 하고 은근히 걱정하던 윤진이 그제야 안도의 숨을 내쉬며 웃으며 말했다.

"사부께서 아시다시피 큰황자, 셋째, 열셋째, 열넷째 모두가 폐하를 따라 서정길에 올랐었거나 군사연습에 적극 참여했던 사람들이잖아요. 제가 보기엔 이번에 열넷째가 출병하는 건 당연지사인 것 같은데요. 전 잡다한 민정이나 챙기라면 모를까 군사엔 문외한이라 전혀 염두에도 두고 있지 않은 걸요."

"그럼 넷째형은 기왕이면 열셋째형이었으면 하는 아쉬움조차 없으시단 말씀이세요?"

윤례가 끼어 들며 말했다.

"요즘 들어 군사를 이끌고 밖에 나가고 싶어하는 황자들이 참 많은 거 같아요."

윤진이 놀란 기색을 보이며 말했다.

"윤례, 너 그게 무슨 말이야? 열셋째는 손발이 꽁꽁 묶여 있는 줄 알면서도 말이야!"

이에 윤례가 냉소하며 말했다.

"모든 건 쟁취하는 게 아니에요? 넷째형은 모르시나 본데 처지가 열셋째형보다도 더 험악한 큰황자까지도 물밑 작전을 펴 서정하고 싶다는 의사를 밝혀왔다는데요 뭘!"

순간적으로 윤잉을 떠올린 윤진이 웃으며 뭐라 말하려고 할 때 왕섬이 한숨을 지으며 말했다.

"제 생각엔 알고 보면 험난하기 이를 데 없는 서정길임에도 황자들이 너도나도 하는 건 진정으로 나라와 백성을 지키고 개인적으로 공훈을 이룩하겠다는 생각을 하는 사람도 있겠지만 동기가 그리 순수하지 못한 사람도 있는 것 같습니다. 이 부분은 넷째마마께서 결코 간과하셔선 안 될 겁니다."

왕섬이 아니면 해줄 수 없는 충고였고 진심이 엿보이는 간언이었다. 저도 모르게 고개를 숙인 윤진은 입술을 실룩거렸지만 마땅히 할 말을 찾지 못했다. 이때 왕섬의 탄식어린 말이 이어졌다.

"솔직히 전 태자마마께서 두 번째로 저렇게 비운을 맞은 것을 비관하여 극약을 몇 번도 더 먹었습니다. 이를 미리 간파하신 폐하께서 사람을 시켜 긴밀히 감시하시는 바람에 번번이 실패했지만 정말 살맛이 안 났습니다. 저의 선조께서는 명(明) 무종(武宗)을 보호하느라 파란만장한 삶을 살았지만 끝내는 구사일생으로 성공하였는데, 나는 평생을 둘째마마에게 바쳤건만 이게 뭐냐 싶은 게 서글프기 그지없었습니다…… 잠자리에 들 때마다 내 정성이, 내 능력이 부족해서 일을 그르친 것만 같아 폐하께 죄송하고 선조들을 대할 면목이 없을 것 같습니다……"

홍수에 봇물이 터지듯 참고 참았던 왕섬의 눈에는 눈물이 끊임없이 흘러나왔다. 연신 옷소매로 닦았지만 눈물은 그칠 줄 몰랐다. 그 모습에 눈시울이 붉어진 윤진이 급히 말렸다.

"둘째형이 못나서 그렇지 결코 사부님의 잘못은 아니에요. 너무 자책하시지 마세요. 저도 혼신을 불살라 밀어보고 일으켜 세워보았지만 본인이 나아갈 궁리를 안 하고 주저앉기만 하는데 우리가 제갈공명인들 무슨 뾰족한 수가 있겠습니까?"

"이젠 옹고집쟁이인 저도 좀 똑똑해지기로 했습니다."

왕섬이 콧물을 닦으며 말했다.

"남은 여생이 얼마나 될지는 모르지만 이제부터라도 명철하고 대의가 있는 그런 황자를 보필하고 싶습니다. 냉철하게 봤을 때 아쉬울 게 없는 현실에 만족하여 사치스러운 생활에 흠뻑 도취되어 있는 황자들이 대부분이고 자기는 못하면서 무턱대고 남을 비방하려 드는 못난 황자들도 더러 있습니다! 진정으로 이 나라의 동량이 될 수 있는 사람. 그래서 종묘사직을 위한 일에 진실되게 발벗고 나서는 사람은 넷째마마 한 사람 뿐인 것 같습니다. 전 이제 흙에 반쯤 묻힌 사람입니다. 새로운 군주가 탄생하는 걸 보지도 못하고 죽을지도 모르지만 전 살아있는 날까지 넷째마마를 보필하고 싶고 또 넷째마마께서 대권을 잡기를 간절히 빕니다!"

윤진이 불에 덴 듯 흠칫 놀라며 안색이 창백하여 떨리는 목소리로 말했다.

"스승님, 그건…… 그런 말씀은 아무렇게나 하는 게 아닙니다!"

그러자 왕섬이 손을 내저으며 말했다.

"전 심지마저 타들어가기 시작하는 등잔불입니다. 두려울 게 없는 사람입니다. 오밤중에 찾아온 건 결코 넷째마마께 뭘 구하려고 온 것이 아닙니다. 열넷째마마가 서정길에 오르면 여덟째마마로서는 호랑이에게 날개 달린 격이니 각별히 조심하라는 말씀 드리고 싶어서입니다!"

왕섬의 진심어린 말에 감동받은 윤진이 고개를 끄덕이며 말했다.

"스승님의 진정을 제가 어찌 모르겠습니까? 연로하신 스승님께서 제게 바라는 게 있다면 제가 잘 되길 바라는 마음 뿐이겠지요. 하지만 걱정마십시오. 비록 썩 비상한 머리는 아니지만 다른 사람이 과연 내겐 어떤 존재인지쯤은 분별할 수 있습니다!"

그러자 왕섬이 자세를 고쳐 앉으며 말했다.

"그렇다면 얼른 정씨(정춘화)를 없애버리십시오!"

윤진이 다시 한 번 크게 놀라 눈을 크게 뜨고 할 말을 잃었다. 그러자 윤례가 부채를 부치며 말했다.

"놀랄 일이 아니에요. 이 일은 우리 뿐만 아니라 여덟째마마네서도 손금보듯 알고 있을 겁니다! 그들이 이 사건을 터뜨리지 않고 있는 건 형제간의 혈육의 정을 염두에 두어서가 아니라 언제든지 넷째마마에게 치명타를 입힐 수 있는 기회를 노리고 있을 뿐입니다!"

"정씨가 살아 있는 줄은…… 어떻게 알았죠?"

"십삼마마께서 알려주셨습니다."

그사이 표정이 많이 평온해진 왕섬이 한숨을 지으며 말했다.

"십삼마마께서 사고난 이튿날 제가 면회갔을 때 모든 걸 다 털어놓으셨습니다. 다만 제 가슴 속에서 7년 동안이나 잠자고 있었을 뿐입니다! 십삼마마께선 부처님처럼 자비로우신 넷째마마께서 절대 가엾은 여인을 해치지 않을 거라며 확신하고 있었습니다. 저 역시 태자가 저지른 죄악 중의 하나로써 그렇고 그런 궁중의 비화는 다반사라 생각하고 잊고 있었습니다. 그런데 요즘 세상 험악한 꼴 보면 분명히 언젠가는 넷째마마에게 치명적일 거라는 예감을 떨쳐버릴 수가 없습니다."

너무나 급작스레 닥친 일이라 미처 준비가 없었던 윤진은 아랫입술을 잘근잘근 씹으며 말이 없었다.

"주자(朱子)가 말하길, '부녀자가 굶어죽는 건 작은 일이지만 정조를 잃는 건 큰일이다[婦人餓死事極小, 失節事極大]'라고 했습니다!"

왕섬이 흥분했다.

"그녀는 진작에 죽었어야 했습니다. 여자로 인해 종묘사직이 티끌만치의 불이익을 받는다는 건 용납할 수 없을진대 넷째마마께선 이 문제에 있어 절대 마음이 약해져선 아니 됩니다!"

"그래도…… 에잇! 죄가 없는 여자예요!"

윤진이 그렇게 나오자 왕섬이 자리에서 일어서며 냉정하게 말했다.

"그녀의 죄는 하늘에 사무치고, 그녀의 과실은 땅보다 큽니다! 넷째마마께서 차마 나서지 못하겠다면 제가 가서 물리적인 힘을 쓸 필요도 없이 쑥스럽고 면목이 없어서라도 알아서 가게끔 하겠습니다!"

"왕 사부!"

윤진도 자리에서 일어났다.

"오늘은 그만 돌아가세요. 제게 좀더 생각해 볼 시간을 주십시오. 하지만 전 원혼을 만들어가면서까지 천하를 얻고 싶진 않습니다. 정씨는 정이 많고 의리가 있는 여자예요. 지금 그녀로 하여금 삶을 지탱하게 하는 힘은 둘째형의 재기예요. 둘째형의 복위가 불가능해졌다는 걸 알게 된다면 우리가 살아있으라고 간청한다고 해도 아마 뿌리치고 떠날 거예요."

두 사람을 대문 밖까지 배웅하고 들어오는 윤진의 가슴은 세차게 뛰었다. 정씨가 자신의 집에 있다는 사실은 복진마저도 여태 모르는 철통 같은 기밀이라고 생각했는데, 언제 어떻게 밖으로 새어 나갔단 말인가?

'집안도둑이 무섭다'라는 말이 번개처럼 뇌리를 스쳤다. 매섭게 실눈을 뜨고 잠시 생각하던 윤진이 아랫입술을 힘껏 깨물며 북쪽 서재로 향했다. 입구에 연갱요가 대기하고 있었지만 윤진은 시선한 번 주지 않은 채 곧추 자리를 향해 걸어가 앉았다. 주용성과 묵향, 묵우 등 반독(伴讀, 세자들 공부할 때 시중들며 같이 공부하는 하인)들이 우유를 내오고 한쪽에 시립했다.

"더운 물 가져다 발 좀 담그게 해주고 종아리 안마 해줘."

윤진이 눈을 지그시 감으며 이같이 명하자 묵우와 묵향이 금세 달려가 놋대야에 더운 물을 떠 왔다. 입구에 선 채로 어쩔 줄을 몰라 움찔거리던 연갱요가 쭈뼛거리며 들어왔다.

"시원하다!"를 연발하며 자신을 철저히 외면하는 윤진에게로 조심스레 다가간 연갱요가 무릎을 꿇었다. 그리고는 조심스레 불렀다.

"넷째마마……."

"여덟째는 만나봤겠지?"

한참 후에 윤진이 우유잔을 들어 홀짝이며 드디어 입을 열었다.

"아홉째도 당연히 배견(拜見)했겠지?"

"넷째마마께 아뢰옵니다."

연갱요가 침을 꿀꺽 삼키며 애써 웃음지어 말했다.

"다섯째마마, 십일마마, 이십사마마도 찾아뵈었습니다. 여덟째마마를 먼저 뵐 생각은 없었습니다. 길에서 열째마마를 만나 어쩔 수 없이 끌려가다시피 했습니다. 그밖엔 없습니다. 신이 이번에는 수행을 많이 데리고 왔기 때문에 왕부에 들어가 머무르면 넷째마마께 불이익을 가져다 줄까 걱정이 되어 감히 왕부에 여장을 풀지 못했던 겁니다. 다른 마마를 만났어도 터놓고 만났고 맹세코 주인을 욕되게 하는 언행은 없었습니다."

그러자 윤진이 냉소하며 말했다.

"내가 지금 자네가 날 욕되게 했다고 말했나? 내가 여태 아무 말도 안 했는데 왜 함부로 넘겨 짚고 그래? 자네가 만나고 다닌 황자들 모두 나의 친혈육이야. 열넷째는 같은 뱃속에서 열 달을 살았으니 더 말할 나위도 없이 친하고. 내가 일일이 챙기지 못하는 것을 영악한 자네가 알아서 했다는데 내가 기분 나쁜 일이 뭐가 있겠어? 문제는 자네 마음이 비뚤어졌다는 거야! 마음이 바르지 않으면 눈이 허공에서 돌아. 뭘 믿고 날 그리 만만하게 보는 거야?"

자신이 다른 황자들을 먼저 만나고 다닌 것에 윤진이 이토록 질투한다고 생각한 연갱요가 말했다.

"천만지당하신 말씀입니다. 주인께서는 신이 누굴 먼저 만나고 나중에 만나고를 따지시는 게 아니라 신이 시시각각 주인을 염두에 두고 행하지 않았다는 데 서운한 감정을 느끼신 것 같습니다."

윤진이 말없이 대야에서 발을 꺼냈다. 서동(書童)들에게 발을 맡겨 닦고 편안한 실내화를 꿰고 두어 발짝 옮겨 놓으며 윤진이 말했다.

"그 옛날 어떤 사람이 십팔층지옥을 여행했는데, 염라대왕 전 기둥에 이같이 씌어 있었대. '목적이 있어 행하는 선은 선할지라도 칭송받을 수 없고, 무의식적으로 저지른 악은 악할지라도 벌을 내리지 않는다[有心爲善, 雖善不賞, 無心爲惡, 雖惡不罰]!' 참 좋은 말이야. 자네가 섬기는 주인이 바로 이걸 숭상한다는 거 아니야? 난 자네의 주인이고 자넨 내가 부리는 아랫것이야. 지금 난 서동에게 발을 맡기고 따끈한 우유를 마시고 있지만 자넨 내 눈치만 살피며 추호의 흐트러짐도 없이 내 앞에 공손히 서 있지 않는가! 세상은 이렇게 불공평하지만 이 모든 것은 하늘의 조화이고 인간이 좌우할 수 없는 운명인 거야. 자네가 진심으로 이 도리를 깨닫고 본분을 지킬 줄 아는 사람이라면 설령 실수를 저지르더라도 난 기꺼이 자네의 방패가 되어줄 거네. 하지만 주인을 향한 오체투지하는 마음이 밑바탕에 깔려 있지 않은 한은 자네가 행한 선과 악은 내 나름대로의 잣대로 재단할 수밖엔 없어. 자네에겐 불행을 자초할 기미가 보이기 때문에 내가 이렇게 일침을 놓는 거야. 술직차 북경에 왔으면 폐하 다음엔 나를 찾아오는 게 도리지. 내가 없으면 세자들도 셋씩이나 있고 복진도 있지 않은가?"

"넷째마마, 마음은 있었지만 넷째마마께서 워낙 바쁘셔서 ……"

"입닥쳐! 내가 오늘은 안 바빠?"

윤진이 이를 갈며 말했다.

"오늘은 하루종일 기다려 결국엔 만났잖아? 얄은 수를 쓰지 마. 내겐 안 먹혀. 어느 구름이 비가 내릴까 쫓아다니느라 시간 허비할 거 없어. 자네 머리 위에 있는 이 구름이 바로 비를 품고 우박을 품었어!"

천둥 같은 윤진의 말에 연갱요는 허물어지듯 무릎을 꿇었다. 그리고는 말했다.

"주인을 향한 신의 충성은 맹세코 하늘을 우러러 한 치의 부끄러움도 없습니다! 신은 밤낮으로 주인께서 백척간두에서 갱일보 하시기를 기원해마지 않습니다. 신의 마음은 하늘이 압니다! 어제 이광지가 황자들 중에 여덟째마마가 으뜸이라고 하길래 신이 대뜸 받아쳤습니다. '여덟째마마는 관망(官望)을 얻었는지는 모르지만 넷째마마는 민망(民望)을 한 몸에 지녔고 그 강인함과 명석함은 다른 황자들에 비할 바가 못 된다'고 했습니다. 열넷째마마께서 군사를 이끌고 서녕(西寧), 양주(涼州) 쪽으로 출병하시고 신은 얼마 떨어지지 않은 섬서(陝西)에서 중원(中原)의 문호를 지키고 있습니다. 시간이 흐르면 넷째마마께서 신의 진위를 제대로 파악할 수 있을 거라 믿습니다!"

"이런 말은 안 하기 보다 못했어. 자네 스스로 눈을 후비고 혀를 잘라내야 할 정도로 잘못된 말이야!"

윤진의 눈썹이 무섭게 엉켜붙었다.

"난 자네더러 충과 효를 제대로 알라고 했지, 결코 충성을 빌미로 못된 짓을 하라고는 종용하지 않았어! 눈 똑바로 뜨고 나를 봐! 난 결코 자네가 생각하는 그런 치졸한 인간이 아니야! 난 당당한 사내 대장부이고 사직의 기둥감이야! 대탁이 복건성에서 편지를 보내왔는데, 대만으로 보내달래. 가서 만일을 대비하여 내가 후퇴할 곳을 만들어 놓겠다고. 그런데 자네는 편지에서 뭐라 그랬어? '오늘 주인에게 충성하는 것이 훗날 황제께 충성하는 것이다' 라고? 그래 놓고 딴 사람을 줄기차게 쫓아다녀? 다른 건 제쳐 두고라도 폐하께서 건재하신데 감히 '훗날'을 논했다는 것 자체만으로도 자네는 멸문지화를 범한 거야!"

순간 연갱요는 온몸에 식은땀이 쫙 배어 나왔다. 며칠 전에 은연 중 떠올랐던 생각이 얼마나 황당무계하고 위험천만한 짓인가를 깨닫는 순간이었다. 윤진과는 뿌리에서부터 한데 엉켜 있다는 사실을 새삼 되새겼고 윤진의 손에는 자신의 가문을 송두리째 날려버릴 무기가 있다는 것도 깨달았다! 알고 보면 속마음은 한없이 여린 윤진이 최악의 경우까지는 자신을 몰고 가지는 않을 거라는 확신을 하면서도 연갱요는 연신 머리를 조아려 말했다.

"명심하겠습니다! 신은 허튼생각 같은 건 감히 떠올리지도 못할 겁니다!"

"일어나게!"

어느새 평소의 모습으로 돌아온 윤진이 말투를 부드럽게 하여 말했다.

"사람과 새는 높은 가지를 찾아가게 마련이라고 했네. 인지상정이지. 정국이 워낙 혼란스럽다 보니까 네가 잠깐 착각할 법도 하네. 내가 이렇게 자네를 훈계하는 건 다 자네를 위해서야. 근데 왜 울어? 자네는 내가 내보낸 부하들 중에서 관직이 제일 높은 사람이야. 그만큼 매사에 다른 사람의 사표(師表)가 되어야 할 의무가 뒤따르고 조정과 나라를 위한 진실된 신하가 돼 줘야 해. 자네가 잘하면 내 얼굴엔 절로 꽃이 피는 거야. 그러면 내가 어련히 알아서 자네한테 감지덕지하지 않겠나?"

구구절절 옳은 말이고 진심에서 우러나온 가르침이었다. 연갱요는 어느새 어깨까지 들썩이며 울기 시작했다.

그러길 한참, 마침내 눈물을 깨끗이 닦은 연갱요가 너무 오래 꿇어앉아 저린 무릎을 조심스레 움직여 일어나며 흐느껴 말했다.

"넷째마마의 넓고 깊으신 마음을 이제야 알 것 같습니다. 지켜봐 주십시오. 최선을 다하여 조정의 충신으로, 넷째마마의 충복으로 이름을 떨치겠습니다!"

"그래야지! 성현(聖賢)이 아닌 이상 흠이 없는 사람이 어딨겠나?"

윤진이 드디어 미소를 머금고 말했다.

"주용성, 연 대형한테 보이차(普洱茶) 한 잔 갖다 드려라!"

생김새와는 달리 영악하고 약삭빠르기가 원숭이 같은 주용성이었다. 이위가 보낸 편지 내용으로 보아 연갱요는 사천 일대에서 유명한 폭군이고 안하무인이었다. 고슴도치처럼 가시를 곤두 세워 주위를 두려움에 떨게 하는 엄연히 작은 왕국의 국왕 행세를 한다던 연갱요를 윤진이 떡 주무르듯 하는 걸 보며 넋이 나가 있던 주용성은 급히 달려가 차를 내왔다. 이때 윤진이 연갱요에게 다시 물었다.

"방금 이광지를 잠깐 언급했었는데, 이번에 다녀보니 그래 북경에선 주로 어떤 소문이 돌던가?"

"넷째마마!"

연갱요가 공손히 찻잔을 받으며 말했다.

"내무부 황사성(皇史宬)의 만가휘(萬家輝)가 그러는데요, 방포 어른이 지금 폐하의 유조(遺詔) 초안을 작성하기 시작했다 합니다!"

잠시 놀란 표정을 짓던 윤진이 금세 평온을 되찾고 담담하게 웃으며 말했다.

"모르긴 해도 방포 어른이 오래도록 폐하의 최측근으로 있으면서 폐하께서 원하시는 사료(史料)를 찾아보기 위해 황사성을 몇 번 드나들었겠지. 그걸 본 호사가들이 요언을 날조해 낸 게 틀림없어. 정말 가소롭기 짝이 없군."

그러자 연갱요가 말했다.

"신도 같은 생각입니다만 만가휘가 얼마나 그럴싸하게 말하는지 갈피를 잡지 못하겠습니다. 폐하께서 방 어른에게 폐하를 대신하여 전기 형식으로 책을 써서 유조를 대체하라고 명했다는 겁니다!"

순간 윤진은 전에 강희에게서 들었던 말이 어렴풋이 떠올랐다. 자신은 역대 황제들과는 달리 임종을 앞두고서야 계승자를 택할 것이며, 남기고 싶은 말은 정신이 맑을 때 한 가지씩 기록해 놓을 거라고 했던 것이었다. 연갱요의 말이 사실이라는 쪽으로 생각이 기운 윤진은 잠깐이지만 이광지가 방포의 스승이었다는 사실을 떠올리며 마음이 복잡했다. 그러나 전혀 내색하지 않고 대수롭지 않은 듯 말했다.

"유조니 어쩌니 하는 건 난 관심없네. 앞으로 이런 일은 한 쪽 귀로 듣고 한 쪽 귀로 내보내는 걸로 충분할 뿐 절대 마구 퍼뜨리고 다녀서는 안 되겠네. 내가 알아두는 것이 좋겠다 싶은 사항만 전하면 되겠어. 그건 그렇고 폐하께서 자네를 북경으로 부르셨는데, 무슨 특별한 지의라도 계셨나?"

"별 다른 건 없었습니다."

연갱요가 고개를 저으며 말했다.

"신이 북경에 도착했을 당시만 해도 푸르단이 패망했다는 군보는 접하지 못한 시점이라 폐하께서는 신더러 서북의 군사(軍事)엔 신경쓰지 말고 중원에서 섬서성으로 군량조달하는 데만 최선을 다하라 명하셨습니다. 남는 한이 있더라도 모자라선 절대 아니 된다시며 푸르단이 군량난을 겪는 날엔 신에게 책임을 묻겠다고 하셨을 뿐 다른 지의는 안 계셨습니다."

"알았네. 시간도 많이 흘렀으니 그만 가보게."

윤진이 기지개를 켜듯 몸을 쭉 뻗으며 말했다.

"푸르단이 전멸당했으니 모든 전략은 다시 짜야 할지 몰라. 내 생각엔 조정에서 장군을 내보내 대대적인 서정을 강행할 것 같아. 가만히 약한 모습을 보여주고만 있을 조정이 아니야. 그러나 워낙 대부대가 움직여야 하기 때문에 고북구(古北口), 희봉구(喜峰口), 봉천(奉天)에' 주둔중인 팔기병(八旗兵)과 사천성(四川省), 하남성(河南省)의 녹영병(綠營兵)을 동원하려면 조정으로선 몇 개월 동안은 정신없이 서둘러야 할거야. 돌아가봤자 별일 없을 바엔 자네 여기 더 머물러 있다가 어느 황자가 될지는 모르지만 대군을 이끌고 갈 때 따라가는 것도 괜찮을 것 같네. 대군이 출병한다는 것은 나라의 체면과 위엄이 달린 대단한 중대사가 아닐 수 없네. 앞으로 자네의 군무도 훨씬 바빠지게 생겼네. 그래서 내가 이미 이부의 허락 하에 이위를 자네 밑으로 들여보내기로 결정했네. 자네가 이위에게 서찰을 보내 주인의 뜻이란 말은 하지 말고 자네가 먼저 이위가 필요해서 도움을 청하는 것으로 이위를 끌어안는 자세를 보이게. 그게 자네 얼굴에도 광이 나고 곁에서 보기에도 훨씬 보기 좋을 것 같네. 그만 가 보게!"

연갱요가 물러날 때 자명종이 열한 번 울렸다. 몹시 피곤한 듯 윤진이 연신 하품을 하며 주용성을 불러물었다.

"낮에 내게 할 말이 있다고 했는데, 무슨 얘긴지 지금 간추려서 해보게."

그러자 주용성이 마침내 기회가 왔다는 듯이 말했다.

"혹시 고복이 밖에 집 한 채 사서 여자를 들여놓고 있다는 걸 알고 계십니까?"

"난 또 무슨!"

윤진이 웃으며 말했다.

"고복이 내게 찾아와 실토한 지 오래 됐어. 그것 때문에 그랬어?"

윤진이 의자에 벌렁 드러눕다시피 하며 눈을 지그시 감았다.

"문제는 그 여자가 여덟째마마랑 깊은 관련이 있다는 겁니다!"

그 말에 윤진의 눈이 번쩍 띄었다. 벌떡 일어나 앉으며 윤진이 다그쳐 물었다.

"자네가 그걸 어찌 알아?"

주용성이 실눈을 뜨고 웃으며 말했다.

"강아지가 떠난 후 제가 서재로 들어오는 날 넷째마마께선 저더러 서재에서 필묵시중도 잘 들어야 할 뿐더러 주인의 이목(耳目)

이 돼주어야 한다고 지시하셨습니다."

"그랬지."

"제 생각엔 필묵시중드는 건 아무나 시켜도 할 수 있는 일인 것 같습니다."

"그래서?"

"그래서 전 잠깐 고민 끝에 넷째마마께서 진정 제게 원하시는 건 뒷부분이라는 걸 깨닫게 되었습니다. '이목(耳目)'이란 무엇입니까? 주인이 미처 못 보는 것을 대신 발견하고, 주인이 혼란스러워 듣지 못하는 것을 대신 들어주는 게 아니겠습니까?"

"그래, 맞아!"

주용성이 차분하게 말했다.

"고복이 처음 그 계집을 만나고 다닐 때 주인께 아뢰지 않았어도 전 이상하게 생각하지는 않았습니다. 그런데 갈수록 두 사람의 행동거지가 수상쩍었습니다. 한 번은 술집 문앞에서 그 계집이 건너편 잡화점의 황씨 성을 가진 여자랑 손짓발짓 해가며 신나게 얘기하고 있더니 우리를 보자마자 이 여편네가 호랑이라도 만난 것처럼 질겁을 하며 도망가는 거 아니겠습니까? 그래서 수상쩍어 뒷조사를 해 봤더니 황씨 성을 가진 여자는 그 가게 주인이 아니라 도망간 전당포 주인 류인증의 마누라이지 뭡니까!"

두 손을 깍지껴 베개 삼아 머리를 얹어놓고 천장을 바라보는 윤진의 눈빛이 형형히 빛났다. 주용성이 잠깐 말을 멈추자 윤진이 다그쳤다.

"계속 말해봐, 듣고 있어!"

"류인증이란 누굽니까? 전 눈에 쌍불을 켤 수밖엔 없었습니다."

주용성이 말을 이었다.

"점간처의 가정(家丁) 하나를 시켜 고복의 외택(外宅)을 감시하게 했습니다. 보름쯤 지켜본 결과 그 황씨는 닷새에 한 번씩 잠깐 왔다가곤 했고 매번 먼저 백운관에 들러 향을 사르고는 그제야 집으로 돌아가곤 하는 겁니다! 전에 십삼마마께서 백운관은 도사임을 사칭한 도둑소굴이고 여덟째 일당의 둥지임이 확실한 만큼 언젠가는 한 방에 날려버릴 거라고 하셨던 말씀이 떠올랐습니다! 넷째마마, 이쯤하면 이상하지 않으십니까? 이 밖에도 온갖 잡동사니 같은 여자들이 고복의 외택으로 떼지어 다니는데, 알아보니 여덟째마마가 키우는 가흥루 극단 계집들이었습니다. 이것들이 여덟째마마와 직접적인 관련이 있는지는 아직 물증을 잡지 못한 상태입니다. 여덟째마마가 다른 황자들에게 인심을 써서 이미 보내버린 상태이기 때문에 일일이 조사하기가 쉽지 않았습니다."

어느새 잠이 싹 달아나버린 윤진이 귀를 바싹 기울이며 물었다.

"근데 왜 이제야 보고하는 거야?"

그러자 주용성이 말했다.

"고복과 넷째마마 사이가 웬만한 사이입니까? 생사를 같이 한 환난지교인 줄로 아는데, 어찌 명명백백한 증거가 없이 허튼소리가 될지도 모르는 말을 하고 다닐 수 있겠습니까?"

윤진이 잠시 생각하더니 말했다.

"자네 말대로라면 지금은 확실한 증거가 있다는 얘기로 들리는데?"

"어느 정도 확실한지는 모르겠습니다만……."

주용성이 묵우를 향해 턱짓으로 시늉을 했다. 그러자 묵우가 소매 속에서 은표(銀票) 한 장을 꺼내어 윤진에게 건네주었다.

즉석에서 현찰로 교환이 가능한 30냥짜리 은표였다. 윤진이 말없이 의혹에 찬 눈빛을 묵우에게로 던졌다.

그러자 묵우가 급히 입을 열었다.

"어제 고복이 쉰네가 없이 사는 게 맘에 걸린다며 준 것입니다. 얼떨결에 받았는데, 고복은 북원(北院)에 정씨라는 여자가 하나 있다는 것 같은데 어찌된 일이냐며 물었습니다. 월례(月例)는 복진과 같은데, 관직에 있다는 그 여자의 남자가 드나드는 것도 본 적 없고 넷째마마에게 그런 친인척이 있다는 소리도 못 들었는데 대체 누구냐며 관심있게 물었습니다. 그래서 제가 아무 것도 모른다고 했더니 저더러 송아지는 모르는 게 없을 테니 잘 꼬셔서 물어보라고 했습니다."

순간 튕기듯 일어나 한참 멍하니 생각에 잠겨 있던 윤진이 말했다.

"그래서 알아봐 주었어?"

이에 주용성이 웃으며 말했다.

"이 겁쟁이가 돈을 들고 부들부들 떨며 절 찾아와 자초지종을 얘기하는 겁니다. 그래서 제가 고복이 다시 물어오면 정 마님은 봉천장군인 정천우의 부인이고, 정천우는 넷째마마의 문하로서 커부둬 전쟁에서 전사한 지 오래 됐다고 말하라고 귀띔해 주었습니다."

이때 묵우가 생각을 더듬으며 말했다.

"어제 오후 늦게 고복이 또 절 찾아왔더랬습니다. 알아봤냐고 하길래 용성이 가르쳐준 대로 대답했더니 신경질을 바락바락 내며 그걸 묻는 게 아니라 정 마님이 아직 북원에 있냐는 겁니다. 이쯤하여 저와 용성으로선 더 이상 응수할 능력이 없었습니다.

고민 끝에 넷째마마께 아뢰기로 했던 겁니다……."

천천히 책상 앞으로 다가가 붓을 들고 잠시 생각하던 윤진이 뭔가를 적더니 주용성에게 건네주며 말했다.

"고복이 30냥 줬다고 했지. 내가 백 배 더 줄게. 자네 셋이서 나눠 가져! 교환처에 가서 현찰로 바꾸되 묵우의 집을 수리하는 데 보태라고 주인이 상내린 거라고만 말해!"

"감사합니다, 넷째마마!"

윤진이 찻잔을 들고 방안을 천천히 거닐며 말했다.

"하지만 자네들 말만 듣고는 나로서는 아직 가타부타 말할 순 없네. 혹시 내가 고복을 어디서 어떻게 만났는지 아나? 고복은 산동성에서 살 길 찾아 긴긴 피난길에 오른 이재민들 중의 한 사람 이었어. 내가 봉천에 제릉(祭陵)차 갔다가 고복을 발견했을 때는 그 아버진 이미 아사한 뒤였지. 관을 사서 아버지를 묻어야 하는데 돈이 없어 여동생을 팔러 인시(人市)에 나왔더라구. 전에는 병든 어머니를 살리기 위해 남의 집에 머슴으로 들어가 어린 시절을 기구하게 보냈다더군. 어린 나이에 효심이 지극하다는 점을 높이 사서 내가 데리고 왔지. 그 뒤로 날 따라 다녔는데 황하가 범람했 을 때 사활을 건 탈출을 같이 하면서 우린 신분과 모든 걸 초월하 여 환난지교가 됐지. 난 효자라면 적어도 자기 주인은 팔아먹지 않을 거라는 나름대로의 확신이 있었어. 비록 배우지 못해 글씨를 모르고 뾰족한 재주도 없어 다른 사람들처럼 외관을 시켜주진 않 았지만 난 결코 집에 있는 다른 아랫것들과 똑같이 대하진 않았어. 그가 매달 받는 월례는 홍력이네보다도 다섯 냥이나 더 많고 설이 나 명절 때 제일 먼저 챙겨주는 걸 잊지 않았어. 농장 한 귀퉁이를 떼어줬는데 그곳에서만 해마다 적어도 백은(白銀) 만 냥씩은 나와. 실로 내가 고복에게 베푼 것은 파격적이라고밖에 표현할 수가 없어. 그런데 송아지, 자네라면 이런 주인을 배반할 수가 있겠어? 그래서 자네들을 믿지 못하는 것도 아니면서 행여나 하는 마음만은 아직 조금 남아 있는 거야."

윤진의 말을 듣는 사이 세 사람은 어느덧 그 자리에 굳어지고 말았다.

"그럼 왜 우리에게 이런 큰상을 내릴까, 뭐 이런 궁금한 건 없어?"

다들 말이 없자 윤진이 웃으며 말을 이었다.

"난 자네들의 나를 향한 그 마음이 갸륵해서 이러는 거야. 주인을 진심으로 위하는 마음에서 이목이 되어준다는 것이 얼마나 소중한 건데? 알만한 사람은 다 아는 짠돌이지만 자네들 같은 사람들한테 베푸는 건 하나도 아깝지가 않아. 고복이보다 젊고 똑똑한 친구들이니 책 많이 읽어. 나중에 연갱요처럼 잘 나가면 좋지 않겠어? 앞으로도 주관을 뚜렷하게 하고 계속 잘하기 바라네. 은원(恩怨)이 분명하고 상벌 또한 분명한 넷째마마를 자네들의 창창한 앞날을 만드는데 잘 써먹길 바라네."

말을 마친 윤진이 곧 지시를 내렸다.

"오늘 저녁은 서재에서 잘 테니 자네들이 시중들게. 내일 아침 폐하께서 부르실지도 모르니 일찍 깨우도록 하게."

알겠노라며 연신 대답하고 난 세 사람은 곧 침대를 정리하고 은병에 더운 물을 가득 채워 놓았다. 향을 사르고 촛불은 하나만 남겨두고 꺼버렸다. 그리고는 조용히 물러갔다.

"용성…… 들어와 찻물 좀 따라줘, 목 말라."

잠이 든 지 얼마 안 되어 갑자기 잠에서 깬 윤진이 주용성을 불렀다. 밖에서 옷을 입은 채 대충 눈을 붙이고 있던 주용성이 급히 달려가 찻물을 따라주며 말했다.

"내내 몸을 뒤척이고 계시던데, 방이 너무 더우신 건 아닙니까?"

"왠지 짜증스럽고 그러네, 꿈자리도 사납고."

윤진이 차 한 모금을 마시고 침대에 걸터 앉았다. 붉은 촛불 아래에서 얼굴은 정확히 볼 수 없었지만 윤진이 자조적인 웃음을 웃으며 말했다.

"지인(至人, 완벽한 사람)은 꿈을 안 꾼다는데 난 아무래도 지인하고는 거리가 먼가 봐."

그러자 주용성이 웃으며 말했다.

"성인(聖人)께서도 꿈에 주공(周公)을 만났다는데요 뭘! 지인무몽(至人無夢)이라는 것은 지인은 꿈 같은 걸 믿지 않는다는 것이지 결코 꿈을 꾸지 않는다는 건 아닐 겁니다."

이에 윤진이 웃어보이며 말했다.

"자넨 시간이 흐를수록 진가가 드러나는 친구야. 내 스승인 고팔대(顧八大), 웅사이(熊賜履) 두 분도 이런 멋진 말은 안 해주셨는데! 자네 무릎 꿇고 내 말 듣게!"

그제야 주용성은 윤진이 자신과 밀담(密談)을 나누기 위해 목마른 것을 핑계로 불러들였다는 걸 알게 되었다. 무릎을 꿇은 주용성이 말했다.

"귀기울여 경청하겠습니다."

"사실 자네들이 오늘저녁에 들려준 걸 난 다 믿네. 하지만 서재에 자네들 말고도 열몇 명이나 있는데 그들이 엿듣지 않는다는 건 장담할 수 없었잖아. 그래서 일부러 그렇게 말했던 거야."

윤진의 눈빛이 날카롭게 빛났다.

"황자들은 겉으론 호형호제하고 다니지만 실은 물과 불처럼 상극인 지경에 이른 황자들이 많아. 자네도 잘 알고 있으리라 믿네."

주용성이 알고도 남음이 있다는 듯 무겁게 머리를 조아렸다.

윤진이 한숨을 지으며 말을 이었다.

"원래 일군일신(一君一臣), 일주일노(一主一奴)의 차이는 가벼운 구름 한 층 차이인 거야. 승자는 왕이 되고 패자는 도둑이 되는 거고, 사슴 쫓는 마당엔 친혈육이란 없지. 큰황자가 둘째황자를, 셋째가 큰황자를, 여덟째가 열셋째를 해코지하는 걸 보면 간담이 서늘해질 때가 많아. 그러니 내가 어찌 순간순간을 방심하고 살 수 있겠어? 조정의 일만 해도 머리 아픈 내게 자네 같은 측근들이 있다는 게 고마울 따름이야!"

황자로서 자신이 부리는 아랫것 중에서도 한참 아랫것인 자신에게 황가의 치부와 본인의 감정을 남김없이 드러낸다는 사실에 주용성은 크게 감동했다. 가슴 속에 시리고 따스한 물결이 감돌며 목구멍이 막혀 아무 말도 할 수가 없었다.

"겉으로 어눌해 보이는데 속으로는 누구보다 영글어 있다는 게 남들이 쉽게 따라 할 수 없는 자네만의 장점이네."

윤진이 찻잔을 들어 차를 마시며 말했다.

"고복에 대한 감시의 끈을 절대 놓치지 말게!"

"예!"

"고복뿐만 아니라 왕부에 있는 모든 사람들을 유심히 살피라고!"

"예!"

"모든 사람……."

윤진이 곱씹어 말했다.

"문각과 성음도 예외는 아니라는 뜻이야!"

"……예!"

"특히 강아지에게 서찰을 보내 연갱요의 일거수일투족을 다 감시하라고 하게! 어디서 누굴 만나 무슨 말을 했고 누구랑 술 마시고 어떤 행동을 보였다는 것까지 사흘에 한 번씩 상세히 보고올리라고 하게. 모든 수완을 동원해 안전하게 왕부까지 보내오면 자네가 직접 뜯어보고 내게 보고하도록!"

감동의 물결에 후끈후끈해 있던 주용성의 가슴은 어느새 이름 모를 공포로 싸늘해졌다. 그는 연신 머리를 조아려 대답했다.

"예! 명심하겠습니다!"

"내 말대로 잘 따라주면 자네는 공덕이 무량할 거네."

가볍게 미소짓는 윤진의 입가가 치켜 올라가면서 그 미소는 어느새 소름끼치도록 차갑게 굳어져 있었다.

"내가 원하는 대로만 따라준다면 하늘이 자네의 공로를 알아줄 거네. 그만 가보게!"

"예!"

47. 삼왕정립(三王鼎立)

　어떻게든 살아남기 위한 윤잉의 최후발악에 가까운 처절한 몸
짓은 그러나 강희의 기분을 더욱 망가뜨리기에 충분했다. 윤잉의
수법에 실망하고 대로한 강희는 즉각 명령을 내려 윤잉을 함안궁
(咸安宮)에서 상사원(上駟院)으로 보내어 영원히 감금을 시켰다.
그럼에도 화가 가라앉지 않는 강희는 윤잉이 두 번씩이나 폐위당
하도록 한몫 톡톡히 거들었다고 생각하는 경색도, 탁합제, 능보,
주천보, 진가유에게 자살을 명령했다. 바깥바람에 조금씩 불빛을
보이던 버려진 석탄 재에 찬물을 한 동이 끼얹은 듯 태자의 복위는
영영 불가능해졌고 윤잉은 점점 역사 속으로 잊혀져갈 수밖에 없
었다. 잠깐 소동을 빚은 조정은 이내 일상을 찾아갔고 백관들의
이목은 10만 대군을 거느리고 서정길에 오를 장군 인선에 집중되
었다.
　그러나 사람들이 궁금해 할 시간도 없이 음력 6월 6일이 지나자

열넷째는 곧 열몇 명의 막료들을 거느리고 패륵부를 떠나 병부로 들어갔다. 그는 모든 외부 손님과 관원들의 배알을 일절 삼가고 작전을 짜고 병마를 서부로 파견하느라 여념이 없었다. 며칠 뒤 드디어 고북구, 희봉구, 낭자관, 사천성의 녹영병, 강남 대영(江南大營)의 군사들로 구성된 10만 정예병은 혹독한 더위를 무릅쓰고 사기백배하여 서정길에 올랐다. 부대는 정경(井徑), 함곡(函谷), 풍릉도(風陵渡) 노하구(老河口), 오정(烏程), 귀덕(歸德) 등 사면팔방에서 출발하여 섬서성(陝西省)을 거쳐 가욕관(嘉浴關)을 빠져나와 서안시(西安市) 함양(咸陽)에 여장을 풀고 명령을 대기했다. 모든 군령은 정기조서(廷寄詔書) 형식으로 조정에서 내려지는 것 같지만 실은 열넷째가 실권자라는 것을 모르는 사람은 없었다.

한편 8월 16일 이위는 문직(文職)에서 무직(武職)으로 3등급 높여 연갱요의 총독행원(總督行轅)에서 일직을 담당하라는 이부의 위례(委札, 위임장)를 받았다. 그 당시 이미 지부(知府)였던 이위는 3등급 높이뛰기 하면 참장(參將)이 될지도 모른다는 기대에 부풀어 있었다. 그러나 달리 흥분에 겨워할 새도 없이 이위는 고기탁에게 모든 것을 맡기고 취아와 아이를 수레에 태우고 자신은 말을 타고 보무도 당당하게 북경으로 출발했다. "복진이 취아를 보고 싶어한다"는 윤진의 편지를 받은 데다 그동안 자신을 물심양면으로 도와준 사람들을 찾아 인사도 할 겸 이위는 북경을 향해 떠났지만 이참에 아예 가족을 옹왕부에 남겨놓고 올 생각이었다. 아무런 걱정없이 일에만 전념하기 위해서였다.

관운이 대통했다며 흥분에 젖은 이위는 이 시각 윤진의 기분을 이해할 리가 없었다. 길에서 내내 열넷째황자가 '대장군왕(大將軍

王)'으로 봉해지는 것은 떼논 당상이고 금명간 대장군 인새(印璽)와 천자검을 황제로부터 수여받고 서안 행원으로 출발할 거라는 소문이 비등했다. 황제가 친히 송별연을 베풀어 환송해 준다는 말에 이위는 이 역사적인 장면을 놓치기라도 할세라 더욱 박차를 가했다. 이들이 효행야숙(曉行夜宿)하면서 북경에 도착했을 때는 음력 9월 8일이었다. 북경성은 이미 칠보단장을 했고 길에는 새로이 황토를 깐 흔적이 보였다. 대사를 앞두고 늘 그러하듯이 집집마다 향안(香案)을 만들어 술을 부어 모든 일이 순조롭기를 기원했다. 내일이면 왕봉루(王鳳樓)에서 열병식을 갖고 대장군이 출정할 거라는 소문은 사실이었던 것이다.

날이 어두워져 북경에 도착한 이위는 수행한 가정(家丁)들은 객잔(客棧)에 자리를 마련해 주고는 취아 모자를 데리고 옹화궁으로 향했다. 멀리서 보기에 대문에는 이미 등불이 환했다. 이제 곧 넷째마마를 만난다는 생각에 이위는 감격에 목이 메어 오면서도 한편으론 조금 두려웠다. 대문까지 가지 않고 수레에서 내린 이위가 취아에게 말했다.

"드디어 도착했구나! 내려서 좀 걷자구. 넷째마마는 예의범절에 있어서는 사소한 것에도 무척 신경 쓰시거든."

어느새 깊은 잠이 든 아들을 안고 이위와 취아가 발걸음을 재우쳐 옹왕부 대문 가까이 왔을 때 미처 문관(門官)에게 자신의 신분을 밝히기도 전에 대문 안에서 노란 덮개를 덮은 수레 하나가 나오고 있었다. 그 뒤로 고복과 묵우 등 하인들에게 둘러싸인 윤진이 모습을 드러냈다.

"뵙고 싶어 죽을 뻔했습니다, 넷째마마! 그간 복되고 무사하셨습니까!"

이위가 크게 흥분하여 한 발 성큼 다가서며 무릎을 꿇었다. 그러자 취아도 아이를 안은 채 무릎을 꿇어 머리를 조아렸다.

"아니! 강아지!"

윤진이 이위 일가를 발견하고는 걸음을 뚝 멈추고 대단히 반색하여 말했다.

"지금 오는 길이야? 근데 왜 걸어와? 어마어마한 대관(大官)이 돈 몇 푼 아끼려고 그랬어? 자네 갈수록 좀팽이가 돼가나 봐!"

그러자 취아가 애교스레 이위를 흘겨보며 말했다.

"수레 타고 오다가 주인에게 예의를 지켜야 한다며 내려서 걷자지 뭡니까? 이젠 발도 풀었겠다 - 전족(纏足)을 풀었다는 뜻 - 예전처럼 거지행색도 아니겠다 뭐가 문제라는지 모르겠습니다!"

윤진이 다가와 그러는 취아를 아래위로 훑어보며 자상하게 웃음을 지으며 말했다.

"그런 마음을 갖고 있다는 게 난 기분 좋네. 근데 자네 그 옛날의 노랑머리 계집애 맞나? 애기엄마가 되더니 갈수록 예뻐지는데? 듣자니 자네는 이위가 첩 들이는 걸 결사 반대한다면서? 이 아이는 몇 살이고, 이름은 뭐지?"

윤진으로선 아랫것의 자질구레한 것까지 일일이 챙길 여유가 없을 법도 하지만 만나자마자 이것저것 궁금해 하며 관심있게 물어오는 주인의 마음 씀씀이에 이위는 다시금 감동했고 한편으론 쑥스러워 얼굴이 붉어졌다. 이에 취아가 웃으며 말했다.

"주인께서 어찌 아셨습니까? 전 그런 꼴을 못 봅니다. 저 없인 못 산다 할 때는 언제고 이제 얼마나 붙어 있었다고 벌써 첩소리가 나오다니 말이나 됩니까? 정말 제 허락없이 여자 데려오는 날엔 우물에 거꾸로 빠져 죽어버릴 겁니다!"

연며칠 머리 속이 복잡하여 무기력해 있던 윤진은 실로 오랜만에 크게 웃어버리고 말았다. 수행들도 입을 막고 킥킥거렸다. 그러자 취아가 몸둘 바를 몰라하는 이위를 힐끗 쳐다보며 윤진에게로 다가가 귀여운 어투로 말했다.

"저희 아들은 벌써 세 살입니다. 자나깨나 넷째마마의 은혜를 가슴깊이 아로새기자는 뜻에서 이름을 이충사야(李忠四爺)라고 지을까 합니다!"

"뭐? 이충사야?"

윤진이 뒤로 몸을 젖히며 껄껄 한참을 웃었다.

"뜻은 그런대로 괜찮은 것 같은데 너무 촌스럽구만. 충이나 효나 다 '현(賢)'이 바탕이 되어야 하지 않겠어? 내가 보기엔 이현(李賢)이라 부르는 게 좋겠어. 여기서 긴 얘기 나눌 순 없고 이위 자네는 풍만정에 가서 술상 봐오라고 해서 오 선생, 송아지네랑 회포나 풀면서 나를 기다리고 취아는 복진한테 가 있게. 난 호부로 급히 가봐야겠어. 열넷째마마를 따라 출정할 병사들의 가족에게 포상금을 내려야 하는데 아직 준비가 덜 돼서 말이야!"

말을 마친 윤진은 곧 수레에 올라탔다. 윤진의 수레가 멀어질 때까지 바라보고 있던 이위가 풍만정으로 가 보니 과연 송아지가 거기 있었다. 사람을 보내 성음, 문각을 모셔오고 주방에 안주를 부탁한 이들은 격의없이 웃고 떠들며 그간의 회포를 남김없이 풀어냈다.

"자네 덕분에 오랜만에 넷째마마의 호탕한 웃음소리를 들을 수 있어 기분 날아갈 것 같아."

성음이 한숨을 지으며 말했다.

"오월부터 한 번도 넷째마마의 맑게 개인 얼굴을 못 봤어. 불철주야 이 악물고 정무에만 임하다 보니 알게 모르게 쌓인 것도 많을 거야. 내가 보기엔 주인께선 일부러 일에만 매달려 자신을 혹사함으로써 무겁게 짓누르고 있는 울분을 화산이 되어 폭발하기 전에 조금씩 방출하시는 것 같아."

말을 마친 성음이 문각과 잔을 부딪쳐 건배했다.

주량이 약한 오사도는 아예 술 대신 차를 마셨다. 사람들이 술잔을 비우는 사이 차를 한 모금 마신 오사도가 한참 생각에 잠겨 있다가 입을 열어 말했다.

"넷째마마의 고민이란 불 보듯 뻔한 게 아니겠어? 열넷째마마가 대군을 이끌고 출병하는데 군량미며 군향을 비롯한 갖은 골치 아픈 뒤치다꺼리는 넷째마마가 감당하게 됐잖아. 넷째마마도 사람인데 어찌 불쾌하지 않겠어? 누군 개선장군이 되어 벼슬과 명예를 한 손에 거머쥐고 의기양양해 하는데 본인은 지쳐 쓰러져도 당연지사로밖에 비춰지지 않을 것 같은 불안감이 왜 없겠어?"

오사도의 말이 끝나자 주용성이 물었다.

"그런데 오 선생께선 어찌하여 넷째마마더러 이럴 때일수록 맡은 바에 더 열심히 하라고 권유하시는 거예요? 해봤자 빛도 못볼 걸?"

오사도가 아랫입술을 질끈 물고 냉소하며 말했다.

"자네, 이제 보니 헛똑똑이로군! 폐하께서 세 차례에 걸친 친정을 통해 내리신 생생한 경험담 가운데서 자넨 한 가지도 기억하는 게 없구만? 준거얼과의 전쟁은 전방전(前方戰)이 아니라 후방전(後方戰)이야! 아라부탄이 그 많은 군사를 데리고 왜 망했겠어? 양도(糧道)가 막혀버려 사람과 말이 먹을 게 떨어져 굶어 비실비실하다가 얻어맞아 죽은 거지. 이번에 푸르단의 6만 대군 역시 전사했다기 보다는 아사했다는 표현이 어울려! 적들의 유인작전에 넘어가 너무 깊숙이 들어가다 보니 양도가 잘린 거지!"

이에 성음이 목을 길게 빼들고 궁금해 했다.

"그럼 오 선생 말씀은……."

"그래도 짚이는 데가 없소?"

오사도가 반쯤 남은 차를 입안에 털어넣으며 말했다.

"열넷째마마는 전방에서 밥을 하든 죽을 쑤든 신경쓸 거 없이 넷째마마께선 본인의 맡은 바인 뒷바라지만 열심히 해주면 대세는 우리쪽으로 기울게 돼 있는 거야. 폐하께선 넷째마마를 유심히 지켜보고 계셔! 폐하 같은 영명한 주인에겐 오로지 행하는 진실만 보일 뿐 교언영색(巧言令色)은 멸망을 자초하는 미련한 짓일 뿐이야!"

여기까지 들은 문각이 공감하여 말했다.

"이렇게 좋은 말은 진작에 넷째마마에게 들려주어 조금이라도 부담을 덜게 해주지 그랬소?"

이에 오사도가 냉정하게 말했다.

"큰일 하는 사람이 그 정도 마음고생도 없으면 되겠소?"

잠시 후 문각이 고개를 끄덕이며 말했다.

"내가 보기엔 넷째마마께선 방금 오 선생이 얘기한 부분을 벌써 터득하신 것 같소. 아니면 어찌 밤낮이 따로없이 그 일에 매달릴 수 있겠소? 넷째마마께선 대권에 초연해 보이지만 실은 무서운 기염을 토하며 치고 올라오는 열넷째라는 존재에 대해 부담을 느끼고 계시기에 저렇게 맘이 편치 않는 거요."

"그렇지. 요즘 정세는 삼족정립(三足鼎立) 국면으로 접어들었소."

오사도가 말했다.

"여덟째마마는 백관들의 열화와 같은 성원을 등에 업고 폐하께 시위를 하는 거고, 열넷째와 넷째마마는 두 갈래로 뻗었지만 선택한 방법은 동일하오. 섣부른 판단인지는 모르겠지만 폐하께선 이미 계승자를 정하셨고 그 주인공은 다름 아닌 넷째마마요."

"어찌 그렇게 단언할 수 있냐고?"

오사도가 자문자답하여 말했다.

"지난 번 십칠마마한테서 들은 얘긴데, 이광지가 폐하 앞에서 드러내놓고 여덟째마마를 칭송하니 폐하께서 무척이나 불편해 하시며 '자넨 일선에서 물러난 사람답게 황자들의 일에 점잖게 대처해야겠네. 걱정 말게. 짐은 반드시 단단하길 쇳덩이 같고 의지가 강하길 아무도 비견할 수 없는 그런 인물을 자네들의 새로운 주인으로 남겨두고 갈 테니.' 이런 말씀을 남기셨다고 하오. 그것으로 미루어 볼 때 폐하께선 넷째마마를 점찍고 계신 것이 틀림없소. 그 많은 황손들 중에서 폐하께서 창춘원으로 데려가 공부시키겠다고 간절한 의사를 밝힌 황손은 홍력 도련님 뿐이잖소. 또한 건강 상태가 어제 다르고 오늘 다르다고 느끼신 폐하께서 지휘봉을 넘겨줄 사람을 만리 밖에 내보내실 리가 없소. 이러한 일련의 사실을 토대로 유추해 봤을 때 폐하께선 이미 넷째마마의 발밑에 보이지 않는 길을 닦아주신 거요."

이에 술기운이 올라 얼굴이 벌개진 성음이 다른 의견을 말했다.

"황손을 곁에 두고 싶어하시는 건 똑똑하고 재주있는 황손이 있어 적막감을 잠시나마 잊으시려는 의도가 아닐까 합니다."

이에 오사도가 손가락으로 성음의 이마를 밀어내며 웃으며 말했다.

"자네더러 적막이 뭔지도 모르는 중이 아니랄까봐 그래? 사람이 나이가 들어 외로움을 느낄 때는 깔깔거리고 까불어대며 한순간도 가만히 있지 않는 아이들을 곁에 두고 시무룩하게 웃으며 구경하는 게 제격이야. 그런데 홍력이 같은 애늙은이를 데려다 둘이 마주 앉아 얼굴만 쳐다보고 있을 텐데 무슨 재미를 보겠다고 그러시겠나? 폐하께선 훌륭한 황손을 친히 물주고 거름주어 건실하게 가꾸어 대청(大淸) 삼대(三代)의 성세(盛世)를 길이길이 이어나가시려는 깊은 뜻을 품고 계신 거야. 이제 알겠어? 똑똑한 아들을 둔 덕에 태자가 된 아버지가 역사상 얼마나 많은데!"

"듣고 보니 그렇네! 역시 중은 절간이나 지키는 게 속 편하겠어!"

성음이 크게 웃으며 말했다.

"나 벌주 한 잔 마실게!"

스스로 벌주를 자청하여 성음이 냉수마시듯 술잔을 단숨에 비웠다. 이를 지켜보던 오사도가 껄껄 웃으며 말했다.

"그렇다고 너무 일찍 좋아하지는 말라구. 지금 넷째마마의 실력으론 전위조서(傳位詔書)를 들고 있다고 해도 여덟째의 물불을 가리지 않는 막무가내에 당할 수도 있다는 점을 간과해선 안 되겠다 이 말이오! 경사의 주둔군들 가운데서 바람 부나 비가 오나 흔들리지 않고 자신의 구심점을 고수하고 있는 믿을 수 있는 사람은 무단과 조봉춘 밖엔 없소. 풍대(豊臺) 대영(大營)의 3만 인마, 서산 예건영의 2만, 구문제독 커룽둬의 2만, 도합 7만에 가까운 병력은 언제든지 돌변하여 우리에게 총부리를 겨눌 적군이라고 봐야 돼. 그 중에서 잘하면 커룽둬가 중립을 서준다고 해도 5만 대군이 창춘원을 덮치는 날엔 유조(遺詔)가 폐지로 변해버리는 건 순간이라니까? 여덟째네는 바로 그걸 노리는 거야!"

너무나 뜻밖의 변수에 사람들은 연신 숨을 들이마셨다. 이위가 심각한 표정을 지으며 말했다.

"소름이 쫙 끼치는데요! 그럼 오 선생의 뜻은 뭐죠?"

"간단해!"

오사도가 젓가락으로 요리를 집으며 말했다.

"진인사대천명[盡人事待天命]이라고, 항상 인사(人事)를 다한 상태에서 천명을 기다려야 하는 거야. 넷째마마는 십삼황자를 충분히 활용하는 일만 남았어. 풍대 대영은 고북구에서 온 병사들로 구성되어 있는데, 모두가 십삼마마께서 데리고 있던 병사들이야. 그당시 졸병에 불과하던 이들도 이젠 참장(參將), 유격(遊擊)이 되어 있어 자기 무리를 쥐락펴락할 수 있는 실권이 있다 이거야. 내일 중으로라도 넷째마마께선 십삼마마를 만나보는 것이 그 무엇보다 중요해. 열쇠는 십삼마마 손에 달려있다 해도 과언이 아니야!"

"전 오래 전부터 십삼마마를 찾아보는 게 좋지 않겠냐고 조르다시피 했어요"

주용성이 입을 열었다.

"그 당시는 이런 생각까지는 못했죠. 넷째마마께서 비록 내무부를 관리하고 있다지만 폐하의 지의가 없이 사사로이 연금되어 있는 사람을 만난다는 것은 웬만한 일이 아닌지라 난감해 하시더라구요. 일이 되려고 그랬는지 마침 십삼마마를 지키고 있는 대복종(戴福宗)이란 사람은 알고 보니 대탁의 친척뻘이었습니다. 용돈을 찔러주고 인사를 해가면서 겨우 만나기로 했는데도 넷째마마는 장오가를 한 번 보냈을 뿐 본인은 끝내 찾아가려 하지 않았습니다."

이에 오사도가 이상야릇한 웃음을 흘리며 말했다.

"내가 못 가게 말렸지. 때가 아니잖아! 열넷째마마가 출발하지 않은 상황에서 넷째마마가 십삼마마를 만난 사실이 들통난다면 그건 영락없이 '사사로운 결당음모'라는 의혹을 받게 되는 거야. 열넷째마마가 떠난 후라면 같은 일이라도 해봤자 '은밀한 만남'쯤으로밖에 더 치부되겠어? 평소에 이 둘의 정분으로 미루어 보아 사람들은 충분히 한 번쯤은 만날 수 있다고 이해할 거란 말이야."

이같이 말하고 잠시 생각을 하며 오사도가 조용히 웃었다. 바로 이때 성음이 누가 오는 것 같다며 주의를 주었다. 사람들이 입을 다물고 잠시 기다리고 있노라니 과연 하인 하나가 나타나더니 오사도를 향해 인사하며 물었다.

"넷째마마께선 오늘 저녁엔 여기 안 계시나 봅니다?"

그러자 오사도가 웃으며 말했다.

"왕부에서 온 자네가 그걸 우리한테 물으면 어떡하겠다는 건가!"

이에 다소 안면이 있는 주용성이 말했다.

"북원(北院)에서 정 마님을 시중드는 이라 잘 모를 수도 있어요. 이봐, 반이! 무슨 일 있어?"

"주형!"

반이가 그제야 주용성을 알아보고는 울상을 지으며 말했다.

"정 마님께서 돌아가셨어요!"

반이의 말이 끝나기 바쁘게 밖에서 문칠십사 영감의 울음소리가 점점 가까이 들려오기 시작했다. 주용성이 문밖으로 뛰쳐 나가 눈물 콧물 범벅이 되어 경황없는 문칠십사를 부축하여 방안에 들어와 자리에 앉히고 말했다.

"대체 무슨 일이오? 어서 진정하고 천천히 말해 보오……."

문칠십사가 두 손으로 얼굴을 가린 채 머리를 두 다리에 묻고 연신 고개를 저었다. 너무 울어 쉬어버린 목소리는 처량하기까지 했다.

"정말 이렇게 갈 줄은…… 몰랐네요……."

두서없이 띄엄띄엄 이어지는 문칠십사의 말을 종합해 보면 사실의 경위는 이러했다. 오늘 오후까지 멀쩡하던 정씨가 화선지가 다 떨어졌다 하여 문칠십사가 유리창(琉璃廠)에 가서 사다 줬는데, 몇 마디 물어보는 말에 대답해 주고 나왔다 다시 들어가 보니 벌써 목매달아 죽어 있더라는 것이었다. 십삼마마가 떠나면서 불쌍한 정씨를 잘 보살펴 주라고 신신당부하셨는데, 이제 어떡하느냐며 문칠십사는 오열을 금치 못했다.

"이보게, 노인장! 운다고 죽은 사람이 되살아나는 법은 없소."

오사도가 천천히 입을 열었다.

"죽기 바로 직전에 정 마님이 자네한테 뭘 물었었는가?"

"별 다른 건 없고 그냥 밖에 무슨 소문이 안 들리더냐고 물었소이다."

문칠십사가 콧물을 닦으며 말했다.

"그래서 들은 대로 열넷째마마께서 곧 대군을 이끌고 출병할 거라는 소문이 들리고, 태자마마도 이참에 병권을 장악해 볼까 하다가 하 태의에 의해 쫄딱 망했다고……."

순간 오사도의 눈빛이 빛났다. 그는 어렴풋이 정씨의 사인(死因)을 알 것 같았다. 오사도가 다시 한번 확인차 뭔가를 물어보려 할 때 안색이 파리해진 윤진이 들이닥쳤다. 고복과 묵우가 그 뒤를 따르고 있었다.

"넷째마마, 정 마님이……."

주용성이 막 이같이 운을 떼자 윤진이 급히 강한 손짓을 하여 저지시키며 머리를 무겁게 끄덕이며 말했다.

"문지기한테서 이미 다 들었네. 문칠십사, 정씨가 뭔가 남겨 놓은 유품같은 건 없었나?"

문칠십사가 뒤에 서 있는 반이를 힐끔 쳐다보았다. 그러자 반이가 급히 말했다.

"너무 황당한 나머지 깜빡했습니다. 뭔가를 적은 종이 한 장이 있는데 쇤네가 글을 몰라 시인지 편지인지는 모르겠습니다."

윤진이 낚아채듯 화선지를 빼앗아 펴들고 읽어보았다. 짤막한 시였다.

어제 꿈에 대군이 경사를 출발하는데,
장군 허리엔 삼 척 얼음이 길게 드리워져 있구나.
처마 밑의 빗방울에 촛불이 혼미해 가는데,
철마관(鐵馬關) 앞에 선 그이 경풍(驚風)에 길이 막혔구나.

기구하기도 하여라, 이내 운명.
돌이켜 보니 허망함 뿐이로구나.
이내 화수(禍水)는 어디로 흘러가야 하나,
죽은 호수에 흘러가 묻혀버려야겠지.
      ─원명거사(圓明居士)를 향한 정씨의 절필(絶筆)

그사이 지팡이를 짚고 윤진의 어깨 너머로 같이 보고 난 오사도가 자리에 돌아가 털썩 주저앉더니 한참 후에야 입을 열어 말했다.

"이것도 순절(殉節)이라고 봐야지. 마음이 갸륵하고 의지가 가상한 여인이로군."

화선지를 천천히 접어 소매 속에 밀어넣고 촛불을 오래도록 바라보던 윤진이 깊은 한숨을 토해내며 말했다.

"알고 보니 절개가 대단히 강인한 여자군! 가는 길이나마 쓸쓸하지 않게 잘 보내줘야겠어. 고복, 자네가 내일 법화사(法華寺) 스님을 청해 칠일 수륙도량(水陸道場) 장례를 치러주도록 하게."

말을 마친 윤진이 현장에 가 보자며 주용성 일행에게 말했다.

한편 고복은 몰래 이위의 옷자락을 잡아끌며 맨 마지막에 떨어져 걸었다. 그리고는 간사한 웃음을 지으며 말했다.

"강아지 어른, 그 옛날의 정분을 생각해서 내일 점심 때 술 한잔 사고 싶은데…… 달리 생각할 건 없고 대관에 승진한 것도 축하드릴 겸 겸사겸사해서 말이오."

이에 이위가 웃으며 말했다.

"내일 넷째마마께서 십삼마마 만나러 가신다는 데 내가 수행할 필요가 없다면 당연히 가야지."

고복이 눈을 팽그르르 돌리며 말이 없었다. 그리고는 이위와 함께 부랴부랴 윤진 일행을 뒤따라 갔다.

윤상은 십삼패륵부에서 7년 동안 연금당해 있으면서 어느새 서른세 살에 접어들었다. 크게 달라 보이는 것이라면 그사이 머리카락이 반 이상은 하얗게 변해 있다는 것이었다. 태어나자마자 일인지하 만인지상(一人之下, 萬人之上)의 저군(儲君)으로서 엄격한 심궁교육을 받으며 거의 모든 생활을 감금 아닌 감금인 금원(禁

苑)에서 해왔는지라 충격이 덜한 윤잉과는 달리 야생마처럼 맘껏 뛰어다니며 나름대로 자유를 만끽해 온 윤상으로선 7년 동안의 철창 아닌 철창 신세는 곧 죽음보다 참기 어려운 고통이었다. 살아 남기 위한 처절한 몸짓을 하며 윤상은 언제부터인가 체념을 배웠고 마음을 비웠다. 애교와 아란이 적적하지 않게 도와줬고 밖엔 가평을 비롯한 열몇 명의 남정(男丁)들이 전과 다름없이 깍듯이 시중들었다. 윤진이 내무부를 관리하고 있는 덕분에 누구 하나 감히 얼쩡거리며 괴롭히는 경우도 없었다. 대문을 벗어나지 못할 뿐 윤상은 집안에서 즐길 수 있는 건 얼마든지 즐길 수 있었다. 차분하게 서화에 열중하는 시간이 많아졌고 그밖에 몸풀기 운동을 한다든지 앵무새를 조련시켜 본다든지 그것도 싫증나면 뜨락에 있는 연못가에서 낚시도 하고 정원도 가꾸고 심지어는 잠자리 잡이까지 해가며 그는 긴긴 밤을 좀더 수월하게 보내기 위한 조금은 고된 낮을 보내곤 했다. 그렇다고 밤잠을 설치지 않는 건 아니지만 놓여나고 싶어하는 간절함이 점점 희미해지는 건 사실이었다.

9월 9일 중양절이 눈앞에 다가왔다. 이날도 새벽녘에야 잠이 들어 점심때가 다 되어 일어난 윤상은 뭔가 바삐 서두르는 애교와 아란을 향해 말했다.

"왜 이렇게 일찍 일어났어?"

그러자 아란이 기가 막히다는 듯 피식 웃으며 말했다.

"지금이 몇 신데 벌써라뇨? 오늘은 중양절인데 우리 음식 몇 가지 만들어 들고 뒤뜰의 가산(假山)에 가서 석탁(石卓) 위에 올려놓고 소한절(小寒節)을 보내는 게 어떻겠사옵니까?"

그러자 윤상이 웃으며 말했다.

"자네 맘대로 하게! 난 아무튼 하루가 지루하지만 않으면 돼."
이때 애교가 말했다.

"땔감이 다 떨어져 가는 것 같사옵니다. 가평더러 문지기한테 말해 미리 좀 구해다 놓아야겠사옵니다."

윤상이 알겠노라고 머리를 끄덕이고는 방안을 나섰다. 점심때라 가을바람이 상쾌하고 하늘은 높고 푸르렀다. 서재를 둘러싸고 있는 외원(外園)엔 푸르름은 가고 불 같은 단풍이 정열적인 나무들이 오늘따라 시야에 확 안겨왔다. 한가로운 기러기떼가 평화로운 날갯짓을 하며 천천히 남쪽하늘을 향해 날아가고 있었다. 윤상이 넋이 나간 듯 멍하니 서 있을 때 이곳을 지키고 있는 내무부 서무관인 대복종이 조심스레 다가왔다. 그 뒤엔 윤진, 강아지, 송아지 세 사람이 뒤따랐다. 어물쩍거리는 대복종에게 시선을 돌리며 차례로 세 사람을 발견한 윤상은 불에 덴 듯 화들짝 놀라며 입가를 실룩거릴뿐 아무 말도 하지 못했다.

"십삼마마!"
대복종이 급히 한 쪽 무릎을 꿇어 인사하며 말했다.

"기온이 점차 떨어지고 있습니다. 겨울을 나려면 방을 몇 군데 손볼 데가 있을지도 모른다며 넷째마마께서 친히 찾아주셨습니다. 십삼마마께서 직접 뫼시고 둘러보시는 것이 좋을 듯합니다."

여전히 제 정신을 차리지 못한 윤상이 기계적으로 머리를 끄덕이며 말했다.

"알았네, 땔감이 떨어져 간다는데 좀 들여다 놓게."

감격에 겨워 눈시울을 붉히며 윤상을 아래위로 훑어보던 윤진이 대복종에게 지시했다.

"자넨 가서 볼일 보게. 우리 둘이 둘러보고 올 테니."

대복종이 알겠노라 대답하고는 곧 물러갔다.

둘은 말없이 서로를 마주 보았다. 윤상이 보기에 하늘색 장포를 깔끔하게 차려입은 윤진은 평온한 얼굴에 깊이를 알 수 없는 우물 같은 두 눈마저 7년 전과 전혀 변함없어 보였다. 단지 어딘가 모르게 더 노련하고 침착해 보였다. 머쓱하게 한참을 마주보고 있던 중 윤상이 그제야 제 정신을 차린 듯 애써 웃어보이며 더듬거리며 말했다.

"넷…… 넷째형! ……실로 오랜만이에요……. 뵙고 싶었어요……."

윤상이 울먹이며 무릎을 꿇었다.

"나도 보고 싶었어."

윤진이 급히 윤상을 일으켜 세웠다. 목소리가 걷잡을 수 없이 떨렸다.

"자넬…… 만나기가 참 힘들었어……. 장오가를 몇 번 보냈지만 그때마다…… 말도 못하게 괴로웠어……. 근데…… 흰머리가 왜 이렇게 많아? ……내가 걱정할까 봐 장오가가 여태 꾸며댔구나!"

윤진의 두 눈에선 눈물이 하염없이 흘러내렸다. 밖에서 사람이 들어오는 경우가 거의 없는지라 호기심에 달려온 애교와 아란이 감격어린 두 형제의 상봉에 눈시울을 붉혔다. 7년의 세월이 바꿔 놓은 것치고는 너무나 충격적인 윤상의 외모에 자신들에게 살갑게 대해주던 그 옛날을 떠올리며 강아지, 송아지 역시 눈물을 쏟고 말았다.

한참 후에 윤상이 말했다.

"넷째형, 잠깐 들어가시죠. 귀신도 갑갑해서 새끼치기 싫어하는 이런 곳에서 저 여태껏 살아왔어요. 형이 대단히 어려운 걸음하신 걸 알고 있어요. 엿들을 사람도 없으니 맘 놓고 하실 말씀 있으면 하세요!"

"그래."

윤진이 눈물을 머금고 방안에 들어가 앉으며 말했다.

"방금 열넷째를 보내고 왔어. 대장군왕(大將軍王)으로 봉해져 대군을 거느리고 아라부탄을 치러 갔잖아. 보내 놓고 바로 자네한 테 왔지."

"대장군왕이라고요?"

애교에게 차를 준비하게끔 명하고 윤상이 웃으며 말했다.

"친왕(親王)도 있고, 군왕(郡王)도 있지만 그런 왕이 있는 줄은 금시초문이네요. 그럼 태자도 다시 복위했겠네요?"

윤진이 의외의 질문이라는 듯한 표정을 보이더니 윤잉이 두 번째로 폐위당하고 나서 있었던 일련의 자초지종을 들려주었다. 그리고는 정춘화가 유언처럼 남겨놓은 시가 적혀 있는 종이를 건네주며 말했다.

"너한테 너무 미안해. 정씨를 잘 부탁했었는데, 지켜주지 못해서 말이야. 용서해 다오."

크게 놀라 휘둥그레진 눈이 종잇장에서 움직일 줄 몰랐다. 너무 큰 충격에 가슴아파 그러는 줄 알고 윤진이 위로의 말을 건네려 할 때 윤상이 갑자기 크게 웃으며 말했다.

"잘 됐어! 잘 죽었어! 별볼일없는 더러운 세상, 때가 덕지덕지 묻은 더러운 가죽을 미련없이 내던지고 가버렸으니 얼마나 잘한 거야! 나처럼 사람도 귀신도 아닌 몰골로 죽지 못해 사는 것보단 백 배로 행복한 길을 택한 거지! 하하하……"

종잇장을 거머쥐고 두 손을 신경질적으로 흔들어대며 광기어린 모습을 보이던 윤상이 가슴을 쿵쾅 두드리며 울음을 터뜨렸다.

"나도 이제 그만 살고 싶어…… 하루하루 산 송장으로 왜 사는지 모르겠어……."

갑작스런 윤상의 반응에 깜짝 놀란 윤진의 얼굴이 하얗게 질렸다. 엉거주춤 일어나 의자 등받이를 으스러지게 잡고 윤진이 광기 어린 아우를 뚫어지게 바라보며 버럭 고함을 지르고 말았다.

"왜 이래…… 자네가 잘못되면 내가 어떻게 되는지 알지? …… 정신차려…… 내가 속상해 죽는 꼴 보고 싶어?"

"그동안 쌓이고 쌓인 것이…… 폭발했던 것 같아요…… 용서하세요, 형!"

한바탕 발작하고 나서 훨씬 개운해진 듯 윤상이 이같이 말했다.

착잡한 표정으로 윤상을 바라보던 윤진이 천천히 입을 열어 말했다.

"넌 참 잘 버텨준 거야. 내가 안쓰럽고 고맙고 대견스럽게 생각할 정도로 넌 대단해. 나라면 이렇게 잘 참아내지 못했을 거야. 내 처지도 앞으로 너보다 나을 거라는 보장도 없어. 아바마마께서 춘추가 계시고 용체도 하루가 다르게 쇠잔해 가는데 여덟째는 돌아앉아 칼날을 가느라 여념없고 열넷째는 중권(重權)을 잡고 사기백배하여 출전했어. 이런 저런 한심한 꼴을 보지 않고 바람 고요한 항만에 정박해 있는 네가 부러울 때가 많았어!"

서서히 윤진이 찾아온 이유를 알 것 같은 윤상이 웃으며 말했다.

"대청이 뿌리내린 지도 어언 70년인데, 무슨 일이 있더라도 근본은 흔들릴 수 없어요. 다만 집안싸움이 살벌해서 그렇지. 아바마마께서도 이제는 지쳐서 사슴을 아예 중원땅에 풀어버려 힘세고 빠른 자가 쫓아가게끔 방치하시는 것 같아요! 전……."

윤상이 다소 자포자기하는 듯한 반응을 보이더니 재빨리 감정을 추스려 말했다.

"전 이제 마음 뿐이지 넷째형에게 도움은 못 될 것 같네요. 다만 전에 죽이 맞아 어울렸던 '고붕구당(狐朋狗黨)'들이 필요할 것 같으면 저한테 귀띔하세요."

자신의 속마음을 어느새 감지한 윤상을 대견스레 바라보며 윤진이 종이 한 장을 내밀었다.

윤상이 펴보니 무려 2백명에 달하는 현직 관원들의 명단이 빼곡이 적혀 있었다. 이름을 쭉 훑어보니 거의 다 윤상이 옛날에 부리던 부하들이었다. 확인해 볼 것도 없이 윤진의 뜻을 알아맞춘 윤상은 말없이 책상으로 다가가 명단에 줄을 죽죽 그어버리기도 하고 새로운 이름을 보태기도 했다. 그리고는 윤진에게 건네주며 말했다.

"밥만 축내는 인간들은 빼버리고 쓸만한 애들을 몇몇 보탰어요. 물론 그사이 다 변하는데 그것들이라고 변절하지 말라는 법은 없지 않겠어요? 넷째형도 신경을 많이 쓰셔야 해요. 강아지, 그사이 복장이 바뀌었는데?"

윤진과 얘기 도중 갑자기 윤상이 자신에게 말을 건네자 깜짝 놀란 이위가 급히 대답하였다.

"원래 사천에서 지부(知府)로 있다가 지금은 무직(武職)으로 전환하여 섬서로 가서 연갱요와 악종기 밑에서 일하게 됐습니다."

"잘 됐네."

윤상이 형형한 눈빛으로 먼곳을 내다보며 말했다.

"섬서성이라면 중원의 문호인데 연갱요가 거기 있다니 참 잘 됐네요! 넷째형, 근데 왜 군사에 대해선 뭘 알 리가 없는 강아지를 무관으로 보냈어요? 제 생각엔 강아지에게 이번 서정의 양도(糧道)를 맡기는 게 좋을 것 같은데요. 양도가 군사의 명맥이라고 봐도 과언이 아닌데, 열넷째도 아니고 연갱요도 아닌 강아지에게 맡기는 게 딱일 것 같아요. 송아지 역시 이참에 연갱요의 총독아문으로 보내 군무를 처리하는 문서직을 맡기세요. 애들이 그렇게 크는 거 아닙니까?"

윤진이 보기에 윤상은 7년 동안 억울하게 갇혀 있은 게 아니었다. 그의 사고는 많이 노련해지고 날카로운 면이 돋보였다. 윤상의 말대로 이위에게 양도(糧道)를 맡긴다면 그는 쉽사리 열넷째와 연갱요 두 부대의 명맥을 좌우하는 것이나 다름없을 것이다! 속으론 박수를 보냈지만 겉으론 짐짓 결정을 내리지 못한 척하며 윤진이 웃으며 말했다.

"그건 천천히 생각해볼게. 이위는 내가 호부에 있으니까 언제든지 이부에 한 마디만 하면 될 거야. 하지만 내 곁에도 믿고 맡길 사람이 없어서도 안되니까 송아지는 좀 억울하더라도 잠시 곁에 붙잡아 둘까 해."

두 형제가 소곤소곤 이야기를 주고받고 있을 때 대복종이 들어섰다. 그러자 윤진이 일어서며 말했다.

"대단히 아쉽지만 여기 오래 있을 순 없어. 그만 가볼게. 대복종, 내가 둘러봤는데 겨울 전에 한번 손보긴 해야겠어. 특히 십삼마마가 서재에 있는 시간이 많으니 서재에 난로 하나를 더 마련해 주도록 자네가 알아서 하게. 수리비는 공부(工部)에 청구하면 되겠네. 내가 공부에 미리 귀띔해 둘 테니."

말을 마친 윤진이 아쉬운 눈물을 머금고 윤상의 손을 잡으며 말했다.

"잘 있어야 해? 알았지?"

윤상 역시 곧 울어버리기라도 할세라 입가를 실룩거리며 말했다.

"형, 또 올거죠?"

고통으로 일그러진 윤상의 얼굴을 보며 아란과 애교가 고개를 돌려 눈물을 훔쳤다.

"그럼, 그럼! 오지 말래도 올거야, 울지 마."

윤진은 연신 눈을 깜박거려 눈물을 참으며 아란과 애교더러 잘 하라고 협박 반 격려 반 신신당부하는 걸 잊지 않았다. 무거운 발걸음을 떼어 몇발짝 옮겨놓던 윤진이 그러나 몸을 홱 돌려 갑자기 윤상에게로 달려가더니 많이 작아진 윤상을 와락 껴안고 참고 참았던 눈물을 쏟아냈다.

48. 강희제의 천수연(千叟宴)

　은근히 강희가 어서 빨리 역사 속에서 사라져 줬으면 하는 아들들이 많을 법도 하지만 어려서부터 무예와 사냥으로 단단히 다져진 강희의 근골은 여전히 날렵하기만 했다. 별탈없이 정정하게 68년을 살아온 강희는 이제 '천수연(千叟宴)'을 차려 천하와 더불어 즐기려고 했다. 8살에 즉위하여 앞만 보고 달려온 60년 세월 동안 해마다 치르는 원단, 원소, 단양, 중추를 비롯한 사시팔절(四時八節)은 거의 똑같은 방식이어서 식상한 지 오래 됐다. 제단(祭壇), 제당(祭堂), 제천지(祭天地), 사태묘(祀太廟), 그리고 문무백관들의 조하(朝賀)를 받고 칭송가를 듣고 엿가락처럼 끝없이 늘어지는 겉치레 인사를 듣고 있노라면 차라리 중도에서 도피하고 싶을 때가 더 많았었다.

　즉위 60년 대경(大慶)을 맞아 무슨 색다른 방법이 없을까 고안하던 중 강희는 자신과 나이가 비슷한 노인들을 궁으로 불러 평범한 일상을 논하면서 '여민동락(與民同樂)'하는 게 좋겠다는 생각에 무릎을 쳤다. 원래는 몇십 명만 부르려고 했으나 강희의 의사에 적극 호응하고 나선 예부에서 경로존현(敬老尊賢)을 말잔치에 그친 역대 천자들과 차원이 다른 강희의 형상을 강렬히 부각시켜 후세에 널리 수범(垂範)하기 위한 성대한 잔치로 끌고가는 바람에 북경에 있는 60세 이상의 노인은 전부 친히 강희의 접견을 받을 수 있게 하고 지방에 있는 노인들은 지방관들이 천자를 대신하여 접대하게끔 했다.

한편 열넷째는 대군을 거느리고 출정한 것이 어제 같은데 벌써 3년이란 세월이 흘렀다. 나가자마자 출발 직전 강희의 명령에 따라 먼저 청해성에서 몽고, 회족, 장족 세 지류의 군사를 한 데 모아 성대한 열병식을 거행했고 대대적인 군사연습을 강행함과 동시에 장군 탑녕(塔寧)에게 군사를 주어 서장에 주둔하게끔 했다. 서장에서의 기반을 제대로 잡지 못하고 있던 아라부탄은 대군이 구름처럼 쳐들어온다는 소문에 지레 겁을 먹고 라싸에 있는 몽고 군대를 거느리고 서쪽으로 도망가고 말았다. 군사를 파견하여 아라부탄의 퇴로를 미리 차단하고 라싸에서 신강의 부팔성(富八城)으로 통하는 양도(糧道)를 막아 한꺼번에 이 말썽꾸러기들을 전멸시키려고 생각했던 열넷째는 그러나 만에 하나 실패한다면 얼마 후에 돌아올 강희의 즉위 60년 큰잔치에서 자신의 공로는 도로아미타불이 되고 말 거라는 두려움에 주저 앉고 말았다. 상서방에서 보내온 정기(廷寄)를 받고 잠시 생각에 잠겨 있던 열넷째가 어룬따이를 불렀다. 그 사이 뭔가 열심히 붓을 놀리고 있던 열넷째의 등뒤로 다가온 어룬따이가 상체를 굽히며 말했다.

"십사마마, 부르셨습니까?"

"그래."

열넷째가 대단히 만족스러운 듯 자신이 금방 쓴 '인(忍)'자를 들여다보며 대수롭지 않은 말투로 말했다.

"어룬따이, 자네를 북경에 한 번 보낼까 하는데……."

혼자 병사들을 이끌고 양주에 잔류해 있는 아라부탄의 무리를 제거하고 오겠다는 청원이 받아들여지지 않아 속에 불만이 가득 차 있던 어룬따이는 검붉은 얼굴 근육을 푸들거리며 열넷째를 똑바로 쳐다볼 뿐 대답이 없었다. 그 모습을 보며 열넷째가 웃으며 물었다.

"왜? 싫어?"

어룬따이가 몸을 앞으로 가볍게 숙여 큰소리로 대답하여 말했다.

"예, 그렇습니다! 전 아직도 양주에 적을 정벌하러 가고 싶을 뿐입니다. 폐하께서 대군더러 서진(西進)하라는 지의가 계시기 전에 십사마마를 위해 길을 닦아놓고 싶습니다."

"자네가 뭘 오해하고 있는 것 같은데!"

열넷째가 한숨을 지으며 말했다.

"내가 일부러 자네의 입공(入功) 기회를 박탈하려는 것쯤으로 오해하고 있는 것 같은데 그건 절대 아니야. 탑녕이 여덟째마마랑 얼마나 끈끈한 사이인지 잘 알지? 그자도 꽤나 눈독을 들이고 있을 텐데 자네를 보낸다면 적을 무찌르기 전에 우리 내부부터 망가지고 말 거 아니야!"

잠시 생각하던 어룬따이가 냉소하며 말했다.

"그 자식이 다 뭡니까? 발로 짓이겨 버리면 끽소리 못하고 뒈질 놈 같으니라구! 야부치도 이를 갈고 있던데 어느날 시간을 내서 한번 매운 맛을 톡톡히 보여줘야겠습니다!"

이에 열넷째가 껄껄 웃으며 말했다.

"어룬따이 자네는 아무튼 직통배기라서 좋구만! 근데 자네 뭘 착각하고 있어. 자네는 야부치가 자네랑 한솥 밥 먹는 줄 알아? 명심하게, 그건 아니다 이거야! 여기오자마자 난 자네를 부장(副將) 자리에 앉히고 싶었어. 야부치가 밥통 싸들고 반대하는 바람에 무산됐던 거지. 평성(平城)으로 내보내려고 문서(文書)까지 작성해 놨는데, 이게 자네를 별볼일 없는 주제에 경망스럽기까지 하다며 사정없이 몰아붙이더니 급기야는 여덟째마마와의 끈끈함을 과시하며 내게 압력까지 행사하려 드는 거 있지! 알겠지만 여덟째마마의 내형(奶兄)이잖아. 여긴 왜 왔겠어? 내가 모르는 줄 아는데 여덟째마마와의 정분을 고려해 매정하게 까밝히지 않을 뿐이야!"

거칠고 데면데면한 성격이지만 머리는 명석한 편인 어룬따이가 열넷째의 말귀를 알아듣고는 적이 놀라는 표정을 보였다. 한참 생각에 잠겨 있던 어룬따이가 입을 열었다.

"십사마마, 무슨 말씀인지도 모르겠고 믿고 싶지도 않습니다."

감격에 겨운 듯 열넷째가 말했다.

"사내는 자신을 알아주는 사람을 위해 죽고, 여자는 자신을 좋아해주는 사람을 위해 화장을 한다고 했어. 여덟째형이 나를 알아준다고 생각했기 때문에 난 여기서 그를 위해 죽어도 좋다고 생각했어. 그런데 내가 눈이 삐었던거라는 걸 뒤늦게야 깨달았어. 그는 자네를 보내 날 감시하게 했을 뿐더러 탑녕에게 숟가락을 주어 내 밥그릇에 덤벼들게끔 종용했어. 야부치로 하여금 나를 견제하게 하는 동시에 자네를 감시하게 했어. 자네가 어느날 내 품에

안겨버릴까봐…… 어때 섬뜩하지 않아? 맞다, 자네 못 믿겠다고
했지? 그럼 이걸 봐!"

이같이 말하며 열넷째가 서찰인 듯한 종이 한 장을 책상 위에
탁하고 올려놓았다. 의혹에 찬 눈빛으로 어룬따이가 들여다 보니
이렇게 씌어 있었다.

야부치에게 :

보내온 서찰은 잘 받았네. 어룬따이가 연갱요에게서 금 3만 냥을
받아 챙겼다는 것은 조사해 본 결과 사실이었어. 어룬따이 이 자를
내가 잘 알고 있는데 경거망동하고 갈대처럼 줏대가 없어. 지금껏
해오던 것처럼 주의를 늦추지 말고 일거수일투족을 예의주시하여
보고하도록 하게. 열넷째마마더러 그자를 탑녕의 휘하로 보내도록
하여 여차하면 없애버리도록 하는 것도 좋겠어.

밑에는 낙관이 없었다. 그러나 어룬따이는 여덟째 윤사의 필체
임을 너무나 잘 알고 있었다. 흥분하여 얼굴이 벌겋게 달아오른
어룬따이가 이를 갈며 물었다.

"십사마마, 이거 어디서 났습니까?"

"며칠 전 서안부(西安府)의 사무관이 병사로 가장하여 보내 왔
었는데, 마침 야부치가 군량 문제로 일보러 나가고 없었어. 나의
막료 하나가 그 사무관과 잘 아는 사이더라구. 그래서 슬쩍해 봤
지."

열넷째가 희미하게 웃으며 말했다.

"그 사무관은 이미 내게 발목이 잡혔는데, 자네가 만나고 싶다
면 좀있다 친병 하나 딸려 보내줄게."

화를 주체할 수 없어 부들부들 떨며 어룬따이가 거칠게 욕설을 퍼부었다.

"××놈! 누군 풀 한 포기 나지 않는 빌어먹을 곳에서 황사나 배터지게 먹으며 목숨 내걸고 싸우고 있는데, 생판 남도 아닌 한집 식구라는 것이 똥바가지를 내던져? 똘마니 자식 어딨어요, 죽여버릴거야!"

"그러면 안 돼, 증거로 활용해야 하니까."

열넷째가 냉소하며 말했다.

"이 일은 앞으로 나랑 여덟째마마 사이에서 해결을 봐야 할 일인 것 같아. 먼저 나 대신 폐하께 청안올리러 북경을 다녀오게."

거친 숨을 몰아쉬며 씩씩거리던 어룬따이가 한참 후에야 숨소리를 고르며 말했다.

"아무튼 감사합니다. 북경에 가서 그밖에 해야 할 일이 있으면 지시만 내려 주십시오."

열넷째가 천천히 방안을 거닐었다. 장화소리와 패검이 허리띠에 부딪치는 소리만 방안 가득 들려왔다. 중군(中軍) 병영을 희뿌옇게 감싸고 도는 황사를 내다보며 열넷째가 한참 후에 입을 열었다.

"지금쯤 북경은 어떻게 돌아가는지 정말 궁금해. 여덟째마마는 편지마다 폐하께서 아직은 웬만한 청년 못지 않은 건장함을 자랑한다고 하는데, 내 문하들이 전해온 바로는 건강이 많이 악화되어 손과 머리를 주체할 수 없이 떨고 거동이 불편하여 사람이 붙어다녀야 할 정도라고 했거든. 청안올릴 때 폐하의 건강상태를 여쭤봐줘."

"알겠습니다!"

"넷째마마도 만나뵙고 오게."

열넷째가 생각에 잠긴 채 한 글자씩 힘을 주어 말했다.

"지금 북경에서 여덟째마마에게 위협이 될 수 있는 사람은 그나마 넷째마마밖엔 없어. 넷째마마에게 어려운 점이 있으면 무리하지 않는 선에서 최선을 다해 도와주고 천천히 돌아오게. 유사시 넷째가 그냥 무너지지 않고 대결구도까지는 가도록 받쳐주라 이거야. 그것으로 자네는 큰 공훈을 세우는 거야!"

어룬따이가 음흉하게 웃으며 말했다.

"무슨 뜻인지 알겠습니다. 그사이 열넷째마마께선 이곳에서 야부치를 조심하셔야 합니다. 힘깨나 쓰는 놈들을 몇십 명씩이나 기르고 있잖습니까!"

이에 열넷째가 악의에 찬 웃음을 웃으며 말했다.

"몇십 명이 아니라 몇백 명이 덤벼봐! 내가 닭모가지 비틀 듯 손쉽게 청소해 버리지! 그건 걱정 말고 가게."

이때 멀리서 땅딸막한 사내 하나가 팔자걸음을 하며 걸어오는 걸 발견한 열넷째가 목소리를 낮춰 말했다.

"가 봐, 저기 오는 게 야부치 같아. 죽었다 깨어나도 신사는 못될 인간 같으니라구, 귀 가려워 쫓아오나보다!"

한편 대문을 들어서자마자 어룬따이와 정면으로 맞딱뜨린 야부치가 웃으며 말했다.

"어룬따이 어른, 며칠만에 보니 신수가 훨씬 좋아졌소? 무슨 좋은 일이라도 있는 거요?"

"좋기는, ××놈아!"

어룬따이가 가래침을 길게 끌어올려 함께 내뱉으며 횡하니 밖으로 나가버렸다.

문 앞에서 어룬따이는 장화 속에 들어간 모래를 털어내는 척하며 잠시 반쯤 열린 대문 안의 동정에 귀를 기울였다. 야부치가 열넷째에게 청안하고 나서 물었다.

"십사마마, 서안부의 호명계(胡明癸) 사무관이 무슨 잘못을 저질러 가둬놓으신 겁니까?"

잠시 후 열넷째의 목소리가 들려왔다.

"호명계라니? 뭐하는 사람인데? 난 그런 사람 알지도 못하는데 가두다니!"

열넷째의 딴청에 어룬따이가 피식 웃으며 장화를 다시 신고 성큼성큼 떠나갔다.

어룬따이가 서둘러 북경에 돌아왔을 때는 어느새 양춘(陽春) 3월이었다. 기승을 부리는 황사와 흐리멍텅한 태양 아래에서 고역살이를 하다 꽃망울 화사하고 싱그러운 봄내음 그윽한 경사로 돌아온 어룬따이는 생과 사, 천당과 지옥을 넘나든 사람처럼 야호! 소리가 절로 터져나왔다. 왕명(王命)을 받은 몸인지라 먼저 집에 갈 수도 없고 대충 역관을 찾아 여장을 풀고 하룻밤을 묵은 어룬따이는 이튿날로 예부와 병부를 찾아가 관방(關防, 관청이나 군대에서 쓰던 직사각형의 직인)을 확인받고 강희를 배알하고 나왔다. 그 뒤로 어룬따이는 곧 말을 달려 조양문에 있는 염친왕부로 윤사를 찾아왔다.

"폐하를 배알했어?"

윤사는 어룬따이가 나타난 것이 그리 의외라는 표정은 아니었다. 어룬따이에게서 서부 전선에 관한 보고를 받은 윤사가 묵묵히 생각하더니 말했다.

"수고 많았네. 그래 폐하께선 무슨 지의가 계셨나?"

어룬따이가 윤사가 상내린 인삼탕을 마시며 말했다.

"안 그래도 십사마마의 상주문을 받으시고 전방이 무사하다는 소식에 대단히 기분이 좋으시다고 하셨습니다. 십사마마의 노고를 높이 치하하는 의미에서 시 한 수를 하사하려고 했는데, 오늘따라 시흥이 떠오르지 않는다고 하셨습니다. 사람이 나이가 먹으면 이렇게 행동이 생각을 따라주지 않는다며 낙담하시길래 제가 폐하께선 당분간 피로하셔서 그렇지 이 상태로라면 백세는 문제없을 거라고 말씀드렸습니다."

어룬따이의 말에 윤사가 웃으며 말했다.

"자네, 아부떠는 재주도 늘었네! 백살이라고 했기에 망정이지 만세(萬歲)라 했더라면 또 한바탕 보기좋게 면박을 당할 뻔했군! 그밖에 다른 얘기는 없었어?"

불그스름한 건강한 혈색에 윤기까지 자르르 도는 윤사의 얼굴을 바라보며 어룬따이는 더 이상 그 옛날의 자상하고 편안하던 '인군(人君)'의 모습이 느껴지지가 않았다. 대신 주체할 수 없는 혐오감이 어룬따이로 하여금 가래침이라도 뱉어버리고 싶은 충동에 사로잡히게 했다. 그러나 어룬따이는 애써 그런 내색을 감추며 웃는 얼굴로 말했다.

"폐하께서는 또 이런 말씀도 하셨습니다. '진시황제 때부터 손 꼽아도 칠십을 넘긴 황제는 단 세 명밖엔 없는데, 난 그속에 포함된다는 것만으로도 대만족이네. 처음엔 한 20년 동안만 태평천자로 있고 싶었는데 30년이 지나니 40주년을 맞고 싶었고, 설마 50년까지야 버틸 수 있을까 하고 생각했었는데 저 높이 계신 분이 후덕한 은혜를 베풀어주신 덕분에 이제 드디어 60년을 맞게 됐지 뭔가! 전방에도 별 다른 일이 없다고 하니 온 김에 며칠 푹 쉬다 가게.' 이같이 말씀하시며 십사마마께서 상주문도 알차게 작성할 수 있을 만큼 컸다며 좋아하셨습니다. 이번 배알은 십사마마에 대한 치하로부터 시작하여 그걸로 끝을 맺었다고 해도 과언이 아닙니다."

"폐하께서도 그동안 정말 파란만장한 삶을 사셨지."

윤사가 한숨을 지어 말했다.

"옆에서 지켜보는 나도 대단히 힘겨웠는데, 본인은 오죽했겠어? 건강도 챙기랴 대권도 움켜쥐고 놓치지 않으랴 욕심도 좀 많으셔? 게다가 의심이 많아서 아들들이 무슨 꿍꿍이를 꾸미지는 않나 경계하고 신경쓰다 보니 심신이 지칠대로 지치지. 그건 그렇고 열넷째의 뒷바라지를 해줍네 하고 넷째는 또 왜 그리 설쳐? 낙유(樂輸)라는 건 본인들이 효도차원에서 힘에 부치지 않을 만큼 내는 건데 넷째 문하인 전문경이란 자는 협박을 하다시피 해서 사람들이 자살하고 난리도 아니야! 나같으면 이런 자를 가만두지 않겠는데 넷째는 잘했다고 박수를 쳐주니 말이야!"

두서도 없는 여덟째의 '고담준론(高談峻論)'에 혐오감을 느낀 어룬따이가 자리에서 일어나며 말했다.

"넷째마마 얘기가 나왔으니 생각나는 김에 넷째마마와 덕비께 다녀와야겠습니다. 십사마마께서 두 분께 보내는 문안편지가 있어서 말입니다. 군량에 대해선 넷째마마 소관이니 알아서 하게끔 지켜봐 주시는 게 좋을 듯합니다. 그곳은 풀 한 포기 나지 않는 곳이라 군량공급이 떨어지면 큰일입니다!"

"폐하의 천수연만 보고 곧바로 떠나게."

윤사가 자리에서 일어서며 말했다.

"경사는 번화하지만 그에 못지 않게 시비가 엇갈리는 피곤한 곳이네. 폐하께서도 기력이 전 같지가 않고 며칠 전 내정에서 나온 소식에 의하면 왕섬이 글쎄 넷째마마를 태자로 천거한다는 내용의 비밀 상주문을 올렸대잖아. 물론 폐하께서 그런 황당한 소리에 미혹당하지도 않으시겠지만 자고 일어나면 희한한 일들이 마구마구 터져 나온다니까. 고복이 그러는데, 넷째가 몰래 열셋째를 찾아보고 왔다는데도 폐하께서는 웬일인지 잠자코 계시는 거야. 그만가 보게. 천수연이 모레인데 난 몸이 안 좋아 참석할수 있을 것 같지 않네. 자네가 대신 하례를 올리도록 하게."

어룬따이가 물러가자마자 윤당이 간발의 차이로 들어섰다. 그러자 윤사가 웃으며 말했다.

"어룬따이가 지금 막 나갔는데 못 봤어?"

그제야 윤당의 표정이 예사롭지 않은 걸 발견한 윤사가 다시 물었다.

"무슨 일 있는 거야?"

"어룬따이 그 개자식 같으니라구!"

윤당이 냉소하며 이같이 내뱉더니 봉투 하나를 꺼내 윤사에게 건네주며 말했다.

"그 자식 변절했어요!"

윤사가 반신반의하며 급히 봉투를 열어보니 야부치가 보낸 급보였다. 호명계가 열넷째에 의해 감금당한 사실과 윤사가 야부치에게 보낸 밀신이 탄로났다는 내용이었다. 어느새 안색이 하얗게 질린 윤사가 떨어뜨리듯 편지를 탁자 위에 올려 놓고는 눈을 감고 깊은 생각에 잠겼다.

"어떡하죠?"

윤당이 물었다.

"어떻게든 어룬따이 이 자식이 폐하께 일러바치는 일은 막아야 겠지? 그리고 난 호명계한테 그런 편지를 보낸 적이 없어."

억지를 쓰는 게 뻔한 윤사의 얼굴이 무섭게 일그러졌다.

"열넷째가 가짜 제조기인 걸 모르는 사람도 있나?"

화가 난 윤당의 두 손이 얼음장처럼 차가웠다. 열넷째를 마구 욕하고 싶었지만 같은 아버지에게서 태어났는지라 자칫 자신까지 싸잡아 욕하는 꼴이 될지도 모른다는 생각에 심한 욕은 피한 채 이 악물고 말했다.

"오아씨 이 똥갈보년은 어쩌면 새끼들도 괴물 같은 것만 내쌌 어! 기왕 이렇게 된 바하고는 내일 제가 어룬따이를 만나 툭 터놓고 애기할게요!"

그러자 윤사가 급히 손짓을 하여 말리며 느릿느릿 입을 열어 말했다.

"별것도 아닌 어룬따이 하나 때문에 골머리 썩을 거 없어. 지금 은 절대 열넷째와 얼굴 붉히는 일이 있어선 안 돼. 만에 하나 우리 가 알게 되었을 때 우리의 반응, 대처방안을 다 꿰뚫고 있어 철저 히 대비해 둘 사람이기 때문에 조심해야 해. 며칠 전 하 태의가 왔다갔는데, 새해 들어 폐하의 건강상태가 최악이래. 언제 어떻게 될지 모른다는데 이 대목에 장기수 한 번 잘못 됐다간 망하는 건 일도 아니야!"

윤사의 일리가 있는 분석에 윤당은 속으로 은근히 탄복하여 말 했다.

"그렇다면 이 자식을 하루라도 빨리 열넷째한테로 쫓아보내야 한시름 놓겠는데."

"쫓아보낸다고?"

윤사가 연못 맞은 켠의 물안개 서린 복숭아나무 숲을 바라보며 차갑게 말했다.

"그건 열넷째에게 방조꾼을 보내주는 것과 같잖아? 열넷째가 폐하의 즉위 60년 경축 하례로 보낸 선물이 내게 있어. 내일 다 함께 어룬따이에게 들려보내지 뭐. 이에는 이, 눈에는 눈이라고 했어. 열넷째가 할 수 있는 일은 나도 할 수 있을 거야."

드디어 3월 18일 '천수연'의 그날이 다가왔다. 아침 일찍 기상한 강희는 장정옥과 마제의 안내에 따라 수레와 말을 번갈아타고 창춘원을 나와 자금성으로 향했다. 서화문에서 다시 수레에 갈아타려고 할 때 멀리서 대기중인 왕섬을 발견한 강희가 다가가 물었다.

"다들 태화전 앞에 모이라고 했는데, 자네는 어찌하여 여기 서 있는 건가?"

"폐하께 아뢰옵니다!"

왕섬이 공손하게 허리를 굽혀 인사하며 말했다.

"신의 상주문이 올려보내진 지도 벌써 한 달이 다 돼 가는데, 어람을 하셨는지 궁금해서 그러하옵니다."

"자네가 '천하제일사(天下第一事)'라고 지칭한 내용 말인가? 무기한 보류하기로 했네."

강희가 알 듯 말 듯한 미소를 지으며 사방을 둘러보더니 말을 이었다.

"자넨 짐의 의중을 누구보다 더 잘 헤아릴 텐데…… 그건 그렇고 짐이 하사한 약은 잘 먹고 있겠지?"

순간 왕섬은 뭔가 짚이는 데가 있었다. 그 당시엔 별 생각없이 먹었는데 그때 강희가 했던 말이 새삼스레 떠올랐다. '이 약은 〈본초강목〉에도 나와 있지만 복용하고 느긋하게 기다려야 약발이 받지 조급하게 마음 먹으면 효과가 없다'고 했었다. 그리고는 안심하라고 했었다. 왕섬이 눈빛을 반짝이며 알겠다는 듯이 고개를 끄덕이자 강희는 곧 수레를 타고 안으로 들어갔다.

노인들은 무려 997명이나 모였다. 70살 이상의 노인들은 체인각과 보화전에, 나머지는 정원에 천막을 치고 자리했다. 모든 것은 윤진이 내무부의 부하들을 데리고 준비했다.

때는 이미 해가 중천에 뜬 시각이라 아침도 안 먹은 노인들은 속이 출출할 법도 했지만 흥분에 들뜬 나머지 배고픔도 잊고 있는 듯했다. 그 옛날 이곳에서 일직을 담당했던 노인들은 삼삼오오 모여 궁궐들을 가리키며 저곳에서 일했노라며 어린이처럼 즐거워했다. 또한 수십 년간 못 만났던 옛 동료를 만나 얼싸안고 좋아라 하는 노인들도 더러 있었다.

한참 시끌벅적한 분위기가 이어지고 있을 때 이덕전, 형년 등 집사태감들이 삼대전(三大殿, 보화전·문화전·무영전)에서 박수를 치며 나타났다. 그들 뒤로 용기(龍旗)와 형형색색의 장방형 모양의 깃발을 치켜든 사람들의 대오가 모습을 드러내고 문무백관들이 노란 덮개의 커다란 수레를 호위하여 천천히 다가오는 것이 보였다. 이덕전이 채찍을 힘차게 휘둘러 소리를 내자 창음각에서는 고악소리가 울리고, 64명의 만주족 복장을 한 궁녀들이 미끄러지듯 떼지어 나와 채색구름 위를 노니는 선녀들처럼 나풀거리며 박자에 맞춰 칭송가를 부르기 시작했다.

고악소리 크게 일고 봄기운에 강물 풀리는데, 오늘은 성명하신 우리 주인 일월과 더불어 새로이 탄생하는 날…… 어화둥둥 어얼씨구…… 우리 강산 좋을씨구…… 무리가 각성하고 오교(五敎)가 두루 이루어지니 우리 대청 번영창성하리…….

노랫소리가 우렁차게 울려퍼지는 가운데 강희가 천천히 수레에서 내려섰다. 태화전 처마 밑에서 남쪽 방향을 향해 조용히 노래말에 귀를 기울이고 있노라니 천여 명에 가까운 노인들이 장정옥의 지휘 하에 일제히 큰소리로 외쳤다.

"우리 황제 만세, 만만세!"

갈대밭을 마주한 것 같이 백발이 성성한 노인들 앞에선 강희 역시 크게 흥분한 듯 얼굴에 홍조가 돌았다. 오늘따라 기력이 유난히 왕성해 보이는 강희가 형형한 눈빛으로 좌중을 둘러보며 미소를 지어 큰소리로 말했다.

"여러분, 몸을 일으키시오! 나라 법규상 이런 예법에 따르지 않을 수 없지만 우리 늙은이들끼리 이런 형식이 무슨 필요가 있을까 싶네. 짐은 이미 조선(早膳)을 해결했네. '배부른 사람 남 배고픈 사정 모른다[飽漢不知餓漢飢]'는 옛말도 있듯이 짐이 꼭 그짝 난 것 같네. 장황한 연설이 왜 필요하고 길고 지루한 형식이 무슨 소용 있겠나! 어서 자리에 들어 연회나 시작하지!"

삽시간에 장내는 들끓었다. 땀범벅이 된 윤진이 수백명의 태감들을 거느리고 자리 배석을 하고 보내온 하례를 중화전으로 옮기느라 여념이 없을 때 장오가가 다가왔다. 그러자 윤진이 물었다.

"무슨 일 있어?"

"넷째마마, 여긴 제가 있을 테니 저쪽에 좀 가보셔야겠습니다."

장오가가 초조한 기색을 감추지 못하고 말했다.

"폐하께서 아무래도 건강에 이상이 있으신 것 같습니다. 걸으실 때 다리를 심하게 떠시고 입가에 침이 흘러나왔는데도 무감각하신 것 같습니다……. 발단은 셋째마마가 여덟째마마께서 건강상의 이유를 들어 참석하지 못한다고 전할 때부터였던 것 같습니다. 그때부터 기분이 많이 가라앉아 보였습니다. 설상가상으로 열째마마께서 무즈쉬와 위동정 어른의 사망소식을 터뜨리는 바람에…… 사람들이 왜 그렇게 참을성이 없는지 모르겠습니다!"

윤진이 뭐라 입을 열어 대답하기도 전에 어룬따이가 염친왕부의 태감 몇십 명에게 하례를 들려 앞세우고 들어섰다. 형년도 태감에게 큰접시를 받쳐들게 하고 따라왔다. 그것은 두 마리의 용이 구슬 하나를 같이 물고 몸체로 갖은 형상을 지어낸 이룡희주(二龍戲珠)라는 요리였다. 윤진에게로 다가온 형년이 입을 열어 말했다.

"넷째마마, 폐하께서는 넷째마마께서 대단히 피곤할 텐데 여기 이렇게 서서 다리품을 팔지 말고 쉬라고 하셨습니다. 이건 폐하께서 넷째마마께 상내리신 겁니다."

그러자 윤진이 급히 말했다.

"아바마마께서 이렇게 지대한 관심을 가져 주시다니, 자네는 어서 돌아가 나 대신 성은이 망극하다고 사은(謝恩)의 뜻을 전해주게. 난 여기 좀더 있어봐야겠어!"

형년이 물러간 후에야 윤진이 어룬따이를 불러 웃으며 말했다.

"자넨 입복도 많아. 폐하께서 상 내리신 이렇게 많은 음식들을, 밑에 술도 한 병 있구만. 혼자서 다 먹을 건가? 나도 끼워주면 안 되나?"

이에 어룬따이가 입가를 길게 찢어 웃으며 말했다.

"다 넷째마마께서 아껴주신 덕분이 아니겠습니까? 같이 드셔주신다면 이보다 더 큰 광영이 어딨겠습니까!"

윤진은 그가 술을 과하게 마실까 두려웠다. 술김에 어제 사적인 자리에서 했던 말을 '설교'해 버리는 날엔 큰일이 아닐 수 없었던 것이다. 뭔가 잡도리를 하는 것 같은 어룬따이를 향해 윤진이 급히 웃으며 말했다.

"난 오늘 맘놓고 마실 수 없네. 자네도 적당히 마시게. 하루이틀 사이에 떠날 것도 아닌데 내일 내가 20년 된 술을 두 단지 보내줄게."

윤진의 머리카락처럼 섬세한 마음을 읽은 어룬따이가 웃으며 말했다.

"알겠습니다. 십사마마께서 군중(軍中) 음주를 단속하시기 때문에 저도 이젠 주량이 많이 줄었습니다."

두 사람은 술을 홀짝이며 지극히 평범한 일상사를 주고 받으며 반시간을 같이 했다. 갑자기 태화전 앞에서 고악이 대작하는 소리를 들으며 윤진이 회중시계를 꺼내보더니 의아쩍어 하며 말했다.

"연회가 오시(午時)까진데 왜 벌써 파했지?"

윤진이 고개를 갸웃하고 있을 때 마제가 황급히 들어섰다. 뭔가 불안한 예감에 윤진이 벌떡 일어섰다.

"폐하께서 자리에서 내려오셨습니다."

마제의 안색은 창백해 보였고, 다급한 김에 그는 청안하는 것도 잊은 듯 들어서자마자 아뢰어 말했다.

"폐하께서 안색이 너무 안 좋으십니다. 몇몇 태의들이 한결같이 당황해하고 있습니다. 저와 장정옥이 시간을 조금 조작하여 폐하로 하여금 일찌감치 자리를 파하게 했습니다. 넷째마마께서 가셔서 폐하더러 잠시 여기서 안정을 취하신 후에 양심전으로 옮겨가는 게 좋겠다고 설득해 주셨으면 합니다."

윤진이 급히 간이침대를 만들어 자리를 마련했다. 밖에서 하늘땅이 울리는 만세소리가 들려오고 장정옥과 류철성에게 몸을 의지한 채 강희가 모습을 드러냈다. 어룬따이가 보기에 파리하고 누런 기운이 감도는 얼굴에 눈에 초점이 없어 보이는 강희는 애써 웃음을 짓고 있었으나 다리 기운은 전혀없이 마치 구름 위를 걷는 것 같았다. 그러나 마제가 호들갑을 떤 것처럼 그리 위태로워 보이진 않는다고 생각했다. 강희가 가까워오자 어룬따이가 급히 엎드려 청안을 올렸다.

"자네 장군왕 대신에 인사치레 하러 왔나? 일어나게."

강희가 기운없는 목소리로 이같이 말하고는 천천히 중화전으로 향했다.

안절부절 못하고 서 있던 윤진이 급히 다가가 조심스레 웃으며 말했다.

"아바마마, 장시간 앉아 계시느라 과로하셨나 봅니다. 이젠 춘추도 가볍지 않으시고 각별히 조심하셔야겠습니다. 아신 생각엔 아바마마께서 이곳에서 좀 안정을 취하신 후 양심전으로 돌아가시는 것이 어떨까 합니다."

강희가 머리를 끄덕여 보였다. 그러나 서둘러 자리에 앉지는 않고 망연한 시선으로 주위를 둘러보았다. 중화전은 갖은 금은보화로 눈이 부셨다. 보석의 종류도 부지기수였다. 이름도 생소한 금은보화는 전부 하례로 들어온 것들이었다. 금은보화 뿐만 아니라 강희의 취향에 애써 맞춘 갖은 물품들도 많았다. 붓과 벼루를 비롯한 문방사보(文房四寶)며 선덕화로(宣德火爐), 바둑, 거문고…… 등등 그리고 진판고서(珍版古書), 송지(宋紙), 송묵(宋墨), 유명한 서예가 동향광의 서화작품도 심심찮게 눈에 띄었다. 무심한 눈끝 표정으로 이 모든 것을 간신히 쓸어보던 강희가 남쪽 창가에 있는 특이하게 생긴 상자에 관심을 보이며 물었다.

"이 안엔 뭐가 들었지?"

"아바마마, 이건 열넷째가 어룬따이에게 부탁해 지금 막 보내온 거라 아직은 이름표를 붙이지 못하고 있습니다."

윤진이 급히 대답하였다.

"무슨 물건인지는 모르겠습니다."

이에 어룬따이가 서둘러 공손히 아뢰었다.

"열넷째마마께서 서역(西域)에서 얻은 운석(隕石)이옵니다. 천연적으로 '백년장운(百年長運)'이란 명필이 새겨져 있어 열넷째마마께서 애지중지하시던 운석인 줄로 알고 있습니다. 쇤네도 출발 직전에야 십사마마에게서 들어서 알게 되었사옵니다."

"오! 운석에 글씨까지 새겨져 있단 말이지!"

강희가 흥미를 보이며 말했다.

"어서 열어보게!"

형년이 급히 대답하며 다가가 대장군왕의 인새(印璽)가 찍힌 밀봉을 뜯어내고 조심스레 상자를 열어젖혔다.

강희가 돋보기를 끼고 자세히 들여다 보았다. 청색을 띤 찻잔 크기의 돌의 뒷면엔 과연 '백년장운'이란 글자가 핏줄처럼 뻗어 있었다. 순간 강희는 '자고로 호인(胡人)에겐 백년운이 없다'던 주원장의 악담을 떠올리며 손이 심하게 떨렸다. 몹시 흥분된 듯 강희의 숨결이 가빠왔다.

"말년의 진시황이 순시를 떠났을 때 운석이 떨어졌다고 들었는데……."

　말을 마치지도 못하고 강희는 갑자기 가슴을 움켜쥐더니 고통
스런 표정을 지으며 그대로 쓰러지려고 했다. 고질이 된 협심증이
도졌던 것이다. 마제가 태의를 부르라고 고함을 질렀고 윤진과
장정옥이 다급히 강희를 자리에 뉘였다. 고통이 역력한 강희는
그러나 주위를 안심시키려는 듯 애써 눈을 감지 않고 있었다. 한바
탕 소란이 끝나고 사람들의 관심어린 시선 속에서 강희가 희미한
미소를 지으며 두 줄기의 흐릿한 눈물을 흘렸다…….

49. 궁려(窮廬)

　강희가 '천수연' 도중 갑작스런 발병으로 몸져 누웠다는 소문은 간신히 6일 동안은 봉쇄하고 있었지만 종이로 불을 감쌀 수 없듯이 더 이상 마구 비집고 나가는 소문을 붙들어맬 수는 없었다. 악성 소문이 자생하는 걸 미연에 방지하기 위해 고민 끝에 7일째 되던 날 상서방과 태의원은 연합으로 '성궁위화(聖躬痿和)'라는 내용의 공문서를 발표했다.

　그날 이후로 전국 18개 성(省)과 그 산하의 지방 아문들에서는 내용이 비슷비슷한 청안서(請安書)가 눈꽃처럼 날아들었다. 하나같이 미사여구만 잔뜩 늘어놓은 청안서는 급기야는 처치 곤란한 지경에까지 이르렀다. 그럼에도 북경의 비선(秘線)을 통해 입수한 소식에 의하면 강희황제는 '쾌유무망(快癒無望)'하다는 것이었다. 지방관들은 자신들의 향방과 거취가 걱정스러워 황제가 붕어하기 전에 후계자 인선 등 민감한 사안에 대해 입장을 밝혀주기만을 이제나저제나 하고 간절히 바랐다.

황자들 중에서는 특히 멀리 나가 있는 열넷째가 안절부절 못했다. 북경으로 들어가자니 어떻게 장악한 병권인데 죽 쒀서 개 좋은 노릇 할 것 같고, 남아있자니 윤사가 선수를 쳐 대권을 날로 먹을 것만 같아 불안하기 짝이 없었다. 고민 끝에 열넷째는 숙주(肅州)에서 북경에 이르는 황토 역도(驛道)에 네 시간 간격의 거리로 사람을 파견하여 북경의 동향에 귀를 기울이게 했다. 유사시 북경의 소식은 불과 나흘도 안 걸려 3천리 밖에 있는 자신의 군중에 전해지게끔 조치했던 것이다.

그러나 이들의 간절한 바람에도 불구하고 5월이 지나자 조정에서는 "어례(御體)가 호전됐다"라는 내용의 관보를 전국 각지에 배포했다. 지방관들더러 이상한 소문의 진원지를 파악하여 단속하라는 명령과 함께 각 성의 총독과 순무들로 하여금 몇 번에 나뉘어 북경에 들어와 황제에게 청안을 올리라는 명령도 내려졌다. 직접 용안(龍顔)을 마주하고 청안올리라는 것은 황제의 건강이 그만큼 호전됐다는 것을 뜻했다. 그러나 사람들이 미처 한숨을 돌리기도 전에 간담을 서늘케 하는 굵직한 사건들이 연일 터져 나왔다.

첫번째는 왕섬이 윤잉에 대한 환상을 버리지 못하고 끝까지 깨닫지 못하는 바 아쉽지만 문화전대학사, 태자태보의 직무를 박탈하고 개과천선할 때까지 서부 전선으로 보내기로 했지만 본인이 연로한 점을 감안하여 그 아들이 대신 서부로 떠나기로 했다는 것이었다.

하지만 그보다 더한 충격이 있었으니 그것은 조정 안팎을 발칵 뒤집어 놓기에 충분했다. 천주부(泉州府)의 영춘(永春), 덕화(德

化) 두 현의 백성 2천여 명이 깃발을 내걸고 대포를 울려 장기농성
에 들어갔는데, 정부정책에 반발하는 도둑들의 소행이 아니고 먹
고 살기 힘든 사람들이 자신들을 주목해 달라는 발악에 가까운
움직임쯤으로 해석한 강희가 부원(部院)의 대신들더러 현장에 가
서 민심을 파악하고 가능한 한 다독이고 수렴하는 쪽으로 해결하
라는 명령을 내렸다. 그런데 마제가 이를 감히 어겼다는 것이다.
정확하고 냉정한 실사도 없이 사사로이 명령을 내려 농성자들에
게 총부리를 겨눈 바람에 농성을 주도한 주범은 달아나고 애꿎은
백성들만 80여 명이 억울한 죽음을 당했다는 것이었다.

결국 어떤 식으로도 합리화 될 수 없는 마제의 죄값은 영시위내
대신, 태자태보, 문연각대학사의 직무를 박탈당하고 부의(部議)
에 넘겨 처리하는 것으로 치르게끔 일단락을 지었다.

또한 상서방대신 장정옥은 나라의 기추요직(機樞要職)에서 오
랜 세월을 몸담고 있은 재상으로서 여태 그 위치에 걸맞는 이렇다
할 선정(善政)도 내놓지 못했고 정적(政績)이 미미한 데다 짐의
조언에 대충 비위를 맞추며 넘어가려는 불성실한 태도를 보여 직
급을 두 등급 낮추고 여전히 상서방에 남는다는 내용의 지의도
내려졌다.

또한 방포는 비록 미천한 포의(布衣) 출신의 유생(儒生)에 불
과하지만 특유의 비상함으로 깊고 무거운 성은의 목욕(沐浴)을
한 몸에 받아왔지만 결코 현실에 안주하지 못하고 외관들과 황자
들을 사사로이 만나고 다녀 물의을 일으킬 소지가 큰 바 금을 하사
하여 고향으로 환향(還鄉)시킨다는 것이었다!

이어지는 조유(詔諭)에 돌팔매를 맞아 쓰러지는 사람들은 하나
같이 강희의 왼팔, 오른팔로 알려진 대신들이었다. 사전에 이상한

징후도 없이 느닷없이 내려진 조유였기에 도찰원의 어사들도 한바탕 혼란을 겪었다.

그러나 다른 때 같았으면 자신들의 주장을 펴는 상주문들이 끊임없이 날아들 법도 했지만 이번에는 아무런 움직임이 없이 평온했다. 지금은 한 치의 실수도 용납치 않는 비상사태라는 생각이 관원들의 가슴 저변에 깔려 있었던 것이다.

칠월칠석이 지나자 북경에는 찬바람이 일고 나뭇잎이 눈에 띄게 늙어가기 시작했다. 안 그래도 달리 할 일이 없었던 윤진은 느닷없이 내무부와 형부, 호부에서의 모든 직무를 해제시킨다는 청천벽력 같은 통보를 받고 황당함을 금할 길 없어 널뛰는 가슴을 애써 달래며 창춘원으로 들어가 청안을 마쳤지만 강희는 이렇다 할 얘기가 없었다. 납덩어리 같은 두 다리를 간신히 끌고 윤진이 옹화궁으로 돌아와 보니 만복당 처마 밑에 아직 개봉하지 않은 복주 지역의 명주(名酒) 항아리가 여러 개 놓여 있고 나무 밑에는 감귤상자가 열몇 개는 족히 되게 쌓여 있었다. 다시 보니 대탁이 만복당에서 문각과 장기를 두고 성음과 오사도가 관전하고 있는 게 보였다.

윤진이 들어서자 오사도를 제외한 나머지는 급히 자리에서 일어났다. 그중 대탁이 한 발 앞으로 다가서며 무릎 꿇고 머리를 조아려 인사하며 말했다.

"신 대탁이 주인을 고견(叩見)합니다!"

"그래."

윤진이 다시금 문 밖에 있는 물건들을 힐끗 일별하고는 자리에 앉아 하인이 건네주는 찻잔을 받았다. 차 한 모금을 마시며 윤진이 담담하게 물었다.

"언제 도착했어?"

외관으로 있는 몇 년 동안 살집이 눈에 띄게 좋아진 대탁이 검은 비단장포에 감싸인 짧고 굵은 몸을 움찔거리며 얼굴 가득 '불쾌'라는 글자가 씌어 있는 윤진을 향해 조심스레 입을 열어 대답했다.

"도착하긴 어제 도착하였습니다. 주인의 지시대로 먼저 왕부를 찾지 않고 창춘원에 가서 폐하께 청안올리고 금방 물러났습니다. 오늘아침 일찍 방문했더니 주인께선 벌써 나가시고 안 계셨습니다……."

이같이 말하며 대탁이 선물 목록을 건넸다. 심드렁한 표정으로 받아들고 대충 훑어보던 윤진이 종잇장을 한 켠에 신경질적으로 내던지며 불편한 심기를 드러냈다.

"천하에 인정머리없고 의리없는 좀팽이 구두쇠 1호가 아마 자네 형제일거야. 선물입네 하고 가져오는 물건치고 쓸만한 게 있어야지! 사람 우습게 보고 아무거나 가져다 내치고 얼렁뚱땅 넘어가려는 심사잖아? 보내는 편지마다 없다고 우는 소리나 해 쌓고 말이야! 자네 정말 그렇게 먹고 살기가 힘들어? 먹지도 않는 술 도로 가져가고, 푸르팅팅한 감귤 가져다 익혀서 혼자 먹어! 내다 팔아 돌아갈 노자나 마련하든지, 내게 와서 손내밀 생각일랑 말고!"

전례없던 윤진의 선물타령에 느닷없이 된서리를 맞은 대탁은 고개를 깊이 떨어뜨린 채 말이 없었다. 보다 못한 오사도가 웃으며 말했다.

"넷째마마, 어찌하여 넷째마마답지 않게 어쭙잖은 일로 화를 내시는 겁니까? 혹시 하시는 일이 순조롭게 풀리지 않으셔서 그러시는 겁니까?"

그제야 윤진이 한숨을 길게 내뿜으며 어깨를 늘어뜨렸다.

"순조롭지 않은 일마저…… 이젠 없어져버렸어. 보기 좋게 쫓겨났네. 잘 됐지 뭐! 무거운 껍데기 벗어 내친 것처럼 홀가분하고! 나라고 맨날 일만 하라는 법이 어딨어? 자네들도 관보를 봐서 알겠지만 어제는 우명당, 오늘은 시세륜, 하루에 하나씩 픽픽 나가 쓰러지는데 이게 보통 일이 아니야! 아름드리 나무가 밑둥채 꺾여 그 속에 매달려 있던 원숭이들이 갈팡질팡 도망가는 것 같아. 심지어는 폐하께서 망령이 들지 않았느냐는 소문도 나돌고 있지만 내가 보기에 그런 건 아닌 것 같고."

한바탕 퍼붓고 나서 마음이 한결 개운해진 듯 윤진이 대탁의 눈치를 보며 마음을 풀어주려 시도했다.

"만만한 자네한테 화풀이 해서 미안하네. 그만큼 자네 주인의 심기가 불편하다는 것만 알아주면 고맙겠네."

이에 대탁이 급히 웃음을 지으며 말했다.

"쇤네는 감히 조금도 야속하게 생각하지 않았습니다! 그리고 주인께서 하신 말씀도 지당한 말씀이었습니다."

"넷째마마, 그래서 기분이 상하셨던 겁니까?"

오사도가 관보를 천천히 내려놓으며 입가에 미소를 걸고 말했다.

"건방지게 이런 말씀 드려도 되는지 모르겠지만 주인께서는 폐하의 의중을 아직도 정확히 판독하지 못하고 계십니다!"

"그게 무슨 말이오?"

이에 오사도가 껄껄 웃으며 말했다.

"폐하께서는 지금 후사를 준비하고 계십니다! 용체(龍體)가 완쾌될 가능성은 없고 여생은 얼마 남지 않았는데, 황자들의 대권다툼은 위험수위를 넘어가고 있으니 이 얼마나 우려스러운 일입니까! 여덟째마마는 넷째마마를 견제하고 경계할 뿐만 아니라 열넷째마마를 더욱 막강한 적수로 생각하고 있습니다. 반면 열넷째마마는 폐하께서 이승의 끈을 놓으실 그날만을 학수고대하여 군사를 이끌고 돌격하여 여덟째마마와 한판 대결을 벌일 생각만 하고 계신 겁니다! 주인께서 조금만 냉정하게 생각하시면 폐하의 의중을 읽으실 수 있습니다. 이번에 한 몽둥이씩 맞은 관원들은 모두 일 잘하기로 정평이 나 있는 폐하의 측근들로서 폐하께서 열거하신 죄명들은 하나같이 억지스럽기 그지없습니다. 여러 가지 현상들을 종합해 볼 때 폐하께서는 폭풍취우(爆風醉雨) 같은 앞으로의 정국에 이네들이 말려들어 희생양이 되는 걸 막아보자는 깊은 뜻이 담겨 있습니다. 새로운 군주가 등극하면 필히 거국적인 대사면을 실시할 것을 염두에 두시고 이런 결정을 내리신 겁니다. 이렇게 함으로써 새로운 군주와 신하들 사이의 끈끈한 정도 생길 거라는 우리 폐하만의 영명함이 돋보이는 결단이었습니다!"

언제나 그러했듯이 오사도의 분석은 칼날 같이 예리했다. 윤진은 눈앞이 훤히 트이는 느낌을 받았다. 왕섬은 대놓고 넷째마마를 힘닿는 데까지 밀겠노라고 공언하다시피 한 상태인데 강희가 왕섬을 "윤잉에 대한 환상을 버리지 못한다"고 비난할 때부터 이상하긴 했었다. 한참 생각에 잠겨 있던 윤진이 한숨조로 말했다.

"듣고 보니 성심(聖心)을 이해할 것도 같은데, 그래도 너무 하신 것 같소. 영문을 모르는 그 사람들은 얼마나 괴롭겠소. 어제 어룬따이가 툴툴대며 날 찾아와 하는 소리가 열넷째가 보낸 선물이 폐하의 기휘를 범했다 하여 심부름한 죄밖에 없는 자신을 향한 사람들의 시선이 곱지 않다 이거야! 난 열넷째가 감히 그런 글자가 새겨진 걸 보냈다는 자체가 놀라워!"

"폐하께서 혼절하시면서도 당사자를 응징하시지 않은 것은 나름대로의 생각이 계셔서일 겁니다. 제가 보기엔 여덟째마마와 열넷째마마가 애매모호한 관계선상에 있다는 것쯤은 폐하께서도 알고 계시는 것 같습니다. 삼자대결 구도에서 그 두 사람이 무슨 짓을 하든 관심없다는 반응을 보이는 것은 바로 넷째마마에게 용좌를 넘겨주시기로 이미 결정을 내렸다는 명증으로 볼 수도 있습니다!"

오사도가 흥분한 듯 지팡이를 짚고 일어섰다. 사람들의 시선을 한몸에 받으며 오사도가 천천히 말을 이었다.

"그런 선물을 보낸 것이 과연 열넷째마마 혼자만의 생각인지 아니면 여덟째마마와 머리를 맞댄 끝에 내린 결정인지에 대해서 뒷조사도 안할 정도로 관심이 없다는 것은 의외로 시사하는 바가 큽니다."

오사도의 말에 귀 기울이며 생각에 잠겨 있던 윤진이 말했다.

"그래도 이런 명명백백한 도발행위에 대해선 그 저의를 추궁해야 한다고 생각하오!"

오사도가 고개를 절레절레 저으며 말했다.

"그건 절대 안 됩니다. 지금 적당한 명분을 찾지 못해 벌집을 쑤시지 못하는 열넷째마마입니다. 그쪽에서 홧김에 들고 일어나고 북경에서 여덟째마마가 호응하는 날엔 그야말로 천하대란이 일어나고야 말 겁니다!"

번번이 오사도의 말에 수긍하며 윤진은 오늘따라 너무 똑똑한 오사도에게서 질투와 이름모를 공포를 동시에 느꼈다. 그는 복잡한 시선으로 오사도를 일별하더니 부드러운 말투로 입을 열었다.

"오 선생 얘기를 듣고 있노라니 책을 십년 동안 읽은 것보다

소득이 더 크다는 생각이 드오! 얘네들이 엉덩이를 들썩거리며 수선을 떤다면 나는 당연히 '온건(穩健)'하게 자리 지키고 있어야 겠군."

"정국에 대해선 넷째마마께서 걱정하실 거 없습니다."

오사도가 윤진을 바라보며 말했다.

"폐하에겐 문무(文武)를 책임져 줄 장정옥과 무단이 있는 한 충분합니다. 십칠마마와 서산 녹영병의 대장은 친인척간인지라 서산 쪽은 유사시 십칠마마를 동원하면 되겠고, 풍대 대영(豊臺大營)의 대부분 군관들은 과거 십삼마마께서 손수 키워오셨는지라 더욱 믿음직하겠습니다. 지금 가장 우려스러운 것은 구문제독 커룽둬가 입장 정리를 어느 쪽으로 했는지 감을 잡을 수가 없다는 겁니다. 속세의 개념대로라면 넷째마마께선 커룽둬를 외삼촌이라 부를 정도로 가까운 사이일 테지만 그는 동시에 여덟째마마와는 죽고 못 사는 끈끈한 관계를 유지해 오고 있는 동씨(佟氏) 가문의 일원이라는 것이 심히 우려스럽습니다. 넷째마마에게 가장 필요한 사람은 역시 열셋째마마입니다. 십삼마마가 계속 손발이 저렇게 묶여 있는 한 폐하께서 조유에 명명백백하게 대권을 넷째마마에게 넘겨주신다고 밝힌다 하더라도 넷째마마는 결코 용좌에 앉을 수가 없을 겁니다. 반대로 십삼마마께서 자유의 몸이 된다면 만에 하나 다른 황자에게로 대권이 넘어갔다고 해도 충분히 국면을 반전시킬 수가 있을 겁니다!"

아랫입술을 잘근잘근 씹으며 생각에 잠겨 있던 윤진이 말했다.

"내가 당장 가서 열셋째를 석방하도록 힘써 보겠네!"

이에 오사도가 웃으며 말했다.

"지금은 폐하께서도 넷째마마의 청을 들어주시지 않겠지만 아직은 때가 아닙니다. 넷째마마께서 내무부에서의 인맥을 동원하시면 유사시 그 대목에 가서도 충분히 십삼마마를 빼내 올 수 있습니다!"

여기까지 듣고 난 사람들은 그제야 안도의 숨을 내쉬었다. 그러던 중 대탁이 물었다.

"넷째마마, 이번에 와 보니 자주 눈에 띌 법한 사람들이 네댓 명 안 보여서 궁금했습니다. 고복이도 집에 없는 것 같은데, 어디 지방으로 내보내신 겁니까?"

"그래."

순간 윤진이 소름끼치는 미소를 지으며 주용성을 바라보더니 말했다.

"귀신 만나러 보냈어. 계집애하고 그깟 8천 냥 때문에 주인을 비참하게 팔아먹었지!"

그 일에 대해선 더 이상 떠올리고 싶지 않은 듯 윤진은 커룽둬를 만날 생각에 자리에서 일어나며 명했다.

"수레 대기시키게. 보군통령아문으로 가 봐야겠어!"

커룽둬는 아문에 없었다. 아침 일찍 장정옥이 창춘원 담녕거로 불러들였던 것이다. 구문제독(九門提督)은 북경에서는 큰 관직은 아니었다. 순천부와 마찬가지로 위에 직예순무와 직예총독이 눌러앉아 있어 어림군(御林軍)이나 선박영(善撲營)보다도 못했다. 그러나 보군통령아문은 북경의 덕승(德勝), 안정(安定), 정양(正陽), 숭문(崇文), 선무(宣武), 조양(朝陽), 부성(阜成), 동직문(東直門), 서직문(西直門)의 출입을 관리하는 속칭 '구문제독'으로서 2만 병사들을 거느리고 있어 북경에서는 풍대 대영 다음으로 실권을 행사했다. 평소에 상서방과의 왕래가 거의 없었는지라 장정옥의 부름을 받고 커룽둬는 먼저 염친왕에게 이를 알려야 하나를 두고 한참 망설였다. 하지만 수레를 염친왕부 쪽으로 방향을 틀게 했던 커룽둬는 생각을 고쳐 창춘원 담녕거로 직행했다. 미리 기다리고 있던 장정옥이 반갑게 맞아주며 말했다.

"고해망망(苦海茫茫)한데 뒤돌아보니 언덕이구나! 라는 말은 자네 같은 경우를 두고 하는 것 같구만."

"장중당!"

커룽둬가 예의를 깍듯이 갖춰 인사하며 의아쩍어 했다.

"무슨 말씀인지 모르겠네요."

이에 장정옥이 미소를 지으며 말했다.

"자네가 여기 오기에 앞서 여덟째마마를 만났더라면 패찰을 건넸을지라도 들어오지 못했을 거고 아마 내일중으로 옷을 벗어야 했을거요. 어디를 먼저 가야 하나 고민깨나 했을 법한데, 순간의 선택이 자네를 고해(苦海)에서 건져준 셈이지!"

이 '무쇠팔뚝' 재상이 자신의 일거수일투족을 장악하고 있었다는 사실에 식은땀을 흘리며 잠시 생각하던 커룽둬는 그러나 일부러 뒤통수를 긁적이며 말했다.

"글쎄, 그래도 잘은 모르겠네요."

그러자 장정옥이 자리에서 일어서며 말했다.

"이제 곧 알게 될거요. 날따라 와 보게."

커룽둬가 기계적으로 머리를 끄덕였다. 장정옥을 따라 나오니 형년이 두 명의 태감과 함께 대기하고 있었다. 담녕거를 에둘러 북쪽으로 가니 담녕거의 월동문이 나타났다. 이곳엔 궁전은커녕 자그마한 건물조차 없이 전부 등나무, 창포나무, 포도와 장미 일색이었다. 꽃과 나무들이 무성하여 바다를 이룬 양옆은 태양빛을 완전히 차단하고도 남을 울창한 숲속이었고 사위엔 정적이 감돌았다. 가끔 가다 풀잎을 스치는 풀벌레 소리만 이곳의 적막과 신비를 더했다. 장정옥의 말을 되새김질하며 뒤따라가던 커룽둬가 궁금증을 참지 못하고 물었다.

"중당 어른, 지금 절 어디로 데리고 가시는 거예요?"

장정옥은 대꾸없이 걷기만 했다. 한참을 더 가니 앞이 확 트이고 돌담이 나타났다. 나팔꽃을 비롯하여 덩굴을 타고 올라온 이름모를 꽃과 풀들이 담벼락을 온통 파랗게 수놓고 있는 가운데 담벽에 둘러싸인 건물은 뜰이 넓은 초가집이었다. 나무 창틀이며 대나무 울타리며 부귀와는 거리가 멀어보였다. 넓다란 대문에는 '궁려(窮廬)'라고 씌어진 편액이 걸려 있었다. 어필(御筆)이었다.

커룽둬가 순간적으로 흠칫 놀라며 주위를 두리번거리고 있을 때 백발이 성성한 무단이 안에서 걸어나왔다. 아홉 마리 맹수무늬가 있는 관포를 입고 위에 노란 마고자를 껴입고 있었다. 산호정자 뒤로 보석을 박은 공작새 모양의 화령(花翎)이 눈부셨다. 장정옥을 향해 웃으며 무단이 말했다.

"어서 오게!"

커룽둬가 서둘러 참례(參禮)를 시도하자 무단이 급히 말리며 말했다.

"폐하께서 안에 계시니 소리내지 않는 게 좋겠네!"

"폐하께서…… 이곳에 계신단 말씀이세요?"

"그렇네."

장정옥이 웃으며 말했다.

"여긴 정원 속의 정원이고 궁궐 속의 궁궐이지. 마제도 여태 와본 적이 없거늘 폐하께서 이런 곳으로 자네를 단독으로 부르셨다는 건 실로 자네의 대단한 조화(造化)가 아닐 수 없네!"

큰 충격을 받은 듯 어리벙벙해진 커룽둬가 장정옥을 따라 대문을 들어섰다. 순간 그는 못볼 것을 본 것처럼 뒷걸음쳐 그 자리에 굳어지고 말았다. 대문 안에서 자신을 맞아주는 사람은 다름 아닌 얼마 전에 환향(還鄕)당했던 그 포의재상 방포였던 것이다! 미궁에 들어선 것처럼 입을 크게 벌리고 뭐라 말하려 하자 방포가 급히 손짓을 하여 제지시켰다.

조심스레 방안으로 들어가 보니 갈색 비단장포를 입고 머리에 노란 띠를 질끈 동여맨 강희가 침상에 살포시 누워 눈을 지그시 감고 있었다. 방안에는 책들로 도배했고 바닥엔 향기가 하늘하늘 피어오르고 있었다. 바늘 떨어지는 소리가 들릴 만큼 조용했다. 커룽둬가 조심조심 무릎을 꿇어 가볍게 머리를 세 번 조아리고는 감히 아무 말도 꺼내지 못한 채 몰래 강희를 훔쳐보았다. 그사이 가여울 정도로 수척해진 강희의 얼굴엔 칼로 조각한 듯한 주름이 깊이 패여 있었다. 어느새 차츰 진정을 찾아가며 커룽둬는 마치 강희황제의 일생의 파란을 그린 전시장에 온 것만 같아 마음이 아팠다.

"폐하!"

이윽고 방포가 조용히 불렀다. 아무런 반응이 없자 방포는 조금 다가서며 다시 한 번 불러 말했다.

"폐하, 보군통령 커룽둬가 지의(旨意)를 받고 대령하였나이다. 이미 청안을 했사옵니다."

잠시 후 강희의 목젖이 움직였다. 어슴프레 실눈을 뜨고 커룽둬를 뚫어지게 바라보던 강희가 한참 후에야 힘겨웁게 입을 열었다.

"일어나게. 자리 내주고 차를 내리도록 하게."

커룽둬가 천천히 몸을 일으켜 의자에 비스듬히 엉덩이를 걸치고 앉았다. 그리고는 최대한 감정을 실어 부드럽게 말했다.

"반 년만에 처음 뵈니 용안이 많이 상해 보이옵니다. 대단히 충격이옵니다!"

커룽둬의 목소리가 가늘게 떨리고 눈 언저리가 금세 빨개졌다. 지극히 사무적인 미사여구를 피하여 커룽둬가 말을 이었다.

"신은 어릴 적부터 폐하의 뒤를 졸졸 따라다니며 커왔사옵니다. 그렇게 크고 장대하신 모습은 어디로 사라진 것이옵니까? 실로 가슴이 미어지옵니다."

참고 참았던 커룽둬의 눈물이 볼을 타고 내렸다. 그러자 장정옥이 미간을 찌푸리며 나무랐다.

"커룽둬, 폐하 앞에서 이게 뭐하는 짓인가?"

"괜찮네, 형신(장정옥의 호). 진심에서 우러나는 건 뭐든지 좋은 거야."

강희가 들릴 듯 말 듯 한숨을 내쉬며 말했다.

"태의도 그렇고 자네들도 다 짐을 위로하느라 곧 좋아질 거라고 하지만 짐은 자신을 너무도 잘 아네. 짐에게 주어진 세월은 이제 정말 손꼽을 수 있을 정도로 남았네. 휴…… 그 옛날의 현엽은 어디 갔는지? 현엽, 자네에게도 이런 날은 어김없이 오는구만? 믿어지지 않지?"

강희의 중얼거림에 장정옥과 방포마저 눈물을 쏟고 말았다. 한참 상심에 젖어 있던 강희가 다시 입을 열었다.

"생로병사는 인지상정인데 괜히 상심하고 그럴 게 뭐 있겠나? 실은 오늘 모처럼 정신이 맑은 틈을 타 대사를 결정지으려고 하네.

커룽둬, 짐이 자넬 왜 불렀는지 알겠나?"

커룽둬가 급히 상체를 깊이 숙이며 대답하여 말했다.

"잘 모르겠사옵니다, 폐하."

강희가 장정옥에게로 시선을 돌리며 말했다.

"자네가 조서(詔書)를 읽어주게."

장정옥이 대답과 함께 남쪽을 향해 돌아서더니 커룽둬가 무릎 꿇기를 기다렸다가 말했다.

"커룽둬, 잘 듣거라. 이것은 폐하의 유조(遺詔)이시다!"

"예!"

"봉천승운황제조왈(奉天承運皇帝詔曰)!"

장정옥이 속도를 적당히 하여 읽어 내려가기 시작했다.

"일개 미관말직에 불과한 미천한 출신의 커룽둬는 상서방대신 이었던 동국유의 세력을 빌어 신분상승을 꾀했고 운좋게 꾀한 바를 성공했다. 하지만 여덟째 윤사와 일당이 되어 감히 정권 찬탈을 노려 비분(非分)한 꿈을 꾸어 왔으니 이에 죽음을 내린다!"

마른 하늘에 날벼락 맞은 느낌이랄까, 전혀 뜻밖이었던 커룽둬는 삽시간에 사색이 되어 핏기 없는 입술을 덜덜 떨며 얼빠진 눈빛으로 높이 자리한 강희를 올려보았다. 강희의 얼음장같이 차가운 얼굴에서 일말의 가능성조차 찾아내지 못한 커룽둬가 모든 걸 포기한 듯 가볍게 탄식하여 머리 조아리며 말했다.

"신…… 지의에 따르겠사옵니다. 성은에 깊이깊이 감사드리옵니다……"

방포가 옆에서 물었다.

"마지막으로 할 말이 있나?"

커룽둬가 연신 머리를 조아리며 말했다.

"신은 동씨 가문에서 억압된 삶을 살아왔을 뿐 폐하께서 말씀하신 것처럼 그리 덕본 건 없사옵니다. 여덟째마마와 가깝게 지낸 건 사실이옵니다만 불순한 짓은 하지 않았사옵니다. 이 점을 폐하께서 부디 성찰하여 주시기 바라나이다."

그러자, 강희가 입을 열어 또 말했다.

"조서 하나 더 있지? 읽어보게."

"자네가 맡은 바 직무에 충실하는지 여부를 봐서 이 유조는 무단, 장오가, 류철성, 더렁태 그리고 나 다섯 사람의 합의 하에 없애버릴 수도 있다고 폐하께서 명하셨네."

장정옥이 그다음 조서를 펼쳐 들고 읽었다.

"이 유조는 폐하께서 용귀대해(龍歸大海)하신 후에 천하에 발표할 것이다. 커룽둬는 짐을 수행한 30년 동안 맡은 바에 충실해 왔으므로 그 충성심을 높이 사 영시위내대신·태자태보·상서방대신으로 봉하고 일등공작의 직품을 하사한다!"

앞뒤가 전혀 다른 두 개의 유조에 커룽둬는 깜짝 놀라고 말았다. 뻣뻣하게 굳어진 채로 입을 반 쯤 벌리고 멍하니 강희를 바라볼 뿐 엎드려 사은(謝恩)하는 것조차 까맣게 잊어버리고 말았다!

"어쩔 수 없었네."

강희가 커룽둬에게로 몸을 돌려 앉으며 부드러운 시선으로 바라보았다. 그리고는 다소 비감어린 목소리로 말했다.

"평생을 바쳐 이 강산을 이룩해 왔건만 마지막에는 이렇게밖에 할 수 없는 짐의 처지가 한심스럽네. 아들들 때문에 밤잠 못 자고 비열하다면 비열한 이런 머리를 짜내느라 골머리를 썩었을 짐의 아픔을 이해해 주게! 장정옥을 비롯한 이네들에게도 자네에게 내린 조서와 비슷하게 생과 사를 구분지어준 유조가 있네."

"무슨 말씀인지 알 것 같사옵니다, 폐하……."

커룽둬가 머리를 깊이 숙였다. 오만 가지 감정이 소용돌이쳤다. 일순 머리 속이 하얗게 퇴색하여 아무 생각도 들지 않았다.

"자네는 아직 몰라……."

강희가 감개에 젖어 손짓하며 말했다.

"가까이 와 보게. 방포, 자네 그 나무상자 열어 물건을 꺼내보게……."

방포가 대답하며 떨리는 손으로 나무상자를 열었다. 그 속엔 금으로 칠이 된 박으로 만든 호롱병이 들어 있었다. 강희가 한 손에 호롱병을 들고 한 손으로 커룽둬의 등을 어루만지며 말했다.

"자네가 동씨 가문의 억압을 받고 산 거 짐이 누구보다 잘 알지. 하지만 자넨 진정으로 자넬 억압한 건 짐이라는 사실만은 모를 거야. 짐이 자네를 구해줄 마음만 있었다면 그깟 동국유 눈치보여 못했겠어?"

"만세!"

"잘 들어."

강희가 가볍게 기침을 하며 말을 이었다.

"짐의 생모도 동씨 가문의 사람이야. 그 덕분에 동씨 일가는 대대로 국은(國恩)을 듬뿍 받아왔지. 가까운 관계일수록 짐은 동국유가 짐의 기대에 부응하여 일대 명재상(名宰相)이 돼주길 바랐어. 하지만 믿었던 도끼에 발등 찍혔다고 해야 하나, 동국유는 짐을 철저히 배신했어. 자네는 동국유와 알력이 있으면서 은근히 짐을 원망했을 거야. 자네를 몰라준다고 말이야, 아닌가?"

"감히 그런 생각은 할 수도 없었사옵니다!"

강희가 한숨을 지으며 말했다.

"커룽둬, 자네 이 호롱병 좀 보게. 짐이 친정했을 때 커뿌둬 전쟁에서 패하여 겨우 적들의 포위망을 뚫고 나온 우리 두 사람이 생사를 같이 하며 고비사막을 탈출할 때 기억나지? 우린 물 한 병 가지고 사흘을 버티며 처절하게 몸부림치며 삶을 갈구했지. 그때 자네는 물을 한방울도 안 마시고 말오줌을 마셨어. 짐이 하나 남은 만두를 자네에게 반 쪼개주니 자네는 안 먹고 남겼어. 그리고는 풀뿌리를 캐먹었지. 짐이 하도 배고픔에 괴로워 하니까 자네가 허리춤에서 그 반 조각 만두를 꺼내줬었어⋯⋯."

어느새 커룽둬의 눈에 눈물이 샘솟았다. 어깨를 세차게 들썩이며 커룽둬는 울었다. 강희의 눈에도 눈물이 고였다.

"그 옛날 진나라의 태자인 중이(重耳)가 병사들을 거느리고 출전했다가 군량이 다 떨어졌어. 그의 신하인 개자추(介子推)란 사람이 자신의 허벅다리 살을 잘라 굶어죽어가는 중이를 살려냈어. 그런데 중이는 군주가 되고 나서 자신의 은인인 개자추를 철저히 외면했지. 자네는 개자추의 충성심이 있는 신하이기에 짐은 절대 진(晉) 문공(文公)이 돼서는 안 된다고 생각했어! 짐은 이 호롱병을 그 무엇에도 비할 수 없는 보물로 고이 간직해 왔어. 칠이 떨어지면 다시 도금하고 때로는 머리맡에, 때로는 책상 위에 놓고 매만지며 놓았지만 자네에게 특혜를 베풀진 않았지. 자네를 앉은뱅이로 있게 한 건 결코 자네가 일을 잘못해서가 아니야. 자네의 그릇이 대체 얼마나 큰가를 보고 싶었고 자네를 좀더 단단하게 단련시키고 싶었어. 관직에 있어서 승승장구는 결과적으로 대단히 위험하거든! 짐은 아직 나이가 어린 자네를 짐의 자손 세대에서 꽃을 피우게 하고 싶었어!"

이같이 말하는 강희의 눈에서는 어느새 눈물이 주르륵 볼을 타고 흘러 내렸다. 커룽둬는 흐느끼며 울었고, 이 둘을 지켜보던 장정옥과 방포 역시 한없이 눈물을 흘렸다.

"짐이 자네에게 이런 모습을 보인 것은 자네에게 중임을 맡기기 위해서네."

강희가 젖은 목소리로 말했다.

"자네의 직급을 올리고 자네를 고명대신(顧命大臣)으로 봉하여 짐의 전위유조(傳位遺詔)를 선독(宣讀)할 자격을 부여할 거네. 진정 자네를 중히 여기지 않는다면 이런 중임을 맡기겠나?"

더 이상 말이 필요없었다. 땅에 길게 엎드려 몸을 바르르 떨며 커룽둬는 아무 말도 하지 못했다. 강희가 눈물을 닦으며 말을 이었다.

"그저 짐이 자네를 향하는 마음 만큼 자네도 짐을 위해 줬으면 하는 바람 뿐이네. 부디 천추에 길이 남을 충량현능(忠良賢能)한 명신이 되어 짐의 기대에 부응했으면 하고 간절히 바라네."

말을 마친 강희는 숨이 가빠오는 것 같았다. 커룽둬가 겨우 진정하고 입을 열어 말했다.

"폐하의 높고 두터운 성은은 신이 분골쇄신이 되는 한이 있더라도 갚는 데까지 갚아보도록 최선을 다할 것이옵니다. 백 마디 미사여구보다 하나의 진실된 몸짓을 보여드리겠사옵니다. 부디 지켜봐 주시옵소서!"

또다시 코를 벌름거리는 커룽둬를 보며 강희가 힘껏 고개를 끄덕여 보였다.

커룽둬를 자리에 안내하는 동안 방포는 반 척은 족히 넘을 것 같은 서류뭉치를 껴안고 왔다. 그리고는 조심스레 내려 놓으며 말했다.

"이건 폐하께서 8년 동안 말씀하신 내용을 기록한 어록으로서 내가 조금 윤색하여 제목을 〈성무기(聖武紀)〉라고 달았는데, 오늘부터는 내가 책임지고 관리하다가 때가 되면 선독할 거네."

커룽둬가 어정쩡한 반응을 보이자 장정옥이 급히 덧붙였다.

"유조가 두 부분으로 나뉘는데, 하나는 방금 얘기한 〈성무기〉로서 폐하의 일생 동안의 치적을 칭송하고 자손들에게 내리신 성훈(聖訓)이 들어있고, 다른 하나는 전위유조로서 때가 되면 자네가 선독할 것이네……"

세 사람이 나지막하게 대화를 나누는 동안 강희는 눈을 지그시 감고 조용히 듣고 있었다. 차츰 숨소리가 고르게 들리는가 싶더니 강희황제는 이미 깊은 잠에 골아떨어졌다……

커룽둬가 보군통령아문으로 돌아왔을 때는 유시(酉時)가 지난 시각이었다. 아침도 대충 먹고 점심도 거른 그는 배고픈 줄을 몰랐다. 갑자기 불리워 가서 어리둥절한 상태에서 강희를 만났고 한바탕 생과 사를 드나드는 충격을 맛보았다. 그러나 결과는 주체할 수 없는 격동과 흥분, 희열과 기대로 충만되었다. 공문결재실에서 서성이던 커룽둬가 서무관 하나를 불러 말했다.

"내가 수유(手諭) 두 장을 써줄 테니 즉각 발송하도록 하게."

말을 마친 커룽둬는 곧 책상으로 다가가 붓을 휘날렸다.

이제부터 중군호영(中軍護營)이 정람기(正藍旗) 군사들을 대체하여 조양문, 제화문, 동직문을 방위한다.

잠시 붓을 멈추고 생각하던 커룽둬가 다시 써내려갔다.

선무문(宣武門) 내의 녹영병은 북안정문(北安定門)으로 이동하
라!

　수유를 받아든 서무관이 말했다.
　"지금 당장 전달하고 오겠습니다. 그럼 조양문의 원래 주둔군들
은 어디로 옮겨야 하는지 군문께서 지시내려 주십시오."
　"그들 마 대장에게 내 말 전해!"
　커룽뒈의 목소리가 얼음장 같았다.
　"백성들을 놀래키지 말고 야밤을 타서 병사들을 거느리고 들어
와 나의 중군을 호위하라고 하게. 다시 한 번 강조하는데 절대
백성들을 놀라게 해서는 안 되네!"
　"예!"
　서무관이 우렁차게 대답하고 미처 문을 나서기도 전에 밖에서
누군가가 아뢰어 왔다.
　"예부(禮部) 원외랑(貝外郞) 당봉은(黨逢恩) 어른이 오셨습니
다."
　당봉은은 아홉째 윤당의 문하이자 커룽뒈의 옛 상사인 당무례
의 아들이었다. 평소에 서로 왕래가 잦은 편이었다. 잠시 생각하던
커룽뒈가 서무관에게 말했다.
　"수유는 놓고 나갔다가 반 시간 후에 와서 가져가도록 하게.
당 어른 들라 하라!"
　한참 후에 인기척 소리와 함께 천으로 만든 신발과 평범한 두루
마기를 입은 당봉은이 들어섰다. 그러자 커룽뒈가 웃으며 말했다.
　"오늘은 어쩐 일이요? 갈수록 멋있어지는데! 수염은 왜 꼭 다섯
개만 남겨두고 사람을 부럽게 만드나 몰라? 여기다 승복만 갈아

입으면 영락없는 스님이야!"

"내가 자주 드나들긴 하지만 그냥 시간 죽이러 오는 걸 봤나?"

당봉은이 히히 웃으며 말했다. 하인들을 내보낸 커룽둬가 웃으며 물었다.

"여덟째마마 심부름 왔어?"

당봉은이 찻잔을 집어들며 말했다.

"아홉째마마한테서 오는 길이야. 어제저녁 여덟째마마랑 두 분이서 이것저것 따져봤나 본데, 나보고 여기 와서 확실히 알아보라고 해서 말이야."

커룽둬가 일부러 어리숙한 표정을 지으며 말했다.

"따져보다니 뭘? 지난 번 자네가 왔을 때 내가 그랬었잖소. 구문제독부는 걱정 말라고?"

"여덟째마마는 현재 만사를 구비하고 동풍(東風)만을 기다리고 있는 중이오."

당봉은이 한결 평온해진 표정으로 여유있게 방안을 거닐며 말했다.

"풍대 대영이 창춘원의 안전담당이고, 자네가 구문을 쥐락펴락하고 있으니 때가 되면 친왕이며 패륵, 패자 모두 자네의 입김에 불려다녀야 할 게 분명하오. 문제는 누구도 예기치 못했던 이변이 두렵다는 거요. 그래서 여덟째마마는 염친왕부의 호위를 자네가 맡아줬으면 하는 거요. 풍대 대영엔 십삼마마의 옛 부하들이 많아 위험하니 아무래도 자네가 곁에 있어 주는 게 든든하지 않겠나 뭐 이런 뜻이었던 것 같소."

커룽둬가 등받이에 기대며 껄껄 웃었다.

"그럼 내가 바로 여덟째마마께서 고대하시는 동풍이란 얘기네!

글쎄, 내가 그렇게 힘이 있나? 그런데 결론부터 말하면 우리 부대
는 성(城)을 벗어날 수 없게 돼 있소. 왜냐하면 염친왕처럼 성
밖에 있는 사람이 적고 스물몇 명의 왕부가 성 내에 있기 때문이
오. 이 입장은 여덟째마마한테 불려가더라도 변함없을 거요!"

"역시나 여덟째마마께서 걱정하시던 대로네!"

당봉은이 말했다.

"다 좋은데, 만에 하나 염친왕부가 위험에 처하면 어떡하나 이
거요. 자네는 여덟째마마랑 웬만한 친분관계가 아닌 걸로 알고
있는데……."

그러자 커룽둬가 미소를 지으며 말했다.

"그런 일은 없을 테지만 만에 하나 사고가 나면 우리 말고도
서산 예건영에 부탁해 볼 수도 있잖소!"

당봉은이 귀신불 같은 눈빛을 반짝이며 말했다.

"내일 저녁 아홉째마마가 자네에게 면담을 요청할 거요. 자네를
병부상서 자리에 앉히기로 내정한 것 같던데!"

"병부상서?"

커룽둬는 하마터면 웃음을 터뜨릴 뻔했다. 애써 웃음을 참으며
자리에서 일어난 커룽둬가 말했다.

"가서 아홉째마마께 전하오. 나란 사람은 관직엔 관심없노라고.
우리 동씨 일가가 날 조금만 덜 괴롭혀 줬으면 하는 게 내 자그마
한 소망일 따름이오!"

당봉은을 바래주고 돌아서는 커룽둬의 얼굴에 쌀쌀한 냉소가
걸려 있었다. 그는 큰소리로 명령했다.

"여봐라!"

50. 웅걸(雄傑)의 유조(遺詔)

　북경 사람들은 절기 중 동지(冬至)를 설과 마찬가지로 중요시
한다. 해마다 이맘 때면 친정이나 밖에 나와 있던 며느리들이 시댁
으로 향하는 발걸음이 급하고 몇 날 며칠을 두고 먹을 명절음식을
만드느라 도마소리가 끊일 새 없다. 자그마한 선물 꾸러미를 들고
친인척이나 친구를 찾아나서는 사람들의 행렬 또한 길게 이어지
곤 했다.

　그러나 강희 61년엔 유난히 눈이 많고 날씨가 추웠다. 음력 10월
이후로는 거의 맑게 갠 하늘을 볼 수 없었다. 무슨 한이 그렇게도
많고 무슨 분노가 그리 깊은지 매서운 서북풍을 동반한 굵은 눈발
은 그칠 줄을 몰랐다. 때로는 채찍처럼 사정없이 볼을 휘갈기고
때로는 소용돌이처럼 대지를 온통 미궁으로 만들어 버렸다. 꼼짝
없이 발목이 묶이고 만 사람들은 저마다 사정이 달랐다. 며칠씩
집에 눌러앉아 있어도 지장없는 사람들은 여유를 부리며 나름대

로 설경을 즐겼지만 한 끼 해결하면 다음 끼니가 걱정이 되는 가난한 장사꾼들은 잔뜩 울상이 되어 있었다. 모진 세파에 찌들어 살아온 노인들은 곰방대를 발뒤축에 두드려 끄며 혼자말처럼 중얼거렸다.

"강희부처님이 서천으로 떠나실 때가 됐나 봐. 하늘이 저리 슬피 우는 걸 보니."

그도 그럴 것이 동지를 즈음하여 내정(內廷)에서는 하루가 다르게 흉흉한 소문이 끊이지 않고 새어나왔던 것이다. 강희황제가 이젠 의식이 돌아오지 않고 있어 일에선 손을 완전히 놓은 상태라는 것이었다. 창춘원 부근의 사원이나 객사(客舍)에는 육부(六部)의 상서(尙書), 낭관(郎官)과 각 성에서 올라온 총독, 순무 및 폭설에 발목 잡혀 있는 외관들로 북새통을 이루었다. 이들은 자신들을 위해 만들어진 천막 안에서 이제나저제나 하며 황제에게 청 안올릴 기회가 차려지기만을 초조하게 기다렸다. 하지만 며칠 동안 누구 하나 뜻대로 된 사람은 없었다.

그 많은 관원들 중에서 수시로 강희를 볼 수 있는 사람은 장정옥 뿐이었다. 고된 일상을 말해주듯 장정옥의 얼굴은 광대뼈가 툭 튀어나올 정도로 몰라보게 수척해졌고 눈 언저리는 시커멓게 파여 있었다. 평소 여유만만해 보이던 말투와 몸짓은 온 데 간 데 없고 위태로워 보이는 발걸음은 아슬아슬할 정도로 빨랐고, 정기(精氣) 하나 없는 눈은 황황하게 돌아갔다. 음력 11월 13일, 장정옥은 강희황제의 서재에서 몇몇 외성(外省) 대표들을 불러 서서 간단히 급무(急務)를 전달하고는 말했다.

"그렇게 알고 난 그만 가봐야겠소. 폐하께서 조금 기력을 회복하신 것 같은데 무슨 지의가 계실지도 모르니 여러분은 당분간은 여기 있는 게 좋겠소!"

말을 마친 장정옥은 곧 운송헌(韻松軒)으로 급급히 발걸음을 옮겼다.

윤지, 윤우(胤祐), 윤사, 윤당, 윤아, 윤도, 윤우(胤禑) 등 일곱 황자가 장정옥이 들어서는 걸 보고는 급히 자리에서 일어섰다. 셋째 윤지가 물었다.

"장 어른, 무슨 지의라도 계시오?"

장정옥이 셋째의 물음엔 아랑곳하지 않고 주위를 두리번거리며 살피더니 물었다.

"넷째마마는 안 오셨습니까?"

이에 윤아가 웃으며 말했다.

"요즘 너무 바빠 정신이 없구만. 폐하를 위해 기도한다며 천단 (天壇)에 갔잖소?"

"올 때가 됐는데?"

장정옥이 시계를 꺼내보며 문 밖으로 나왔다. 그리고는 손짓으로 태감 하나를 불러 지시했다.

"가서 호부상서더러 반 시간 후에 이리로 오라고 하게."

그제야 다시 운송헌으로 들어온 장정옥이 말했다.

"폐하께서 방금 지의가 계셨습니다. 폭설로 피해를 입은 백성들에게 구제량을 배분하게끔 호부더러 순천부에 식량을 보내주라고 말입니다. 집집마다 빠뜨리지 말고 찾아보라고 지시하셨습니다. 그리고 해관(海關) 재정에서 은 3만 냥을 지출하여 샴(태국의 옛이름)에서 쌀을 더 구입해 오도록 하라고 하셨습니다. 올해 그쪽 쌀 가격이 폭락했다고 합니다. 십사마마께서도 군량미를 재촉하셨는데 차질이 없도록 하라고 지시하셨습니다!"

이에 윤사가 웃으며 말했다.

"우리가 담녕거 앞에서 머리 조아려 인사만 하고 돌아가곤 한 날들이 오늘로 벌써 며칠째야? 그동안 불안한 마음은 이루 말로 할 수가 없었는데, 오늘 한꺼번에 이렇게 많은 지의를 내리신 걸로 봐서는 폐하의 상태가 많이 호전된 것 같네……?"

그러자 윤아가 맞장구치며 말했다.

"그래요! 아바마마 당장 뵙고 싶어요!"

기다렸다는 듯이 황자들 모두가 황제를 배알하게 해달라며 장정옥을 졸라댔다.

"어제 좋은 꿈 꾸셨나 봅니다."

황자들의 성화에 안에 들어갔다 나오며 장정옥이 애써 웃음지으며 말했다.

"들라 하십니다!"

윤사는 순간적으로 흥분을 금치 못했다. 그러나 자리를 털고 일어나던 중 갑자기 주춤했다. 자신이 떡 주무르듯 하는 풍대대영의 대장 성문운(成文運)이 전해온 소식에 의하면 창춘원을 기습 공격할 모든 준비는 끝났다고 했다. 또한 커룽둬의 2만 병마가 자금성을 장악하는 데도 전혀 무리가 없을 것이다. 그런데 지금 윤당, 윤아와 더불어 강희를 배알하러 들어간다면 그 안에서 강희의 최후를 맞게 될지도 모르는데, 그때 가서 윤당, 윤아에게 발목이 묶여 소식을 제때에 전하지도 못하고 게다가 밖엔 정변을 진두지휘할 사람도 없고…… 어떡하지? 윤사가 망설이고 있을 때 안에서 형년이 나와 재촉했다.

"폐하께서 어서 들라 하십니다!"

이에 윤사가 말했다.

"아무래도 황자들이 다 모여야 할 텐데 이미 통보를 해놨으니 곧 도착할거네. 오면 같이 우르르 들어가는 게 낫지, 폐하께서 찬 바람을 쐬면 안 좋을 텐데 자꾸 들락거릴 순 없잖겠나?"

"그래도 먼저 들어가시죠."

장정옥이 알 듯 말 듯한 미소를 지어 윤지를 보며 말했다.

"셋째마마, 앞장 서십시오. 다른 황자마마들께서는 순서대로 줄을 서 주십시오."

오늘따라 여유가 전혀 없어 보이는 장정옥의 명령에 가까운 말에 이들은 그대로 움직이는 수밖에 없었다.

마지 못해 발걸음을 옮겨 놓는 윤사는 한바탕 지각변동이 일 것만 같은 불상스런 예감에 사로잡혀 있었다. 안색이 유난히 창백해 보이는 윤사는 자기 차례가 가까워오자 황급히 주위를 둘러보던 중 멀지 않은 곳에서 대화를 주고 받고 있는 김옥택과 당봉은을 발견하는 순간 급히 당봉은을 불렀다.

"자네, 우리 집에 가서 하주에게 내가 지금 폐하를 배알하러 들어간다고 점심밥을 챙겨 보내라고 하게."

그러자 옆에서 감시하듯 서 있던 장정옥이 퉁명스레 내쏘듯 말했다.

"그런 염려는 안 하셔도 되겠습니다. 어선방(御膳房)에서 점심을 준비할 겁니다!"

그러나 윤사는 당봉은을 향해 눈짓을 해보이고는 뒤따라 들어 갔다.

동지가 지나고 주둔군이 전부 커룽둬의 부대로 교체되자 오사 도를 비롯한 옹친왕부의 막료와 호위들은 비밀리에 십칠황자 윤례에게로 거처를 옮겼다. 주용성과 서재의 태감들이 윤진을 따라 천단에 제단(祭壇)을 만들어 기도하러 가고, 윤례도 예건영에 나가고 집에 없었다. 문각, 성음과 오사도 셋만이 서화청 화롯불 앞에 모여 앉아 있었다.

나름대로 윤진을 위한 대책 마련에 부심하느라 연 며칠 잠을 설쳤지만 초췌한 얼굴에 눈빛만은 형형했다. 며칠 동안 내정에서 흘러나온 소식은 전부 요언에 불과했다는 사실이 그것을 진실로 믿고 엎어보고 뒤집어 보며 상황을 파악하느라 머리 맞대고 날밤을 샜던 이들을 다소 허탈하게 만들었다. 집게로 탄을 뒤져 괜히 먼지만 풀썩풀썩 나게 하는 오사도의 불안과 초조는 극에 달한 것 같았다.

세 사람이 묵묵히 앉아 있을 때 윤진과 주용성이 눈발을 휘날리며 말을 달려 화청문 앞까지 들어왔다. 눈을 가득 뒤집어 쓴 두 사람의 입에서는 입김이 길게 뿜어져 나왔다. 성음과 문각이 벌떡 일어서며 물었다.

"넷째마마! 무슨 소식 있습니까?"

"그렇소."

윤진이 망토를 벗어내치고 길게 숨을 몰아쉬며 자리에 털썩 주저앉았다. 그 역시 눈엔 핏발이 서려 있었지만 피로한 기색은 없어 보였다.

"폐하께서 황자들 모두를 부르셨다오. 여덟째네는 벌써 들어갔나 본데, 난 열일곱째랑 같이 갈 거라고 핑계를 대곤 자네들을 찾아왔네. 십칠황자는 아직 안 돌아왔지? 날씨도 너무 한다, 너무 해!"

윤진의 말에 관심을 보이며 일순 눈을 크게 떠보이던 오사도가 다시 눈을 내리깔며 중얼거리듯 말했다.

"황자들 모두를…… 꼭 한꺼번에 다같이 부르셔야 할 특별한 이유라도 계신 걸까? 넷째마마, 날씨를 원망치 마십시오. 이 폭설은 하늘이 넷째마마를 돕기 위해 내려보낸 건지도 모릅니다!"

"뭐요?"

"눈만 내리지 않았다면 폐하께서는 자금성으로 돌아가시려고 하셨을 겁니다."

오사도가 허공을 향해 숨을 길게 내뿜으며 말했다.

"폐하께서는 웬만해선 극락세계로 가는 차를 행궁(行宮)에서 타고 싶지 않아 하실 게 아닙니까? 지금 성(城) 안에는 커룽둬의 병마가 대부분인데, 만에 하나 커룽둬가 여덟째마마와 한 패거리가 되어 넷째마마에게 총부리를 겨누는 날엔 성 안에선 넷째마마께서 활로를 찾아 도망나오는 것조차 힘들어질 게 아닙니까!"

이에 문각이 머리를 끄덕이며 말했다.

"넷째마마께선 십칠마마를 기다린다는 핑계를 대어 가능한 한 시간을 끌어보는 게 좋겠습니다!"

그러자 오사도가 냉소하며 말했다.

"이봐, 스님! 조언을 하려면 제대로 해야지. 넷째마마는 지금 가셔야 하오! 대세는 이미 기울었고, 폐하께선 황자들을 불러모아 유조를 발표하실 게 틀림없소!"

사람들이 흠칫 놀라며 일제히 오사도를 바라보았다.

오사도가 보기 드문 심각한 표정을 지으면서 말했다.

"넷째마마께서 자리에 안 계시면 여덟째마마가 천자를 협박하여 천하를 호령할 게 두렵지 않습니까? 여덟째마마 측에서 유조를 자기 입맛에 맞게 고쳐 넷째마마를 포함한 정적(政敵)에게 죽음을 줄지도 모릅니다. 그때 가면 넷째마마께서 유조인데 감히 안 따를 수 있겠습니까?"

삽시간에 살벌한 분위기가 방안 가득 독가스처럼 번졌다. 윤진이 벌떡 자리에서 일어서며 단호한 어투로 말했다.

"당장 가봐야겠네! 십칠마마가 도착하는 대로 내가 얼른 오랬다고 전하게."

"십칠마마는 왜 데려 가시려는 겁니까?"

오사도가 갑자기 크게 웃으며 말했다.

"심하게 들리실지는 모르지만 한 가마에 쪄죽을 이유는 없지 않습니까? 넷째마마, 우리에게도 대책은 얼마든지 있으니 걱정마시고 하늘에 제사지내실 때에 사용하시던 흠차관방(欽差關防)만 남겨두고 가십시오. 신시(申時)가 지나도 주인께서 수유(手諭)도 사람도 안 보내신다면 무슨 일이 있는 줄로 알고 십칠마마더러 관방을 가지고 십삼마마를 석방시키게끔 할 겁니다!"

윤진이 상서방 인새와 강희의 '체원주인(體元主人)' 옥새가 찍힌 흠차관방을 꺼냈다. 오사도에게 넘겨 주려던 윤진이 갑자기 손을 도로 움츠렸다. 큰 결단을 앞두고 심사숙고 해봐야 했기 때문이다. 시위를 떠난 화살이 돌아오는 경우가 없듯이 지금 밖으로 발을 내디디는 순간부터 주사위는 이미 던져진 거나 다름없기 때문이었다. 망설임이 뭔지 모르던 윤진이 눈에 초점을 잃고 두 다리를 가볍게 떨며 멍하니 서 있었다.

오사도의 날카로운 눈빛이 윤진에게 꽂혔다. 윤진의 눈을 똑바로 바라보며 오사도가 말했다.

"시기가 성숙됐으면 주저할 거 없고 임전(臨戰)시에는 무퇴(無退)입니다! 큰일을 앞두고 두려워 하면 재화(災禍)가 따를 것입니다. 또한 하늘이 내리는 기회를 멀리 하면 죄를 받게 됩니다. 넷째마마, 출발하십시오!"

아랫입술을 깨문 윤진의 이빨자국이 점점 깊게 패였다. 미간 또한 무섭게 엉켜붙었다. 잠시 후 윤진이 말했다.

"좋아! 해봤자 한 번 죽지 두 번 죽겠어? 까짓거! 방금 내가 망설일 수밖에 없었던 건 오늘 자리가 확실히 유조를 발표하는 자리인지 확신할 수 없고 만에 하나 폐하께서 지명하신 후계자가 내가 아닌 다른 사람이라면 우리의 행동이 무모한 짓일 수도 있다는 것 때문이었어!"

오사도가 고개를 들어 지칠 줄 모르고 나풀대는 눈꽃을 바라보며 한참 후에야 입을 열어 말했다.

"하늘은 넷째마마를 도울 겁니다! 폐하께서 병상에 계시며 대신들을 접견하시지 않은 지도 몇 개월째입니다. 오늘 갑자기 황자들 모두를 한 자리에 부르셨다는 건 그 날이 얼마 안 남았다는 걸 폐하께서 아셨기 때문입니다! 아직 신시(申時)까지는 두 시간 반이나 남아 있습니다! 이곳은 걱정마시고 떠나십시오!"

"그러지!"

윤진이 길게 심호흡을 하여 입김을 찬 공기 속으로 토해내며 성큼성큼 눈밭으로 걸어갔다.

윤진이 떠나가고 반시간쯤 지났을 때 윤례가 돌아왔다. 납덩이처럼 무거운 집안 공기와 주전자의 물이 끓어 넘치는 줄도 모르고 조각품처럼 생기없이 앉아있는 사람들을 보며 윤례가 일부러 발을 탕탕 굴러 주의를 환기시키며 웃었다.

"밖엔 눈꽃이 만발한데 꽤나 멋을 부린다는 사람들이 왜 설경(雪景)을 감상하며 술잔이나 꺾을 것이지 쥐죽은 나라처럼 하고 있소? 난 나갔던 일이 잘돼 좋아 죽겠는데! 서산 예건영은 확실하게 구워삶아 놓고 왔지. 만에 하나 풍대 대영 쪽에 이상한 움직임이 있으면 자기네들이 창춘원을 호위하고 철저히 내 명령에 따라 움직이겠다고 했소!"

숨막힐 듯한 분위기가 윤례의 한 마디에 갑자기 생기를 띠기 시작했다. 오사도가 방금 윤진과의 대화내용을 다시 한번 들려주고는 말했다.

"풍대 대영을 가장 걱정했었는데, 예건영이 선뜻 돕고 나선다면 이젠 두려울 게 없을 것 같습니다!"

이에 윤례가 웃으며 말했다.

"전재산을 다 털어넣은 대가가 그것도 안 되면 어떡하겠소? 집안 구석구석을 톡톡 털어 30만 냥을 다 써버렸는걸!"

"30만이 아니라 300만이라도 충분히 가치가 있다고 생각합니다!"

성음이 홀가분하게 웃으며 말했다.

"십칠마마께서 파산을 해가면서까지 이 나라를 위해 헌신하시는데, 적어도 군왕(郡王) 자리는 떼논 당상 아니겠습니까!"

오사도도 여유만만하게 웃으며 말했다.

"아무튼 잠자코 신시까지 기다려 봅시다! 근데 십칠마마, 아무리 가난하시다지만 저희들 밥 한 끼는 책임지셔야 않겠습니까."

오사도의 농담에 사람들이 와 하고 웃음을 터뜨렸다.

오사도의 계산대로라면 윤진은 유조를 듣고 적어도 미시(未時)는 돼야 돌아오게 돼 있었다. 그런데 이들이 점심식사를 끝마치기도 전에 비단주렴이 벌컥 걷히며 안색이 말이 아닌 윤진이 찬바람을 몰고 들어서는 바람에 사람들은 적이 놀랐다. 입가에 가져가던 젓가락을 내려놓으며 오사도가 물었다.

"넷째마마, 저의 예상이 빗나가기라도 한 겁니까?"

"폐하께서…… 대단히 위태로우신 것 같소!"

급하게 말을 달려오느라 온몸이 얼음장이 되었던 윤진이 몸이 풀리는지 부르르 떨며 말했다.

"내게 전위(傳位)하실 거라는 유명(遺命)이 계셨소!"

사람들이 약속이라도 한 듯 벌떡 일어섰다. 오사도가 형형한 눈빛으로 윤진을 바라보며 말했다.

"넷째마마, 조서(詔書)는요!"

"건청궁 정대광명전(正大光明殿) 편액 뒤에 숨겨져 있는데, 신임 상서방대신인 커룽둬가 가지러 갔소."

"커룽둬가요?"

"장오가와 더렁태도 감시차 따라갔소!"

"여덟째마마는요?"

"모두 폐하의 침궁에서 전위조서를 기다리고 있소."

"그런데 넷째마마께선……."

"난 윤제(큰황자), 윤잉, 윤상을 석방시키라는 성명(聖命)을 받고 나왔소. 일 끝나면 곧 원(園)으로 들어가 폐하께서 운명하시는 걸 지켜볼거요!"

순간 오사도가 환희에 찬 눈빛을 번뜩이며 환호성이라도 지를세라 지팡이를 내던지고 말았다. 오사도가 중심을 잃고 쓰러지는 찰나 성음이 총알처럼 달려가 부축했다. 너무나 가슴벅찬 감격을 느낀 듯 오사도가 갈린 목소리로 함성지르듯 말했다.

"폐하께선, 우리의 폐하께선 그야말로 걸출하고 성명(聖明)하신 웅걸(雄傑)이십니다!"

말을 마친 오사도가 그러나 갑자기 태도가 돌변하더니 서슬이 번뜩이는 눈빛으로 좌중을 둘러보며 말했다.

"지금이야말로 조금의 방심과 실수도 용납치 않는 비상시기요. 일부(一夫)가 반란을 일으키면 만부(萬夫)가 길길이 날뛰며 호응하게 돼 있소. 아무리 유명(遺命)이 계신다지만 종잇장보다 주먹이 가까운 현실에서 여덟째마마의 세력은 곧 치명적인 위협이오. 첫째, 지금 우리는 사력을 다해 넷째마마를 보호해야 하오. 둘째는 십칠마마께선 즉각 관방을 챙기고 십삼마마를 석방시켜 풍대 대영을 완전히 장악해야겠고, 셋째는 홍주, 홍력, 홍시 세 명의 세자께서 십칠마마의 수령(手令)을 지니고 서산 예건영으로 가서서 풍대 대영이 명령에 응하지 않을 경우 서산 예건영을 창춘원으로 데리고 오는 겁니다!"

"관방보다 이게 훨씬 나을걸."

윤진이 옷속에서 영전(令箭) 하나를 꺼내어 문각에게 건네주며 말했다.

"이 영전이 우리에게 얼마나 큰 힘이 될지 모르네! 윤상한테는 내가 갈거요. 그밖에 큰황자와 둘째황자는 십칠아우가 수고해 주게."

아홉 치 반 길이의 영전은 황금으로 주조되어 있었고, '여짐친림 (如朕親臨)' 네 글자가 새겨져 있었다. 아직 윤진의 체온이 그대로 남아있는 묵직하고 눈부신 영전은 곧 지고무상한 권력을 상징했다. 문각이 영전을 받쳐들고 말했다.

"일각이 천금입니다. 큰마마와 둘째마마한테는 많은 시간을 할애할 거 없이 우린 큰일부터 착수해야겠습니다."

그러자 오사도가 맞장구를 쳤다.

"그렇습니다! 넷째마마께선 지체하시지 말고 당장 가셔서 십삼마마를 석방시키십시오. 그리고는 모든 건 십삼마마와 십칠마마께 맡기시고 전위유조를 들으러 가셔야 합니다!"

한바탕 흥분 속에서 어느새 차분해진 이들은 각자 맡은 바에 돌입하기로 했다. 성음과 주용성이 윤진과 윤례의 집에 있던 남정(男丁)들을 데리고 윤진을 따라나섰고, 나머지 사람들도 일사불란하게 움직이기 시작했다.

폭설을 맞받아 달리는 말에 채찍질을 해가며 십삼패륵부에 도착한 윤진은 영전이 있어 조금도 승강이를 벌이지 않고서도 내무부의 간수들을 보기 좋게 따돌렸다.

"넷째형!"

장지문을 열어젖히고 애교, 아란과 함께 화롯불을 쬐며 한가로이 설경을 즐기던 윤상이 완전무장한 채 예고없이 들이닥친 윤진을 보고 벌떡 일어섰다.

"무슨 일 있어요?"

의기분발하여 눈밭에서 머리를 힘껏 끄덕여 보이며 윤상을 아래위로 훑어보던 윤진이 천천히 입을 열었다.

"지의가 계셨어."

말을 마친 윤진은 곧추 계단으로 올라가 남쪽 방향을 향해 돌아섰다. 그리고는 영전을 꺼내어 가슴에 껴안았다. 윤상이 급히 신발을 꿰고 내려와 눈밭에 허둥지둥 무릎을 꿇고 머리 조아려 말했다.

"경청하겠습니다!"

"폐하께서 자네를 그리워 하셔."

윤진이 아란을 힐끗 쳐다보며 느릿느릿 입을 열었다.

"자네를 데려오라는 특명을 내리셨어!"

"만세!"

윤상이 두 손을 눈밭에 묻은 채 윤진을 뚫어지게 바라보며 말했다.

"그게 사실이에요? 정말 아바마마께서……."

윤상의 입술이 바르르 떨렸다. 추워서인지 극도의 흥분에서인지 그는 온몸을 심하게 떨었다. 입가를 실룩거리며 애써 눈물을 참던 윤상이 마침내 우는지 웃는지 분간이 가지 않는 괴성을 지르며 넋두리하듯 말했다.

"아바마마…… 결코 열셋째를 영영 잊으신 건 아니셨군요…… 우우…… 아바마마…… 허허……."

윤상의 괴이한 울음소리가 울부짖는 북풍에 섞여 소름끼치게 들려왔다. 놀란 나머지 한 발 뒷걸음친 윤진이 나무라듯 말했다.

"그만해! 지금이 어느 때라고 울고불고 하고 그래! 가, 어서! 먼저 나랑 저기 의운각(倚云閣)으로 가자구, 할 말이 있어!"

눈길을 주고받는 아란과 애교의 안색이 별로 안 좋아 보였다. 윤진과 윤상이 밖으로 나가려 하자 아란이 애써 웃음을 지으며 말했다.

"날씨도 추운데 가시더라도 저희들이 준비한 따끈따끈한 술 한 잔 드시고 가시오소서……."

아란의 말이 끝나기 바쁘게 애교가 어느새 술상을 내왔다. 술을 따르는 애교의 손이 심하게 떨렸다. 윤진과 윤상에게 술을 권하며 애교가 떨리는 목소리로 말했다.

"십삼마마! 이제 떠나시면 다시 바쁜 일상이 시작될 텐데 소녀들이 시중드는 술을 자주 못 마실 것 같아서 준비했사옵니다. 어디 계시든 십 년 동안 고락을 같이 했던 소녀들을 아주 가끔씩이라도 떠올려 주시면 소녀들은 죽어도 행복할 것 같사옵니다!"

"무슨 그런 불길한 얘기를 하고 그래!"

윤상이 악의없이 꾸짖으며 웃었다.

"내가 어디 수천리 밖으로 귀양살러 가는 것도 아닌데 왜 분위기를 심각하게 만들고 그래? 여자들이란 원!"

말을 마친 윤상은 곧 윤진과 함께 화원 쪽으로 발걸음을 옮겼다. 윤진이 뒤돌아보니 아란과 애교는 어느새 눈밭에 무릎을 꿇어 하염없이 멀어져가는 두 사람을 바라보고 있었다. 그 모습을 보고 난 윤진이 피식 웃으며 말했다.

"잇속에 밝은 인간의 기회주의는 구제불능인 것 같애. 전에 소진(蘇秦)이 몰락하니 마누라가 곁을 안 주고 형수가 밥알 세어서 주더래. 그러다가 어느날 동산재기하여 하루 아침에 아홉 개 나라를 호령하게 되니 그 마누라와 그 형수가 글쎄, 저렇게 땅에 무릎 꿇어 예의를 깍듯이 갖추더래잖아."

윤상이 말없이 윤진과 주용성을 의운각으로 안내했다. 그리고는 윤진에게 자리를 내주며 말했다.

"넷째형, 묻지 않아도 형의 표정을 보니 조정에 필시 굉장한 일이 발생한 것 같군요. 폐하의 유조를 임의로 고쳐 저를 석방시키러 오신거죠? 무슨 지시가 계실지 말씀해 보세요!"

윤진이 섬광 번뜩이는 눈빛으로 창밖의 설경을 쓸어보며 말했다.

"폐하께서 오늘을 못 넘기실 것 같아. 마지막 가시는 길에 자네를 보고싶어 하셔. 절대 유조를 고친 건 아니야. 정말 지의를 받고 온 거야. 난 폐하한테서 직접 대권을 내게 넘겨주실 거라는 말씀을 듣고 오는 길이야. 윤상, 이렇게 되면 여덟째네가 결코 쉽게 패배를 인정하진 않을 거야. 사력을 다해 내게 덤빌 게 분명해. 나로선 자네 도움이 절실히 필요해!"

윤진이 창춘원에서의 팽팽한 분위기와 열일곱째 윤례와 상의했던 내용을 윤상에게 들려주었다. 그리고는 말했다.

"활의 시위는 이미 팽팽하게 당겨져 있어. 쏘는 수밖엔 없어. 폐하께서는 만일의 사태에 대비하여 내게 시간을 벌어주시느라 저것들을 붙잡아두고 계신 거야……."

윤상이 미처 대답하기도 전에 계단을 밟는 발소리가 요란하게 들려왔다. 온 사람은 놀랍게도 어룬따이였다. 깜짝 놀란 윤상이 크게 고함질렀다.

"누가 자네더러 오라고 했어?"

이에 윤진이 웃으며 급히 해명했다.

"어룬따이는 이제 그 옛날의 어룬따이가 아니야. 여덟째한테 목숨까지 잃을 뻔했잖아!"

"넷째마마! 십삼마마!"

어룬따이가 청안할 새도 없이 다급히 입을 열어 말했다.

"넷째마마더러 화속(火速)으로 돌아오시라는 내정의 지의가 있습니다!"

"알았어요, 형!"

윤상이 벌떡 일어서며 윤진을 향해 말했다.

"이러고 있을 때가 아닌 것 같아요. 각자 서두릅시다!"

윤상이 부랴부랴 계단을 내려오고 있을 때 가평이 헐레벌떡거리며 달려와 더듬거렸다.

"십…… 십삼마마…… 아란과 애교가……."

가평의 말이 끝나기도 전에 윤상이 껄껄 악의에 찬 웃음을 웃으며 말했다.

"왜? 걔네들은 간첩이고 자네는 착하디 착한 인간이다 이거야? 이런 빌어나 먹을 배은망덕한 자식 같으니라구! 아홉째마마가 얼마나 잘해줬길래 여태 우리집에 와서 처박혀 있었어? 내가 모르는 줄 알았지? 안 됐지만 난 진작부터 알고 있었고 오늘 이후로 너를 다신 보고 싶지 않구나!"

이같이 말하며 갑자기 허리춤에서 장검을 뽑아든 윤상이 도망가려고 돌아서는 가평의 허리를 사정없이 베었다. 가평이 처참한 비명소리와 함께 계단 밑으로 데굴데굴 떨어졌다. 눈밭을 벌겋게 물들이며 맥없이 몸을 두어 번 비틀어대던 가평이 금세 두 다리를 쭉 뻗고 말았다. 윤진과 주용성이 무슨 영문인지 몰라 어리둥절해 있을 때 어룬따이가 물었다.

"십삼마마, 무슨 일이십니까?"

윤상이 대수롭지 않게 피묻은 칼을 발바닥에 문지르며 말했다.

"대사를 앞두고 남들은 돼지머리로 고사를 지낸다는데 우린 좀 특이하게 했을 뿐이야. 간첩을 찔러 피를 보았으니 앞으로 잘 될 일만 남았어. 가자구, 우리 집에 있는 그 불여우들도 내친 김에 날려보내야겠어!"

"열셋째, 자네는 정말 대영웅이고 대장부야!"

놀란 가슴을 진정시키며 뒤따라 나서던 윤진이 애써 웃으며 이같이 말했다. 눈밭을 성큼성큼 걸으며 윤상이 고개도 돌리지 않은 채 대답하였다.

"그렇지도 못해요! 단지 나를 해코지 하려는 자에게는 좀 악랄할 뿐이죠! 지금 같은 위기일발의 상황에 사사로운 감정에 얽매일 때예요? 이것들이 지금쯤 아마 조양문으로 소식을 빼돌리지 못해 안절부절 못하고 있을 걸요?"

그러나 아란과 애교는 윤상이 칼을 더럽힐 필요도 없이 하나는 동쪽에, 하나는 서쪽 끝에 고통스레 웅크려 있었다. 아란은 이미 숨을 거두었고 애교가 동공이 풀린 채 맥없이 꿈틀거리며 마지막 숨을 모으고 있었다.

윤상의 손에서 장검이 스르르 미끄러져 떨어졌다.

일 분 일 초라도 지체할세라 부랴부랴 윤상을 데리고 나온 윤진은 문 앞에서 열일곱째와 만나 함께 창춘원으로 달려왔다. 궁려(窮廬)에 들어서자마자 류철성이 마주나오며 말했다.

"장정옥 중당께서 유조를 선독(宣讀)하고 계십니다. 어서 들어가십시오!"

문 어귀에 꼼짝 않고 앉아 궁려의 정전(正殿)만을 뚫어지게 지켜보고 있는 무단을 발견한 윤진이 속으로 끝까지 소임을 다하는 진정한 충신의 모습에 크게 감복했다. 잠시라도 지체할 수 없었던 윤진이 무단에게 아는 체를 할 시간적 여유도 없이 급급히 정전으로 들어갔다. 그리고는 우비를 벗고 엎드려 조용히 장정옥의 목소리에 귀를 기울였다.

"……선대들의 커다란 지혜와 무한한 용맹이 없었더라면 오늘의 번영부강한 화하(華夏)는 없었을 것이다. 어떻게 이룩한 강산인데 부디 종족 차별을 일삼지 말고 너나없이 공조하여 주인의식과 사명감을 키워 하늘이 내린 중임을 끝까지 훌륭히 완수하기를 바라마지 않는다……."

자신이 늦게 도착했는지라 유조 선독이 끝마무리를 짓는 줄 알았던 윤진은 그러나 장정옥의 바싹 마른 입술 사이로 끝없이 이어지는 유조내용에 의아해 하며 침상에서 눈을 지그시 감고 있는 강희를 몰래 훔쳐보았다. 아무래도 궁금한 윤진이 옆에 있는 윤지에게 물었다.

"셋째형, 지금 선독하고 있는 것이 유조예요?"

"그 이름도 유명한 방포 어른의 대작(大作)이시란다."

셋째 윤지가 너무 오래 꿇어있어 감각을 잃어가는 무릎을 움찔거리며 비아냥거리듯 말했다.

"무슨 유조가 꼭 〈국어(國語)〉〈좌전(左傳)〉 같은 책 같군!"

시간을 끌면 끌수록 윤상이 밖에서 무슨 일을 저지르지는 않을까 조급해진 윤진이 조마조마한 가슴을 달래며 여덟째 윤사네를 둘러보았다. 하나같이 불안해 보였다. 그들의 취약점을 발견한 것 같아 윤진은 다소 안심이 되었다.

길기도 한 유조 선독이 드디어 끝났다. 졸음을 내쫓으며 장시간 무릎을 꿇고 있느라 기진맥진한 열아홉 명의 황자들과 마침내 읽기를 마친 장정옥이 안도의 한숨을 몰래 내쉬며 혼미상태에 있는 강희를 바라보았다. 그러나 강희는 입만 실룩일뿐 말이 없었다. 말할 기운도 눈을 떠보일 힘조차 없어 보였다. 장정옥이 가볍게 한숨을 지으며 말했다.

"혹시 이해가 안 가는 부분은 없습니까?"

"그것도 이해 못하는 사람이야 설마 있으랴만."

윤아가 분위기를 망가뜨리려고 작심한 듯 이죽대며 말했다.

"근데 이렇게 긴 조서에 정작 모두들 궁금해 하는 내용은 왜 없냐구요? 폐하께선 대체 누구에게 전위를 해주셨는지 궁금해서 돌아가시겠단 말이오!"

윤진에게 윤상, 윤잉, 윤제를 석방시키라는 지의를 내려 내보내며 강희는 분명히 선포하듯 얘기했었다. 전위는 넷째에게 했으니, 이제 더 이상 공연한 뇌수(腦髓)를 낭비하지 말라고! 그러나 강희의 의식이 걷잡을 수 없이 혼미해가는 마당에 윤아가 마치 그런 얘기를 전혀 듣지 못한 것처럼 생떼를 쓰고 나서자 윤진은 괜히 불안해졌다.

"짐승보다 못한 놈…… 꼴도 보기 싫은 것……."

혼신의 힘을 다해 말하는 듯 강희의 결후(結喉)가 맥없이 오르락내리락했다. 힘겨웁게 몸을 뒤척여 희미한 눈빛으로 윤사를 노려보며 강희는 말이 없었다.

이때 윤당이 간사한 웃음을 입술 끝에 바르며 말했다.

"아바마마 더 이상 화내시면 안 됩니다. 지금 화내시면 치명적일 수 있습니다. 열째 말도 일리는 있지 않습니까? 유조라는데 정작 중요한 대권승계에 관한 부분이 빠져 있으니 말입니다!"

강희의 얼굴이 무섭게 일그러졌다. 강희가 마치 온몸의 구석구석에 한 줄기 연기처럼 남아있는 기운을 한데 모으듯 이를 악물고 윤당을 쏘아보더니 말했다.

"전하라! 넷[四]…… 넷째[四]……."

"아바마마!"

윤진이 무릎걸음으로 크게 한 발 앞으로 다가가며 큰소리로 대답했다.

"넷째형, 뭘 착각하신 것 같은데?"

윤당이 입끝을 한껏 치켜올리며 비아냥거렸다.

"폐하께선 열넷째를 부르셨잖아요?('十'과 '四'의 중국어 발음이 매우 흡사함) 아바마마께서 문무를 겸비한 대청의 후계자를 몰라보실 리 없지!"

윤진이 윤당의 비아냥거림엔 아랑곳없이 강희에게로 다가가며 간절히 말했다.

"아바마마, 무슨 지의가 계십니까?"

그러나 강희는 더 이상 입을 벌릴 기운도 없는 것 같았다. 윤진의 기세에 다소 기가 꺾이는 듯한 윤당을 걱정스레 쳐다보던 윤사가 크게 떠벌리고 나섰다.

"이젠 더 물어보고 자시고 할 것도 없어. 이것보다 더 명명백백할 순 없지. 폐하께선 분명히 열넷째를 부르시는 걸 우리 다같이 들었지? 그렇지?"

"너…… 너……."

윤사의 말을 듣자마자 간신히 눈꺼풀을 밀어올린 강희가 이를 악물고 상체를 반쯤 일으키더니 손가락을 부들부들 떨며 윤사를 가리켰다. 아주 잠깐이었다. 강희가 머리맡에 있던 염주를 들어 힘껏 내던졌다. 그럼에도 염주는 그 자리에 떨어졌고 강희는 스르르 뒤로 넘어가고 말았다. 60년 동안이나 황제의 자리에 있으면서 온갖 영욕을 다 맛본 강희가 파란만장한 삶의 종지부를 찍고 이승의 끈을 영영 놓아버리는 순간이었다…….

51. 새로운 황제

궁전 안은 아수라장이 되고 말았다. 황자들의 괴성에 가까운 울부짖음 속에서 미리 대기중이던 어의(御醫)들이 달려나와 강희를 둘러싸고 갖은 응급조치를 취해 보았다. 침을 놓고 인중을 누르고 가래를 빨아내고…… 갖은 노력에도 불구하고 마지막으로 맥을 짚어보던 어의가 통곡을 하며 바닥에 주저앉고 말았다.

"폐하께서…… 붕어하셨습니다!"

삽시간에 궁전 안팎은 주체할 수 없는 혼란에 빠지고 말았다.

넋을 잃고 기운없이 바닥에 주저앉아 넋두리하듯 울고 있던 장정옥이 갑자기 눈물을 쓱쓱 닦고 벌떡 일어났다. 여기서 난 유일한 재상이고, 내가 이러고 있을 때가 아니지! 라는 생각이 뇌리를 치면서 그는 찬물을 끼얹기라도 한 듯 정신을 번쩍 차렸다. 냉정하리만치 진정을 취한 장정옥이 천천히 입을 열었다.

"황자마마들 모두 이제 그만 고정하시고 무릎걸음으로 제자리에 돌아가기 바랍니다. 신 장정옥이 대행황제(大行皇帝)의 유명(遺命)을 받들어 사후처리를 해야겠습니다. 당장 대사부터 분명히 해야겠습니다."

장정옥의 말이 떨어지자 울음소리가 뚝 그쳤다. 교활하길 늑대뺨치는 '황자'들이 이가 갈리도록 미웠지만 장정옥은 전혀 내색하지 않고 태감더러 궁전 안의 화롯불을 내가라고 명령했다. 그리고는 말했다.

"이대로 조용히 조금만 기다려 주십시오. 건청궁에 있는 폐하의 전위유조를 신임 상서방대신인 커룽둬가 취하러 갔는데, 이제 곧 도착할 겁니다."

"장정옥, 당신 지금 기군난정(欺君亂政)을 시도하는 거요, 뭐요?"

윤아가 목에 핏대를 세웠다.

"방금 폐하께서 직접 분명히 열넷째에게 전위하신다고 말씀하셨는데, 중뿔나게 전위유조라니?"

이에 열여섯째가 받아쳤다.

"열째형, 전 시종일관 자리를 같이 했어도 그런 전위에 관한 폐하의 말씀은 못 들었는데요?"

그러자 윤아가 집어삼킬세라 두 눈을 무섭게 부라리며 으르렁댔다.

"야 이새끼야! 못 들었으면 넌 귀머거리야!"

"열넷째야!"

"아니에요, 넷째형이에요!"

"까불거야?"

"사실이에요!"

장내는 또다시 혼란 속에 빠져들었다. 윤진의 기분은 뭐라 형언할 수가 없었다. 윤상, 윤례가 어떻게 하고 있는지가 피가 마르게 궁금했고, 커룽둬가 빨리 왔으면 하면서도 한편으론 그가 오는 게 두렵기도 했다. 경황없이 윤진이 안절부절 못하고 앉아 있을 때 황자들 중 제일 막둥이인 윤필(胤祕)이 또랑또랑한 동음(童音)으로 겁없이 끼어 들었다.

"여기가 어딘데 왜 이렇게 소리지르고 난리예요? 귀찮아 죽겠네! 난 분명히 들었어요. 폐하께선 넷째형에게 황제자리를 물려주신다고 하셨어요!"

"이마에 피도 안 마른 것이!"

윤아가 여섯 살 난 윤필을 향해 겁주려는 듯 인상을 험악하게 구겨 말했다.

"아직 똥오줌도 제대로 못 가리는 녀석이 아무 데나 겁없이 끼어 들지 말고 가서 유모젖이나 실컷 빨아!"

그러자 윤필이 검은 조약돌 같은 눈을 힘껏 떠보이며 대들었다.

"저울추는 작아도 천근 무게를 누를 수 있고, 짚가리는 산더미 같아도 그 밑에 사는 쥐새끼도 죽일 힘이 없다고 했어요. 여태 그런 도리도 모르고 살았어요?"

순간 윤진을 비롯한 황자들은 여섯살배기 아우의 담량과 말재주에 눈이 휘둥그레지고 말았다. 오늘따라 담비가죽 외투까지 입혀 유난히 한줌밖에 안 돼 보이는 어린 윤필에게 윤진으로선 친근해지려고 노력해볼 여유도 없이 살아왔고 몇 번 본 적도 없었다. 그 아우가 결정적인 순간에 겁없이 뛰쳐나와 의로운 행동을 보여준다는 사실에 윤진은 콧마루가 찡해졌다.

바로 이때, 그때 그 시절의 기백이 여전한 윤상이 완전무장한 채 장검소리를 요란하게 내며 7년만에 모습을 드러냈다. 기세등등한 윤상을 본 사람들은 한껏 숨을 들이마시며 쥐죽은 듯 말이 없었다. 그순간 셋째 윤지가 중얼거리듯 말했다.

"유조가 있다면 당연히 전위유조에 따라야지……."

윤상은 풍대 대영에서 달려왔던 것이었다. 한편 풍대 대영의 제독인 성문운은 자신더러 군사를 거느리고 창춘원으로 가서 근왕(勤王, 군사를 일으켜 왕실을 구원하다)하라는 하주가 전해온 여덟째황자의 구유(口諭)를 받고 망설이고 있었다. 자칫 잘못 움직였다가 목이 달아나는 건 약과일 것 같은 대사에 여덟째의 친필서찰도 없이 남의 말만 듣고 움직인다는 것이 새삼 부담스러웠던 것이다. 문무백관들이 전부 창춘원에 있는데, 바로 머리 위의 상사가 거사(擧事)하려는 자신을 향해 "근왕이라니? 난 모르는 일인데?" 하며 누가 시켰는지 증거를 보여달라고 하면 자칫 똥바가지를 혼자 뒤집어쓰는 수가 있기 때문이었다. 또한 자금성에서 가장 가까이 있는 구문제독의 의중을 점칠 수가 없었다. 만에 하나 그가 선제공격을 하여 황자들을 전부 성 안으로 납치하는 날엔 자신의 3만 군사는 근왕을 위해 출병한 명분도 잃고 자신은 되레 모반을 시도했다는 죄명을 뒤집어 써 온전한 시신마저 구하기 어려울 정도로 비참해질 게 뻔했다!

성문운이 이런저런 걱정에 망설이고 있을 때 부하가 달려들어와 십칠마마와 어룬따이가 함께 도착했노라고 아뢰었다. 십칠황자에 대해선 잘 모르지만 어룬따이라면 여덟째의 사람이라는 판단에 자신있는 성문운이 미간을 활짝 펴며 급히 마중나갔다.

"십칠마마와 군문께서 어쩐 일이십니까!"

성문운이 두 사람을 후당으로 안내했다.

"설경 끝내주잖아? 이런 날 집안에만 처박혀 있는 건 억울하지 않겠어?"

윤례가 웃으며 자리에 앉았다. 찻잔을 들어 한 모금 마시고 난 윤례가 탄성을 올리며 말했다.

"차맛 끝내준다! 어휴, 따뜻해! 사실 우리 형제들은 셋째형도 그렇고 열넷째형도 그렇고 눈가루를 휘날리며 매화꽃 찾으러 다니는 걸 제일 즐기잖아. 난 오늘 어룬따이를 데리고 서산에 사냥갔다가 운좋게 꿩무리를 만난 거 있지? 대부분은 놔주고 두 마리만 잡아왔어! 다리쉼을 하고 싶던 차에 마침 자네가 이곳에 있어 차 한 잔 얻어먹을까 하고 찾아왔지!"

윤례가 동굴에서 꿩을 구워먹던 일이며 산토끼 잡는 요령이며 늑대를 생포하는 노하우에 대해 흥미진진하게 털어놓기 시작했다. 간간이 통쾌한 웃음소리까지 곁들이며 윤례는 이곳에 온 진정한 이유를 잠깐 잊은 듯했다. 어룬따이는 열일곱째가 임시로 지어낸 그럴싸한 거짓말에 끊임없이 맞장구를 치며 웃어댔다. 그리고는 말했다.

"방금 들어올 때 보니 자네 부하들이 전부 대청에 모여 있던데, 오늘 무슨 일 있어?"

어룬따이의 질문을 통해 순간적으로 이들이 여덟째와는 무관하게 이곳을 찾아왔다는 감을 잡은 성문운이 우물거리며 둘러댔다.

"백이혁이 어제 그러는데 군량이 부족하나 폭설 때문에 운반이 어렵다고 하여 제가 지금 부하들을 불러 대책을 마련하려던 참이었습니다……"

성문운의 말이 끝나기도 전에 앞에 있는 대청에서 한바탕 술렁이는 소리와 함께 "만세!" 소리가 들려오는 것 같았다. 성문운이 즉시 경계하는 반응을 보이며 "이게 무슨 소리지?" 하고 혼자말처럼 중얼거렸다. 자신이 시간을 벌어주는 사이 윤상이 뜻대로 임무를 완수했다고 생각한 윤례가 웃으며 말했다.

"누군가 지의를 전달하러 왔나본데, 가 보자구!"

부랴부랴 대청으로 돌아온 성문운은 놀란 나머지 그 자리에 뚝 멈춰서고 말았다. 책상 중앙엔 황금처럼 빛나는 영전(令箭)이 한눈에 들어왔고 향연이 가물가물 피어오르는 가운데 자신의 장인(將印)은 가뭇없이 사라지고 말았던 것이다. 대신 자신의 휘하에 있는 몇십 명의 군관들이 대청 한켠에 무릎꿇고 있는 게 보였다. 눈부신 용포(龍袍)를 입고 노란 허리띠를 질끈 동여맨 십삼황자 윤상이 보검을 휘두르며 장화발 하나를 의자에 올려놓은 채 뭔가 명령을 내리고 있었다.

"백이혁, 허원지 두 명의 부장(副將)은 원래 부하들을 인솔하여 통주(通州)로 옮겨가고, 아루타이, 은복귀, 장우 세 명의 참장(參將)은 창춘원으로 진군할 것!"

윤상이 성문운은 안중에도 없는 듯 삐리타라는 군관을 가리키며 말했다.

"자네는 죽은사람 무더기 속에서 운좋게 살아났으니 덤으로 사는 거지! 자네의 무예실력이 대단히 출중하다고 들었어. 십년 전부터 크게 키워볼려고 했었어. 오늘 자네를 부장으로 승격시켜 줄 테니 나가서 내 얼굴에 똥칠하는 일 없도록 하길 바라네!"

느닷없는 행운에 크게 흥분한 듯 삐리타가 무릎걸음으로 한 발 앞서며 우렁차게 대답했다.

"명심하겠습니다! 명령만 내려 주십시오!"

"백운관을 뭉개버려!"

어느덧 악의에 찬 윤상이 이악물며 말했다.

"그속에서 요사스런 도(道)를 살포하고 있던 악귀들을 모두 붙잡아 와! 주범 장덕명을 놓치는 날엔 자네 모가지 떼어들고 날 만나러 오는 걸 잊지 말게!"

"예!"

"잠깐만!"

놀랍고 화가 치민 나머지 어찌할 바를 모르고 있던 성문운은 얼굴 가득 이상야릇한 웃음을 짓고 있는 윤례와 시선이 마주치는 순간 그제서야 이들의 계략에 놀아났다는 것을 깨닫고 말았다. 급기야 그는 윤상을 제지하고 나섰다.

"십삼마마, 듣고 보니 어리둥절한데요? 어찌하여 모두가 순식간에 참장, 부장이 되어버린 겁니까? 또한 십삼마마께선 누구의 명을 받고 군사를 동원하러 오신 겁니까?"

그러자 윤상이 가소롭다는 듯이 차갑게 성문운을 흘겨보며 어룬따이에게 물었다.

"사사로이 군무(軍務)를 방해하는 자 누구야, 이거?"

그러자 어룬따이가 대답하여 말했다.

"이등(二等) 새우 풍대제독인 성문운이라는 자입니다!"

"오, 자네가 풍대제독이야?"

윤상이 껄껄 웃어 보이더니 갑자기 웃음기를 깡그리 거둬들이며 말했다.

"안 됐지만 지금부턴 아니야! 말 잘 들으면 나중에 정자(頂子)는 돌려줄지 모르지만!"

오래 전부터 윤상의 안하무인의 성질은 정평이 나 있는지라 성문운은 겁에 질려 무릎을 꿇고 싶었다. 그러나 여덟째의 손에 달려 있는 일족의 명운을 떠올리는 순간 무슨 수를 쓰더라도 병권만은 빼앗겨선 안 된다고 생각했다. 두 황자의 갑작스런 출현은 창춘원의 이변을 알려주는 것과 다름없었다. 영고존망(榮枯存亡)은 순식간에 판가름날 것이다. 이같이 생각한 성문운이 갑자기 냉소하며 뻗대고 나섰다.

"십삼마마께선 지금 월권행위를 하고 계십니다. 전 특지(特旨)를 받은 제독인데, 어찌 폐하의 지의가 없이 함부로 파관(罷官)시킬 수 있단 말씀입니까? 그리고 조정이 십삼마마께서 독무를 추는 무대도 아니고 어찌 정자를 빼앗고 싶으면 빼앗고 돌려주고 싶으면 돌려준단 말입니까?"

"난 너랑 입씨름할 새가 없어! 눈 똑바로 뜨고 이걸 봐!"

윤상이 대청 중앙에 모셔져 있는 영전을 가리키며 고함을 질렀다.

"나는 황제폐하를 대신하여 영을 수행하는 중이야. 친왕이라도 이 앞에 허리를 꺾어야 하거늘 네가 감히 무릎을 꿇지 않는 죄를 물어서라도 난 충분히 너를 파관시킬 수 있어!"

성문운이 이성을 잃은 듯 덤벼들었다.

"십삼마마, 다른 건 제쳐 두고라도 병사들을 금원(禁苑)으로 파견한 건 무슨 뜻입니까?"

"근왕호가(勤王護駕)를 위해서지!"

"대체 어느 왕을 구하고 누구의 가마를 호위한다는 겁니까?"

"옹친왕을 구하고 당금(當今)의 가마를 호위하련다!"

"그럼 주관(主官)인 저는 왜 빼버리는 겁니까?"

"내가 말했을 텐데? 자넨 더 이상 주관이 아니라고!"

성문운이 갑자기 실성한 듯 고개를 젖혀 크게 웃으며 말했다.

"십삼마마 웃기는 재주도 이만저만 아닙니다? 아무튼 저 성아 무개는 명에 따를 수가 없습니다! 군관 여러분! 내 명령없인 한 발짝도 움직일 수 없으니 그리 알고 먼저 병영으로 돌아가서 대기 하시오!"

"자네 감히 지의에 항거한다 이거지?"

윤상이 대로하여 탁자를 힘껏 내리치며 포효했다.

"자네의 개 눈깔엔 이 영전이 가짜로 보이지? 십삼패륵, 십칠패 자, 창춘원의 태감들 모두 안중에도 없지?"

굶주림에 지친 늑대의 그것처럼 새빨간 두 눈으로 성문운을 노 려보며 윤상이 이를 갈았다.

"다시 한번 말하는데, 난 엄연히 정정당당하게 지의를 받고 온 몸이야. 지의를 거부하는 미친 개를 무 썰 듯 베었다고 해서 날 잔인하다 할 사람은 아무도 없어! 왜 떨어? 무섭지? 내 성질 끝까 지 건드렸으니 어디 한번 갈 데까지 가보자구!"

커다란 대청이 윤상의 섬뜩한 포효에 떨었다. 군관들은 모두 사색이 되어 그 자리에 무릎을 꿇은 채 굳어 있었다.

반기를 내든 김에 이제와서 결코 물러설 순 없다고 생각한 성문 운이 안색이 파랗게 질린 채 두 손을 마구 내저으며 반항했다.

"십삼마마는 제정신이 아니야. 절대 흔들리지 말고 어서 병영으 로 돌아가!"

"어룬따이!"

윤상의 목소리는 얼마나 큰지 고막이 터질 것 같았다.

"목을 따 내쳐!"

"예!"

어룬따이가 서슬푸른 장검을 바람을 가르는 금속소리와 함께 뽑아들더니 다짜고짜 성문운에게로 다가갔다. 성문운의 얼굴이 사색이 되었지만 설마 하는 기대 또한 엿보였다. 그러나 그순간 어룬따이의 피묻은 장검 끝은 성문운의 허리를 관통하여 반대편으로 삐쭉 나와 있었다……. 비명 한 번 제대로 질러보지 못하고 성문운은 숨을 거두고 말았다.

"또 반항같은 거 해보고 싶은 사람 있어?"

윤상이 소름끼치는 웃음을 웃으며 물었다. 쥐죽은 듯 고요했다. 납덩이처럼 무거웠다. 한참 후 윤상이 영전을 뽑아들고 말했다.

"내일 십삼패륵부에 가서 3천 냥을 지출하여 이 자의 가족들에게 위로금조로 전달하게. 그리고 즉각 내 명령대로 움직일 것!"

이렇게 뒷마무리를 해놓고서야 윤상은 비로소 궁려로 달려왔던 것이다.

아무것도 모르는 윤상이 홍영(紅纓)이 달린 모자를 쓰고 나타나자 장정옥이 급히 말리며 말했다.

"십삼마마, 길복(吉服)을 벗으시고 홍영을 떼어 주십시오……. 폐하께선 이미……."

"뭐…… 뭐요?"

궁전 안의 분위기로 미루어 보아 대충은 짐작을 했던 윤상이었지만 장정옥에게서 사실을 확인하는 순간 하늘이 무너지는 것 같았다. 목놓아 우는 것도 잊은 채 넋을 잃은 표정으로 몽유병 환자처럼 발걸음을 옮겨 강희에게로 다가간 윤상이 두 손을 심하게 떨며 강희의 얼굴을 덮고 있던 종이를 빠끔히 열어보았다.

마치 숙면을 취하고 있는 듯 강희의 얼굴엔 아직 홍조가 조금 남아 있었다. 십 년 전보다 수척하여 광대뼈가 튀어나와 보일 뿐 큰 변화는 없어보였다. 편안한 표정으로 누워있는 강희는 귀엣말로 "아바마마!" 하고 속삭이면 금세 "오냐!" 하며 자리를 박차고 일어날 것 같았다. 어릴 적 육경궁에서 붓글씨를 못 써 스승에게 시뻘겋게 가위표를 받은 사실 때문에 고민하던 중 자상한 아버지로 돌아간 강희가 자신의 어린 손을 잡고 운필(運筆)을 가르쳐주던 기억이 문득 떠올랐다. 웅사이도 격찬한 몽고인 어머니의 서화(書畵) 재주를 물려받아 조금만 연마하면 분명히 잘 쓸 수 있을 거라며 강희는 독려를 아끼지 않았었다……. 자신을 무려 십 년 동안 연금시킨 독하고 매정한 아버지이자 깊은 사랑을 가르쳐준 존경스런 엄부(嚴父)였다. 그런데 이제는 영영 다시 야단맞을 수도 없고 야속해할 수도 없이 떠나버리고 말았다…….

온몸의 피가 거꾸로 솟는 것 같고 혈관이 마디마디 끊어지는 것 같았다. 갑자기 두 팔을 벌려 서서히 굳어가는 강희를 껴안고 윤상은 심장이 갈기갈기 찢기고 폐가 천만 조각 금이 가는 듯한 애처로운 괴성을 지르며 울었다.

"아바마마! 제발 한 번만 절 좀 봐 주십시오…… 한 번만요! ……십 년만에 돌아온 아들입니다! ……원망도 많이 했었습니다…… 왜 날 이렇게 미워하시나 하고요…… 그러나 세월이 갈수록 아바마마의 진정한 사랑을 깨달았습니다…… 아바마마…… 효도 한 번 못 받으시고 이렇게 가시면…… 전 어떻게 살아가야 합니까? ……이 한을 어이 하라고…… 이렇게 가셨습니까…….."

가식이든 진심이든 한바탕 울음바다를 만들었다가 겨우 진정했던 황자들은 윤상의 슬픈 통곡에 또다시 울음소리를 내고야 말았다. 이때 장오가와 더령태의 호위를 받으며 들어서는 커룽둬를 발견한 장정옥이 급히 좌중을 안정시켰다.

"지애(止哀)하십시오! 상서방대신, 흠차선조사신(欽差宣詔使臣)인 커룽둬 어른이 도착하셨습니다. 황자마마들께서는 자세를 바로 하고 영에 따라주시기 바랍니다!"

융장패검(戎裝佩劍) 차림으로 보무당당하게 궁전 안으로 들어선 커룽둬가 굳어진 얼굴로 좌중을 둘러보더니 강희가 누워있는 대나무 침대로 다가가 묵묵히 삼궤구고(三跪九叩)의 대례를 올렸다. 그와 동시에 윤상은 만약 전위유조에 계승자가 윤진이 아닌 다른 사람일 경우를 대비하여 슬며시 문어귀 쪽으로 옮겨왔다. 그길로 뛰쳐나가 창춘원으로 돌격할 생각이었던 것이다!

"황자마마 여러분! 신 커룽둬가 대행황제의 지의를 받고 전위유조를 선독하도록 하겠습니다!"

장내는 물뿌린 듯 조용하여 커룽둬가 몇 겹으로 둘둘 말린 유조를 풀고 펼치는 소리만 유난히 크게 들려올 뿐이었다. 윤사 등의 기대와 욕망에 불타는 눈빛을 피하며 커룽둬가 천천히 읽기 시작했다.

"황사자(皇四子) 윤진은 인품이 고결하고 짐궁(朕躬)에 효심이 지극하여 대통(大統)을 계승할 후계자로 적격이라고 판단되는 바 대권을 황사자 윤진에게 전위한다!"

궁전 안은 소란이 일어날 법도 했지만 예상을 뒤엎고 이상하리만치 조용했다. 한참 후에 윤당이 중얼거리듯 말했다.

"이상하다! 폐하께서 명명백백하게 열넷째에게 전위하신다고 유언하셨는데!"

윤사가 꼿꼿하게 허리를 펴며 악의에 찬 시선으로 커룽둬를 노려보았다. 분노의 불똥이 사방으로 흩어져 튀는 것 같았다. 이

자리에서 갈아엎어야 하나 아니면 일단 돌아가서 대책을 마련하느냐를 두고 윤사가 잠시 고민할 때였다. 윤상의 목소리가 터져나왔다.

"성은이 망극하옵니다. 지의를 받들겠사옵니다!"

윤상이 이같이 외치며 먼저 머리를 조아리기 시작했다. 윤우, 윤도, 윤필 등 어린 황자들도 나란히 머리를 조아려 사은을 표했다. 무덤덤하게 장승처럼 버티고 앉아 있는 윤진을 힐끗 쳐다보던 셋째 윤지가 겁먹은 표정을 짓더니 급히 머리를 조아리며 말했다.

"신 윤지도 폐하의 유명을 적극 받들 것을 맹세합니다!"

그러나 윤사, 윤당, 윤아는 여전히 아무런 움직임도 없었다. 참다 못한 커룽둬가 차갑게 입을 열었다.

"여덟째, 아홉째, 열째마마께선 유조를 인정하지 못하겠단 말씀입니까?"

"난 그렇다고 말한 적 없소."

윤사가 배신자 커룽둬를 짓이겨 죽이고 싶은 마음을 애써 짓누르며 내뱉듯 말했다.

"열일곱째 윤례는 황자가 아닌가? 유조를 들으려면 다같이 들어야지! 사람을 보내 데려오는 게 어떻겠소?"

윤상의 입가에 그리 호의적이지만은 않은 미소가 스쳤다. 윤사를 똑바로 쳐다보며 윤상이 말했다.

"윤례는 지금 풍대 대영의 병마를 거느리고 창춘원 밖에서 숙위(宿衛)중이라 올 수가 없네요!"

그제야 팽팽했던 긴장이 풀리는 듯 윤진이 여태 참았던 눈물을 쏟으며 땅을 쳤다.

"아바마마…… 재위 61년 동안 고생만 하시고…… 이렇게 가십

니까? 제게 이 막중한 임무를 남기시고 떠나버리시면…… 전 이제
어떡합니까…… 아바마마…… 자신이 없습니다…….”

“만세!”

커룽둬와 장정옥이 이구동성으로 만세를 외치며 달려가 탈진상
태에 있는 윤진을 부축했다. 장정옥이 급히 의자를 끌어다 윤진을
앉히며 말했다.

“성명(聖明)하신 폐하께서 대권의 적임자로 넷째마마를 점지하
셨으니 이제부턴 종묘사직을 위해서라도 용체(龍體)를 지키셔야
합니다. 먼저 대사(大事)를 정하고 나서 법규에 따라 상사(喪事)
를 처리하도록 하는 것이 순서인 것 같습니다!”

그러나 여전히 맥을 놓고 있는 윤진을 바라보며 윤상이 마침내
바람을 일으키며 벌떡 일어서더니 두 눈을 무섭게 부릅뜨며 고함
질렀다.

“하늘엔 태양이 둘 있을 수 없고, 백성에겐 군주가 두 명 있을
수 없습니다! 선제께서 유명(遺命)하시고 군신들이 옹립하는데
폐하께선 무엇을 망설이십니까!”

고개를 휙 돌려 불꽃이 튀는 눈빛으로 다른 황자들을 무섭게
둘러보며 윤상이 이의를 달 여지를 주지 않고 외쳤다.

“즉각 폐하께 삼궤구고의 대례를 올리도록 하라!”

“만세…….”

윤상의 서슬에 겁먹은 황자들이 그제야 하나둘씩 입을 열었다.

“평신(平身)하게들!”

윤진이 눈물을 닦고 손을 들어 말했다.

“여러모로 부족한 내게 폐하께서 만리강산을 맡기실 줄은 몰랐
어. 앞으로 셋째형을 비롯하여 황자들 모두의 도움이 필요할 거

야."

여기까지는 일상적인 말투였다. 그러나 윤진은 갑자기 '나'를 '짐(朕)'으로 바꿔 말하기 시작했다.

"지금은 손봐야 할 일이 한두 가지가 아니네. 당장은 경황이 없지만 짐은 상서방에 일손이 부족하다고 생각하네. 이참에 몇명을 더 들일까 생각중인데, 학식이 뛰어난 셋째형과 여덟째아우가 도와줬으면 하네. 경사(京師)의 방위임무는 잠시 열셋째와 열일곱째에게 맡기면 되겠고. 일단 대행황제의 묘호(廟號)부터 정하고 나서 창춘원 대신들을 만나봐야겠네. 십삼황자! 자네가 가서 백관들더러 담녕거에 무릎 꿇고 대기하라는 짐의 지의를 전달하고 오게!"

"예, 폐하!"

윤상이 머리를 조아리며 말했다.

"신, 영을 받들겠습니다!"

윤진이 아직은 어색해 보이고 다른 황자들도 어리벙벙한 채로 앉아있는 모습을 본 장정옥이 먼저 입을 열어 발언에 참여했다.

"폐하의 뜻에 공감하옵니다. 신은 선제께서 일생동안 문무에 능통하셨고 비록 수성(守成)이라곤 하지만 실은 개척자나 다름없기 때문에 인시황제(仁視皇帝)라 칭함이 바람직할 것 같습니다."

장정옥의 말에 귀기울여 듣고 있던 윤진이 고개를 돌려 윤지에게 물었다.

"셋째, 자네 생각엔?"

"우리 대청엔 이미 '조(祖)'자가 들어간 황제가 두 분씩이나 있습니다."

윤지가 조심스레 입을 열었다.

"태조 다음엔 태종, 세조였으니 천혜의 지혜와 용맹을 겸비하신 대행황제껜 '인종(仁宗)'이 어떨까 합니다."

이번엔 여덟째 윤사가 심드렁하게 내뱉듯 말했다.

"제 생각엔 '무종(武宗)'이 딱인 것 같습니다."

이에 커룽둬가 반박하여 말했다.

"명(明) 무종(武宗)은 일대 혼군(昏君)인데 어찌하여 하필이면 그런 사람과 호를 같이 써야 합니까?"

작정을 하고 트집을 잡는 여덟째네가 있는 한 토론이 무의미한 설전으로 끝날 수밖에 없다고 생각한 윤진이 이제부터 위용을 확실하게 보여주기로 하고 말했다.

"정옥, 여러분들의 의사를 쭉 들어봤는데, 짐은 '성조(聖祖)'가 무난할 것 같네. 선제의 묘호는 이걸로 결정했으니 더 이상 의견은 수렴하지 않겠네!"

이같이 단호한 태도를 보인 윤진이 서안(書案)께로 다가가더니 종이를 자를 때 사용하는 작은 칼을 들어 오른손 중지에 살짝 그었다. 그와 동시에 붉은 피가 흘러나왔다. 윤진은 곧 준비해둔 화선지에 '聖祖'라는 두 글자를 적었다. 피로 씌어진 두 글자는 보는 이들을 섬뜩하게 만들었다.

"이제 남은 건 짐의 제호(帝號)인데 아무렇게나 지어도 상관없을 것 같네."

윤진이 자리에서 일어나 거닐며 말했다.

"그냥 윤진(胤禛)과 발음이 비슷한 '옹정(雍正)'이 좋겠네. 나머지 황자들은 짐의 기휘(忌諱)를 범하지 않기 위해 일률적으로 '윤(胤)'자를 윤허할 '윤(允)'자로 바꾸도록 하게. 같은 '윤'자라도 음이 다르니까 부르기도 편하고 듣기에도 더 친절해 보이고 말이야."

말을 마치고 윤상이 들어서는 걸 본 윤진이 커룽둬에게 명령했다.

"창춘원은 필경 화원이라, 대행황제의 재궁(梓宮)을 여기에 모시는 것은 장엄하고 비장한 분위기가 결여돼 있는 것 같네. 조회 끝나고 즉각 대행황제를 건청궁으로 모셔 봉안(奉安)하도록 하게. 자네 가서 십칠마마더러 풍대대영을 동원하여 건청궁으로 향하는 길에 있는 눈을 치우라고 하게. 그리고 일단 삼천 병마를 짐의 근위(近衛)로 보내주고 선박영 어림군과 함께 오늘저녁 유시(酉時)에 귀성(歸城)하라고 하게."

"예!"

커룽둬가 크게 대답하고 물었다.

"오늘저녁 폐하께선 대내의 어느 궁을 임시 침궁으로 정하실는지 알려주시면 차질이 없도록 준비해 두겠사옵니다."

그러자 윤진이 창밖에 시선을 두고 가벼운 한숨을 지으며 말했다.

"대내의 풀 한 포기, 나무 한 그루, 돌 한 개, 기왓장 하나에도 폐하의 성적(聖跡)이 배어있을 텐데 짐은 당장은 차마 들어갈 수가 없네. 옹친왕부를 행궁(行宮)으로 승격하여 오늘은 그곳에 머물도록 하지."

말을 마친 윤진이 고개를 돌려 윤사네를 부드러운 시선으로 둘러보며 말했다.

"열다섯 살 이하의 황자들은 물러가도 되겠네. 나머지 황자들은 당분간은 가지 말고 같이 있어줬으면 하네. 아직 슬픔이 그대로인데 자네들마저 떠나면 안될 것 같아서 그러네."

여덟째네는 비록 내키진 않았지만 낮은 처마 밑에서 머리가 수난을 당하지 않으려면 고개를 숙이는 수밖에 없는지라 저마다 머리를 조아려 외쳤다.

"옹정황제 만세!"

"연갱요에게 지의를 보내게. 열넷째에게 쾌마(快馬)로 북경에 돌아와 장례식에 참석하라고 이르고 수행 열 명까지는 대동할 수 있다고 전하라고 하게."

윤진의 눈빛이 순간적으로 잿빛으로 반짝였다.

"나라의 격변기에 간사한 소인배들의 음모가 판을 칠 텐데 각별히 조심해야겠네. 명발조유(明發詔諭)를 내려 보내어 각 지방관들로 하여금 언제 어디서나 본분을 지키고 맡은 바에 충실하라는 짐의 지의를 전달하게. 또한 각 지방의 식량창고를 열어 가난을 구제하되 한 사람이라도 아사했거나 동사했다는 소문이 들리면 그 지역의 감찰어사는 즉시 탄핵한다고 못박아 두게. 병부에 통첩을 내려 북경 구성(九城)의 대문은 잠시 봉폐하고 짐의 특지가 없는 한은 1병(一兵), 1졸(一卒)도 움직일 수 없다는 짐의 뜻을 전하도록 하게!"

윤진의 말이 떨어지자 장정옥이 급히 서안께로 다가가 붓을 날려 조서를 작성했다. 순식간에 몇 통의 긴급조서가 완성되어 쾌마에 실려나갔다. 잠시 후 커룽둬가 들어서자 윤진이 옷매무새를 단정히 하며 지엄한 표정을 지으며 말했다.

"출발하지!"

"옹정황제 납신다!"

이 소리는 메아리처럼 한 입 건너 두 입, 두 입 건너 세 입 궁려를 벗어나 멀리멀리 퍼져나갔다.

옹정황제는 열네 명의 친왕, 패륵, 패자들을 거느리고 폭설을 맞받아 힘겹게 걸어서 강희황제의 영구차를 대내까지 호송했다. 건청궁 정전(正殿)에 재궁을 내려놓고 영당(靈堂)을 마련했다. 그리고 철통 같은 보안을 자신하며 옹정황제가 옹화궁으로 돌아왔을 때는 깊은 밤이었다.

이미 문신(門神, 사악한 귀신을 물리치기 위해 문에 붙여놓은 종이)이 붙여져 있었고, 커다란 백사등(白紗燈)이 처마 밑에 여기저기 아홉 개나 걸려 있었다. 구문제독, 풍대 대영, 서산 예건영, 선박영과 순천부의 병사들이 구역별로 배치되어 보안을 서고 있었다. 이들 숙위들의 임시거처로 만든 천막들이 옹화궁을 중심으로 동서남북 빈틈없이 둘러싸여 있었다. 통로에는 초소가 몇 발 간격으로 설치되었고, 화살과 창, 장검으로 무장한 병사들이 보무당당하게 지키고 있었다.

윤상이 너무 요란하게 떠벌렸다고 생각한 윤진이 미간을 찌푸렸다. 어두운 야밤이지만 뜨락은 대낮같이 환했다. 윤진은 말없이 풍만정으로 향했고 눈위엔 커다란 발자국이 선명하게 찍혔다. 그곳엔 오사도네가 기다리고 있었다.

"이곳에서의 마지막 밤이 되겠군. 날이 밝기 전에 난 들어가야겠네."

윤진이 자리에 앉아 약간 부어오른 다리를 쓸어내리며 말했다.

"원래는 오늘저녁 폐하 곁을 지켜드려야 하는데, 갑작스런 변화를 맞고 보니 아직은 궁중의 형세도 잘 파악이 안 된 상태라 어쩔 수 없이 돌아왔네. 그런데 열셋째 이거 너무 요란하게 했어. 풍대 대영 하나면 이 동네 하나 못 지킬까봐?"

피곤이 역력한 오사도가 애써 정신을 가다듬으며 말했다.

"폐하, 신이 십삼마마에게 특별히 부탁드렸습니다. 다섯 개의 서로 다른 부대가 만났으니 응집력이 떨어져 만에 하나 나쁜 맘 먹고 거사하려고 해도 서로를 견제할 거 아닙니까? 지금은 사소한 일이라는 것이 따로 없는 비상시기입니다! 추호의 방심도 용납할 수 없습니다!"

윤진이 머리를 끄덕이며 말했다.

"자네라면 요모조모 충분히 따져보고 했을 테니 안심하지 않을 수 없네."

윤진과 오사도네는 군신(君臣) 사이에 더 이상 할 말을 찾지 못한 듯 묵묵히 서로를 마주볼 뿐이었다. 그렇게 많은 시간이 흐르고 윤진은 갑자기 이름모를 적막감에 휩싸였다. 격의없던 서로간에 뭔가 보이지 않는 장벽이 서서히 가로막기 시작하는 것 같았다. 자꾸만 어색해져가는 분위기를 만회해 보려는 듯 윤진이 뭐라 입을 열려던 중 주용성이 들어와 아뢰었다.

"폐하, 십칠마마께서 뵙기를 청하셨사옵니다!"

윤진이 시계를 보니 자정이 다 된 시각이었다.

"들라 하게!"

잠시 생각하던 윤진이 말했다.

"폐하!"

오사도가 상체를 숙이며 말했다.

"지금은 사람 만나 얘기듣는 걸 자제하는 것이 좋을 듯합니다."

그러자 윤진이 피식 웃으며 말했다.

"그렇긴 하네만 열일곱째는 짐의 심복이고, 아우잖은가? 어찌 문전박대를 할 수 있겠나?"

오사도가 가볍게 탄식하며 주용성에게 말했다.

"십칠마마께 가서 전하게. 폐하께선 잠시 휴식을 취하신 후 궁으로 돌아가실 예정이니 공사(公事)라면 장정옥에게 전하면 되겠고, 방위에 관한 일이라면 십삼마마께 조언을 구하라고 하게. 사적인 일이라면 폐하께선 사적인 일이 없으시다고 전하면 되겠네. 폐하, 외람되오나 이렇게 말씀올리면 어떻겠사옵니까?"

윤진이 자리에서 일어서며 말없이 머리를 끄덕였다. 그는 알 것 같았다. 자신과 이네들을 가로막은 장벽이 무엇인지를. 잠시 서성이던 윤진은 한숨을 내쉬며 밖으로 나갔다. 오사도 이외의 사람들은 모두 오래도록 무릎을 꿇고 있었다.

52. 옹립공신들의 운명

　강희가 효장태황태후(孝莊太皇太后)의 장례식을 치를 때 그랬
던 것처럼 옹정황제는 원래 27개월간이었던 장례식 기간을 27일
로 하여 짧고 알차게 마무리지었다. 27일 동안 북경에 이변이 생기
는 걸 막기 위하여 장정옥, 커룽둬, 윤상은 교대로 밤낮없이 자리
를 지켰다. 또한 섬서성, 하남성, 감숙성, 산서성, 하북성의 지방관
들에게 대장군왕(大將軍王) 윤제를 맞을 준비상황이 돼가는 대로
보고올리게 했다. 한편 윤지, 윤사, 윤당, 윤아는 새로운 황제가
영정을 지키는 동안 대내를 한 발짝도 떠나지 못했다. 측간에 갈
때마저 시중듭네 하고 태감들이 감시의 눈을 번뜩이는 바람에 손
발이 꽁꽁 묶인 신세가 돼버리고 말았다. 서로간에 대화는커녕
눈빛조차 감히 마주칠 수가 없었다.
　한편 군중(軍中)에서 상보(喪報)를 접한 윤제는 즉각 병사들을
거느리고 북경으로 쳐들어오려고 했다. 하지만 유사시 연락을 준

다던 윤사네도 그렇고 북경에 있는 자신의 문하 막료들, 심복 대신들 역시 감감무소식이어서 대체 어떤 상황인지 전혀 파악할 수가 없어 그대로 주저앉고 말았던 것이다. 폭설로 양도(糧道)가 차질을 빚어 군량도 넉넉치 않은 데다 북경으로 떠날 명분도 떳떳하지 않아 자칫 길에서 얼어죽거나 봉변을 당할지도 모른다는 두려움에 좌불안석하고 있을 무렵 섬서성, 감숙성 총독부와 순무아문에서는 사흘이 멀다하고 북경으로 언제출발할 거냐는 독촉성을 띤 공문이 날아왔다. 어쩔 수 없이 윤제는 부하 열 명을 데리고 출발했다. 일단 북경에 가서 윤사를 직접 만나보고 사후를 검토하는 수밖엔 달리 뾰족한 수가 없었던 것이다.

며칠동안 망설이며 시일을 늦춘 데다 길이 미끄러운 탓에 윤제 일행이 북경에 도착했을 때는 음력 12월 2일이었다. 미리 대기중이던 예부의 사관(司官)들이 윤제를 대내로 안내했다. 그 속엔 당봉은도 끼어 있었지만 두 사람은 눈빛만 주고받을 뿐 한 마디도 건네지 못했다. 떠밀리듯 윤제는 서화문에서 패찰을 건넸다.

"십사마마!"

패찰을 건네자마자 육궁태감인 이덕전이 달려나와 청안하며 말했다.

"오늘이 장례식 마지막 날이라 폐하께서는 상복을 벗으셨습니다. 안그래도 폐하께선 길도 미끄러운데 열넷째마마가 오느라 고생많을 거라며 염려하셨습니다."

이덕전의 수다에 윤제가 잠깐 어리둥절 하더니 곧 차갑게 말했다.

"폐하라니? 넷째마마 말인가? 등극대전(登極大典)도 아직 치르지 않았는데, 폐하는 무슨? 세상에 둘째 가라면 서러워 할 아첨

꾼 같으니라구! 내겐 왜 이리 친절을 베풀까?"

이덕전이 끽소리 못하고 서둘러 윤제를 안으로 안내했다. 건청궁에서 가까운 태화문에 이르자 이덕전은 윤제가 들어가 허튼소리를 하여 자신까지 엮여 혼날까봐 두려운 터라 발걸음을 멈추고 말했다.

"십사마마, 쇤네가 쭉 십사마마의 은혜에 힘입어 오늘이 있는 게 아니겠습니까? 그래서 올리는 말씀인데 지금 북경의 정세는 십사마마께서 북경을 떠나실 때와는 너무나 달라져 있습니다. 며칠 지나면 피부로 느끼실 겁니다. 당금께서는 선제와는 달리 대단히 섬세하시고 날카로우십니다. 무슨 드릴 말씀이 있으시더라도 천천히 여유를 갖고 주청하였으면 합니다……."

윤제가 이덕전의 속마음을 알겠다는 듯이 궁궐 위에서 밀가루처럼 바람에 날아다니는 눈가루와 먼지 한 톨 없어보이는 깔끔한 천가(天街)를 바라보며 고개를 끄덕였다. 그리고는 이덕전을 따라 건청문을 거쳐 건청궁으로 들어갔다. 64개의 백사궁등(白紗宮燈)이 통로 양측을 장식하고, 건청궁의 모든 기둥과 주홍색 문짝은 전부 흰종이로 도배되어 있었으며, 붉은 돌계단 아래에는 동물을 접은 흰종이들이 비풍(悲風)에 스산하게 떨었다. 대전(大殿)엔 흰 병풍이 둘러쳐진 가운데 흰 불탑이 보였고, 정중앙에 녹나무 관이 무겁게 놓여 있었다. 그 앞에 모셔진 강희의 영위(靈位)엔 이렇게 적혀 있었다.

合天弘運文武睿哲恭儉寬裕孝敬誠信
功德大成仁皇帝愛新覺羅·玄燁之位

양 옆에는 태감들과 시녀들이 즐비하게 늘어섰고, 동쪽엔 윤진을 위시하여 차례로 윤지, 윤기, 윤조, 윤우, 윤사, 윤당, 윤아, 윤자, 윤도, 윤상, 윤우, 윤록, 윤례, 윤기, 윤직, 윤위 등 열여섯 명의 성인 황자들이 자리했다. 서쪽엔 옹친왕 복진 밑으로 혜비(惠妃) 납란씨를 위시한 마가씨, 궈뤄뤄씨, 대가씨 등 빈비들이 가득했다……. 답응(答應), 상재(常在)라 불리는 말등 궁녀들까지 모여들어 대열은 굉장했다. 한결같이 엎드려 고개숙여 여기저기서 훌쩍이는 소리가 파도를 이룰 무렵 이덕전이 다급히 들어와 아뢰었다.

"폐하, 대장군왕 윤제(允禵)께서 도착하셨사옵니다!"

눈부신 백색의 세계에 발을 들여놓은 윤제는 어리둥절한 것이 마치 꿈을 꾸는 것 같았다. 그러던중 윤진에게 아뢰는 이덕전의 말을 듣는 순간 그는 경물(景物)은 여전한데 인사(人事)는 예전 같지가 않구나 라는 말을 떠올렸다. 자신도 모르는 사이 이름조차 음이 비슷한 윤(允)자로 바뀌어버린 게 아닌가! 그래도 오는 길 내내 윤사네와 힘을 합쳐 막판 뒤집기를 시도해 보려는 꿈의 끄나풀을 놓지 않고 있었던 윤제는 번개맞은 듯 몸을 흠칫 떨었다. 된방망이에 뒤통수 얻어맞는 기분이 이런 것일까? 윤제는 고통스레 현실을 인정하는 수밖에 없었다.

순간 가슴 저편에서 피 같기도 하고 눈물 같기도 한 비릿하고 뜨거운 그 무엇이 거세게 밀려왔다. 눈물이 왈칵 치솟았다. 윤제는 도살장에 끌려가는 짐승의 그것을 연상케 하는 긴긴 괴성을 지르며 땅바닥에 쓰러져 죽어라 바닥을 쥐어뜯으며 울기 시작했다. 고통을 주체할 수 없는 듯 한데 엉켜붙어가는 그의 모습에 사람들은 흠칫 떨며 저마다 외면하고 말았다.

"아바마마! 이러실 수가 있는 겁니까? 왜 이 아들을…… 기다려 주시지 않으신 겁니까? ……왜요, 왜? ……그렇게도 미우셨습니까? ……정녕 그런 겁니까? ……아들이 라싸만 공략하고 뵈러 오겠다고 했을 때…… 왜 한사코 말리신 겁니까……."

"거애(擧哀, 장례식에서 큰소리로 울다)!"

강희의 마지막 가는 길에 때 아닌 폭풍을 만나는 것이 염려스러운 장정옥이 큰소리로 외쳤다.

그러나 윤제를 제외한 다른 사람들은 이미 울 만큼 울었는지라 더 이상 아무리 노력해도 눈물이 나오지 않았다. 얼굴을 감싸쥐고 우는 소리만 내는 사람들이 대부분이었다.

"열넷째!"

거애가 끝나고 윤진이 형년의 부축을 받으며 윤제에게로 다가와 탄식과 함께 입을 열었다.

"오느라 수고 많았네. 선제께서도 자네의 효심에 감격하실 거야. 하지만 오늘은 제복(除服)하는 날이라 괴롭겠지만 비애를 잠시 접어두고 대사부터 상의해야겠네. 짐이 형제들에게 하고픈 말이 있으니 고정해 주었으면 하네."

윤진이 장정옥을 불러 지시했다.

"여자들과 모든 외관, 내관들은 물러가도록 하게. 그리고 자넨 옹정왕부로 가서 오사도에게 전하게. 짐이 양심전으로 옮기기 전에 한 번 더 찾아갈 거라고. 군국(軍國)에 관한 중요한 일들을 상의할 것도 있고……."

장정옥이 대답과 함께 물러갔다. 모든 황자들은 엎드린 채 윤진이 입을 열어 말하기만을 기다렸다. 한 달 동안 이발을 하지 않아 수북한 윤진의 앞머리는 눈을 찌를 것 같았고 얼굴 가득 처량함이 묻어났다. 초췌한 얼굴을 들어 창밖을 내다보며 서성이던 윤진이 마침내 무거운 목소리로 입을 열었다.

"…… 그만하고 일어나게들! 오늘은 군신은 논하지 말고 형제만 논하자구……."

허공을 향해 한숨을 토해내며 윤진이 천천히 말했다.

"폐하께서 제위(帝位)를 내게 넘겨주실 줄은 꿈에도 몰랐네. 나뿐만 아니라 여러 형제들도, 문무백관들도 오늘을 예측한 사람은 몇 사람 안 될 줄로 믿어……."

거두절미하고 이같이 운을 뗀 윤진의 말에 황자들은 주제가 궁금하여 눈을 크게 뜨고 윤진의 입만을 뚫어져라 바라보았다.

"자고로 장수한 황제가 없는 건 나름대로 이유가 있는 것 같애."

윤진의 안색이 하얗다 못해 파리해 보였다.

"어떤 이는 자녀 욕심이 너무 많아 여색에 탐했는지, 여색에 탐하다보니 자녀가 많아졌는지 아무튼 정력이 너무 일찍 쇠퇴한 탓도 있겠고, 어떤 사람은 장생불로에 너무 집착한 나머지 이상한 것만 찾아 먹다보니 되레 부작용을 일으켜 일찍 간 사람도 있을 거야. 그러나 여러 형제들도 보아왔듯이 부황(父皇)께선 일생동안 주색을 탐하시지 않고 재물에도 별다른 욕심없이 모범적인 삶을 살아오셨는데 어찌하여 고작 육십구 세를 일기로 이승을 떠나셔야 하느냐는 거야? 내가 나름대로 고민을 많이 해본 결과 이건 우리 애신각라(愛新覺羅) 일가의 명운인 것 같애!"

윤진이 사람들의 반응 같은 건 안중에도 없는 듯 천천히 거닐며 말을 이어 나갔다.

"주원장(朱元璋)이 호인(胡人)은 백년운이 없다고 악담을 하더니, 곰곰이 생각해 보면 오호(五胡)가 화하(華夏)를 어지럽힐 때부터 원나라 때까지는 그게 사실이었던 것 같애. 우리 만주족은 고작 백만을 넘는 약소민족으로서 아슬아슬한 박빙의 세월을 인내와 용기로 버텨오지 않았다면 어찌 오늘의 대청(大淸)이 있었겠어? 그러나 말이 쉬워 인내와 용기이지 그 많은 한인들 무리에서 치고 올라오기까지는 오경(五更)에 일어나 하루 서너 시간만 잠자고 밤낮없이 다람쥐 쳇바퀴 돌 듯 돌아간 우리 선조들의 처절한 삶이 하늘을 감동시킨 게 아니겠어? 멀리 갈 것도 없이 우리의 부친이고 스승이고 주인이신 성조(聖祖)께선 바로 종묘사직을 위해, 화하의 통일을 위해 마지막 피 한 방울까지 흘리시고 지쳐서 돌아가신 거야! 그러게 황제가 되는 건 고역이고 우리 만인들이 황제노릇을 하기란 갑절 어려운 거야!"

윤진이 말없이 황자들을 쓸어보며 말을 이었다.

"재학(才學)을 논할라 치면 난 셋째형에 미치지 못해. 충후(忠厚)엔 다섯째아우를 따를 수 없어. 학식엔 여덟째아우에 처져. 용맹함엔 열셋째를 못 따라가. 군사엔 열넷째와 비할 바도 못돼. 아예 몰라! 이렇게 여러 면에서 많이 부족한 나이기 때문에 난 설마 내가 대권을 승계하리라고는 꿈에도 생각지 못했고 지금 이 순간에도 형제들 중 누군가 자신있게 나서준다면 기꺼이 양보할 의사가 있어!"

진지하게 대화를 나누는 것 같기도 하고 일방적인 권유같기도 하지만 말투엔 간절함이 배어 있었다. 그럴수록 황자들에겐 무형의 거대한 압력이 느껴지는 건 어쩔 수 없었다. 호시탐탐 노려보는 윤상과 밖에서 장검에 손을 얹고 추호의 흐트러짐없이 차렷 자세로 서 있는 류철성과 장오가를 온몸으로 의식하며 황자들은 어느 누구든 감히 입을 벙긋하는 사람이 없었다.

"무응답인 걸 보니 자신이 없나 보네? 그렇다면 부족한 내가 사력을 다해보는 수밖엔 없겠군."

윤진이 미간을 찌푸리며 말했다.

"부족한 만큼 더 큰 노력을 기울이면 어떨까 하는 기대를 품고 출발해 볼까 하네. 조상들께서 물려주신 대업을 이끌어 나가기 위해 난 내안에 잠들어 있는 모든 세포를 깨워 용맹정진할 거야. 근정(勤政)은 물론이고 본인의 약점을 적극 보완하여 정국에 이로운 일이라면 뭐든지 몸을 사리지 않을 거야. 난 비록 고집스럽고 인정머리 없지만 애꿎은 사람을 괴롭히는 경우는 없어. 그리고 용서할 땐 통 크게 용서해 버리는 장점도 있어. 다만 나쁜 마음 먹고 내게 접근하거나 치사하게 뒤통수를 치는 자에겐 악랄한 편이지. 여러 형제들은 전처럼 내가 실수를 하면 일깨워주고 일침도 놓아주며 적극 보필해 줬으면 해. 잘하면 격려해 주고 못하면 가차 없이 혹독한 비판을 하는 그런 형제들이 난 필요해. 그렇게만 해준다면 내가 여러분들께 감사하게 생각할 뿐더러 구천(九天)에 계시는 아바마마께서도 끈끈한 우애를 발휘하여 역사의 수레바퀴를 굴려 언덕길을 힘차게 올라가는 우리의 단합된 모습에 눈물겹도록 즐거워하실 거야……"

여기까지 말한 윤진이 갑자기 손수건을 꺼내 눈물을 닦았다. 그 모습을 본 윤상이 먼저 무릎을 꿇어 울며 말했다.

"폐하께서 형제애를 이토록 중요시하시니 그 인간적인 모습에 바위라도 감동하겠습니다! 이젠 군신간의 구분이 정해졌고, 저희들은 폐하의 성훈(聖訓)을 고이 받들어 신하로서의 신도(臣道)를 확실히 지켜 폐하와 더불어 천하를 잘 다스려 선제의 영혼을 위로하고 폐하의 성은에 깊이 보답하겠습니다!"

윤상에 이어 십칠황자가 무릎을 꿇자 나머지 황자들도 줄줄이 뒤따랐다. 일제히 땅에 엎드려 신하임을 인정하여 하늘땅을 울리는 "만세!"를 외쳤다!

"덕분에 좋은 얘기 많이 나눴고……."

윤진이 자리에서 일어서며 말했다.

"일찍 돌아들 가서 볼 일 있으면 보고 내일부터는 정상적으로 나와야겠네. 짐이 이미 대사면 은조(恩詔)를 내렸네. 상서방에 일손이 부족하여 마제와 조신교(趙申喬)를 새로 영입하기로 했다는 걸 알아두고. 끝으로 얘기하고자 하는 것은 하나는 은과(恩科) 시험을 봐서 인재를 등용하는 것이고, 다른 하나는 옹정주화(雍正鑄貨)를 주조해야겠다는 거네. 전대(前代)에도 있었던 일이니 새삼스러울 건 없겠고. 마지막으로 형제들이 빚진 국고에 대한 건데 갚을 능력이 있는 사람은 서둘러 갚도록 하게. 빚지고 두 다리 뻗고 잘 순 없을 테니까! 정 못 갚겠다 싶은 사람들은 정확한 액수와 이유를 들어 밀주(密奏) 형태로 올려보내도록 하게. 공과 사는 분명히 해야 하니까 못 갚는 사람들은 어느 정도의 처벌은 감수해야겠지만 짐도 그대들의 고충을 적극 보듬어 안는 노력은 할거네. 됐네, 이제 그만 물러가게!"

마지막에 남은 윤상은 윤진과 한참 대화를 더 나눈 뒤에야 비로소 물러났다. 커룽둬가 열몇 명의 태감들을 데리고 저마다 한아름씩 서류뭉치를 안고 양심전으로 들어서는 걸 본 윤상이 멈춰서서 웃으며 말했다.

"커룽둬, 이제부터 본격적으로 시작하는 건가?"

이에 커룽둬가 예의를 갖춰 인사하고는 말했다.

"폐하께서 부탁하신 서류들입니다. 오늘저녁 13명의 경관(京

官)들의 집을 압수수색하기로 했는데, 미리 재산을 빼돌릴까봐 방금 순방아문을 집집마다 물샐틈없이 포진시켜 놓고 왔습니다. 혹 무슨 일이 있으면 십삼마마에게 보고올리고 지시에 따르라고 하셨는데, 십삼마마께선 댁에 계실 겁니까 아니면 상서방에 계실 겁니까?"

윤상이 웃으며 말했다.

"폐하께서 이미 압수수색할 관원들의 명단을 주셨어. 난 옹화궁 아니면 여기 있을 거야. 폐하의 지의에 따라 움직이는데 달리 내게 보고 할 사항이 있겠어?"

말을 마친 윤상은 곧 떠나갔다.

부랴부랴 옹화궁(雍和宮, 옛 윤진의 옹친왕부)에 도착하여 말에서 내린 윤상이 휑뎅그렁한 뜨락을 거쳐 오사도를 찾으러 풍만정으로 왔을때는 유시(酉時) 정각이었다. 날은 이미 완전히 어두워진 후였다. 묵묵히 책을 정리하고 있는 오사도를 보며 한걸음에 들어선 윤상이 웃으며 말했다.

"오 선생에게 희소식 전해주러 왔는데…… 이런 자질구레한 일은 애들 불러서 하지 그래요?"

오사도가 널뛰는 촛불 아래에서 느릿느릿 고개를 돌려 자리를 안내하며 말했다.

"폐하께서 오늘저녁 다녀가신다길래 하인들은 술상보러 나가고 없습니다. 십삼마마께서 이렇게 일찍 오실 줄은 몰랐습니다. 근데 희소식이라니 무슨 말씀이십니까?"

"오늘저녁 당봉은네 집을 치기로 했거든요."

윤상이 만면에 웃음을 머금으며 말했다.

"대장부로서 은혜에 보답하고 원수를 갚는 일만큼 통쾌한 일이 또 있겠소? 그 무슨 고(姑)라는 당봉은의 마누라 있죠? 커룽둬한 테 말해서 그것들 식구들을 모조리 잡아다 오 선생 집에서 하인으로 부리게끔 해줄게요!"

오사도는 응답이 없었다. 손난로를 안고 멍하니 넋이 나가 있던 오사도가 한참 후에야 입을 열어 말했다.

"폐하께서 즉위 초에 우레 같은 기세로 정치쇄신에 앞장서고 검은 재산 회수에 발벗고 나서시는 건 정말 일대 희사가 아닐 수 없습니다. 그러나 사적으로는 다른 사람들이 우는데 박수치고 좋아할 기분은 아닙니다."

그러자 윤상이 크게 웃으며 말했다.

"오 선생은 정말 나에 앞서 세상걱정부터 하는 사람이네요! 그럼 이건 어때요? 아까 양심전에서 폐하께서 그러시는데, 오 선생은 정말 보기 드문 보상(輔相)감임에도 이렇다 할 직함이 없는 게 아쉬우니 이번에 은과시험을 보게 하여 떳떳한 명분으로 오 선생을 한림원에 특채하시겠다고 하셨어요. 한림원에서 어느 정도 있다가 종착역은 상서방이라고 하셨소. 이보다 더한 희소식이 있을까요?"

그러나 오사도의 표정은 무덤덤했다. 그리고는 괴이한 웃음을 지으며 말했다.

"그렇다고 봐야겠습니다만…… 실은 십삼마마의 표정이 보기 드물게 밝으신 걸 보니 십삼마마에게야말로 진짜 희사가 있는 것 같습니다?"

"역시 귀신이네요."

윤상이 싱글벙글하며 말했다.

"폐하께서 올 원단(元旦)에 나를 친왕에 봉해주실 거라고 하셨어요. 게다가 영원히 세습이라구요! 난 친왕에 봉해진다는 사실보다 세습한다는 것이 소중하게 여겨져요!"

이에 오사도의 눈빛이 빛났다. 그러나 여전히 다소 심드렁한 표정으로 일관했다.

"자손 대대로 세습할 수 있다 하여 철모자왕(鐵帽子王)이라고들 하는데, 아무튼 축하드립니다! 그럼 이제 친왕만 아홉이네요."

"오 선생, 오늘저녁 뭘 잘못 먹었나? 왜 시쁘둥해서 그러시오?"

윤상의 농섞인 말에 오사도가 찻잔 하나를 윤상에게 밀어주며 깊은 한숨을 토해냈다. 표정이 밝지가 않았다. 윤상의 의아쩍어하는 시선을 마주하며 오사도가 씁쓸한 웃음을 지으며 말했다.

"생각해 보니 제가 십삼마마를 뵌 세월도 어언 15년이 흘렀습니다. 인간적이고 의로운 십삼마마의 인간성에 저도 흠뻑 매료돼 살아왔습니다. 그런데 오늘은 목이 이사갈지도 모르는 위험을 감수하고 십삼마마께 해올리고 싶은 말이 있는데, 해도 되는지 모르겠습니다?"

시종일관 심각하기만 한 오사도에게 은근히 놀란 윤상이 이미 식어버린 찻잔을 움켜쥐고 오사도를 뚫어져라 바라보았다.

"십삼마마께선 이 철모자왕을 사력을 다해 거절하셔야 평생을 두 다리 뻗고 편안하게 사실 수 있습니다!"

오사도가 자신의 말에 한기를 느낀 듯 흠칫 떨며 낮고 무거운 목소리로 말했다.

"지금의 황제폐하께선 승냥이 목소리에 이리의 눈빛을, 독수리의 눈에 원숭이의 청각을 지니신 분으로서 음덕(陰德)하고 난폭하신 효웅(梟雄) 군주로 명성을 날리게 될 것입니다……."

"전에는 용의 자태에 호랑이의 발걸음이라고 하셨던 것 같은

데······."

"그렇습니다. 그건 넷째마마로서 자신감이 별로 없었던 시기였습니다."

오사도의 목소리가 차갑게 떨렸다.

"초야의 사람들과 사귈 때는 즐거움을 나누기가 쉽지만 천자와 같이 하는 세월은 환난을 같이 하긴 쉬워도 낙을 공유하긴 어려운 겁니다."

"그 말은 믿을 수가 없네요! 오늘도 넷째형은 절대 토사구팽 같은 건 하지 않을 거라고 강조하셨는 걸요!"

오사도가 싸늘한 웃음을 지어 보였다.

"불과 내일이면 제 말이 불행하게도 적중할 겁니다. 주용성, 묵우, 묵향, 성음과 점간처(粘竿處)의 몇십 명 심복들이 수년간 일편단심으로 넷째마마의 시중을 들면서 알아선 안 될 비밀을 너무 많이 알고 있다는 이유만으로 이제 곧······."

어느새 안색이 하얗게 질린 윤상이 맥없이 입술을 실룩거렸다. 그러나 아무 말도 할 수가 없었다.

흔들리는 촛불 밑에서 두 사람의 눈빛이 조용히 마주쳤다. 찬바람이 황량한 숲속을 이리저리 휘젓고 다니는 소리가 소름을 끼치게 했다. 이렇게 추운 날 저녁 어디라 할 것 없이 결빙과 적설인데, 외곽지대에 외따로 떨어진 옹화궁은 주인 떠나간 휑뎅그렁함을 지키고 있는 막료와 스님뿐이었다. 여기서 죽어간다면 그야말로 쥐도 새도 모르고 하늘과 땅만 알 일이었다! 연신 숨을 들이마시며 윤상은 갑자기 한시바삐 이곳을 탈출하고 싶은 충동에 사로잡혔다!

"십삼마마, 두려워하실 건 없습니다. 십삼마마께서 날카로운 기

상을 꺾고 스스로 고분고분해지신다면 폐하께선 결코 십삼마마에
게 공격적이진 않을 겁니다."

오사도가 사그러드는 촛불의 심지를 돋구어 놓았다. 방안이 훨
씬 밝아졌다.

"한 가지 부탁드리고 싶은 건 제가 방금했던 말은 절대 비밀로
해주셨으면 합니다. 역경에 이르길, '군주가 비밀을 발설하면 그
나라가 위태롭고, 신하가 비밀을 지키지 않으면 그 몸을 다친다
[君不密喪其邦, 臣不密喪其身]'고 했습니다. 전 나름대로 탈없이
살아갈 자신이 있으니 제 걱정은 안 하셔도 되겠습니다."

"그럼…… 송아지네는요?"

오사도가 눈을 내리깔며 깊은 한숨을 내쉬었다.

"글쎄, 알아선 안 될 것을 너무 많이 알고 있으니 말입니다
……."

두 사람이 연신 한숨을 내쉬고 있을 때 멀리서 발걸음 소리가
가까이 다가오는가 싶더니 주용성이 껑충껑충 뛰어들어왔다. 그
리고는 부산스레 두 손을 비비고 발을 구르며 웃으며 말했다.

"이 날씨 왜 이렇게 춥습니까? 얼어죽일 사람이라도 있나? 문각
이 술상 보러간 건 어떻게 됐는지, 폐하께선 이미 도착하셨는데
요!"

주용성의 말이 끝나기 바쁘게 윤진이 열몇 명의 태감들에게 둘
러싸여 들어섰다. 오사도가 일어서서 맞이하려고 하자 윤진이 급
히 눌러앉히며 허허 웃었다.

"변한 건 없네. 자네는 여전히 자네이고 나 역시 그 모습 그대로
의 나니까 괜히 거리감 생기게 굴지 말게. 오늘 저녁 이 자리가
참 소중한 것 같네. 내일부터는 바쁜 일상이 시작될 테니. 근데

왜 촛불을 하나밖에 안 켰지? 여기서 이럴 게 아니라 우리 서재에 가서 술 마시며 이야기 나누자구."

방이 어둡다는 황제의 말이 떨어지기 바쁘게 태감들이 촛불을 대여섯 개 가져다 붙였다. 윤상은 멍하니 앉아 태감들이 서두르는 모습과 윤진의 격의없어 보이는 미소를 뜯어보며 한없이 서글퍼지는 걸 어쩔 수 없었다.

"폐하!"

윤진이 눌러앉혔음에도 불구하고 오사도는 고집을 부리며 무릎을 꿇어 대례를 올리며 말했다.

"신이 밀주(密奏)올릴 일이 있사옵니다."

윤진이 의아스러운 시선으로 윤상을 바라보며 침착하게 말했다.

"그렇다면…… 열셋째, 자네 먼저 건너가 문각, 성음이랑 얘기 나누면서 기다리게. 나랑 오 선생은 좀 있다 갈게."

윤상이 태감들을 데리고 물러가자 윤진이 다그쳐 물었다.

"열셋째가 와서 무슨 말을 했길래 그대 안색이 그리 안 좋소! 일어나 앉아 천천히 말해 보게."

"십삼마마께선 희소식이라고 하시며 폐하께서 신을 중용하실 거라 했사옵니다. 그게 사실이라면 신은 폐하를 독대하여 당면에서 사절(謝絶)하고자 합니다."

윤진이 말없이 일어나 창가로 걸어갔다. 칠흙 같은 어둠을 마주하고 윤진이 한참 후에야 물었다.

"왜지?"

오사도가 윤진의 뒷모습을 똑바로 바라보며 천천히 입을 열었다.

"신에게는 결코 주목받을 수 없는 세 가지 이유가 있사옵니다."

어느새 두꺼운 얼음장이 깔린 윤진의 얼굴이 오사도를 마주했다.

"첫째 신은 말 그대로 육신이 온전치 않은 병신입니다."

윤진을 바라보는 오사도의 거침없는 눈빛엔 추호의 두려움도 없었다.

"나라에서 인재를 등용하고 관리를 뽑는 데는 나름대로의 원칙이 있사옵니다. 하물며 대청은 국운이 번창한 대국으로서 일월에 비견될 만큼 휘황한 업적을 쌓을 인재들이 가득하옵니다. 신이 패륵부에서 십몇 년 동안 있으면서 중외(中外) 인사들 모두 신의 존재를 모르는 사람은 거의 없을 것이옵니다. 그런데 신이 높은 자리에 앉는다면 폐하께선 결코 공과 사를 분명히 하지 못한다는 오명을 쓰게 될 것이며 거룩하신 성덕(聖德)에 타격을 입으실 것이옵니다."

윤진의 얼굴에서는 달리 표정을 찾아볼 수 없었다.

"신은 과거에 죄를 지은 몸입니다. 이것이 두 번째로 신이 폐하의 호의를 받아들일 수 없는 이유이옵니다."

오사도가 침착하게 말을 이어나갔다.

"강희 36년 신은 500명의 거인(擧人)들을 데리고 공원(貢院)을 쑥대밭으로 만들어 놓은 적이 있사옵니다. 조야(朝野)를 떠들썩하게 했던 그 사건의 주동자로서 수년간 수배받던 중 결국 선제의 사면에 힘입어 풀려나게 되었사옵니다. 선제의 성은에 보답하지는 못할망정 불신(不臣), 불효(不孝)를 저지를 순 없사옵니다."

윤진이 놀라운 시선으로 오사도를 바라보며 자리에 앉았다. 그리고는 두 손을 무릎 위에 올려놓고 사색에 잠긴 채 말했다.

"참 애석하오."

"신은 폐하를 따르는 십몇 년 동안 그나마 풍부하지 않던 지혜의 우물을 거의 파괴하다시피 했사옵니다. 그동안 폐하를 위해서라면 혼신의 피가 고갈되는 한이 있더라도 두렵지 않을 정도로 최선을 다해 온 것만은 사실이옵니다. 아무리 충분한 자원도 고갈되기 마련이듯이 신은 이제 단물은 없고 거무죽죽한 가죽밖에 안 남은 헛것이옵니다. 그러니 어찌 폐하의 기대에 부응할 수 있겠사옵니까? 폐하께서 진정 오사도의 충심불이(忠心不二)의 마음을 높이 사신다면 신을 산 속으로 돌려보내 주시옵소서. 신은 성화(聖化)에 목욕하며 끝까지 영명하신 폐하의 영원한 명철한 신하로 남고 싶사옵니다. 폐하께서 신의 마음을 받아주시지 못하시겠다면 신은 오늘저녁 극약을 먹고라도 유종의 미를 거두고자 하옵니다!"

어느덧 오사도의 눈에서 굵은 눈물이 소리없이 흘러내렸다.

순간 윤진은 오사도의 지혜에 다시 한 번 놀라고 말았다. 사실 윤진은 오늘저녁 술자리를 이들의 최후의 만찬쯤으로 생각했던 것이다.

안그래도 어수선한 등극 초의 정국에서 주용성네가 괜히 입을 잘못 놀려 여덟째네의 작당에 넘어가는 날엔 정국은 걷잡을 수 없이 술렁이게 될 테고 자신의 위상은 치명타를 입게 될 수도 있다고 생각한 윤진이었다. 그래서 오늘저녁 술자리가 파할 무렵 모조리 제거해버리고자 했던 윤진이었다.

그러나 오사도의 진실이 엿보이는 고백에서 윤진은 정치에는 관심없고 발설은 더더욱 불가능한 초야로 돌아가는 그의 마음을 느낄 수 있었다. 어쨌거나 십몇 년 동안 둘도 없는 지기로 정분을 쌓아온 사이였다. 자신이 어둠 속에서 허덕일 때 한 줄기 빛이 되어주고자 혼신을 불태웠던 사람들임에 틀림없었다. 윤진은 잠깐의 자책과 더불어 깊은 한숨을 내쉬며 말했다.

"자네 마음 잘 알 것 같네. 그럼 앞으로 어떻게 할 계획을 가지고 있는가?"

자신의 의견을 수렴해 주는 쪽으로 가는 윤진을 보며 안도의 숨을 내쉬며 오사도가 말했다.

"옹화궁은 이제 폐하의 행궁이 될 거라는 말씀에 신은 이튿날로 기반가(棋盤街)에 방을 하나 구해 놓았사옵니다. 폐하께서 흔쾌히 윤허해 주심에 깊이 감사드리며 오늘저녁 중으로 옮길까 하옵니다. 신은 요즘들어 기관지가 부쩍 부실해져 술도 입에 댈 수가 없사옵니다. 그곳에 며칠 머무르다 조금 좋아지는 대로 육로로 고향 무석(無錫)으로 돌아갈 생각이옵니다. 벌써 고향밥을 못 먹어본 지 20년도 더 됐사옵니다."

"알았네. 자네 뜻에 따라주겠네."

윤상네가 서재에서 기다릴 것을 생각한 윤진이 자리에서 일어나 책상으로 다가가더니 붓을 들어 몇 글자 적더니 말했다.

"자네를 빈 손으로 그냥 보내기엔 내 맘이 허락하지 않을 것 같아서 전에 둘째형 빚을 갚느라 자네한테 빌렸던 은 70만 냥을 이참에 돌려줄까 하네. 내일 중 윤상을 보내 자네에게 썩 괜찮은 지방관 하나를 소개시켜 줄 테니 고향에 돌아가 한가하게 여생을 보내게. 그래야 짐이 순시떠날 때 그곳에 들를 명분을 만들어 자네를 만나보지."

"성은이 망극하옵니다! 신은 분골쇄신이 되는 한이 있더라도 폐하의 은혜의 만분의 일도 갚지 못할 것이옵니다!"

"그런 말 말게."

윤진이 급히 손사래를 쳐 말렸다. 그리고는 태감을 불러 지시했다.

"짐의 수유(手諭)를 가지고 가서 수레로 오 선생을 기반가까지 모셔다 드려. 짐을 잘 챙겨드리고 돌아와 보고하도록 하게!"

"예, 폐하!"

태감이 우렁차게 대답하고는 오사도를 부축해 세웠다.

오사도는 그날 저녁 기반가에 있는 객잔에 짐을 풀었다. 이곳은 오사도가 오래 전에 세를 들려고 미리 대금을 치른 곳이었다.

방안에 홀로 앉아 있노라니 마음이 편치가 않았다. 사패륵부를 떠나는 순간 모든 걸 깡그리 잊고 홀가분하게 고향으로 돌아가려 했지만 사내 대장부로 태어나 한바탕 떠들썩하게 뭔가를 해보려고 상경했던 강희 46년 그때 그 시절로부터 꼭 15년이 흐른 뒤 여전히 혼자가 되어 떠돌아 다니는 자신을 되돌아보게 된 것이다. 모든 게 괴이한 꿈만 같았다! 지나간 편린들이 누르면 누를수록 더욱 집요하게 기억의 수면 위로 떠올랐다.

옷을 베개 삼아 베고 누운 오사도는 마음이 번잡한 데다 펄펄 끓어오르는 구들장 때문에 도무지 잠을 청할 수가 없어 결국 일어나고 말았다. 지팡이를 짚고 문을 열고 나서니 차가운 하늘에 달빛이 고요했다. 뜰에서 거닐다 한기를 느끼고 방으로 들어가려고 할 때 담벽 저쪽에서 어떤 여자의 흐느낌 소리가 들려왔다. 순간 등골이 오싹해진 오사도가 들어와 주인에게 물었다.

"밖에서 누군가 우는 것 같은데, 혹시 아는 사람이오?"

"오갈 데 없는 두 여자인걸요!"

주인이 대수롭지 않게 웃으며 말했다.

"어르신이 여길 전부 세내셨는데, 저 여자들이 청승떨며 꼭 여기 묵어야겠다고 하지 뭐예요? 그래서 끝까지 안 된다고 했더니…… 저지랄하고 자빠졌네요."

그러자 오사도가 잠시 생각 끝에 말했다.

"날씨도 추운데 사람 얼려죽일 일 있나, 들여보내오!"

주인은 오사도를 여자 밝히는 호색한쯤으로 생각한 듯 이상야릇한 웃음을 지어보이며 가서 여자들을 데리고 들어왔다.

오사도가 언뜻 보기에 그들은 두 여자에 열댓 살정도 되어보이는 사내까지 모두 셋이었다. 고개도 들지 않고 오사도가 말했다.

"여기 화롯불 가까이로 오게들! 우선 불을 쬐고 있다가 방청소가 끝나면 올라가면 되겠소."

오사도의 말이 끝나자 세 사람은 오사도에게로 다가오더니 다짜고짜 무릎을 꿇는 것이었다!

"아니! 혹시 자네…… 이게 뭐야?"

순간 오사도는 경악을 금치 못했다. 눈물이 그렁그렁한 두 여인은 영락없는 김채봉과 난초였던 것이다! 세상에 어찌 이럴 수가! 오사도의 눈이 금세 튀어나올 것만 같았다. 말문도 열지 못한 채 흐느끼고 있는 여자들을 향해 오사도가 한참 후에야 입을 열어 물었다.

"난초! 자넨 이미……."

"전 죽지 않았어오……."

난초가 눈물 가득한 얼굴을 들어 말했다.

"그자들이 오 선생님에게 마수를 뻗칠 명분을 만들어 내느라 꾸며댄 거예요……."

오사도가 이번엔 시선을 김채봉에게로 옮겨가며 한참을 뚫어지게 바라본 끝에 한숨을 쉬며 말했다.

"자네 집이 압수수색당했다는 사실은 알고 있었네……."

오사도가 말문을 닫고 억장이 무너지는 듯 멍하니 앉아 있자 사내아이가 큰소리로 외치듯 말했다.

"외삼촌! 저의 엄마 미워하지 마세요! 저의 엄마가 아줌마한테 비밀을 빼돌리지 않았더라면 외삼촌은 지금 이 세상에 안 계실걸요?"

그날 저녁 오사도에게 매달렸던 사실을 떠올리며 난초가 얼굴을 붉혔다. 그러자 김채봉이 입을 열었다.

"죄는 지은 대로 간다고, 난 아마 너를 버린 죄값을 톡톡히 받았나 봐. 이젠 더 이상 바라는 것도 없고 미련도 없어. 우리 둘은 삭발하고 절로 들어가기로 했는데, 아직 어린 이 아이를 어떻게 해……."

김채봉이 마침내 길게 울음을 터뜨리고 말았다.

오사도가 깊은 한숨을 토해내며 말했다.

"난 억울함도 미움도 초연해진 지 오래 됐소. 그동안 살면서 겪은 은원(恩怨)이 하도 많아 웬만한 건 기억도 잘 안 나오……. 난 비록 출가하진 않았지만 출가승이나 다름없고 수행다운 수행은 하지 않지만 진정 수행길에 올라 있소. 그 길 택하지 말고 날따라 나서오. 밥 굶길 염려는 없으니까……."

이들 셋은 눕자마자 깊은 잠에 곯아떨어졌다. 하지만 오사도는 아예 잠자기를 포기하는 수밖에 없었다. 촛불을 끄고 창가에 앉으니 고요한 월색(月色)이 한줌 새어 들어와 잠을 이루지 못하는 사내를 보듬어주며 위로하는 것 같았다.

그 순간 멀리서 세 번의 오포(午砲) 소리가 들렸다. 자시(子時)를 알리는 소리였다. 차가운 하늘에 점점이 박혀 있는 별들을 하염없이 바라보며 오사도는 내일을 상상했다. 새로 등극한 황제를 너무나 잘 아는 오사도였으니, 내일은 상상하고 말고 할 것도 없을 것이었다.

〈제④권에서 계속〉